解决那个局外人

[美] 斯蒂芬·金 著 姚向辉 译
Stephen King

If It Bleeds

湖南文艺出版社
HUNAN LITERATURE AND ART PUBLISHING HOUSE

博集天卷
CS-BOOKY

If It Bleeds

Copyright © 2020 by Stephen King

This edition arranged with The Lotts Agency Ltd.

through Andrew Nurnberg Associates International Limited

著作权合同登记号：图字 18-2021-274

图书在版编目（CIP）数据

解决那个局外人 /（美）斯蒂芬·金著；姚向辉译
. -- 长沙：湖南文艺出版社，2023.1
书名原文：If it bleeds
ISBN 978-7-5404-9682-1

Ⅰ. ①解… Ⅱ. ①斯… ②姚… Ⅲ. ①短篇小说—小说集—美国—现代 Ⅳ. ① I712.45

中国版本图书馆 CIP 数据核字（2022）第 183648 号

上架建议：畅销·外国文学

JIEJUE NAGE JUWAIREN
解决那个局外人

著　　者：〔美〕斯蒂芬·金
译　　者：姚向辉
出 版 人：陈新文
责任编辑：匡杨乐
监　　制：吴文娟
策划编辑：姚涵之
特约编辑：罗雪莹
版权支持：辛　艳　张雪珂
营销编辑：傅　丽
封面设计：利　锐
版式设计：李　洁
内文排版：百朗文化
出　　版：湖南文艺出版社
　　　　　（长沙市雨花区东二环一段 508 号　邮编：410014）
网　　址：www.hnwy.net
印　　刷：三河市鑫金马印装有限公司
经　　销：新华书店
开　　本：875mm×1270mm　1/32
字　　数：377 千字
印　　张：14
版　　次：2023 年 1 月第 1 版
印　　次：2023 年 1 月第 1 次印刷
书　　号：ISBN 978-7-5404-9682-1
定　　价：65.00 元

若有质量问题，请致电质量监督电话：010-59096394
团购电话：010-59320018

怀念拉斯·多尔

头儿，我想你

目　录

哈里根先生的手机

那会儿我老家只是个六百来人的小镇（现在也还是，不过我已经搬走了），但我们和大城市一样有互联网，所以老爸和我收到的个人信件越来越少。通常内多先生只会送来每周一份的《时代》杂志、各种月度账单和写着"住户赐启"或"我们亲爱的邻居"的广告信。然而，2004年，九岁的我开始为山上的哈里根先生打工，从这一年起，我每年至少会收到四封信，信封上我的名字都是手写的。里面装着的分别是2月的情人节贺卡、9月的生日贺卡、11月的感恩节贺卡和圣诞节前后送达的圣诞贺卡。每张贺卡里都夹着一张缅因州的一美元刮刮乐彩票，签名永远一样：哈里根先生献上诚挚的祝福。简单又正式。

　　老爸的反应也永远一样：哈哈一笑，开心地翻个白眼。

　　"他是个吝啬鬼。"老爸有一天说。那时候我应该是十一岁，距离第一次收到卡片已经两年了。"给你的薪水就一点点，奖金也还是一点点——豪伊店里的幸运魔鬼彩票。"

　　我向他指出，四张刮刮乐里通常会有一张能赢到几美元。每次中奖之后，老爸就会替我去豪伊那儿兑钱，因为未成年人不能玩彩票，别人白送的也不行。有一次，我中了个大奖，赢了五美元，请老爸再给我买五张刮刮乐。他拒绝了，说要是纵容我染上赌瘾，老妈在地下会睡不安稳的。

　　"哈里根送你彩票已经够差劲了，"老爸说，"另外，他每小时应该付你七美元，或者八美元。老天在上，他付得起这个钱。一小时五美元也许算是合法，毕竟你还只是个孩子，但有人会认为这是虐待儿童的。"

"我喜欢为他做事，"我说，"还有，爸爸，我喜欢他。"

"我知道，"他说，"为他读书，替他的花园除草，还不至于把你变成二十一世纪的奥利弗·退斯特[1]，但他依然是个吝啬鬼。他居然愿意跑到邮局去寄那些卡片，真叫人吃惊。从他家信箱到咱们家信箱顶多只有四分之一英里[2]。"

聊这些的时候，我们正坐在家里前门廊上，一人一杯雪碧，老爸用大拇指顺着我们家的车道（泥土铺的，和哈洛镇的大多数人家一样）指向哈里根先生的家。他的家是一座庄园，有室内游泳池、温室和我超级喜欢乘坐的玻璃电梯，屋后还有个曾经是奶牛棚（那时候我还没出生，但老爸记得很清楚）的温室。

"你知道他的关节炎有多严重，"我说，"有时候他需要拄两根拐杖，而不是一根了。走到咱们家能让他累得够呛。"

"那他也可以把该死的贺卡直接给你。"老爸说。他的话里没有怨气，只是在开玩笑。他和哈里根先生相处得挺好，老爸和哈洛镇上的每一个人相处得都挺好。他能成为一名优秀的销售员，我猜这就是原因。"老天在上，你上山去的次数可够多的。"

"要是直接给我，感觉就不一样了。"我说。

"不一样？怎么个不一样？"

我没法解释。我读过很多书，掌握了相当丰富的词汇，但没什么生活经验。我只知道我喜欢收到贺卡，盼望着贺卡的到来，我总是用我的幸运十美分硬币刮开彩票，另外我也喜欢他的老式花体字签名：哈里根先生献上诚挚的祝福。现在回头再想，"仪式感"这个词出现在我的脑海里。就好比每次哈里根先生开车带我进城，总会打一条黑色的细领带，然而等我们到了 IGA 超市，他基本上只会坐在他那辆福特

---

1 查尔斯·狄更斯小说《雾都孤儿》的主人公。——编者注（如无特别说明，本书脚注均为编者注。）

2 1 英里约合 1.61 公里。

经济型轿车的驾驶座上读《金融时报》，而我进店去按照他的购物清单买东西。清单上永远有腌牛肉碎和一打鸡蛋。哈里根先生有时候会宣称，一个人到了一定的年纪，只吃鸡蛋和腌牛肉就可以活得很好了。我问他那个年纪是多少岁，他说六十八。

"一个人活到六十八岁，"他说，"就不再需要维生素了。"

"真的？"

"假的，"他说，"我这么说只是在为我的饮食习惯辩解。克雷格，你到底有没有给这辆车交卫星广播的钱？"

"我交了啊。"用的是家里老爸的电脑，因为哈里根先生没有电脑。

"那信号在哪儿呢？我怎么调都只能听到林博[1]这厮在放屁。"

我向他演示该怎么调出 XM 卫星广播的节目。他转动旋钮，经过了一百来个电台，终于找到一个专门播放乡村乐的。电台正在播放《支持你的爱人》。

直到今天，听见这首歌还是会让我起鸡皮疙瘩，估计这辈子都会这样了。

我十一岁生日那天，老爸和我坐在门廊上喝雪碧，仰望那座大屋（哈洛镇的人正是这么叫它的，就好像它是肖申克监狱）。我说："收到邮寄的信挺酷的。"

老爸又翻了个白眼。"电子邮件同样很酷，手机也一样。那些东西在我眼中就像神迹，你太年轻了，还不明白。要是你小时候家里只有一条共用电话线路，线路上除了你家还有另外四户人家，其中包括永远不知道闭嘴的埃德尔森太太，你的感觉也许就不一样了。"

"我什么时候能有自己的手机？"那年这个问题我问了许多遍，第一代苹果手机上市后就问得更频繁了。

---

1 指美国右翼节目主持人拉什·林博。——译者注

"等我认为你年纪够大了。"

"随你便吧，老爸。"这次轮到我翻白眼了，他看得哈哈大笑。然后他的表情变得严肃。

"你知道约翰·哈里根多有钱吗？"

我耸耸肩。"我知道他以前有几家工厂。"

"他有的可远远不止工厂。他退休前是橡树集团的老总，这个集团拥有一条航运线路、多个购物中心、一系列连锁电影院、一家电信公司，还有我不知道的一些其他企业。说到大黑板上的公司，橡树集团是数一数二的一家。"

"大黑板是什么？"

"纽约证券交易所，有钱人的赌场。哈里根卖掉公司退休时，交易登上了《纽约时报》的经济版，而且是头版头条的大新闻。他现在开一辆六年车龄的福特，住在一条泥土路的尽头，付你一小时五美元的工钱，每年寄给你四张一美元的刮刮乐彩票，与此同时屁股底下至少坐着十亿美元。"老爸咧咧嘴，"而我最差劲的正装，都比他穿去教堂的那一身好。你老妈要是还活着，肯定会逼着我把这套正装捐给慈善超市。"

我觉得他说的这一切都很有意思，尤其是哈里根先生，一个没有电脑甚至连电视机都没有的人，居然曾经拥有电信公司和电影院。我敢打赌，他从没去看过电影。他是我老爸所说的卢德分子，意思（之一）是这个人不喜欢电子玩意儿。卫星收音机是个例外，因为他喜欢乡村乐，讨厌 WOXO 电台的所有广告，而 WOXO 是他的车载收音机能收到的唯一一个乡村乐电台。

"克雷格，你知道十亿是多少吗？"

"一百个一百万？"

"一千个一百万才对。"

"哇。"我说，但仅仅是因为此处该有一个"哇"。我能理解五美元，也能理解五百美元，那是深沟路上一辆二手小摩托的促销价，我做梦也想拥有那么一辆车（但愿能成吧）。我对五千美元有个理论上的认知，老爸在盖茨瀑布市的帕梅洛拖拉机与重型机械公司当销售员，他每个月的工资差不多就是这个数。老爸总能当上"本月最佳销售员"，随后他的照片就会被挂到墙上去。他嘴上说着这不算什么，但我知道其实不然。每次他当选，我们就去马赛尔餐厅吃饭，那是罗克堡市的高级法国餐厅。

"你是该'哇'。"老爸说。他举起雪碧朝山坡上的大屋致敬。那儿有许多基本上从没用过的房间，还有哈里根先生深恶痛绝但因为关节炎和坐骨神经痛而不得不用的电梯。"'哇'用在这儿可真他妈合适。"

后面我会告诉你那张中了大奖的彩票，哈里根先生的去世，还有我在盖茨瀑布市高中念一年级时和肯尼·扬科的冲突，但在此之前，我想先说说我怎么会去为哈里根先生工作。那是因为教堂。老爸和我去哈洛镇的第一卫理公会教堂，那也是哈洛镇上唯一的卫理公会教堂。镇上以前还有一座浸信会教堂，但在1996年的火灾中被烧毁了。

"有人放焰火庆祝一个新生儿的诞生。"老爸说。那时候我顶多四岁，但我记得很清楚——多半是因为焰火勾起了我的兴趣。"我跟你老妈商量了一下，最后决定，让他们见鬼去吧，咱们去烧一座教堂来迎接克雷格。那场火烧得别提有多漂亮了。"

"你可别乱讲，"老妈说，"克雷格说不定会相信的。等他有了自己的孩子，也跑去烧一座教堂来庆祝。"

他们在一起时很喜欢开玩笑，尽管听不懂，但我还是跟着笑。

我们三个经常一起走去教堂，冬天靴子把压实的积雪踩得嘎吱嘎吱响，夏天我们的好鞋则踢起尘土（老妈会在我们进教堂前用纸巾擦掉鞋上的尘土），我总是拉着左边老爸的手和右边老妈的手。

她是个好母亲。到了 2004 年，我开始为哈里根先生工作的时候，她已经去世三年了，但我还是非常想念她。现在，过了十六年，我依然想念她，虽说她的面容已经在我的脑海中隐退，只有看照片才能唤醒少许记忆。有一首歌唱的是失去母亲的孩子，歌词说得很对：他们的日子并不好过。我爱老爸，我们一直相处得很好，但那首歌还有一点也说对了：有许多事情是老爸无法理解的。比方说在我们家屋后的开阔野地里玩，做个雏菊花环戴在你头上，说今天你不再是个小男孩了，你是克雷格国王。比方说见到你三岁就开始读《超人》和《蜘蛛侠》漫画书，欣喜若狂但并不大事张扬（到处夸耀什么的）。比方说陪你一起睡觉，免得你做噩梦梦见章鱼博士追杀你，在半夜突然惊醒。比方说在比你大的孩子（例如肯尼·扬科）揍得你屁滚尿流的时候，搂住你说没事。

　　那天要是有那么一个拥抱就好了。那天要是有母亲的拥抱，就会改变许多事情。

　　不去吹嘘我比别人识字早，这是父母给我的礼物，提前发现你拥有某些天赋并不会让你比其他人更厉害。然而消息传了出去，小镇上的消息总是传得很快，我八岁那年，穆尼牧师问我愿不愿意在周末的全家讲经课上读《圣经》。也许他觉得找个小孩子读《圣经》是一件挺新鲜的事，平时他总是把这项殊荣交给一个高中男生或女生。那个周末讲的是《马可福音》，散会后，牧师说我表现得太出色了，要是我愿意，每周读《圣经》的任务都可以交给我。

　　"他说'小孩子要牵引它们'，"我对老爸说，"《以赛亚书》里说的。"

　　老爸哼了一声，似乎不怎么感兴趣。接着他点点头："行，但你必须记住，你是媒介，而不是信息。"

　　"什么？"

　　"《圣经》是上帝的话，而不是克雷格的话，所以你别忘乎所以了。"

我说我不会的，于是接下来的十年，每周的讲经课都是我读《圣经》，直到我去念大学为止——在大学里我学会了抽大麻、喝啤酒和追女孩。哪怕是情况最糟糕的时候，我也依然上去读经。牧师每周都会提前把要讲什么经文告诉我，按照标准说法：哪一章哪一节。周四晚上的卫理公会青年团契上，我会带着我不会念的词语列表去找他。结果，整个缅因州说不定只有我不但会念"尼布甲尼撒"而且会拼这个词。

我开始每周日向比我年长的人朗诵《圣经》，而在此大概三年前，一位富商搬到了哈洛镇。那时候是世纪之交，也就是他刚卖掉公司并退休之后，大屋甚至都还没完工（游泳池、电梯和沥青车道是后来才建成的）。哈里根先生每周都来教堂，穿一身古旧的黑色正装（后臀部位都洗得下垂了），打一条早已过时的黑色细领带，稀疏的灰发梳得整整齐齐。一周里其他的日子，他的头发朝着四面八方伸展，就像爱因斯坦投身于宇宙奥秘一整天后的发型。

当时他只拄一根拐杖，我们起立唱赞美诗的时候他会把体重压在拐杖上，我想我到死的那天都不会忘记那些赞美诗……《古旧十架》的歌词里有水和血从耶稣身体侧面的伤口流淌出来，我一想到就会起鸡皮疙瘩，就像《支持你的爱人》最后一段，塔米·威内特倾尽全力歌唱一样。总而言之，哈里根先生并不真的跟着唱，这样很好，因为他的声音像是生了锈，又尖又细，但他会跟着比口型。他和我老爸在这一点上完全一致。

2004年秋天的一个周日（我们这块小天地的所有树木都变得色彩缤纷），我读的是《撒母耳记下》的章节，和平时一样，向教众宣读我几乎完全不懂但穆尼牧师会在讲经时解释的词句："歌中说：以色列啊，你尊荣者在山上被杀，大英雄何竟死亡！不要在迦特报告，不要在亚斯基伦[1]街上传扬，免得非利士的女子欢乐，免得未受割礼之人的女子矜夸。"

我回到长凳上坐下，老爸拍拍我的肩膀，凑到我耳边说："你说得我耳朵里都快满出来了。"我不得不捂住嘴巴，免得被人看见我在笑。

第二天傍晚，我们正在收拾晚餐的碗碟（老爸洗碗，我擦干再放回柜橱里），这时哈里根先生的福特车徐徐开上了我们家的车道。他的拐杖咚咚敲响门廊的台阶，老爸在他敲门前就打开了房门。哈里根先生没去客厅，而是像老熟人似的在餐桌前坐下。他接受了老爸给他的雪碧，但拒绝了杯子。"我对着瓶子喝，就像我爸那样。"他说。

他开门见山，不愧于他的生意人名声。哈里根先生说，假如我父亲允许，他希望能每周雇我两到三小时读书给他听。为此他愿意付我每小时五美元。他又说，要是我能帮忙照看他的花园，顺便做点其他杂活儿，例如冬天清扫台阶上的积雪，看见需要擦灰的东西就擦擦灰，那么每周还可以另外再加三个小时。也就是说，一周二十五甚至三十美元，一半工时仅仅是为他读书，而我平时做这个活儿却是免费的！我都不敢相信了。攒钱买小型摩托车的念头顿时跳进脑海，尽管我要再过七年才能合法骑摩托。

这事情太美好了，简直不像是真的，我担心老爸会拒绝，但他没有。"别让他念有争议的东西就行，"老爸说，"不能有疯狂的政治内容，不能有极端主义暴力。他念东西也许像个成年人，但他才九岁，刚过生日没多久。"

哈里根先生向老爸做出保证。他喝了几口雪碧，呷了呷枯干的嘴唇。"他读得很好，没错，但那并不是我想雇他的原因。他读得不枯燥，哪怕涉及他不理解的东西，我觉得这就很厉害了。算不上令人惊

---

1 应为"亚实基伦"，这里是克雷格读错了。

叹，但确实厉害。"

他放下汽水瓶，俯身向前，用锐利的视线盯着我。我时常会在那双眼睛里见到喜悦，但很少会见到友善，2004年的那个夜晚，他的友善绝对没有登门拜访。

"克雷格，关于你今天读的内容，你明白'未受割礼之人的女子'是什么意思吗？"

"不太明白。"我说。

"我猜也是，但你依然准确地使用了愤怒和哀恸的语气。顺便问一句，你知道'哀恸'是什么吗？"

"哭号什么的。"

他点点头。"但你没有演得过火，没有弄得太做作，这就非常好了。朗读者是传达者，而不是创造者。穆尼牧师教过你发音吗？"

"教过，先生，有时候教一点。"

哈里根先生又喝了几口雪碧，然后起身，挂着拐杖说："告诉他，是'亚实基伦'不是'亚斯基伦[1]'。这个错误应该是无心之失，说实话也有点好笑，但我这人的幽默感很差劲。咱们周三试试看可以吗，下午三点？那会儿你放学了吗？"

哈洛小学两点半放学。"是的，先生。三点没问题。"

"四点结束，怎么样？会不会太晚了？"

"没问题，"老爸似乎还没从这件事里醒过神来，"我们六点才吃晚饭。我喜欢看本地新闻。"

"不会毁了你的胃口吗？"

老爸哈哈大笑，但我不认为哈里根先生是在开玩笑。"有时候确实会，我可不是布什总统的拥护者。"

"他确实有点傻，"哈里根先生赞同道，"但至少他身边的人都是懂

---

1 亚斯基伦（asskelon）的前半部分音同屁股（ass）。——译者注

行的。克雷格，周三下午三点见吧，别迟到。我对拖拉没什么耐心。"

"有伤风化的内容也不行，"老爸说，"等他年纪大一点，有的是机会念那些。"

哈里根先生同样做出保证，然而要我说，懂生意的人都明白，承诺这东西只是空口白话，很容易就能打破。不过，《黑暗的心》里确实没有任何有伤风化的内容，而那正是我为他读的第一本书。读完《黑暗的心》，哈里根先生问我懂不懂。我不认为他是想指导我，他只是好奇而已。

"不太懂，"我说，"但库尔茨那家伙疯得够厉害，这个我懂了。"

接下来的一本书也没什么有伤风化的——依我的拙见，《织工马南传》写得又长又无聊。然而第三本是《查特莱夫人的情人》，这可让我开了眼界。2006 年，我认识了康斯坦丝·查特莱和她好色的猎场看守人。那年我十岁。多年以后，我依然记得《古旧十架》的歌词，也能清楚地回忆起梅勒斯如何爱抚夫人，嘴里喃喃道："这样就好。"对年轻人来说，他对待她的方式是个很不错的范例，值得记在心里。

读完一段格外劲爆的文字，哈里根先生问我："你懂你刚刚读的东西吗？"当然，这次还是因为好奇。

"不懂。"我说。但这不完全是实话。比起马洛和库尔茨在比属刚果发生的事情，奥利弗·梅勒斯和康妮[1]·查特莱在树林里的勾当要容易理解得多。性确实很难搞懂，我要一直到上大学前才开窍，但疯狂还要更难懂。

"很好，"哈里根先生说，"但要是你父亲问咱们在读什么，我建议你回答《董贝父子》。反正接下来刚好要读这本了。"

老爸一直没问过我们在读什么（反正没问过那本书），因此换到《董贝父子》的时候，我松了一口气。《董贝父子》是我记忆中真心喜

---

1 康斯坦丝的昵称。

欢的第一本成人书。我不想向老爸撒谎，那样会让我感到很难过，尽管我确定对哈里根先生来说，撒谎根本不成问题。

哈里根先生喜欢听我读书是因为他的眼睛容易疲劳。他多半并不需要我给花圃除杂草，佩特·博斯特威克负责修剪他家一英亩[1]左右的草坪，我猜他会很乐意帮忙干这个活儿。还有女管家埃德娜·格罗根，她会乐于为他海量的古董雪景球和玻璃镇纸收藏掸灰尘，但他把这个活儿交给了我。他大概只是喜欢看着我在他身边忙活吧，直到去世前不久他才对我这么说，但我早就知道了。他对我的好感从何而来，我不清楚，现在也不确定我是否早就发现了这一点。

有一次，我和老爸从罗克堡市的马赛尔餐厅吃完饭回家的路上，他突然问我："哈里根先生有没有以你不喜欢的方式碰过你？"

我要再过几年才会开始长胡子，但我知道他在问什么。老天在上，我们三年级就学过了"陌生人的危险"和"不适当的触摸"。

"你是说他有没有乱摸过我？没有！我的天，老爸，他不是同性恋。"

"好的，好的。克雷格，你别那么大脾气。我非问不可，因为你在上面待的时间相当长。"

"他要摸我，至少也该送我两美元的刮刮乐。"我说，老爸听得乐不可支。

我每周差不多能挣三十美元，老爸坚持让我至少把二十美元存进大学储蓄户头。我觉得超级蠢，但还是按他的要求做了。少年时代似乎还有十万八千年那么遥远，大学就像是下辈子的事情，不过每周十美元依然是一笔财富。这些钱一小部分被我花在了豪伊店里午餐柜台的汉堡和奶昔上，而大部分都在盖茨瀑布市的达利二手书店里变成了旧平装本小说。我买的都不是难啃的那种书，就像我为哈里根先生读

---

1 1 英亩约合 4046.86 平方米。

的那些（康斯坦丝和梅勒斯不搞得热火朝天的时候，连《查特莱夫人的情人》都很难啃）。我喜欢犯罪小说和西部小说，例如《希拉本德枪战》和《滚烫子弹之路》。为哈里根先生读书是工作，不是卖苦力，但依然是工作。而约翰·D. 麦克唐纳的《周一我们杀光他们》就是纯粹的乐趣了。我对自己说，你应该把没存进大学基金的零花钱积攒起来，等到 2007 年夏天促销的时候买一部新的苹果手机，但苹果手机很贵，要卖六百美元呢，每周十美元得存一年才行。假如你是个十一岁的孩子，一年是一段非常漫长的时间。

另外，那些旧平装本小说和它们五颜六色的封面在召唤我。

2007 年圣诞节，我为哈里根先生工作已经三年，离他去世还有两年。那天早晨，圣诞树下只有一个礼物包裹在等我，老爸叫我留到最后再拆，先让他愉快地欣赏完我送他的佩斯利呢马甲、拖鞋和欧石楠烟斗。他拆完我送他的包裹之后，我撕开礼物的包装纸，惊喜地尖叫起来，因为我收到的正是我渴望已久的宝贝：一部苹果手机。它有数不胜数的各种功能，老爸的车载电话相比之下成了老古董。

后来世界变了很多。到了现在，老爸在 2007 年圣诞节送我的苹果手机也是老古董了，就像他小时候五家合用的电话线路一样。世界变了很多，新东西层出不穷，而且出现得都那么快。我在圣诞节收到的苹果手机只有六个应用，而且全是预装好的。其中之一是"油管"[1]，因为当时苹果和油管还是伙伴（这一点也改变了）；还有 SMS，也就是原始的文字短信（没有颜文字，这个词当时还没发明呢，除非你自己用字符拼）；以及一个永远出错的天气应用。但另一方面，你能用一个小得可以塞进裤兜的玩意儿打电话了，更伟大的是它安装了浏览器，能把你和外部世界连接在一起。在哈洛这么一个没有红绿灯、只有泥

---

1 即 YouTube。

土路的小镇长大，外部世界是个既奇怪又有诱惑力的地方，你渴望能用有线电视无法比拟的方式接触它，至少我是这么觉得的。感谢美国电话电报公司和史蒂夫·乔布斯，这些东西都出现在了你的指尖之下。

手机里还有一个应用，让我在刚得到礼物的那天早上就想到了哈里根先生。这个应用比他车上的卫星广播系统要酷多了，至少对他那样的人来说肯定如此。

"爸爸，谢谢你，"我拥抱了他，"太谢谢你了！"

"别从早玩到晚就行。话费高得离谱，我会盯着你的。"

"话费会降下来的。"我说。

这一点我也没说错，而老爸一直没有因为话费难为过我。没多少人能让我打电话，但我喜欢那些油管视频（老爸也喜欢），还喜欢当时被称为3W的东西：国际互联网。有时候我会打开《真理报》网站看文章，不是因为我懂俄语，只是因为我能这么做。

不到两个月后，我从学校回到家，打开信箱，发现有一封信，信封上的字是哈里根先生的老式字体。这是我的情人节贺卡。我走进屋里，把课本扔在桌上，打开信封。贺卡既不花哨也不煽情，那可不是哈里根先生的风格。贺卡上印着一个男人，身穿燕尾服，手捧高顶礼帽，站在一片花田里鞠躬。一旁写着标准的哈里根式的祝语：愿你的一年充满爱与友谊。落款：哈里根先生献上诚挚的祝福。一个男人脱帽鞠躬，奉上美好的祝福，不玩多愁善感那一套，完全是哈里根先生的做派。现在回头再看，我惊讶于他认为情人节也值得寄一张贺卡。

2008年，幸运魔鬼一美元刮刮乐退休，取而代之的彩票名叫松树现金。小小的卡片上有六棵松树。你刮开彩票，要是三棵松树底下的数字相同，那么你就赢得了那个数字那么多的钱。我刮开松树，盯着眼前的景象。刚开始我以为不是搞错了就是在开玩笑，尽管哈里根先生不是会和你开玩笑的那种人。我看了又看，用手指抚摸刮出来的数字，擦掉老爸称之为（顺便还要翻个白眼）"奖券皮"的碎屑。数字还是那些数字。我也许大笑了几声，记不清了，但我记得我扯着嗓子大喊，因为喜悦而尖叫。

我从口袋里掏出手机（我走到哪儿，手机就跟着我到哪儿），拨通帕梅洛拖拉机与重型机械公司的号码。接电话的是前台丹尼丝，她听见我说话气喘吁吁，问我是不是出事了。

"没事，没事，"我说，"但我必须立刻和老爸说话。"

"没问题，你等着，"她说，"克雷格，你的电话像是从月球背面打过来的。"

"我用我的手机打的。"天哪，我真喜欢这么说。

丹尼丝哼了一声。"那些东西全都是辐射，我是绝对不会买的。你等着。"

老爸同样问我出什么事了，因为我从没打过电话到公司找他，哪怕是学校大巴没等我就开走的那天。

"老爸，我收到了哈里根先生给我的情人节彩票——"

"要是你打电话是想说你赢了十美元，那也得等我——"

"不，老爸，是头奖！"对当时的刮刮乐彩票来说，那确实就是头奖了。"我赢了三千美元！"

线路的另一头一阵沉默。我以为电话断了。那时候的移动电话，不管是不是新买的，都有可能随时断线。贝尔老妈[1]并非每天都是个称职的母亲。

"老爸？你还在吗？"

"嗯哼。你确定？"

"确定！我正看着它呢！三棵松树下面的数字都是三千！上面一排

---

1 即贝尔电话公司。

一个，底下一排两个！”

又是好一阵沉默，接着我听见老爸对另一个人说我儿子好像中彩票赢钱了。没多久，他回到线路上。“找个安全的地方放好，等我回家。”

“哪儿？”

“储藏室的糖罐如何？”

“好，”我说，“好的，没问题。”

“克雷格，你确定吗？我可不想见到你失望，所以你再看一眼。”

我又看了一遍。不知为何，我觉得我老爸的怀疑会改变我见到的事实，彩票上的三个三千至少有一个变成了其他的数字。但它们没有变化。

我这么告诉他，他哈哈一笑。“那好，恭喜。今晚去马赛尔餐厅，你请客。”

我也笑了。我不记得我曾经感受过这么纯粹的喜悦。我必须去告诉其他人，于是我打给哈里根先生，作为一个卢德分子，他用他的固定电话接听。

“哈里根先生，谢谢你送的贺卡！也谢谢你送的彩票！我——”

“你是在用你那个玩具打电话吗？”他问，“肯定是的，因为我几乎听不见。你像是从月球背面打过来的。”

“哈里根先生，我中了大奖！我赢了三千美元！太谢谢你了！”

一阵沉默，但不像老爸沉默得那么久，等他再次开口的时候，也没有问我确不确定。这一点上他给了我信任。“你运气不错，”他说，“算你厉害。”

“谢谢。”

“不客气，但你其实没必要感谢我。我会成包买那些玩意儿，寄给朋友和生意伙伴，当作某种形式的……嗯……就当是名片好了。我这么做有些年头了，迟早会有一张中大奖的。”

"老爸会让我把大部分钱存进银行。我觉得这样挺好的，可以给我的大学基金填上一大块。"

"要是你愿意，也可以交给我，"哈里根先生说，"我来为你投资。我觉得我能保证一个比银行利息高的收益率。"他像是在自言自语，而不是在对我说："非常稳妥的投资。今年恐怕不是一个投资股市的好年头，我在地平线上见到了乌云。"

"好的！"我又想了想，"至少我愿意。但我必须去说服老爸。"

"当然，但别太使劲了。你告诉他，我愿意为本金做担保。今天下午还来为我读书吗？还是说既然你已经是个有钱人了，就不想要这份小工作了？"

"当然来，但老爸回家的时候我必须回去，我们要一起出去吃饭。"我停了停，"你愿意一起来吗？"

"今晚不行，"他毫不犹豫地说，"说起来，既然你要过来，这些话可以当面说给我听的。但你很喜欢你那个小玩具，对吧？"他没有等我回答，因为他不需要。"你愿不愿意把这笔小小的横财投资在苹果的股票上？我认为这家公司未来会非常成功。听说苹果手机会让黑莓倒霉，请原谅我的谐音梗。总而言之，现在别急着答应，先和你父亲商量一下。"

"好的，"我说，"我这就过去，跑着去。"

"青春是个美妙的东西，"哈里根先生说，"真可惜它要浪费在孩子身上。"

"什么？"

"很多人说过类似的意思，但萧伯纳说得最好。别管了。你就撒腿快跑吧。像魔鬼一样飞奔，因为狄更斯[1]在等待咱们。"

---

1 狄更斯（Dickens）也有魔鬼的意思。——译者注

我跑了四分之一英里去哈里根先生家，但回家是走回来的。在路上我想到了一个点子，一个感谢他的点子，尽管他说用不着感谢他。那天晚上在马赛尔餐厅吃豪华大餐的时候，我告诉老爸说哈里根先生提议让他帮忙投资，也说了我想用什么礼物感谢他。我觉得老爸会有疑虑，我没猜错。

"让他帮你投资绝对没问题，至于你的点子……你知道他对那些东西的看法。他不但是哈洛镇上最有钱的人——说到有钱，整个缅因州最有钱的也是他——还是唯一一个没有电视机的人。"

"他有电梯，"我说，"每天都用。"

"因为他不得不用，"老爸对我微笑，"但那是你的钱，既然你想这样用掉其中的五分之一，我也不会反对。万一他拒绝收下，你可以送给我。"

"你真的认为他会拒绝吗？"

"是的。"

"爸爸，他为什么会来咱们这儿？我是说，哈洛只是个小镇，鸟不拉屎的地方。"

"问得好。你找个机会问问他吧。现在嘛，大财主，来份什么甜点？"

仅仅一个月后，我送给哈里根先生一部全新的苹果手机。我没有当礼物包起来，一半是因为当时不是圣诞节，另一半是因为我知道他喜欢什么样的做事风格：别玩虚的。

他用因为关节炎而骨节突出的双手捧着盒子，转着看了一两圈，表情有点困惑。他把盒子还给我，说："谢谢你，克雷格，感谢你的好意，但算了吧。我建议你把它送给你父亲。"

我接过盒子。"老爸说过你会这么说。"我很失望，但并不吃惊，而且不打算放弃。

"你父亲是个有智慧的人。"他从座位上俯身，互扣的双手放在分开的两膝之间。"克雷格，我很少会给别人建议，因为这么做几乎总是在浪费呼吸，但今天我会给你一个建议。亨利·梭罗说过，并非我们拥有物品，而是物品拥有我们。每一件新东西都是我们必须背负的负担，无论是住宅、车子、电视机，还是这么一部时髦的手机。我不禁想起雅各布·马利对斯克鲁奇[1]说的话：'这些是我生前铸下的锁链。'我没有电视机，因为要是我有，我就会看，尽管电视播放的东西几乎全是胡说八道。我家里没有收音机，因为有了我就会听，但我需要的只是一点乡村乐，用来打破长途开车时的单调和无聊。假如我有了这东西——"

他指了指装手机的盒子。

"我肯定会用它。我的信箱里会收到十二种期刊，它提供了我需要的一切信息，让我跟上生意世界的进展和广阔世界的可悲行径。"他坐回去，叹了口气。"你看，我本来只想给你个建议的，结果却来了一场演讲。衰老是多么可恶。"

"我能给你看一样东西吗？不，两样。"

他甩给我一个眼神，我见过他用这个眼神瞪园丁和管家，但在那天下午之前，他从没这么瞪过我。这个眼神极有穿透性，充满了怀疑，看起来相当凶恶。多年以后，我意识到这个眼神属于一个有洞察力且愤世嫉俗的人，他认为自己能看透绝大多数人的内心，知道自己不会在那儿找到任何好东西。

"这只能证明一句老话，善举总有恶报。我开始希望那张刮刮乐没有中大奖了。"他又叹了口气，"好吧，来，向我展示一下。但你不可

---

1 两者均为查尔斯·狄更斯小说《圣诞颂歌》中的人物。

能改变我的心意。"

见到如此疏远冷漠的眼神，我觉得他没说错，也许我只能把这部手机送给老爸了。然而我已经走到了这一步，还是硬着头皮走下去好了。手机的电量充满了，我事先确认过，而且正常运转得像个苹果派[1]（哈哈）。我打开手机，给他看第二排的一个图标。图标上有几条参差的曲线，就像心电图的输出图。"看见这个了吗？"

"看见了，也看见底下的文字了。但是，克雷格，我真的不需要看股市报告。你知道我订了《华尔街日报》。"

"当然，"我赞同道，"但《华尔街日报》做不到这个。"

我点击图标，打开应用，道琼斯指数随即出现。我不知道那些数字代表着什么，但我能看见它们在波动。从 14720 升到 14728，再掉到 14704，又跳到 14716。哈里根先生看得瞠目结舌，就好像有人用魔法棒给他来了一下。他接过手机，拿到眼睛前面看了看，抬头望向我。

"这些数字是实时的？"

"对，"我说，"呃，我估计有一两分钟延迟，不过我不确定。手机从莫顿的新电话塔下载这些数据。我们运气很好，这么近的地方就有个电话塔。"

他坐了起来，嘴角露出一丝不情愿的笑容。"真该死。就像资本巨头在自己家里装的股票行情接收器。"

"不，比那个先进多了，"我说，"行情接收器有几个小时的延迟，我老爸昨晚告诉我的。他很痴迷这个股市软件，总是抢我的手机去看。他说 1929 年股市遭受重创的原因之一，就是交易的人越多，行情接收器的延迟就越严重。"

"他说得对，"哈里根先生说，"在有人意识到应该踩刹车之前，事

---

1 美国俚语，形容一切井然有序。——译者注

态就发展得不可收拾了。当然了，这样的东西也许会加速大跌，但很难说，因为技术还太新。"

我静静地等待着。我想继续说些什么，继续向他推销，毕竟我还只是个孩子。但直觉告诉我，等待才是正确的出路。他盯着道琼斯指数的细微扰动又看了一会儿，在我的注视下理解新鲜事物。

"但是。"他依然盯着屏幕。

"但是什么，哈里根先生？"

"在一个真的了解股市的人手里，这么一个东西可以……不，很可能已经……"他没有说下去，而是陷入了深思。过了一会儿，他又说："我应该早点知道这些的，退休不是借口。"

"给你看另一个东西。"我说。我的耐心已经耗尽，一秒钟都等不下去了。"你知道你都订了哪些杂志对吧？《新闻周刊》《金融时报》和《福特斯》？"

"《福布斯》。"他继续盯着屏幕。他让我想起我四岁的时候，盯着生日收到的魔力黑八球。

"对，《福布斯》。手机能给我一下吗？"

他很不情愿地把手机递给我，我确定我终究引起了他的兴趣。我很高兴，但同时又有点羞愧，就好像一个人等一只温顺的松鼠来吃他手里的橡子，结果却当头给了它一巴掌。

我打开浏览器。那会儿的 Safari 浏览器比现在要原始得多，但一样能上网。我在谷歌搜索框里输入"华尔街日报"，等了几秒钟，日报的首页徐徐打开。头条消息之一是"咖啡牛宣布关闭店铺"。我把屏幕给他看。

他盯着手机，随后从安乐椅旁的桌子上拿起报纸——进门的时候，我把他的邮件放在了桌上。他看着报纸头版。"没有这个新闻。"他说。

"因为报纸上是昨天的消息。"我说。每次进屋前，我都会替他取信箱里的邮件，《华尔街日报》总是包着其他东西，用一根橡皮筋扎好。"你看到的报纸晚一天。每个人都这样。"圣诞节期间,报纸会晚两天,有时候甚至三天。他不需要我的提醒,11 月和 12 月他会没完没了地抱怨这事。

"这是今天的消息?"他问,眼睛盯着手机。随后他看见了页面顶端的日期:"对,就是!"

"没错,"我说,"真正的新闻,而不是旧闻,对吧?"

"文章里说,这儿有一张地图,标出了关店的地点。你能演示一下该怎么调出地图吗?"他听上去非常贪婪,我有点害怕。先前他提到了斯克鲁奇和马利。我觉得我就像《幻想曲》里的米老鼠,正在用半懂不懂的咒语唤醒扫帚。

"你自己就能打开。用手指扫屏幕,就像这样。"

我演示给他看。刚开始他扫得太用力或者扫得太远,但很快就掌握了诀窍。事实上,他比我老爸学得还快。他找到了自己想要的版面。"你看哪,"他惊叹道,"六百家店铺!这就是我说的脆弱之处……"他的声音越来越轻,眼睛盯着小小的地图,他继续说道:"南方的脆弱之处。大多数关闭的店铺都在南方。克雷格,南方是个先兆,几乎每次都……我必须给纽约打个电话,股市就快休市了。"他准备起身。他平时用的电话在房间对面。

"你用手机就能打,"我说,"这是它最重要的功能。"至少当时是这样。我点击电话图标,键盘随即出现。"输入你想打的号码就行,用手指按数字。"

他看着我,蓬乱的白眉毛底下,一双蓝眼睛闪闪发亮。"我从这儿坐在安乐椅里就能打电话?"

"对,"我说,"信号非常好,感谢新的信号塔。你有四格呢。"

"格是什么?"

"别管了,你打电话就行。我出去好了,让你一个人打电话,等你打完,朝窗外挥挥手——"

"不需要。用不了几分钟，而且我也不需要隐私。"

他试探着点击数字，就好像担心会引起爆炸似的。接下来，他同样试探着把手机拿到耳边，眼睛望向我，等待我的确认。我点点头鼓励他。他听了一会儿，说了些什么（刚开始嗓门有点太大了），等待了片刻，又和另一个人说了些什么。哈里根先生当着我的面，卖掉了他持有的所有咖啡牛股票，天晓得这笔交易价值多少万美元。

他打完电话，找到办法返回主屏幕，再次打开浏览器。"能看《福布斯》吗？"

我试了试。可惜不能。"不过，假如你想找一篇《福布斯》上你已经知道的文章，应该是能找到的，因为肯定会有人把它发出来。"

"发出来——？"

"对，假如你想找关于某个东西的信息，Safari 浏览器会替你搜索，只需要谷歌一下就可以了。你看。"我走到他的椅子旁，在搜索框里输入"咖啡牛"。手机思考片刻，吐出一屏搜索结果，刚才让他打电话给交易员的《华尔街日报》文章也在其中。

"你看看这个，"他惊叹道，"这就是互联网。"

"嗯，对。"我心想：早都说了嘛。

"这就是国际互联网啊。"

"对。"

"已经出现多久了？"

你应该知道的，我心想。你是个大商人，就算已经退休，也还是应该知道的，因为你依然感兴趣。

"我不知道互联网出现多久了，但人们一直在用。老爸，我的老师，警察……事实上，每一个人。"接着我更有针对性地说，"包括你的那些公司，哈里根先生。"

"啊哈，但公司已经不是我的了。我确实知道一点点，克雷格，就像尽管我不看电视，但对几个电视剧也知道一点点。在看我订的报刊杂志的时候，我确实会跳过科技方面的文章，因为我不感兴趣。然而假如你想谈保龄球道或电影发行网，那就是另一码事了。这么说吧，我的手还没从里面拿出来呢。"

"对，但你不明白吗……那些行业也在使用科技。而假如你不懂……"

我不知道该怎么说下去了，至少不知道该怎么在保持礼貌的界限内说下去，他似乎明白了我的意思。"我就会落后，你想说的是这个。"

"不过大概也无所谓了，"我说，"唉，你毕竟已经退休了。"

"但我不希望被别人当作傻瓜，"他的语气相当激烈，"刚才我打电话给奇克·拉弗蒂，叫他卖掉咖啡牛的股票，你猜他吃惊吗？不，一点也不，因为毫无疑问，已经至少有五六个大客户拿起电话，叫他做同样的事情了。有些人靠的肯定是内线消息。但其他人只是凑巧住在纽约或新泽西，能拿到当天出版的《华尔街日报》，看到了这条新闻。他们不像我，住在这个荒郊野外的鬼地方。"

我不禁再次好奇他为什么会来这儿，他在镇上显然没有任何亲友，然而现在似乎不是问他的好时候。

"也许是我太自大了。"他思考片刻，露出了真诚的笑容。这就像是在一个冷天看见阳光穿透厚厚的云层。"确实是我太自大了，"他举起手机，"看来我要留下你的礼物了。"

首先蹿到我嘴唇边的两个字是谢谢，但说出来似乎就太奇怪了。于是我只是说："那就好，我很高兴。"

他看了一眼墙上的赛斯托马斯挂钟（我很愉快地注意到，他又看了一眼手机上的时间）。"咱们花了这么长时间聊天，今天就只读一章好了。"

"没问题。"我说。不过我很愿意多待一会儿，为他读两章甚至三章。我正在读的是《章鱼》，作者是一个叫弗兰克·诺里斯的人，我很想知道这个故事怎么结尾。这是一本旧时代的小说，但同样充满了令人感兴趣的内容。

时间缩短的读书节目结束后，我为哈里根先生的几棵室内盆栽浇水。这通常是我每天的最后一项工作，只需要几分钟就能完成。浇水的时候，我注意到他在玩手机，一会儿打开，一会儿关上。

"既然我打算用这东西了，你最好教一教我该怎么用，"他说，"首先，怎么能让它别关机。我发现电量已经在减少了。"

"大多数功能你自己就能摸索出来，"我说，"非常简单。说到充电，盒子里有个电源。你把它插进墙上的插座就行。要是你愿意，我可以再教你另外几个——"

"今天就算了，"他说，"明天吧。"

"好的。"

"不过我还有一个问题。我为什么能读那篇关于咖啡牛的文章，看到他们打算关店的地图？"

我首先想到的是希拉里对"为什么要爬珠穆朗玛峰"的回答，我们刚刚在课本里读到过：因为山就在那儿。然而他也许会觉得我是在耍嘴皮子，事实上也确实如此。于是我说："我不明白你的意思。"

"是吗？你这么聪明的一个孩子？想一想，克雷格，想一想。我刚刚读到的内容是别人花钱才能读到的。就算按《华尔街日报》的订阅价来算，每期也要花我九十美分左右，当然比从报摊上直接买要便宜得多。然而有了这个……"他举起手机，用不了几年，成千上万的孩子就会在摇滚音乐会上像他这样举着手机，"现在你明白了吗？"

听他这么一说，我当然明白了，然而我回答不上来。这个问题听上去——

"听上去很傻，对吧？"他问，不知道是看穿了我的表情还是读懂了我的心，"白送有价值的情报，这和我了解的一切成功的商业惯例都背道而驰。"

"也许……"

"也许什么？来，说一说你的见解。我不是在挖苦你，你显然比我更了解这些东西，所以请告诉我你的想法。"

我想到的是弗赖堡博览会，我和老爸每年10月都会去一两次。我们通常会在半路上接上我的朋友玛吉。我和玛吉去坐过山车，接着三个人去吃油炸面圈和甜香肠，最后老爸拖着我们去看新型号的拖拉机。要去设备展区，你必须经过宾果帐篷，那个帐篷可大了。我告诉哈里根先生，帐篷前会有个男人拿着麦克风，对过往宾客说第一局永远免费。

他想了一会儿。"一个诱饵？听上去有一定的道理。你的意思是说你只能看一篇文章，也许两篇或三篇，然后机器就会……怎么着？把你踢出来？要是你想继续玩，就必须付钱？"

"不，"我承认道，"我猜它和宾果帐篷还是不一样的，因为你愿意看多少篇文章都行。至少我是这么觉得的。"

"但这简直是疯了。免费发放样品是一回事，但白送整家店……"他从鼻孔里哼了一声，"你注意到了吗？甚至都没有广告。对报纸和期刊来说，广告是一个巨大的现金流来源，真的很大。"

他再次拿起手机，盯着熄灭的屏幕上自己的倒影。随后他放下手机看着我，露出一个古怪而暴躁的笑容。

"克雷格，咱们也许见到了一个巨大的错误，犯错的人并不比我更了解这种事情的实操环节，因此才会出现这样的矛盾。一场经济地震就快来了，要是我没弄错，它已经在悄然发生。这场地震会改变我们获得信息的时间、方式与地点，因而改变我们看待世界的方式。"他停了停，"当然了，还会改变我们的应对之道。"

"我不懂你的意思。"我说。

"我举个例子吧。假如你得到一条小狗，你就必须教它怎么去室外解决如厕问题，对吧？"

"对。"

"然而假如你的狗卫生习惯不好，你会因为它在客厅里拉屎而奖励它吗？"

"当然不会了。"我说。

他点点头。"那样会让它养成你最不希望它养成的习惯。换到商业世界，克雷格，绝大多数人其实就像需要教育的小狗。"

我不怎么喜欢这个想法，直到今天也还是不喜欢，不过惩罚／奖励理论倒是很能解释哈里根先生的财富来源。我没多说什么，我在以全新的方式看待他。他就像一位老探险家踏上了新的发现征程，听他说这些非常引人入胜。我不认为他真的想教导我，他是在让自己学习，对一个八十五六岁的老人来说，他学得非常快。

"免费样品固然很好，然而你给了人们太多免费的东西，无论是衣服、食物还是信息，人们就会变得期待免费。就像在客厅地板上拉屎的小狗，它们会看着你的眼睛，心里想：'你教过我，这么做没错。'假如我是《华尔街日报》……或者《金融时报》……甚至该死的《读者文摘》……我会被这个小玩意儿吓得够呛。"他又拿起手机，似乎再也放不下它了。"它就像一根断裂的自来水管，只不过喷出来的是信息，而不是水。我以为咱们说的仅仅是一部电话，但现在我明白了……不，我开始明白了……"

他摇摇头，像是在清理思路。

"克雷格，假如我有正在研发的新药的专利信息，决定把新药的实验结果放出来，让全世界都能看见，普强公司或联合化工会为此损失数百万美元。也可能会有某个心怀不满的家伙，打算在网上泄露政府的机密。"

"他们不会被抓起来吗？"

"也许会。肯定会。然而正如老话说的，牙膏都已经挤出来了……嘿嘿嘿。唉，别管了，你快点回家吧，否则就赶不上吃晚饭了。"

"我这就走。"

"再次谢谢你的礼物。我应该不会经常使用，但我会好好思考一下，至少尽我所能思考一下。我的大脑不如以前那么敏锐了。"

"我认为你的大脑依然敏锐。"我说。我并非仅仅想哄他高兴，新闻报道和油管视频为什么没有广告呢？按理说人们应该要看广告的，对吧？"另外，我老爸经常说，真正有用的是思想。"

"这句格言嘛，会说的人多，会做的人就少了。"他说。见到我困惑的表情，他又说："别管了。克雷格，咱们明天见。"

下山的路上，我踢开那年最后一场雪结成的硬块，思考他刚刚说的话：互联网就像断裂的自来水管，只不过喷出来的不是水，而是信息。这句话也适用于我老爸的笔记本电脑，还有学校里的电脑，还有全国的所有电脑。事实上，整个世界都一样。尽管苹果手机对哈里根先生来说是个新事物，他才刚刚学会怎么开机，但他已经领悟了一个道理，那就是假如生意（至少是他所了解的生意）还想像以前一样延续下去，就必须找到办法修好断裂的水管。我不敢确定，但我认为他预见到了付费墙的出现，而这个词要到一两年后才会被制造出来。当然了，当时我并不知道，就像我不知道该如何绕过限制措施——这个行为将被称为"越狱"。等到付费墙诞生的时候，人们已经习惯了免费得到信息，不愿意被迫掏钱。被《纽约时报》的付费墙挡在门外的人转向 CNN[1] 或《赫芬顿邮报》（通常还气呼呼的），尽管免费网站的报道并不出色。（当然了，除非你想了解"副乳"之类的新兴词语。）哈里根先生说得完全没错。

那天晚上吃过饭，碗碟洗净收好之后，老爸打开桌上的笔记本电脑。"我发现了一个新网站，"他说，"名叫 previews.com，能看即将上映的电影的预告片。"

---

1 即有线电视新闻网。

"真的？快打开看看！"

于是，接下来的半个小时，我们看了一堆本来要去电影院才能欣赏到的预告片。

哈里根先生会困惑得扯掉头发的——他剩下的那一丁点头发。

• • •

2008 年 3 月的那天，从哈里根先生那儿回家的路上，我很确定他弄错了一件事情。他声称他不会经常使用手机，然而我注意到了他盯着咖啡牛关店地图的表情，还有他如何很快就开始用新手机打电话给纽约的某个人。（后来我才知道，那是他的律师兼事业管理人，不是什么交易员。）

我没猜错，哈里根先生很喜欢用他的新手机。他就像一个老处女姨妈，六十年不碰烈酒，却在尝了一小口白兰地之后，一夜之间变成了一个故作矜持的酒鬼。没过多久，每次我下午去他家，都会发现苹果手机放在他心爱的安乐椅旁边的桌子上。天晓得他用手机给多少人打了电话，但我知道他几乎每天晚上都会打给我，向我询问他的新宝贝的这个那个功能。有一次他说，这个手机就像老式的翻盖式写字台，里面全都是小抽屉、暗格和分类储物处，你一个不留神就会漏掉点什么。

他靠自己找到了绝大多数暗格和储物处（在各种互联网信息源的帮助下），但我是从一开始带他上路的人——说是我为他打开了这扇门也行。他对我说，他讨厌接到来电时响起的叮叮咚咚的木琴旋律，于是我帮他改成了塔米·威内特的《支持你的爱人》里的一小段，哈里根先生觉得这就太让人开心了。我教他怎么设置静音，这样他下午打瞌睡的时候就不会被打扰了。我还教他怎么设置闹钟，怎么录制他不想接电话时播放的留言。（他说得言简意赅："现在我没法接电话，我会在时间合适的时候打给你。")他开始在白天打瞌睡的时候拔掉固定电话的接线,我注意到他不把接线插回去的时候越来越多。他给我发文字信息,也就是十年前我们所说的短信。他拍摄他家屋后的蘑菇照片,通过电子邮件发给别人辨认。他用笔记应用做笔记,搜寻他钟爱的乡村乐艺人的视频。

"今天上午我看了一个小时的乔治·琼斯视频,浪费了美好的夏日阳光。"那年晚些时候他对我说,神情既愧疚又有点古怪的自豪。

有一次我问他为什么不去给自己买一台笔记本电脑。他学会在手机上做的事情都可以在电脑上做,而且电脑屏幕还大得多,他可以仔细欣赏一身珠光宝气的波特·瓦格纳。哈里根先生只是摇摇头,大笑道:"撒旦,退到我的后边去!这就像你教我抽大麻,我很喜欢,于是你对我说:'既然你喜欢大麻,那你会爱死海洛因的。'克雷格,我看还是算了吧。这个已经够了。"他喜爱地拍了拍手机,就像爱抚一只正在睡觉的小动物。比方说,一只终于养成了卫生习惯的小狗。

2008年秋天,我们在读《射马记》,一天下午,哈里根先生说停一停吧,没完没了的跳舞段落听得他心累。于是我们走进厨房,格罗根夫人在那儿留了一盘燕麦饼干。哈里根先生走得很慢,体重全压在拐杖上。我走在他背后,万一他摔倒,我能及时扶住他。

他坐下,嘟囔一声,做个鬼脸,拿起一块饼干。"我的好埃德娜,"他说,"我喜欢这东西,它们能让我的肠子动起来。克雷格,能给咱俩一人倒一杯牛奶吗?"

我去倒牛奶,这时我一直想问的那个问题冒了出来。"哈里根先生,你为什么要搬到这里来?你明明想住在哪儿就能住在哪儿。"

他拿起他那杯牛奶,和平时一样,做了个祝酒的姿势,我也和平时一样,还他一个祝酒的姿势。"克雷格,你会住在哪儿?要是,按照你的说法,想住在哪儿就能住在哪儿?"

"也许洛杉矶吧，那是拍电影的地方。我可以从搬运器材开始干，一路往上爬。"接着我告诉了他一个大秘密："也许我能为电影写剧本。"

我以为他会嘲笑我，但他没有。"嗯，反正总要有人去写，为什么不能是你？你难道不喜欢待在老家吗？能看见你父亲的脸，能给你母亲献花。"

"哦，我会回来的。"我说。但他的问题——他提到了我的母亲——让我沉默了下来。

"我想彻底换个环境，"哈里根先生说，"我一辈子都生活在城市里。我在布鲁克林长大，那时候它还没变成……怎么说呢，变成某种盆栽。我希望能在晚年远离纽约。我想住在乡下的某个地方，但不是游客去的那种乡下，就像卡姆登、卡斯廷或巴港。我想找个道路都还没铺过沥青的小地方。"

"很好，"我说，"那你算是来对地方了。"

他哈哈一笑，又拿起一块饼干。"说起来，我考虑过南达科他州和北达科他州……还有内布拉斯加州……但最后还是觉得那也未免太远了。我请助手搜集了缅因州、新罕布什尔州和佛蒙特州许多小镇的照片，这儿就是我选中的地点，因为有这座山。各个方向的景色都不错，但景色不算秀丽。秀丽的景色会引来游客，而我最不想看到的就是游客。我喜欢这儿。我喜欢平静的气氛，我喜欢前前后后的邻居，还有，克雷格，我喜欢你。"

这话让我很高兴。

"还有其他的原因。我不知道你读到过多少关于我工作经历的内容，但假如你读过，或者以后读到，你会发现很多人认为，我在爬上那些嫉妒成性和脑力不足的人们所谓'成功阶梯'的时候相当无情。这个看法也不能说是全错。我有敌人，我可以大大方方地承认。克雷格，做生意就像打橄榄球。假如你必须撞倒别人才能达阵得分，那你就他妈最好给我往上冲，否则你为什么要穿着队服进场呢？然而等比赛结束——我的比赛已经结束，尽管我的手还没完全拿出来——你就要脱掉队服回家。这儿现在是我的家了。在美国的这个不起眼的小角落，唯一的商店和学校我看很快也要关门了。人们不再'随便路过喝一杯'。现在我不需要去和永远有求于我的人吃应酬饭，没人邀请我去参加董事会，我不需要去参加无聊得让我想哭的慈善活动，也不会每天清晨五点被第八十一街的垃圾车吵醒。我会葬在这儿的榆树公墓，在内战老兵之间安息，我不需要去强压或者贿赂墓地的管理人，给自己找个好位置。这些理由解释了你的疑问吗？"

　　既能也不能。他对我来说是个谜，一直到他去世，甚至持续到他去世以后，然而他也许一向如此。我认为大多数人都生活在孤独之中，有些人选择了孤独，就像他，也可能我们的世界向来孤寂。"算是吧，"我说，"至少你没搬去南达科他。这一点让我很高兴。"

　　他微笑。"我也是。再拿一块饼干吧，回家路上慢慢吃。顺便替我向你父亲问好。"

　　由于税基日益缩减，小镇终于无力支持，我们只有六间教室的哈洛小学于 2009 年 6 月关闭，我发现自己不得不面对去安德罗斯科金河对岸的盖茨瀑布市中学念书的未来了。我将有七十名同学，而不是仅仅十二名。那年夏天，我第一次亲吻女孩，不是玛吉，而是她最好的朋友雷吉娜。也正是在那年夏天，哈里根先生去世了，发现尸体的正是我。

　　我知道他走路越来越困难，也知道他喘不上气的时候越来越频繁，有时候还需要从摆在他钟爱的安乐椅旁的氧气瓶里吸气，但我只是习以为常地接受了这些事情。除此之外，他的去世没有任何预兆，那天的前一天和平时没有任何区别。我读了几章《麦克提格》（我问哈里根先生我们能不能再读一本弗兰克·诺里斯的书，他愉快地答应了），然后给盆栽浇水，而哈里根先生忙着浏览电子邮件。

他抬头看我，说："人们开始醒悟了。"

"醒悟什么？"

他举起手机。"这个。互联网真正的意义，以及它能做的事情。阿基米德说过，'给我一根足够长的杠杆，我能撬动地球'。这就是那根杠杆。"

"酷。"我说。

"我刚刚删除了三封广告信和十来封政治宣传信。毫无疑问，我的邮箱地址被交换出去了，就像杂志出售订户地址一样。"

"还好他们不知道你是谁。"我说。哈里根先生的电子邮件是个代号（他喜欢用代号）：pirateking1（海贼王1）。

"要是有人在追踪我的搜索历史，那就不需要知道了。他们可以推测出我的兴趣，由此投我所好。我的名字对他们来说毫无意义，有意义的是我的兴趣。"

"是啊，垃圾邮件确实很烦人。"我说。我去厨房倒空喷壶，放回储藏室里。

我回来的时候，哈里根先生已经用氧气面罩盖住了口鼻，正在做深呼吸。

"那是医生给你的吗？"我问，"他，呃，开了处方？"

他放下氧气面罩，说："我没有医生。一个人过了八十五岁，想吃多少腌牛肉就吃多少，也不再需要医生——除非他得了癌症。那样的话，有个医生给你开止疼药还是挺方便的。"他的思路转到了别的地方。"克雷格，你思考过亚马逊吗？那家公司，不是那条河。"

老爸有时候会从亚马逊网站买东西，然而，不，我从没真的思考过它。我这么回答哈里根先生，问他想知道什么。

他指着那本现代图书馆版的《麦克提格》。"这是从亚马逊网站买的，用的是我的手机和信用卡。这家公司以前只卖图书，只是个夫妻店，但很快它会成为美国的知名企业之一。他们的微笑徽标会变得家喻户晓，就像雪佛兰的车标和我们手机上的品牌徽标。"他举起手机，给我看被咬了一口的苹果图案。"垃圾广告很烦人吗？对。它正在成为美国商业的蟑螂，到处繁殖和乱爬吗？对。克雷格，因为垃圾广告很管用，它能拉犁耕地。在并不遥远的未来，垃圾广告能够左右选举。假如我年轻个几十岁，我会捏住这个新现金流的卵蛋……"他攥起一个拳头。尽管关节炎害得他合不拢手，但我能理解他的意思。"……使劲一捏。"我见过几次的那个眼神出现在他眼睛里，就是让我庆幸我不在他的记仇小本子上的那个眼神。

"你还能活好些年呢。"我说。老天保佑，我没有意识到这是我们的最后一次对话了。

"也许吧，谁知道呢，但我想再感谢你一次，我很高兴你说服我留下了这东西。它给了我一个思考的理由。另外，晚上睡不着的时候，它也是个好伴侣。"

"我也很高兴，"我说的是真心话，"我得走了，哈里根先生，咱们明天见。"

第二天我见到了他，但他没能见到我。

我像平时一样穿过储藏室进来，大声说："你好，哈里根先生，我来了。"

没有回应。我心想他多半在卫生间。我只希望他别在卫生间摔倒，因为那天是格罗根夫人的休息日。我走进客厅，看见他坐在安乐椅里——氧气瓶放在地上，苹果手机和《麦克提格》在他身旁的桌子上——我放松下来。然而他的下巴耷拉到了胸口，身体也有点向一侧倾斜。看上去像是睡着了。假如真是这样，那么这是他第一次在下午这么晚的时候打瞌睡。他总在吃过午饭后休息一个小时，到我进门的时候，他永远眼神明亮，精神饱满。

我朝他走了一步，发现他的眼睛没有完全闭上。我能看见他虹膜的下半圈，然而那抹蓝色已经不再锐利，他的眼睛显得雾蒙蒙的，像是褪色了。我开始担心了。

"哈里根先生？"

毫无反应。他骨节突出的双手松垮地叠放在大腿上，一根拐杖依然靠着墙，但另一根却躺在地上，就好像他想伸手去拿，结果却碰倒了那根拐杖。我意识到我能听见氧气面罩在持续不断地发出咝咝声，但他呼吸时的微弱咻咻声，我已经彻底习惯了的那个声音，此刻完全听不见了。

"哈里根先生，你没事吧？"

我又朝他走了两步，伸出手想摇醒他，但随即缩回了胳膊。我从未见过尸体，但我觉得此刻眼前恐怕就有一具。我再次向他伸出手，这次我没有畏缩，抓住他的肩膀（衬衫底下，他瘦得可怕）摇了一下。

"哈里根先生，醒一醒！"

他的一只手从大腿上滑了下去，垂在双腿之间。他朝一侧又瘫软下去了一点，我能从他的嘴唇之间看见泛黄的牙龈。但我觉得还是要百分之百确定他不仅仅是失去了知觉或昏迷了过去，再打电话通知别人。我有一段短暂但清晰的记忆，是老妈在念故事给我听，故事里有个喊"狼来了"的小男孩。

我跑进走廊里的卫生间，也就是格罗根夫人所说的化妆间，觉得两腿发麻。我拿着哈里根先生放在架子上的小镜子回来，把镜子搁在他的嘴巴和鼻子前。没有呼吸时产生的雾气。这时我确定了（不过回头想想，见到他的手从大腿上滑下来，垂落在双腿之间的那一刻，我其实就已经确定了）。我在客厅里和一个死人待在一起，万一他伸出手抓住我怎么办？他当然不会那么做，他喜欢我，然而我也记得他昨天的眼神——仅仅是昨天！那会儿他还活着！当时他说，要是他年轻个几十岁，就会抓住这个新现金流的卵蛋使劲一捏。我记得他还攥起了拳头。

你会发现很多人认为我相当无情，他曾经说过。

只有在恐怖电影里，死人才会伸出手抓住你，这个我知道。我也知道死人并非无情，死人什么都不是，然而我还是先从他身边走开，然后才从裤子后袋里掏出手机。打给老爸的时候，我的眼睛一直盯着哈里根先生。

老爸说我应该没弄错，但他还是叫了辆救护车以防万一。哈里根先生的医生是谁，你知道吗？老爸问。我说他没有固定的医生（只要看一眼他的牙齿，就会知道他连牙医都没有）。我说我会在哈里根先生家里等着，我信守了承诺，不过我只敢站在房间外面等。出去之前，我考虑要不要把他垂落的那只手放回大腿上。我几乎要那么做了，然而到最后我还是没能提起勇气。他的遗体肯定已经变冷了。

我拿走了他的手机。这不是偷窃，而是出于哀悼，因为我已经感觉到了失去他的痛苦。我想留下一件他的东西，一件有意义的东西。

我猜那是镇上教堂举办过的最盛大的葬礼。前往墓地的车队从没这么长过，车队里几乎都是租来的车辆。当然也有本地人出席葬礼，包括园丁佩特·博斯特威克、承包商罗尼·斯米茨（哈里根先生的屋子基本上都是他建的，我猜他肯定发了一笔横财）、管家格罗根夫人，以及其他镇民，因为他在哈洛很受欢迎。大部分悼念者（假如他们真是来悼念，而不是来确认哈里根先生确实死了的话）是纽约来的生意人。哈里根先生没有家人。没有就是没有，是个大零蛋，一个都没有。他甚至连侄子或两代开外的表亲都没有。他没结过婚，没生过孩子，老爸刚开始对他叫我上去有所保留，很可能也是顾虑到这一点。他比他的亲属活得都久，因此发现他尸体的才会是住在山坡底下的那个孩子，一个他雇来为他读书的孩子。

哈里根先生肯定知道他的时间不多了，因为他在书房写字台上留了一张纸，亲笔写下他对葬礼的要求。他安排得非常简单。海与皮博迪殡仪馆的账面上从 2004 年就多了一笔现金预付款，足以操办一切事项，在此之外还绰绰有余。他不要守灵仪式，也不要瞻仰遗容，只要求把他"尽可能打扮得体面一些"，可以让灵柩敞着盖出现在葬礼上。

穆尼牧师主持仪式，我念了《以弗所书》的第四章："并要以恩慈相待，存怜悯的心，彼此饶恕，正如上帝在基督里饶恕了你们一样。"我看见几个生意人听见这句话对视一眼，想必哈里根先生没向他们展示过许多恩慈，也没怎么饶恕过任何人。

他要了三首赞美诗：《与主同行》《古旧十架》和《在花园里》。他要穆尼牧师布道不超过十分钟，牧师只说了八分钟，提前到达终点，创造了个人最好成绩。他基本上只列举了哈里根先生为哈洛镇做的好事，例如花钱整修尤里卡农庄以及翻建罗亚尔河上的廊桥。牧师说，他还资助了社区游泳池的建设，投入的金额远超所需，但拒绝接受为之命名的特权。

牧师没有说原因，但我知道。哈里根先生说过，让别人用你的名字给一个场所命名，这种行为不但荒唐，而且不体面，注定会被忘记。他说，过上五十年，甚至二十年，你就仅仅是铭牌上的一个名字了，不会有人多看一眼。

履行完我的读经职责，我去前排坐在老爸身旁，望着灵柩及其前后花瓶里的百合花。哈里根先生的鼻子高高隆起，仿佛一艘船的船首。我对自己说，别去看它，别去想它很可笑或很可怕（或者既可笑又可怕），多想一想他在世时的样子。建议好归好，然而我的视线总会转回去。

简短的发言结束后，牧师朝济济一堂的悼念者抬起双手，掌心向下，为他们祝福。祝福结束后，他说："想和哈里根先生告别的人现在请到灵柩前来。"

人们起身，房间内传来衣物摩擦的沙沙声和低声交谈的嗡嗡声，弗吉尼亚·哈特伦开始用管风琴演奏非常轻柔的音乐。我有一种奇怪的感觉，当时我说不上来那是什么，多年后我逐渐想通了，这种感觉名叫"超现实"。我意识到他演奏的是乡村歌曲大串烧，其中包括费林·赫斯基的《鸽子的翅膀》、德怀特·约卡姆的《我为南方歌唱》和塔米·威内特的《支持你的爱人》（当然了）。看来哈里根先生甚至定制了自己的退场音乐，我心想，算你厉害。人们排队与他告别，身穿运动上衣和卡其裤的本地人与身穿正装和漂亮鞋子的纽约客混在一起。

"克雷格，你还好吗？"老爸悄声说，"最后再看他一眼，能行吗？"

我想做的不只是最后再看他一眼，但我没有告诉老爸，正如我没法告诉老爸我有多么难过。此刻情绪淹没了我。读《圣经》的时候我没有动感情，就像我读许许多多其他的书籍给他听的时候一样，然而坐在那里，看着他的鼻子高高隆起，我意识到他的灵柩是一艘船，将要带他驶入最后的旅程，沉入无尽的黑暗。我想哭，我也确实哭了，不过是在葬礼后一个人躲起来哭的。我不想在一群陌生人之间哭泣。

"嗯，我想排在队伍最后，最后一个和他说再见。"

老爸没问我为什么，上帝保佑他，他只是捏了捏我的肩膀就过去排队了。我回到前厅，运动上衣穿在身上不太舒服，肩膀有点紧，因为我终于开始长个了。我等到队伍只有主过道的一半长度，确定不会再有人加入了，才过去排在两个穿正装的男人背后，他们在用小小的声音聊天。你猜他们在聊什么？亚马逊公司的股票。

等我走到灵柩前，音乐已经停止，讲坛上空无一人。弗吉尼亚·哈特伦多半从后门溜出去抽烟了，而牧师大概在圣具室里，忙着换掉长袍，梳理他所剩无几的头发。前厅里有几个人，他们压低声音交头接耳。教堂里只剩下了我和哈里根先生，就像先前的许多个下午，我们在他的山顶豪宅里，看着虽然好但不算秀丽的景色。

他穿一身我没见过的炭灰色正装。殡仪馆给他上了点腮红，所以他显得挺健康，虽说健康的人不会躺在棺材里，闭着眼睛，让毫无生气的面庞沐浴最后几分钟的阳光，然后永远长眠于地下。他的双手叠放在一起，让我想到仅仅几天前走进他家客厅时那双手叠放在一起的样子。他看上去像个真人尺寸的玩偶，我真不愿意见到他这个模样。我不想留在这儿，我想呼吸新鲜空气，想和老爸待在一起，想回家。但我还有事情要做，而且必须立刻就做，因为穆尼牧师随时都有可能从圣具室回来。

我从运动上衣的内袋里掏出哈里根先生的手机。我最后一次和他在一起的时候——我指的是活生生的他，而不是瘫软在椅子里，或者看上去像个装在昂贵包装盒里的玩偶的他——他说他很高兴我说服他留下了手机。他说晚上睡不着的时候，手机是个好伴侣。手机有密码保护，如我所说，一旦兴趣真的被挑了起来，他就学得很快，但我知道密码是 pirate1。葬礼前的那天夜里，我在我的卧室里打开过他的手机，还用过笔记功能。我想给他留句话。

我想说爱你，但感觉不对。我喜欢他，但同时对他也有一点戒备。另外，我也不认为他爱我。我不认为哈里根先生爱过任何人，除了在他父亲离开后独自抚养他的母亲（我做过一些调查）。最后我输入的话是这样的：为你工作是我的荣幸，谢谢你的卡片和刮刮乐彩票，我会想念你的。

我提起他的正装衣领，尽量不碰到崭新的白衬衫下不再呼吸的胸膛……然而我的指关节还是擦了一下，直到今天我还记得那个感觉。很硬，就像木头。我把手机塞进他的上衣内袋，随后迅速从棺材边退开，时间恰到好处。穆尼牧师走出侧门，边走边整理领带。

"克雷格，在和他告别吗？"

"是的。"

"很好，应该这样。"他用一条胳膊搂住我的肩膀，领着我从灵柩前走开。"你和他关系很好，我保证肯定有很多人嫉妒得眼红。你还是出去和你父亲待在一起吧。另外能帮我一个忙吗？去告诉拉弗蒂先生和其他抬棺人，我们过几分钟就会准备好了。"

另一个人从通往圣具室的门里走了出来，双手互扣在身前。看一眼他的黑色正装和别在上面的白色康乃馨，就知道他是殡仪馆的人。我猜他的工作是合上灵柩的盖子，确保盖子固定好。见到他的瞬间，对死亡的恐惧忽然扑向我，我很高兴能离开那个地方，走到外面的阳光下。我没告诉老爸我需要一个拥抱，但他肯定看出来了，因为他用两条胳膊把我搂在了怀里。

别死，我心想，求你了，老爸，你别死。

榆树公墓的仪式要好一些，因为用时比较短，而且在室外举行。哈里根先生的事业管理人查尔斯·"奇克"·拉弗蒂简单地列举了哈里根先生的种种善举，他哈哈一笑，说他不得不忍受哈里根先生"可疑的音乐品味"。拉弗蒂先生的发言里只有这一句有点人味儿。他说他为哈里根先生工作了三十年，也与哈里根先生共事了三十年。我没有理由怀疑他，但他对哈里根先生身上人性的一面似乎一无所知，除了他对吉姆·里夫斯、帕蒂·洛夫莱斯和亨森·卡吉尔等歌手的"可疑品味"。

我想走上去，告诉聚集在墓穴前的这些人，哈里根先生认为互联网就像破裂的自来水管，只不过喷出来的是信息，而不是水。我想告诉他们，他的手机里有几百张蘑菇照片；还想告诉他们，他喜欢格罗根夫人的燕麦饼干，因为这种饼干能让他的肠子动起来。还有，一个人到了八十几岁，就不再需要吃维生素和看医生了，一个人过了八十五岁，想吃多少腌牛肉就吃多少。

但我一个字都没说。

这次读经的是穆尼牧师本人，到了那个伟大的苏醒之晨，我们所有人都会像拉撒路一样从死里复活。他再次祝福众人，葬礼随即结束。等我们离开，回去过我们的日常生活，哈里根先生会被放进墓穴（和他口袋里的苹果手机一起,那是我的功劳),泥土会覆盖他的身体,这个世界再也不会见到他了。

我和老爸离开的路上,拉弗蒂先生走了过来。他说他要到明天上午才飞回纽约,不知道晚上能不能来我们家拜访一下。他说有事情要和我们谈。

我的第一个念头是这件事肯定和我拿走的手机有关,然而我不知道拉弗蒂先生怎么会知道是我拿走的,再说手机也已经回到了它真正的主人身上。要是他问我,我心想,我就说那部手机本来就是我送给他的。另外,哈里根先生的产业肯定值很大一笔钱,区区一部六百美元的手机能算得上什么呢?

"好的,"老爸说,"过来吃晚饭吧,我会做相当难吃的意大利肉酱面。我们通常六点左右开饭。"

"我就指望你的款待了。"拉弗蒂先生说。他掏出一个白色的信封,上面写着我的名字,我认识那个笔迹。"这封信也许能解释我想和你们谈的内容。我是两个月前收到的,里面指示我保留到……呃……现在这样的场合。"

我们回到车里,老爸爆发出一阵大笑,他笑得前仰后合,眼泪都流出来了。他狂笑着拍打方向盘,又狂笑着捶打大腿,他擦了一把脸,继续大笑。

"怎么了?"我等他平静下来之后问,"有什么好笑的?"

"我想不到这还有可能是其他什么东西。"他说。他不再大笑,但依然在咻咻笑。

"你到底在说什么啊?"

"克雷格,我猜你肯定在他的遗嘱里。拆开吧,看看上面怎么说。"

信封里只有一张纸,完全是典型的哈里根式公报语气:没有甜言蜜语,开头称呼里甚至连个"亲爱的"都没有,他开门见山。我大声念给老爸听。

克雷格：

假如你读到这封信，那么我已经去世了。我以信托方式留给你八十万美元。托管人是你父亲和查尔斯·拉弗蒂，后者是我的事业管理人，我去世后他将担任遗嘱的执行人。按照我的计算，这笔钱足够你念完四年大学和你选择从事的任何研究生工作，剩下的则足以让你在你选择的职业道路上起步。

你提到过写剧本。假如这是你的愿望，那么你当然应该去追寻梦想，但我并不赞同。关于编剧，有个下流的笑话我不便复述，但你用手机很容易就能找到，关键词是编剧和小明星。其中隐含着一个道理，我觉得即便是你这个年纪也应该能领悟。电影是短暂的，但书——我说的是好书——是永恒的，或者接近永恒。你已经为我读过了许多好书，但还有其他好书在等着被写出来，这就是我想说的。

尽管你父亲对信托基金的一切事宜拥有否决权，但他最好不要干涉拉弗蒂先生建议你做出的任何投资。奇克在市场方面的眼光非常好。即便去掉学费，等你长到二十六岁，这八十万应该也能增长到一百万甚至更多，到时候信托期限将会结束，你愿意怎么花就怎么花（或者投资——这永远是最聪明的选择）。我们一起度过的下午时光使我非常快乐。

你忠实的朋友
哈里根先生

又及：至于你收到的贺卡和里面的小礼物，不用客气。

最后的又及让我有点悚然，几乎像是回复了我在他手机上的留言，而那段话是我决定把手机塞进他的寿衣口袋时才输入的。

老爸没再大笑或窃笑，但他在微笑。"克雷格，有钱的感觉怎么样？"

"挺好。"我说——确实挺好。这是个了不起的礼物，但同样好（甚至更好）的是我意识到哈里根先生这么看得起我。喜欢冷嘲热讽的人多半会认为我这么说是想给自己脸上贴金，但事实并非如此。这笔钱就像我八九岁时扔到后院里的大松树上还卡住了的飞盘：我知道它在那儿，但我够不到它。不过这样也挺好，我暂时什么都不缺。当然，除了他。现在我该怎么打发非周末的下午呢？

"我收回所有说他吝啬的话。"老爸说。他跟着一辆亮闪闪的黑色 SUV[1] 开出停车场，这辆车多半是某个生意人在波特兰机场租的。"不过……"

"不过什么？"我问。

"考虑到他没有亲戚，又那么有钱，他可以留给你至少四百万的，或者六百万。"他看见我的表情，又爆发出一阵大笑。"开玩笑，孩子，我开玩笑的。好了吧？"

我朝他的肩膀擂了一拳，打开收音机，从 WBLM（"缅因州的摇滚乐死硬分子"）调到 WTHT（"缅因州的头号乡村乐电台"）。我已经喜欢上了乡村乐，直到现在也没有改变。

●　　●　　●

拉弗蒂先生来吃晚饭。他吃了很多老爸做的意大利面，对他那么一个瘦子来说更是多得出奇。我说我知道信托基金的事了，谢谢你。他说"别谢我"，然后开始讲他打算如何投资。老爸说你觉得应该怎么做就怎么做，把情况告诉克雷格就行，迪尔公司[2]也许是个投钱的好去

---

1 即运动型休旅车。
2 美国跨国公司，制造农业设备的企业，也生产挖土机和林场机械。

处，因为他们像发疯一样地在做创新。拉弗蒂先生说他会考虑的，后来我发现他确实投了迪尔公司，不过只投了一小笔钱。大部分钱都投入了苹果和亚马逊。

吃过晚饭，拉弗蒂先生和我握手道贺："克雷格，哈里根的朋友非常少。你很幸运，能成为其中之一。"

"而他也很幸运，能认识克雷格。"老爸静静地说，用一条胳膊搂住我的肩膀。我的喉咙一下子哽住了，拉弗蒂先生离开后，我回到自己的房间，哭了好一会儿。我尽量不出声，免得被老爸听见，也许我做到了。也可能他听见了，但知道我不希望受到打扰。

哭完之后，我打开手机，点开浏览器，输入关键词"编剧和小明星"。这个笑话据说来自一位名叫彼得·菲布尔曼的小说家，说的是一个小明星对电影毫无概念，结果和一个编剧上了床，也许你听过。我没有听过，不过我明白了哈里根先生想表达的意思。

那天夜里两点左右，遥远的雷声吵醒了我，我再次意识到哈里根先生已经去世了。我躺在床上，而他躺在地下。他穿一身正装，而且会永远穿下去。他的双手叠放在身上，一直到它们变成白骨也还是那样。雷声过后若是下雨，雨水会渗入地下，泡湿他的棺材。他的棺材没有水泥封或内衬，他在格罗根夫人所说的"临终信"里特地强调了不要。棺材盖会慢慢朽烂，他那身正装也一样。手机是用塑料做的，会比他的衣服和灵柩坚持得更久，但到最后连塑料也会消亡。不存在永恒之物，也许只有圣灵除外，然而，尽管我只有十三岁，对圣灵也已经有所怀疑。

我突然非常想听见他的声音。

这时我意识到，我能听见的。

这么做令人毛骨悚然（尤其是在夜里两点），而且有点病态，我知道，但我也知道只要这么做了，我就能回去接着睡。于是我拨了电话。

这时我起了一身鸡皮疙瘩，因为我意识到了蜂窝电话技术的真谛：榆树公墓的地下某处，一具尸体的衣服口袋里，塔米·威内特正在高唱《支持你的爱人》的高潮两句。

随后他的语音留言在我耳畔响起，既平静又清晰，只是因为衰老而带点喉音："现在我没法接电话，我会在时间合适的时候打给你。"

要是他真的打过来呢？要是他打过来，我该怎么办？

嘀声还没响起，我就挂断电话，回到了床上。正在盖被单的时候，我改变了主意，重新爬起来，再次拨通电话。我不知道自己为什么要这样做。这次我等到嘀的一声，然后说："我想念你，哈里根先生。感谢你留给我的钱，但要是能让你活过来，我宁可不要。"我顿了顿，又说，"也许听上去像假话，但不是。真的不是。"

挂断电话，我回到床上，脑袋一碰到枕头就睡着了，连梦都没做一个。

每天早晨醒来后，我习惯在穿衣洗漱前先打开手机，点开新闻应用，确定还没人发动第三次世界大战或者搞恐怖袭击。哈里根先生葬礼的第二天早晨，我正要点开新闻应用，却看见短信图标上有个小红圈，提示我收到了一条新短信。我猜发信人要么是比利·博根，他有一部摩托罗拉"明"系列的手机，要么是玛吉·沃什伯恩，她有一部三星手机……不过最近玛吉发给我的短信越来越少，我猜雷吉娜把我和她接吻的猛料抖给了玛吉。

你知道有句老话是"谁谁谁的血液一下子结冰了"吧？这种事确实有可能发生，我很清楚，因为当时我的血液就一下子结冰了。我坐在床上，瞪着手机屏幕，发信人是 pirateking1。

我听见楼下厨房里叮叮当当的响动声，老爸正从炉灶旁边的柜橱里取出长柄煎锅。他似乎打算给我俩做一顿热乎乎的早饭，这是他尽量每周做一两次的事情。

"爸爸？"我说。叮叮当当的响动没有停下，我听见他说了句什么，好像是"给我出来，你这该死的小东西"。

他没有听见我叫他，不仅因为我的卧室门关着。我自己都听不见我的叫声，那条短信让我的血液结了冰，也夺走了我的声音。

上一条短信是哈里根先生去世前四天发给我的。里面写着：今天不用给盆栽浇水，格罗根夫人浇过了。往下的一条是这样的：CCC aa。

发信时间是凌晨两点四十分。

"爸爸！"这次我的声音大了一点，但依然不够响。我不知道跑下楼的时候我是不是在哭，也不记得眼泪是什么时候流下来的，总之我依然穿着内裤和盖茨瀑布市老虎队的 T 恤。

老爸背对着我。他总算把锅取了出来，这会儿正在煎黄油。他听见我的脚步声，说："希望你饿了，反正我很饿。"

"爹地，"我说，"爹地。"

我从八九岁起就不再叫他"爹地"了，此刻听见我这么叫他，他立刻转过身。他发现我没换衣服，正哭着举起手机给他看。他顿时忘记了煎锅的存在。

"克雷格，怎么了？出什么事了？你做葬礼的噩梦了？"

确实是噩梦，很可能已经太晚了，毕竟哈里根先生上了年纪，但也许还来得及。

"天哪，爹地。"我痛哭流涕，"他没死。至少今天凌晨两点半还活着。咱们必须去把他挖出来。咱们必须要去，因为咱们活埋了他。"

我把一切都告诉了老爸。从我如何拿走哈里根先生的手机，到我如何把手机塞进他的上衣口袋。我说这样做是因为手机现在对他来说意义重大，也因为那是我送给他的礼物。我说我半夜打电话给那部手机，第一次先挂断了，随后又打回去，在语音信箱里留言。我不需要给老爸看我收到的短信，因为他已经看过了。更确切地说，仔细研究过了。

煎锅里的黄油烤焦了，老爸起身，从炉子上拿开煎锅。"我看你吃不下煎蛋了。"他说。他回到桌边，没有坐在平时的位置，也就是我的正对面，而是坐在了我的身边。他用一只手盖住我的一只手："听我说。"

"我知道这么做很可怕，"我说，"但要是我没打这个电话，咱们就永远也不会知道了。咱们必须——"

"孩子——"

"不，老爸，你听我说！咱们必须立刻叫人去墓地！推土机、铲车，或者用铁锹挖也行！他还有希望——"

"克雷格，够了。你被骗了。"

我瞪着他，震惊得合不拢嘴。我知道被骗是什么意思，但我根本没想过这种事会落在我头上，而且还是在深更半夜。

"这种事最近越来越多了，"他说，"公司里甚至专门开了一次员工会议说这个。有人拿到了哈里根先生的手机，把所有数据迁移到了另一台手机上，还拿走了他的手机卡。明白我的意思吗？"

"明白，当然，但是爹地——"

他握住我的手。"多半是想窃取商业机密的人。"

"他已经退休了！"

"但他的手还在里面，他告诉过你的。也可能是那些想窃取他的信用卡信息的人。总之他们在这台拥有迁移数据的手机上收到了你的留言，决定搞个恶作剧。"

"这都说不准，"我说，"爹地，咱们必须去确定一下！"

"不需要，我来告诉你为什么。哈里根先生很有钱，去世时身边没人。除此之外，他好几年没看过医生了，尽管我敢打赌，拉弗蒂在这方面唠叨过他许多遍，哪怕只是因为他没法更新老先生的保险合同，抵扣更多的遗产税。因为这些原因，法医做了尸检，所以他们才会发现他死于晚期心脏疾病。"

"他们切开了他?"我想到我把手机塞进他衣袋时,指节如何擦过他的胸膛。他崭新的白衬衫和漂亮的领结底下有缝合好的切口吗?要是老爸没说错,那么答案就是肯定的。一个缝合好的Y字型切口,我在电视上看见过,那个节目叫《犯罪现场调查》。

"对,"老爸说,"我本来不想告诉你,不希望你听了心里难过,但总比让你以为他被活埋了要好。他没有被活埋,不可能的,他死了。你明白我的意思吗?"

"明白了。"

"今天要我留在家里陪你吗?你需要的话我可以留下。"

"不用了,我没问题的。你说得对,我被骗了。"而且还受到了惊吓。

"你一个人打算怎么过?要是你打算闷头想各种可怕的事情,那我还是休息一天好了。咱们可以去钓鱼。"

"我才不会闷头想各种可怕的事情呢。我要去哈里根先生家,给盆栽浇水。"

"你觉得去那儿是个好主意吗?"他仔细打量我。

"我答应过他的,另外我还想和格罗根夫人聊一聊。我想知道他有没有为她安排过那个条款。"

"遗嘱条款,你倒是很会为人考虑。当然了,她多半会叫你管好你自己的屁事。她那人是个老派的北方佬。"

"要是他没有安排过,我想把我的钱分给她一部分。"我说。

老爸微笑,亲了一口我的脸蛋。"你是个好孩子,你老妈会为你自豪的。你确定你没问题了?"

"我确定。"为了证明这一点,我吃了些煎蛋和吐司,尽管没什么胃口。老爸说得对,有人窃取密码,克隆他的手机,跟我开了个残酷的玩笑。不可能是哈里根先生,他的内脏已经像沙拉一样被丢掉了,他的血液被换成了防腐剂。

老爸去上班了，我去山上的哈里根先生家。格罗根夫人在用吸尘器清扫客厅，她没有像平时那样哼歌，但还算神态自若。我给盆栽浇完水，她问我要不要去厨房，陪她一起喝杯茶（她所说的"开心水"）。

"还有饼干吃。"她说。

我们走进厨房，她用水壶烧水，我告诉她哈里根先生留下了遗嘱，用信托基金留给我一笔大学学费。

格罗根夫人一本正经地点点头，就好像她早有所料，她说拉弗蒂先生也给了她一个信封。"老板为我做了安排，超过我的想象，也超过了我应该得到的。"

我说我也是这个感觉。

格罗根夫人把茶端到桌上，我和她一人一个大马克杯。她把一盘燕麦饼干放在两个茶杯之间。"他特别爱吃这东西。"格罗根夫人说。

"是啊，他说这种饼干能让他的肠子动起来。"

她听得哈哈大笑。我拿起一块饼干，咬了一口。嚼着饼干，我想到了仅仅几个月前，我在卫理公会青年团契的濯足节与复活节仪式上朗诵《哥林多前书》："祝谢了，就擘开，说：'这是我的身体，为你们舍的。你们应当如此行，为的是记念我。'"燕麦饼干不是圣餐，牧师肯定会说我这个念头是在亵渎神明，不过我还是很愿意吃掉这块饼干。

"他也照顾了佩特。"她说。她指的是园丁佩特·博斯特威克。

"好极了，"我伸手去拿下一块饼干，"哈里根先生是个好人，对吧？"

"这话我就不敢说了，"她说，"他这人很公正，没错，但你可不想被他记恨。你不记得达斯蒂·比洛多了，对吧？你当然不记得，你来的时候他已经走了。"

“是住在拖车公园的比洛多家的人吗？”

“哎呀，没错，就是商店旁边的那个拖车公园，不过我猜达斯蒂没在那儿。他早就上路去过他的好日子了。佩特来之前，他负责园丁的工作，但还没干满八个月，哈里根先生就逮住他偷钱，炒了他的鱿鱼。我不知道他偷了多少，也不知道哈里根先生是怎么发现的，但炒鱿鱼并不是这次惩罚的终点。你肯定知道哈里根先生给咱们小镇带来了什么，他以各种方式帮助我们，但穆尼牧师说出来的连一半都不到，可能他不知道，也可能他知道但讲话的时间有限。做慈善对一个人的灵魂有好处，但做慈善也能赋予一个人权力，哈里根先生把他的权力用在了达斯蒂·比洛多身上。”

她摇了摇头，我觉得有一部分是出于敬佩。她确实有北方佬的那股狠劲儿。

“不知道达斯蒂是从写字台、袜子抽屉或者天晓得哪儿偷到的钱，但我希望他至少偷走了几百美元，因为那是他在哈洛镇、罗克堡市和缅因州能弄到手的最后一笔钱了。哈里根先生说到做到，在此之后，达斯蒂连去多兰斯·马斯泰拉的牲口棚铲鸡屎都没门。他这人很公正，然而要是你不公正，那就只有上帝才能帮你了。来，再吃一块饼干。”

我又拿了一块饼干。

“孩子，喝点茶吧。”

我喝了两口茶。

“等会儿我去整理楼上的房间。需要换一条新床单了，不能只是扫一扫床上，至少今天得这样。你觉得他们会怎么处理这座屋子？”

“天哪，我不知道。”

“我也是，完全想不到，没法想象会有谁来买。哈里根先生独一无二，这里的一切……”她展开双臂，“……也是一样。”

我想到电梯的玻璃外墙，认为她说得有道理。

格罗根夫人又拿了一块饼干。“盆栽呢？该怎么处理？”

"要是没问题的话，我可以拿走两盆，"我说，"剩下的我就不知道了。"

"我也是。他的冰箱也是满的，咱们三个可以分一分——你、我，还有佩特。"

拿了，吃吧，我心想，为的是记念我。

她叹了口气。"我基本上只是在拖时间而已。慢慢地做这几项家务，好像事情很多一样。老天在上，真要说的话，我不知道接下来该干什么了。你呢，克雷格？你有什么打算？"

"现在嘛，我要下楼去给他的灰树花浇水，"我说，"要是你确定可以的话，等我回家的时候，我至少可以带走那盆非洲堇。"

"我当延确定，"她用北方佬的口音说"当然"这个词，"爱拿几盆就拿几盆吧。"

她上楼去了，我下楼去地下室，哈里根先生的蘑菇养在一组培养箱里。给蘑菇浇水的时候，我想到 pirateking1 半夜发给我的短信。老爸说得对，肯定是有人在捉弄我，但是搞恶作剧的人难道不该至少发点半通不通的内容吗，比方说"救命啊我被困在棺材里了"，或者像那个老笑话一样，"忙着腐烂呢，别来骚扰老子"？搞恶作剧的人为什么只发了两个"a"？要是念出来，听上去就像一个人在漱口或临死前咽气的怪声。这个人又为什么要发我名字的首字母[1]，而且还发了三次？

· · ·

最后我拿了四盆哈里根先生的盆栽回家——非洲堇、红掌、豆瓣绿和花叶万年青。我把花叶万年青放进我的房间，因为这是我最喜欢的一盆，再把另外三盆放在家里的其他地方。我知道，挪动这些盆栽

---

1 克雷格（Craig）的首字母是 C。

只是在拖延时间。四盆都放好之后，我从冰箱里拿了一瓶思乐宝放进自行车的挂包[1]里，骑车去榆树公墓。

那是一个炎热的夏天上午，公墓里空无一人，我径直走向哈里根先生的墓地。墓碑已经就位，一块并不显眼的花岗岩，上面刻着他的姓名和生卒日期。墓碑前有很多花束，都是鲜花（放不了多久），大部分别着卡片。最大的一束来自佩特·博斯特威克一家，这些花很可能就来自哈里根先生自己的花圃，但这是出于敬意，而不是为了省钱。

我跪在地上，不是为了祈祷。我从口袋里掏出手机，拿在手里。我的心脏在怦怦跳，一下一下那么沉重，小黑点开始在我的眼前闪烁。我点开联系人，打给哈里根先生，接着我放下手机，把面颊贴在刚填实的泥土上，用耳朵搜寻塔米·威内特的歌声。

我觉得我听见了，但也许仅仅出于想象，毕竟声音必须穿透他的外衣，穿透棺材的盖板，再穿透六英尺[2]厚的地面。然而我觉得我听见了。不，划掉——我确定我听见了。哈里根先生的手机正在他地下的坟墓里高唱《支持你的爱人》。

我的另一只耳朵，也就是没贴在地上的那一只，听见了他的语音留言，非常微弱，但在墓地一片令人昏昏欲睡的寂静之中清晰可辨。"现在我没法接电话，我会在时间合适的时候打给你。"

他不会打给我了，无论时间合不合适。他去世了。

我起身回家。

• • •

2009 年 9 月，我和朋友玛吉、雷吉娜和比利一起去盖茨瀑布市中

---

1 一种挂在自行车后座上的包。
2 1 英尺约合 30.48 厘米。

学念书。我们坐一辆小小的旧巴士，因此盖茨市的孩子们很快就给我们起了一个"小巴崽子"的绰号。我终于开始长个子（长到离六英尺还有两英寸[1]就停下了，让我颇为难过），然而开学第一天，我依然是八年级最矮的学生。就这样，我成了肯尼·扬科的完美目标，他长得很壮，爱惹麻烦，那年留了一级，他的照片应该放在字典里"霸凌"的词条底下。

我们的第一节课不上课，因为要给来自"学区镇"的孩子开新生大会，也就是说，从哈洛、莫顿和夏洛教堂这三个小镇来的孩子。那年（以及接下来许多年）的校长是个脚步蹒跚的高大男人，一颗光头闪闪发亮，看上去像是打过蜡。他就是阿尔贝·道格拉斯先生，在学生的嘴里不是"阿凯"阿尔就是"酒鬼"道格。没人看见他喝醉过，但人人都坚信他喝酒就像鱼喝水一样。

他站上讲台，欢迎我们"这群优秀的新学生"来到盖茨瀑布市中学。他说在接下来的这个学年里，有各种美好的事物在等待着我们：乐队、合唱俱乐部、辩论俱乐部、摄影俱乐部、美国未来农民会，以及我们有能力从事的各种运动（只能是棒球、田径、足球或曲棍球，橄榄球要到高中才能选）。他说每个月会有一次盛装周五活动，男生要打领带、穿休闲正装，女生要穿裙装（裙摆不得高于膝盖以上两英寸，谢谢）。还有一点，绝对不准强迫从小镇来的新生参加任何入学仪式。他指的就是我们。前年有个从佛蒙特州来的转学生被迫一口气灌下三瓶佳得乐，结果进了缅因州中心医院，因此这项传统已被废除。最后，他祝我们一切顺利，送我们走上所谓"学术冒险之旅"。

我本来害怕自己会在这所巨大的新学校里迷路，事实证明我想太多了，学校一点都不大。除了第七节的英语课之外，我所有课程的教室都在二楼，而且每一位老师我都喜欢。我一直担心自己数学跟不上，

---

1 1 英寸约合 2.54 厘米。

但这里的进度和我上一所学校的刚好接上了，因此也没什么问题。我对整个学校的感觉都挺好，直到第六节课之后换教室的那四分钟。在那短短的几分钟里，我改变了想法。

我沿着走廊走向楼梯，经过砰砰作响的储物柜、叽叽呱呱聊天的同学和食堂飘来的牛肉通心粉香味。我刚踩上楼梯最上面的一级台阶，一只手就抓住了我。"哎，新来的。别走那么快嘛。"

我转过身，看见一个身高六英尺的巨魔和一张长满青春痘的丑脸。他黑色的头发油腻腻地垂在肩膀上，小小的黑眼睛从突出的额头底下盯着我，其中充满了虚假的喜悦。他穿直筒牛仔裤和磨损的机车靴，一只手里拿着个纸袋。

"接着。"

我不明所以地接过去。学生们从我身旁匆忙跑下楼梯，有几个偷偷地瞥了一眼留长发的那小子。

"打开看看。"

我看了。里面有一块布、一把刷子和一罐奇伟鞋油。我把纸袋还给他："我要去上课了。"

"没门，新来的，你得先给我擦鞋。"

现在我明白了，这肯定是什么入学仪式。尽管校长今天一早刚刚明令禁止过，我还是打算乖乖照做。这时我想到了从我们身旁跑下楼的其他学生，他们会看见哈洛镇的这个乡下小子跪在地上，手里拿着布、刷子和鞋油。故事会飞快地传开。然而也许我还是不得不给他擦鞋，因为他的块头比我大太多了，另外，我也不太喜欢他看向我的眼神，那眼神仿佛在说：我很乐意揍得你满地找牙，新来的，只等你给我一个借口了。

这时我心想：要是哈里根先生看见我跪在地上，卑微地给这个蠢货擦鞋，他会怎么想呢？

"不。"我说。

"不？你可不想犯这种错误，"大个子说，"你他妈最好给我相信。"

"孩子们？哎，孩子们？有什么问题吗？"

来的是哈根森小姐，我的地理课老师。她年轻漂亮，大学刚毕业不久，但她有那种"别想糊弄我"的果断气质。

大个子摇摇头，表示没问题。

"一切正常。"我把纸袋还给大个子。

"你叫什么名字？"哈根森小姐问。她看的不是我。

"肯尼·扬科。"

"肯尼，你的袋子里装着什么？"

"没什么。"

"不会是搞入学仪式的玩意儿吧？"

"不是，"他说，"我要去上课了。"

我也要去上课了。下楼的人群越来越稀疏，上课铃很快就会响起。

"我知道，肯尼，但你稍等一下，"她把视线转向我，"你叫克雷格，对吧？"

"是的，女士。"

"克雷格，袋子里是什么？我很好奇。"

我想告诉她。不是因为什么童子军"诚实永远是最佳策略"的狗屁信条，而是因为他吓唬了我，我很生气，也（好吧，我承认）因为有个成年人在给我撑腰。这时我心想：哈里根先生会怎么处理呢？他会告密吗？

"哦，是他没吃完的午饭，"我说，"半个三明治。他问我要不要。"

假如她把纸袋拿过去，往里面看一眼，那我和大个子就都有麻烦了，但她没看……尽管她肯定知道里面是什么。她只是叫我们快去上课，然后就踩着刚好适合在学校穿的中跟皮鞋嗒嗒地走开了。

我迈步往楼下走，但肯尼·扬科又抓住了我。"新来的，你应该给我擦鞋的。"

我更生气了。"我刚才救了你一命，你该说谢谢才对。"

他的脸涨红了，但脸上那些即将喷发的小火山并没有因此变得不太显眼。"你应该给我擦鞋的。"他走出去几步，又转过身，傻乎乎的纸袋依然抓在手里，"去你妈的谢谢，新来的，去你妈的。"

一周后，肯尼·扬科和木工课老师阿瑟诺先生起了冲突，他抓起一把手持式木工磨光机扔向老师。和他在楼梯顶上对峙过之后，我发现他算是个传奇人物。肯尼在盖茨瀑布市中学就读两年，已被停学至少三次，木工课上的冲突成了最后一根稻草。学校开除了他，我以为我和他的麻烦就这么过去了。

和大多数小地方的学校一样，盖茨瀑布市中学非常注重传统，盛装周五只是其中之一。除此之外还有很多种活动，比如持靴日（站在IGA 超市门口，请人们为消防队捐款）、一英里跑（在体育课上绕体育场跑二十圈），以及在每月一次的学生大会上合唱校歌。

这些传统中有一项是秋季舞会，它有点像萨迪·霍金斯节，女生要主动邀请男生。玛吉·沃什伯恩邀请了我，我答应了，虽然我对她不是那种喜欢（你懂的），但我还是希望能和她继续当朋友。我请老爸开车送我们去，他非常乐意帮这个忙。雷吉娜·迈克尔斯邀请了比利·博根，因此我们凑成了双重约会。尤其好的一点是，雷吉娜在自习室里咬着我的耳朵说，她邀请比利只是因为比利和我是好朋友。

我玩得非常开心，第一次场间休息时，我离开体育馆，去卸掉我灌进肚子里的潘趣饮料。走到男厕所门口时，有人突然用一只手抓住我的腰带，另一只手掐住我的后脖颈，按着我横穿过走廊，扑向通往教工停车场的侧门。要不是我及时伸出一只手推开防撞门杆，肯尼会用我的脸直接去撞门板。

我清楚地记得接下来发生了什么。天晓得为什么小时候的悲惨记忆总是难以忘却，我只知道我确实记得。这段记忆实在是非常糟糕。

从热烘烘的体育馆出来（更不用说那么多行将成熟的躯体散发出的汗味了），晚风凉得出奇。我看见月光把两辆车的镀铬部件照得闪闪发亮，它们属于当晚的看管人，泰勒先生和哈根森小姐（看管人的角色总会落在新教师头上，你没猜错，这也是学校的一项传统）。我听见96号公路上有辆车的尾气砰的一声喷出消音管。肯尼·扬科把我推倒在停车场的沥青地面上，我感觉手掌热辣辣的，应该是擦破了皮。

"给我起来，"他说，"你有活儿要干。"

我爬起来，低头一看，发现手掌在流血。

停车场里的一辆车上放着一个纸袋，他拿起纸袋塞给我。"给我擦鞋。擦了，咱们就算扯平了。"

"去你妈的。"我一拳打在他眼睛上。

记忆犹新，明白吗？我记得他揍我的每一下：一共五拳。我记得最后一拳如何打得我后背撞在煤渣砖的外墙上，我如何命令我的双腿撑住，但它们如何不听我的话。我贴着墙慢慢滑下去，直到屁股坐在碎石地面上。我记得那时体育馆正在放黑眼豆豆的《砰砰爆》，微弱但能听清。我记得肯尼站在我面前，呼哧呼哧地喘着气，说："敢说出去你就死定了。"但我记得最清楚也最当一回事的，是我拳头打在他脸上那一刻，心里感觉到的至高无上而凶猛残忍的满足感。我只打中了他一拳，但那是多么带劲的一拳。

砰，砰，爆。

●　　●　　●

他离开后，我从口袋里掏出手机，确定了一下手机没坏，打给比利。我只能想到这么一个念头。铃响第三声，他接起来，在佛罗·里达的吟唱声中扯着嗓门叫喊。我叫他出来，喊上哈根森小姐。我不想把老师牵扯进来，这点伤也不算严重，但校方迟早会发现，因此还不如从一开始就说实话。我认为哈里根先生应该会这么处理。

"怎么了？哥们，出什么事了？"

"有个高中生打了我一顿，"我说，"我觉得我还是别进去比较好。样子不太好看。"

三分钟后，他跑了出来，后面不仅跟着哈根森小姐，还有雷吉娜和玛吉。我的朋友们惊恐地看着我劈裂的嘴唇和流血的鼻子。我的衣服也溅上了血，我崭新的衬衫被撕破了。

"跟我来。"哈根森小姐说。见到我的鲜血、脸上的瘀青和肿胀的嘴唇，她似乎并没有慌张。"你们几个都来。"

"我不想进去，"我指的是回体育馆，"不想被别人盯着看。"

"可以理解，"她说，"这边走。"

她领着我们走向一扇门，门上标着"仅限教职工使用"。她用钥匙开门，让我们进去，领着我们来到教师休息室。这儿实在算不上奢华，哈洛镇上的人搞前院大甩卖的时候，我在草坪上见过更好的家具，然而椅子毕竟是椅子，我找了一把坐下。哈根森小姐拿来急救包，派雷吉娜去卫生间用冷水泡湿毛巾，以便敷我的鼻子。她说鼻梁应该没断。

雷吉娜回来时满脸震惊："卫生间里有艾凡达护手霜！"

"是我的，"哈根森小姐说，"你喜欢的话尽管涂。克雷格，把毛巾敷在你的鼻子上。按住了。是谁送你们来的？"

"克雷格的父亲。"玛吉说。她瞪大眼睛，扫视这个从未涉足过的新世界。我显然不会倒地而死了，因此她把注意力转移到了这个休息室上面。现在她正把一切都分门别类装进脑袋，等着以后和闺密慢慢讨论。

"打电话给他，"哈根森小姐说，"克雷格，把你的手机给玛吉。"

玛吉打给我老爸，叫他来接我们。他说了些什么。玛吉听了一会儿，说："呃，出了点小麻烦。"她又听了一会儿："呃……那个……"

比利把电话拿过去。"克雷格被人打了，但他没事。"他听了一会儿，把手机给我，"你爸想和你说话。"

老爸当然想和我说话了，他先问我怎么样，又问是谁干的。我说不知道，可能是某个想破坏舞会的高中生。"没事，老爸。别大惊小怪的，好吗？"

他说这可是大事。我说不是。他说当然是。你来我往地辩了几句之后，他叹了口气，说会尽快赶到。我挂断电话。

哈根森小姐说："我不该给你止痛药的，只有学校护士才能给你，而且还要经过你父母的同意。但护士目前不在，所以……"她拿起和外衣一起挂在钩子上的手提包，打开往里看。"你们会告发我吗，说不定会害得我丢工作？"

我的三个朋友一起摇头，我也跟着摇头，但只能轻轻地左右晃一下。肯尼给我的左太阳穴来了一记重拳，希望那个爱欺负人的狗杂种弄断了手。

哈根森小姐掏出一小瓶奈普生。"我的个人存货。比利，去给他倒杯水。"

比利用德克士的杯子倒了一杯水给我。我咽下药片，立刻就觉得没那么疼了。这就是暗示的力量，而且这暗示还来自一位光彩照人的年轻女性。

"你们三个出去吧，"哈根森小姐说，"比利，你去体育馆，告诉泰勒先生说我再过十分钟就回去。姑娘们，去外面等克雷格的父亲，招呼他走员工出入口。"

他们走了。哈根森小姐俯身凑近我，近得我能闻到她的香水味——非常好闻。我爱上了她。我知道这么说很傻，但我无法自拔。她举起两根手指："别告诉我你看见了三根或四根。"

"没有，就两根。"

"那就好，"她直起腰，"打你的人是扬科吗？就是他，没错吧？"

"不是。"

"我看上去很傻吗？说实话。"

她看上去很美丽，但我恐怕不能这么说。"不，你看上去不傻，但打我的确实不是肯尼。这是件好事，因为假如真的是他，我敢打赌他会被捕，毕竟他已经被开除。等到开庭审判的时候，我就必须出庭说明他是怎么揍我的，每个人都会知道。你想一想那样会多让人尴尬。"

"要是他再去打别人呢？"

这时我想到了哈里根先生——说我和他的灵魂沟通了都行。"那是别人的问题，我只在乎他对我做的事情。"

她想对我怒目而视，但她没有，而是嘴角一弯，露出了灿烂的笑容。我对她的爱又上了一个台阶。"真是冷酷。"

"我只想好好过我的日子。"我说。老天在上，我说的是实话。

"知道吗，克雷格？我觉得你能做到。"

老爸赶到了，他上下打量我，称赞哈根森小姐做得好。

"上辈子我负责给拳王包扎伤口。"她说。老爸听得哈哈大笑。两人都没说我应该去急诊室，我松了一口气。

老爸带我们四个回家。我们错过了舞会的下半场，但没人在乎。比起在碧昂丝和Jay-Z的旋律中挥舞双手，比利、玛吉和雷吉娜都拥有了一段更有趣的经历。至于我，我依然在品味打中肯尼·扬科眼睛的那个瞬间：一种令人满足的震撼感油然而生，从我的拳头出发，顺着胳膊向上传递。那一拳会留下一个明显的黑眼圈，不知道他会怎么向别人解释。那啥，我撞上了一扇门。那啥，我撞上了一面墙。那啥，我正在打手枪，结果手滑了。

我们回到家里，老爸再次问我知不知道打人的是谁。我说不知道。

"孩子，我不敢说我相信你的话。"

我一言不发。

"你希望整件事就这么过去？我没理解错你的意思吧？"

我点点头。

"行吧，"他叹息道，"我明白了。我自己也年轻过。父母迟早会对孩子说这句话，但我猜没有一个孩子愿意相信。"

"我相信。"我说。我真的相信，尽管一想到在固定电话时代，老爸还只是个身高五英尺五英寸的小虾米，我就忍不住要笑。

"至少告诉我一点。要是你老妈知道我这么问你，她一定会朝我发火的，但既然她已经不在了……我说，你有没有打回去？"

"当然。只打中了一拳，但那一拳打得很结实。"

他咧开嘴，得意地笑了。"很好。但你必须明白，要是他再来找你麻烦，那就必须报警了。听懂了吗？"

我说我懂了。

"你的老师很不错，我喜欢她。她说我应该至少过一小时再让你去睡觉，确保你不会突然昏昏沉沉的。要吃块馅饼吗？"

"好。"

"配一杯茶？"

"那就更好了。"

于是我们吃馅饼，用大马克杯喝茶，老爸给我讲他的往事，但讲的不是共用电话线路，不是他那会儿的学校只有一间教室和一个木柴取暖炉，也不是只能收到三个频道的电视机（要是风吹倒了屋顶的天线，那就一个频道都没有了）。他给我讲他和罗伊·德威特如何在罗伊家的地窖找到一把烟花，放烟花的时候，其中的一个射出去，打中弗朗克·德里斯科尔家放柴火的箱子，结果箱子烧了起来，弗朗克·德里斯科尔说要是他们不给他劈完一捆木头，他就去告诉他们的父母。他给我讲他老妈听见他管夏洛教堂镇的老菲利·洛博德叫宝贝酋长，她用肥皂洗他的嘴，不顾他如何保证再也不说这种话了。他给我讲那次在奥本旱冰场的群架——他称之为"混战"，里斯本高中和爱德华利特中学（老爸就读的学校）的学生们几乎每周五都要干一仗。他给我讲某一次他去怀特海滩玩，几个大孩子扯掉了他的泳装（"我用毛巾裹着身体走回家"）。还有一次，某个孩子手持棒球棒，撵着他跑过罗克堡市的卡宾街（"他说我给他妹妹身上留了吻痕，但我根本没做这种事"）。

他确实年轻过。

我上楼回房间时感觉不赖，但哈根森小姐给我的止痛片药效开始退去，到我脱衣服上床的时候，良好的心情也跟着一起消散了。我相当确定肯尼·扬科不会再来找我麻烦了，但我不敢百分之百肯定。他的朋友们看到他的黑眼圈会有什么反应？揶揄他一阵？还是大笑嘲讽他？要是他生气了，决定再找我打个第二场怎么办？那样的话，我恐怕连好好给他一拳都做不到了，打中他眼睛的那一拳毕竟算是某种偷袭。他可能会把我打进医院，更糟糕的可能性也不是不存在。

我洗了个脸（动作非常轻柔），刷完牙，然后上床，关灯，躺着重温今晚发生的事情。被人从背后抓住，推搡着穿过走廊的那一刻，我心里惊骇的感觉。被一拳打中胸口。被一拳打中嘴巴。命令双腿给我撑住，但双腿说过一会儿再说吧。

身处黑暗中，我越来越确定肯尼和我的梁子还没完，我甚至觉得这一结论很符合逻辑。当一个人身处黑暗中时，比这个结论疯狂一万倍的事情都可能符合逻辑。

于是我又打开灯，打电话给哈里根先生。

我没指望能听见他的声音，只是想假装在和他交谈。我以为我只会听见一片寂静，或者"您所拨打的号码是空号"的提示音。我把他的手机塞进寿衣口袋已经是三个月前的事了，第一代苹果手机在待机模式下最长也只能撑两百五十个小时。因此那部手机应该和他一样永远停留在了过去。

但铃声响了。它不可能响的，然而现实完全与之相反：三英里外，榆树公墓的地底下，塔米·威内特在高唱《支持你的爱人》。

铃声响到第五次，他的语音留言在我耳边响起，那带点喉音的、衰老的声音流淌了出来。他一如既往地直截了当，甚至没有请来电者留言或留下回电号码。"现在我没法接电话，我会在时间合适的时候打给你。"

嘀的一声过后，我听到了自己说话的声音。我没有思考该说什么，嘴巴似乎有了自己的意识。

"哈里根先生，今晚我挨揍了。动手的是个大个子蠢货，名叫肯尼·扬科。他命令我给他擦鞋，我拒绝了。我没有告发他，因为我觉得这样一来，他就不会再找我麻烦。我想像你一样思考，但我还是很担心。真希望能和你谈一谈。"

我顿了顿。

"很高兴你的手机还能用，尽管我不知道其中的原因。"

我再次停下。

"我想念你。再见。"

我挂断电话，看了一眼"近期通话"列表，确定我打了这个电话。他的号码就在列表里，旁边显示"拨出，11:02 PM"。我关掉手机，把它放在床头柜上，再关掉台灯。我几乎立刻就睡着了，那时是周五的晚上。第二天夜里，或者说周日凌晨，肯尼·扬科死了。他是上吊自杀的，但我过了一年才知道，佐以一些其他的细节。

肯尼思[1]·詹姆斯·扬科的讣告直到周二才登上《刘易斯顿太阳报》，而且只说他"由于悲剧性的意外而突然过世"，但他去世的消息早在周一就传遍了学校，流言作坊自然开足了马力。

他吸胶毒[2]，死于中风。

---

1 肯尼的全称。
2 吸食者常将强力胶倒入塑料袋中，而后掩住口鼻吸入挥发气体。吸食初期会产生暂时兴奋作用，继续吸食可能产生神志错乱、运动失调、无方向感等中枢神经抑制症状。

他清理他老爸的猎枪时（据说扬科先生的家里有个正规军火库），枪走火了。

他用他老爸的手枪玩俄罗斯轮盘赌，轰掉了脑袋。

他喝醉了，摔下楼梯，折断了脖子。

这些说法没有一个是真的。

把消息告诉我的是比利·博根，他一跳上小巴就冲向我，独家消息快把他憋炸了。他说他老妈有个朋友在盖茨瀑布市，这人打电话来，把消息告诉了他老妈。这个朋友住在扬科家的街对面，眼看着尸体放在担架上被人抬出来，扬科家的一大堆人围着担架，又是哭号又是尖叫。看起来，就连被开除的校园霸王也有人爱。作为长年朗读《圣经》的人，我甚至能想象他们跪在地上撕破衣服的画面[1]。

我立刻就想到了（怀着负罪感）我打给哈里根先生的那个电话。我对自己说，哈里根先生已经死了，不可能和这件事有任何关系。就算这种事有可能发生在恐怖漫画之外，我也没有说过希望肯尼死掉的话，只是希望别被他骚扰，然而这话怎么听都像是在狡辩。我一次又一次地想到，哈里根先生葬礼的第二天，我说他是个好人，在遗嘱里还想到我们，我还记得格罗根夫人当时的回答。

> 这话我就不敢说了。他这人很公正，没错，但你可不想被他记恨。

达斯蒂·比洛多被哈里根先生记恨上了，肯尼·扬科无疑也一样，因为我拒绝给他擦鞋，他为此揍了我一顿。然而哈里根先生已经不可能恨任何人了，我一遍又一遍对自己说，死人没有爱恨。当然

---

1 在《圣经》中，当一个人遭遇椎心刺骨的悲伤事件时，往往撕裂上衣与内袍的胸前部分，展现无法言语之痛。

了，三个月不充电的手机也不可能响铃并播放语音留言（更不可能让你留下想说的话）……但哈里根先生的手机确实响了，我听见了他衰老而粗哑的声音，并因此产生了负罪感。但在此同时，我也松了一口气：肯尼·扬科再也不会来找我的麻烦了，他被踢出了我的人生道路。

那天快到中午时，正是我自由活动的时间，哈根森小姐来到体育馆，把正在练投篮的我拽进走廊。

"今天你要给教室拖地。"她说。

"可是今天没轮到我。"

"就是你，而且我知道为什么，另外，我有话要对你说。你这个年纪的孩子往往会有托勒密式的世界观，我还算年轻，所以我记得。"

"我不知道那——"

"托勒密是一位古罗马数学家和天文学家，他认为地球是宇宙的中心，一切都围着地球转。孩子们通常会认为整个世界都围着他们转。这种身处宇宙中心的感觉大概会在二十岁左右开始消退，但你离二十岁还远着呢。"

她凑近我，脸色非常严肃。她拥有全世界最漂亮的一双绿眼睛，她的香水气味也让我有点眩晕。

"我看得出你没听懂，所以我来解释一下这个比喻。假如你认为你和扬科那小子的死有任何关系，那你就错了。完全和你没关系。我看过他的记录，这个孩子有一系列严重的问题，来自家庭、学校和心理的都有。我不知道他最后经历了什么，也不想知道，但我认为那是老天开恩了。"

"什么？"我问，"因为他再也不能揍我了吗？"

她大笑，露出和她整个人一样完美的牙齿。"托勒密式的世界观又来了。不，克雷格，老天开恩是说他年纪还太小，拿不到驾照。要是他到了已经能开车的年纪，很可能会拉着几个孩子一起上路。好了，回去继续练投篮吧。"

我转身要走，但她抓住了我的手腕。十一年后，我依然记得那一刻像是被电流击中的感觉。"克雷格，任何一个孩子的死都不可能让我感到高兴，哪怕是肯尼思·扬科那种坏蛋。但我很高兴死的不是你。"

我突然想把一切都告诉她，我真的会说的，但就在这时，下课铃响了，教室门纷纷打开，走廊里挤满了叽叽喳喳的孩子。哈根森小姐和我各奔东西。

那天晚上，我打开手机，刚开始只是盯着它看，积蓄勇气。哈根森小姐上午说的话很有道理，但她不知道哈里根先生的手机还能打通，而这应该是不可能的。我没找到机会告诉她，也认为我永远不会告诉她，事实证明我错了。

这次不可能打通了，我对自己说。上一次打通是手机电量的最后一次喷涌，就这么简单，就像灯泡在烧坏前的一瞬间会变得特别明亮。

我点进联络人列表，点了一下哈里根先生的号码，等待着电话接通。我希望听筒里一片寂静，或者传来"您所拨打的号码是空号"的提示音，但铃声还是响了。铃响几次之后，哈里根先生的语音留言再次在我耳边响起。"现在我没法接电话，我会在时间合适的时候打给你。"

"哈里根先生，是我，克雷格。"

我觉得自己傻乎乎的。和一个死人说话——他的脸上现在应该长满了霉菌（你看，我做过研究）。与此同时，我一点也不觉得自己傻。我感到害怕，就像是一个人踏上了渎神的土地。

"听我说……"我舔了舔嘴唇，"你和肯尼·扬科的死没有任何关系，对吧？要是有关系……呃……就敲一下墙壁。"

我挂断电话。

我等待敲墙的声音。

我没有等到。

第二天早上，我发现 pirateking1 发给我一条短信。只有六个字母：
a a a C C x。

毫无意义。

但我吓得魂不附体。

那年秋天我经常想起肯尼·扬科（这时候流传的故事变成了他半夜想溜出去玩，结果从家里二楼摔了下去），想到哈里根先生和他的手机的次数就更多了，我真希望一开始就把它扔进了城堡湖。有一种感觉叫迷恋，明白吗？我们都会迷恋奇异的事物，尤其是禁忌之物。我有好几次险些打给哈里根先生，但我忍住了，至少当时如此。我曾经觉得他的声音能让我安心，让我想象出他过往的经历和成功，甚至可以说，那是我从未见过的祖父的声音。但我不再记得与他共度的那些阳光灿烂的下午了，也不再记得他当时的声音，不再记得我们如何谈论查尔斯·狄更斯、弗兰克·诺里斯和 D. H. 劳伦斯，不再记得他说互联网像断裂的自来水管。现在我只能想到那个老年人的粗哑声音，就像快要磨平的砂纸，那个声音对我说他会在合适的时候打给我。我还会想到他躺在棺材里，海与皮博迪殡仪馆的人肯定粘住了他的眼皮，但胶水能维持多久？他的眼睛会不会已经在地下睁开？眼球在眼眶里慢慢腐烂的时候，他会不会直勾勾地望着黑暗？

这些念头侵蚀着我的心灵。

圣诞节前的一周，穆尼牧师叫我去圣具室"谈一谈"。全程基本是他在说话。他说老爸很担心我，我体重掉了很多，成绩也在下滑。我有什么心事想告诉他吗？我思考了一下，觉得似乎可以说一点。不能和盘托出，但跟他说一部分还是可以的。

"要是我告诉了你，你能保守秘密吗？"

"只要与自残或严重犯罪无关，那么答案是肯定的。我不是神父，这儿也不是天主教的告解室，但大多数神职人员都很擅长保守秘密。"

于是我告诉牧师，我和学校里的一个男生打了一架，他是个大块头的家伙，名叫肯尼·扬科，他狠狠地揍了我一顿。我说我并不希望肯尼死掉，也绝对没有这么祈祷，但他死了，就在我们打完架之后不久，而我无法停止思考这件事。我告诉牧师，哈根森小姐对我说过，孩子会相信身边发生的一切都和他们有关系，但事实往往并非如此。我说她的这些话让我放松了一些，但我还是觉得肯尼的死也许是由我导致的。

牧师微笑道："克雷格，你的老师没说错。八岁以前，我一直躲着人行道上的裂缝走，以免一不小心害得母亲摔断脖子。"

"你认真的？"

"没错。"他俯身靠近我，笑容消失了，"你为我保守秘密，我也为你保守秘密。说定了？"

"当然。"

"我和盖茨瀑布市圣安妮教堂的英格索尔神父是好朋友，扬科一家去的就是那家教堂。他说扬科家的孩子是自杀的。"

我好像惊呼了一声。肯尼死后那一周流传着很多说法，其中之一就是他自杀而亡，但我并不相信。要我说，自杀这种念头不可能钻进那个爱欺负人的狗杂种的脑袋。

穆尼牧师依然俯身看着我，他用双手握住我的一只手。"克雷格，你真的觉得那孩子会回到家里，心想，'唉，天哪，我居然揍了一个年纪和个头都比我小的孩子，还不如自杀算了'吗？"

"我觉得不会，"我吐出一口像是憋了两个月的长气，"他是怎么自杀的？"

"我没问，但就算帕特·英格索尔说了，我也不会告诉你。克雷格，你必须放下这件事了。那个孩子有一些问题，他觉得必须揍你一顿，也只是那些问题的表现之一。你和他的死毫无关系。"

"要是我觉得松了一口气呢？就是说，因为他再也不会来找我麻烦了？"

"我会说，这证明你是个普通人。"

"谢谢。"

"感觉好点了吗？"

"好点了。"

确实如此。

这一学期快结束的时候，哈根森小姐站在地理课教室的讲台前，满脸灿烂的笑容。"你们啊，多半以为再过两周就能摆脱我了，但我有个坏消息要告诉你们。高中的生物课老师雷塞布先生要退休了，学校聘我接替他。你们不妨说，我也从初中毕业，升到高中了。"

几个孩子演戏似的痛苦呻吟，但大多数人开始鼓掌，其中最使劲的自然是我。我不会离开我的爱人了，对正处在青春期的我来说，这就像是命运的操弄。从某种角度说，也确实如此。

我也离开了盖茨瀑布市中学，开始在盖茨瀑布市高中念九年级。我在这里认识了迈克·尤伯罗思，当时他的外号是U型船。现在他是巴尔的摩金莺队的替补捕手，外号依然没变。

在盖茨瀑布市高中，运动员和喜欢读书的孩子很少会搅到一起去（我猜大多数高中都是这样，因为运动员群体往往排外），要不是因为《毒药与老妇》[1]，我们很可能不会成为朋友。U型船是三年级学生，而我只是个卑微的一年级新生，因此和他产生交集的可能性就更加渺茫

---

1 1944 年上映的美国黑色喜剧电影。——译者注

了。但我们确实成了朋友，直到今天也还有联系，虽然我见到他的次数少了很多。

许多高中都有毕业会演的传统，但盖茨瀑布市高中没有。我们每年会排两场话剧，出品者是戏剧俱乐部，所有学生都可以去面试角色。至于《毒药与老妇》，我知道那个故事，因为我在某个下雨的周六下午在电视上看过电影版。我很喜欢，于是去试了试。迈克的女朋友是戏剧俱乐部的成员，也说服了他去试演，结果他得到了连环杀人犯乔纳森·布鲁斯特这一角色。我饰演他的跟班，像没头苍蝇一样的爱因斯坦医生，电影里由彼得·洛尔扮演这个角色，我尽可能模仿他的说话风格，说每句台词之前都先嗤笑一声"是哟！是哟！"。我模仿得并不好，但观众照单全收了。小地方嘛，你明白的。

就这样，U型船和我成了朋友，我也是通过他才知道了肯尼·扬科真正的死法。事实证明，牧师弄错了，报纸上的讣告说得对，他的死确实是一场意外。

这天我们需要穿戏服排练，在第一幕结束后的休息时间里，我站在可乐贩卖机前，这台鬼东西吃掉了我的七十五美分，但什么都没吐给我。U型船从他女朋友身边走过来，用手掌猛拍贩卖机的右上角。一罐可乐立刻掉进了取物托盘。

"多谢。"我说。

"小事一桩，你记得朝那个角来一巴掌就行。"

我说多谢，我记住了。虽然我觉得自己不可能以同等力度猛拍贩卖机。

"哎，那什么，听说你和那个姓扬科的小子打过一场。真的吗？"

否认没有意义，比利和两个女孩都告诉过别人，而且时过境迁，我也没有理由要否认。于是我说对，是真的。

"想知道他是怎么死的吗？"

"我听说过一百个不同的版本。你有第一百零一个？"我问。

"小兄弟，我知道真相。你知道我老爸是谁，对吧？"

"当然。"盖茨瀑布市警队有二十来个制服警员、一名队长和一位刑警。这位刑警就是迈克的父亲，乔治·尤伯罗思。

"让我喝一口你的汽水，我就告诉你扬科是怎么死的。"

"没问题，但喝完别吐回去。"

"我看着有那么不讲理吗？快给我，该死的小子。"

"是哟，是哟。"我继续模仿彼得·洛尔，引得 U 型船咻咻怪笑。他接过可乐罐，一口喝掉一半，打了个嗝。走廊里，他的女朋友把一根手指塞进嘴里，假装要呕吐。高中生的恋爱，还真是复杂难解呢。

"负责调查死因的是我老爸，"U 型船把可乐罐还给我，"事发几天后，我听见他和老家来的波尔克警司谈话——他们管警察局叫老家。他们在门廊上喝啤酒，警司说什么扬科那小子玩窒息手枪。老爸哈哈大笑，说他听说这个把戏叫好莱坞领带。警司说那个倒霉小子的脸长得像比萨饼，估计也只能这么爽一爽了。老爸说是啊，很可悲，不过确实是这样。老爸还说他觉得扬科的头发很奇怪，验尸官也有同样的想法。"

"他的头发怎么了？"我问，"另外，好莱坞领带是什么？"

"我用手机查了查。那是自淫性窒息的通俗叫法。"他一字一顿地说出那个词，语气甚至称得上骄傲，"勒住自己的脖子，在快昏过去的时候打手枪。"看见我的表情，他耸耸肩，"我不负责制造消息，爱因斯坦医生，我只负责搬运。我猜这么做能带来极大的快感，但我还是不去尝试了。"

我想我也没兴趣尝试。"那头发呢？"

"我去问我老爸，他不想告诉我，但其他的细节我都已经听了个遍，所以他最后还是跟我说了。他说扬科的头发白了一半。"

我想了很多。一方面，假如我曾经有过哈里根先生从坟墓里爬出来，为我向扬科复仇的想法（在一些睡不着的夜晚，这个荒谬的念头就会钻进我的脑海），U型船的故事也无疑给这种想法画上了句号。想象一下，肯尼·扬科躲在衣橱里，裤子脱到脚踝上，一根绳子勒住脖子，面颊涨成紫色，忙着打他的窒息手枪，我都要觉得他可怜了。多么愚蠢而毫无尊严的死法啊。《刘易斯顿太阳报》的讣告说他"由于悲剧性的意外"而死，这话比我们这些孩子所能想象的更加准确。

然而，另一方面，U型船的老爸也说了，肯尼的头发白了一半。我忍不住要去想象是什么导致了这个结果。躲在衣柜里，用尽全身力气打手枪的肯尼，在逐渐失去意识的过程中究竟见到了什么呢？

最后我求教于最伟大的导师——互联网，并且找到了几种不同的意见。有些科学家认为，没有任何证据表明惊吓能让一个人的头发变白。但也有科学家认为，是哟，是哟，这种事确有可能发生，突如其来的惊吓能杀死决定头发颜色的黑色素干细胞。我读到的一篇文章说，在托马斯·莫尔和玛丽·安托瓦内特被处决前，两人的头发就变白了。另一篇文章观点不同，称那只是个传说。看了半天之后，我想到哈里根先生有时候会打的买袜子的比方：花的是你的钱，挑你喜欢的就对了。

这些疑问和担忧一点点消退，但如果我说肯尼·扬科彻底离开了我的脑海，那我就是在撒谎。即使是现在，我依然无法忘记他。肯尼·扬科，躲在衣橱里，一根绳子勒着脖子。他一开始应该是清醒的，还有机会把绳子松开。也许，我是说也许，在那之后，肯尼·扬科看见了什么东西，受到严重的惊吓，于是昏了过去。他可能是被活活吓死的。在大白天被吓死好像很蠢，但到了晚上，伴随着狂风在屋檐下吹出的呜咽啸声，被吓死就没那么蠢了。

哈里根先生的家门前立起了一块写着"出售"的牌子，这座屋子现在由波特兰市的一家房产公司负责，有一些人来山上看过。他们大多是从波士顿或纽约飞来的，其中有几个说不定坐的是私人飞机——就是来参加哈里根先生的葬礼时，会加钱租豪华轿车的那种商务人士。也就是在这个时候，我见到了我人生中的第一对同性恋夫夫，年轻，显然混得很好，同样显然的是彼此相爱。他们开一辆时髦的宝马i8，无论走到哪儿都手拉手，不停地哇哦哇哦赞叹，对园圃喜爱有加。最后他们走了，再也没有回来。

我见过许多潜在买家，因为房产公司（由拉弗蒂先生管理，可想而知）留下了格罗根夫人和佩特·博斯特威克，而佩特雇我帮他打理园圃。佩特知道我擅长伺候植物，而且工作的劲头很足。我每周工作十小时，每小时挣十二美元，等到上大学后我才能动用信托基金，因此这笔收入对我来说很有用。

佩特管这些潜在买家叫有钱佬。就像开着租来的宝马车的那对已婚夫夫一样，这些人会哇哦哇哦地赞叹，但不会买。我并不觉得意外，这座屋子毕竟建在一条泥土路上，周围的风景虽然不错，但也算不上秀丽（没有湖，没有山，没有怪石嶙峋的海滩外加灯塔）。佩特和格罗根夫人也不意外，他们给这座屋子起了个外号：白象庄园。

• • •

2011年初冬，我用打理植物挣来的一部分钱买了部手机，把第一代苹果手机升级到了第四代。那天夜里，我导入完联络人，从上往下浏览的时候，看见了哈里根先生的号码。我想也没想就点了一下，屏幕显示"正在呼叫哈里根先生"。我把手机拿到耳边，心里既恐惧又好奇。

手机里没有响起哈里根先生的留言声。也没有机械声音说我呼叫的号码是空号，连铃声都没有。什么都没有，只有悄无声息的寂静。你可以说我的手机，嘿嘿，安静得就像坟墓。

我松了一口气。

高中二年级我选了生物课，于是又见到了哈根森小姐，她依然漂亮，但我的爱不再属于她。我把我的情感投向了一位更有可能追到（年龄也更加合适）的年轻女士。温迪·杰拉尔德来自莫顿镇，是个身材娇小的金发女郎，刚摘掉牙箍不久。我们很快开始一起学习，一起去看电影（前提是我老爸、她老妈或她老爸带我们去），在汽车后排亲热。年轻人那些黏黏糊糊的桥段感觉都挺不赖。

我对哈根森小姐的单恋算是无疾而终，这是件好事，因为我们的友谊之门由此打开了。有时候我会带一些植物去教室，周五下午放学后，我也会帮忙清理和化学课学生共用的实验室。

就在这样的一个周五下午，我问她相不相信鬼魂的存在。"你是搞科学的，所以我猜你不信。"我说。

她大笑。"我是老师，不是搞科学的。"

"你明白我的意思。"

"我明白，但我也是个虔诚的天主教徒，相信上帝、天使和属灵的世界。我不太确定驱魔和恶魔附体是否真实，它们似乎都太遥远了。至于鬼魂嘛，人们就更加众说纷纭了。反正我绝对不会去参加降神会[1]，也不会去折腾通灵板。"

"为什么？"

我们正在清理水槽，化学课的学生应该在周末放学前把水槽清理完，但他们总是懒得弄。哈根森小姐停下手里的活儿，笑了笑，她好像有点尴尬。"因为搞科学的人也不能对迷信免疫，克雷格。我不想去折腾我不理解的东西。我祖母以前常说，除非一个人想知道答案，否则他就不该出声，我一直认为这是个好建议。你为什么要问这些？"

---

1 一种古老的巫术集会，通过鬼神附体者（能帮助人与鬼沟通的巫师）与死者通话。

我不想对她说我还在惦记肯尼。"我是卫理公会的成员，有时候大家会讨论圣灵。不过在钦定本《圣经》里，圣灵写作'圣魂'。我大概是想到了这个。"

"嗯，假如鬼魂真的存在，"她说，"我敢保证，他们不是个个圣洁。"

我依然想当作家，但写剧本的野心已经熄灭。每隔一阵，我就会想起哈里根先生提到的那个笑话，编剧和小明星。它给我的影视业梦想蒙上了一片灰影。

那年圣诞节，老爸送了我一台笔记本电脑，我开始写短篇小说。拆成句子看还过得去，但小说里的句子必须构成一个整体，而我的句子做不到。第二年，英语系主任指派我负责校报，我染上了名叫记者的热病，直到今天都没有痊愈，也许这辈子都治不好了。要我说，一旦你找到了你的归宿，就会听见咔嗒一声——这声音不在你的脑袋里，而是发自灵魂深处。你可以置之不理，但是，说真的，为什么要置之不理呢？

我开始长个子，三年级的时候，我向温迪保证"当然，我有保护措施"（安全套是 U 型船去替我买的），然后我们一起甩掉了童贞。我以年级第三的成绩毕业（整个年级只有 142 人，但毕竟是第三名），老爸给我买了一辆丰田花冠汽车（二手的，但毕竟是车）。爱默生学院接受了我的申请，对有志于记者事业的人来说，那是一所相当出色的大学。我确定他们至少会给我一部分奖学金，但感谢哈里根先生，我并不需要——算我走运。

在十四到十八岁之间，我闹过几场标准的青春期风暴，但实在算不上频繁——就好像在肯尼·扬科造成的这一场噩梦结束之时，我大部分的青春期焦虑也随之而去了。另外，你知道的，我家就两个人，而我爱我老爸。良好的家庭氛围也起到了一定的作用。

进入大学后，我很少会想到肯尼·扬科了，但我依然会想到哈里根先生。这并不奇怪，他毕竟为我铺好了走向大学的红地毯。然而在某几个日子，我想到他的次数会更为频繁。假如当时我刚好在家，就会去给他的坟墓献花。要是我不在，我会拜托佩特·博斯特威克或格罗根夫人替我去。

情人节、感恩节、圣诞节，还有我的生日。

每逢这些日子，我还会去买一张一美元的刮刮乐彩票。有时候我会赢一两美元，有时候五美元，有一次我赢了五十美元，但和大奖永远差着十万八千里。对此我没什么意见，就算中了大奖，我也会把钱捐给慈善组织。我买彩票是为了纪念哈里根先生，多亏了他的馈赠，我已经很有钱了。

拉弗蒂先生对信托基金掌管得颇为慷慨，因此我在爱默生学院念到三年级的时候，已经有了自己的公寓。公寓坐落在后湾，有几个房间和一个卫生间，在这个地段，就连小面积的公寓也不便宜。当时我在为《犁铧》工作。这是一份闻名全美的文学期刊，总编永远是一号人物，但堆积成山的投稿也还是需要人去读，这个人便是我。我喜欢这份工作，尽管大部分投稿都和一首经典烂诗的水平相当，这首诗名为《我恨母亲的十个理由》，烂得相当令人难忘。看到那么多有志于文学的人写得比我还差劲，我不禁受到了鼓舞。这么说好像有点刻薄。好吧，似乎确实如此。

一天晚上，我正在阅读稿件，左手边摆着一盘奥利奥，右手边摆着一杯茶，这时手机响了。是老爸打来的，他有个坏消息要通知我：哈根森小姐去世了。

我有好一会儿说不出话来，堆在面前的诗歌和短篇小说忽然间变得毫无意义。

"克雷格?"老爸问，"能听见吗?"

"能听见。出什么事了?"

他告诉我他知道的消息，两天后，《盖茨瀑布市进取周报》网络版更新，我知道了更多细节。文章标题是《深受爱戴的教师夫妻在佛蒙特州遇难》。维多利亚·哈根森·科利斯去世前一直在盖茨瀑布市教生物学，她丈夫在附近的罗克堡市教数学。春假的时候，两人决定骑摩托车穿越新英格兰，每晚在不同的民宿过夜。回程路上，在佛蒙特州内与新罕布什尔州的边界处，家住马萨诸塞州沃尔瑟姆市的三十一岁男子迪安·惠特莫尔越过公路中线，正面撞上他们。泰德·科利斯当场身亡，而维多利亚·科利斯，这个曾经在肯尼·扬科痛揍我之后带我去教师休息室，还违反规定给了我一粒奈普生的女老师，死于送医途中。

前一年夏天我在《盖茨瀑布市进取周报》当实习生，主要任务是倒垃圾，但也为运动栏目和影评栏目写了几篇稿件。我打电话给主编戴夫·加德纳，他告诉了我一些报纸上没有刊出的内情。迪安·惠特莫尔曾因醉驾被捕四次，但他父亲是个对冲基金大亨（哈里根先生异常憎恨这些暴发户），花高价聘请了律师帮惠特莫尔摆脱前三次指控。第四次，他开车从侧面撞进了欣厄姆市的一家佐尼超市，然而他只是被吊销了驾照，连拘留所都没进。撞上科利斯夫妇的摩托车时，他不但醉驾，而且是无照驾驶。用戴夫的话说，他"醉得像块石头"。

"他会脱罪的，也就打一下手板而已。"戴夫说，"他老爸会处理的，你等着瞧吧。"

"不可能吧。"光是想到世界上居然有这种事，我就已经恶心得想吐了。"要是你的消息准确，他这明显是个危险驾驶致人死亡的案子。"

"你等着瞧。"他还是这句话。

葬礼在圣安妮教堂举行，哈根森小姐——在我心里，我怎么都没法称呼她为维多利亚——和她丈夫大半辈子都是去这家教堂，连婚礼都是在这儿举行的。哈里根先生很有钱，多年来在美国商界一直是个能呼风唤雨的人物，但与他的葬礼相比，来参加泰德·科利斯和维多利亚·科利斯夫妻葬礼的人要多得多。圣安妮教堂规模很大，可是葬礼那天人们只能站着，要不是英格索尔神父有麦克风，哭声肯定会淹没他的声音。两人都是很受欢迎的教师，非常般配，更何况他们还那么年轻。

大多数悼念者也很年轻。我去了，雷吉娜和玛吉去了，比利·博根去了，U型船也去了。U型船特地从佛罗里达赶来，这个身材壮硕的家伙当时在那儿打小联盟。他坐在我身边，虽然没有哭，但眼睛红通通的，一直在抽鼻子。

"你上过她的课吗？"我低声说。

"中等生物学，"他也低声说，"三年级的时候，我需要攒够能毕业的学分。她开恩给我一个C。我是她的观鸟俱乐部的成员，申请大学的时候，她给我写了推荐信。"

她也给我写了，我心想。

"太不公平了，"U型船说，"他们什么都没做错，只是在骑车兜风。"他顿了顿，补充道："而且他们还戴着头盔。"

比利还是老样子，但玛吉和雷吉娜化了妆，穿上了大姑娘的裙装，显得更成熟了。葬礼结束后，我们在教堂外互相拥抱，雷吉娜说："还记得你挨揍那天晚上她是怎么照顾你的吗？"

"当然。"我说。

"她让我用她的护手霜。"雷吉娜流下泪来。

"希望他们把那家伙关到老死。"玛吉恶狠狠地说。

"收到，"U型船说，"把他关起来，钥匙扔掉。"

"一定会的。"我说。然而事实证明，我错了，戴夫说对了。

迪安·惠特莫尔的案子于当年7月开庭。他被判了四年有期徒刑，要是他同意去戒毒所，在这四年间通过尿检抽查，监禁就可以缓期执行。当时我已经回到了《盖茨瀑布市进取周报》，成为一名有薪水的雇员（只是兼职，但毕竟是雇员）。我负责报道社区事务，偶尔主笔专题报道。惠特莫尔的判决（要是那也能算判决的话）结果出来的第二天，我向戴夫·加德纳表达了我的愤慨。

"我知道，确实很糟糕，"他说，"但是啊，克雷格，你该成熟点了。咱们生活在现实世界里，金钱一开口，人人都得听。惠特莫尔的这个案子里有金钱交易，那是肯定的。不过，你是不是还欠我一篇手工艺展会的四百字稿件？"

惠特莫尔去的多半是那种高级戒毒所，里面还附带网球场和高尔夫球拨球场，这样的惩罚远远不够。四年的尿检也远远不够，假如你能提前收到通知，花钱让其他人提供尿样，尿检就更没有什么好担心的了。而多半会有人给惠特莫尔通风报信。

8月就这样在怒火中过去，有时候我会想到我在课堂上学到的一句非洲谚语：一个老人死去，就是一所图书馆被烧掉。维多利亚和泰德都不是老人，而这就更加令人伤感，因为他们充满无限可能的未来永远停在了那一天。参加葬礼的孩子有些是她现在的学生，有些则像我和我的伙伴们一样刚毕业不久。站在这里，我们心里都明白，有某样东西被烧掉了，而且再也不可能复原。

我想起她在黑板上画的树叶和枝杈，她随手就能画出那么美丽的图画。我想起我们在周五下午一起清理生物课实验室，又出于好心帮化学课学生清理另外半间实验室，我们嘲笑那股难闻的气味，她说搞不好会有某个化学课学生像杰基尔博士似的变成海德先生 [1]，冲进走廊大肆破坏。我想到肯尼揍完我之后，我对她说我不想回体育馆了，她

---

1 出自罗伯特·路易斯·史蒂文森的名作《化身博士》。书中的主角是绅士亨利·杰基尔博士，每当他喝下自己配制的药剂，就会分裂出邪恶的海德先生这一人格。

说可以理解。我想到这些事情，想到她的香水味，想到那个杀死她的混球会从戒毒所出来，继续过他的好日子，快乐得就像在巴黎度周末。

不，远远不够。

那天下午我回到家里，在房间的衣柜抽屉里乱翻，不想承认自己在找什么，更不想承认找它的原因。我要找的东西不在抽屉里，这让我既失望又松了一口气。我走出房间，又折返回来，踮起脚尖，伸手去摸衣柜最高的一层。这里放着一大堆破烂，我翻了翻，找到一只旧闹钟，找到从前玩滑板时在车道上摔坏的 iPod，找到几副彼此纠缠的耳机和耳塞，还找到一盒棒球卡和一摞《蜘蛛侠》漫画。衣柜这层的最深处放着一件波士顿红袜队的 T 恤，对现在的我来说太小了。我拿起 T 恤，对，找到了，这就是老爸送给我的圣诞节礼物，那部苹果手机。当时的我还是个小虾米。充电器就在旁边放着，我给手机充上电，依然不去想我打算做的事情。多年后回想这一天，我明白了自己寻找手机的缘由。某次跟哈根森小姐一起清理化学课学生用过的水槽时，她对我说过，除非一个人想知道答案，否则他就不该出声。那天在衣柜里翻找手机，是因为我想要一个答案。

我对自己说，说不定手机连电都充不进去了，毕竟它放在那儿积灰已经好多年。但手机可以充电。那天晚上老爸去睡觉之后，我拿起手机，看见屏幕右上角的图标显示满电。

唉，回忆往事真是让人沉迷。我看到了多年前的电子邮件，看到了老爸头发还没变灰时的照片，还看到了我和比利·博根之间的往来短信。没什么有营养的话题，全是玩笑话，其中有"我刚放了个屁"之类的重大新闻，还有"你做代数作业了吗"这种深入灵魂的问题。我们就像两个拿着罐头瓶的孩子，瓶子之间连着一根涂蜡的长线。仔细想来，所谓现代通信工具也不过如此，供我们为了闲聊而闲聊。

我拿着手机上床，上次躺在这张床上的时候，我还不需要刮胡子，而亲吻雷吉娜是件天大的事。然而这张曾经太大的床现在几乎有点嫌小了。我望向对面墙上的凯蒂·佩里海报，贴这张海报的时候，在初中三年级的我眼里，她就是性感与趣味的化身。我已经不再是那个小虾米了，但我依然是我，这不是很有意思吗？

假如鬼魂真的存在，哈根森小姐说过，我敢保证，他们不是个个圣洁。

想到这句话，我差点就要放弃打电话了。但我随即又想到那个不负责任的蠢货，他会悠闲地在戒毒所里打网球，于是我拨出了哈里根先生的号码。没事的，我对自己说，什么都不会发生，什么都不可能发生。你只是在借此打扫脑内的衣柜，把愤怒和悲伤擦去，由此放下这件事，继续向前走。

然而在心里的某个部分，我清楚地知道会发生什么，因此当铃声响起，而不是一片寂静的时候，我并不惊讶。当他的语音留言在我耳边响起的时候，我依然没有惊讶，尽管这个衰老的声音来自将近十一年前我放进他寿衣口袋的手机："现在我没法接电话，我会在时间合适的时候打给你。"

"你好，哈里根先生，是我，克雷格。"我的声音稳定得出奇，虽说我在和一具尸体说话，而这具尸体很可能真的在听我说。"有个叫迪安·惠特莫尔的人，他害死了我高中时最喜欢的老师和她丈夫。那家伙喝醉了，开车撞上他们。他们都是好人，她在我需要帮助的时候帮助了我，但那家伙没有受到他应得的惩罚。我想说的大概就是这些。"

不，不止这些。我有三十秒左右的时间可以留言，我还没有把这段时间用完。于是我说出了剩下的话，我真正想说的话，我的声音变得低沉，听上去几乎像在咆哮："我希望他去死。"

最近我在为《总汇报》工作，这家报纸报道奥尔巴尼及其周边地区的新闻，提供的薪水相当微薄。我为 BuzzFeed 或 TMZ 这些网络媒体供稿肯定能挣更多，然而我有信托基金当缓冲垫，而且我也喜欢为纸媒工作，尽管现在的大部分事情都转到了网上。你就说我这人恋旧好了。

我和弗朗克·杰斐逊交上了朋友，他负责处理报社的电脑故障。一天晚上我们在麦迪逊灌酒屋喝啤酒，我对他说我曾经能打通一个死人的语音信箱……但只能用那个人在世时我用的那部旧手机打。我问弗朗克他有没有听说过这种事。

"没，"他说，"但有可能发生。"

"怎么个可能法？"

"我不知道，但早期的电脑和手机里有各种各样的古怪漏洞。其中的一些堪比传奇。"

"苹果手机也有？"

"尤其是苹果手机，"他喝了一大口啤酒，"因为一代是匆忙投产的。史蒂夫·乔布斯绝对不会承认，但苹果的人吓得要死，担心再过两年，甚至一年，黑莓手机就会完全统治市场。在第一代苹果手机里，有些手机只要输入字母 i 就会锁死。你可以先发邮件再浏览网络，但要是你先浏览网络再发邮件，系统有时候就会崩溃。"

"我就遇到过一两次，"我说，"最后只能重启。"

"对，还有各种各样的其他毛病。至于你说的这件事，我猜是因为死者的留言不知怎的卡在了软件系统里，就像肉丝嵌在牙缝里那样。你可以管它叫机器里的鬼魂。"

"是啊，"我说，"但未必个个圣洁。"

"什么？"

"没什么。"我答道。

乌鸦山治疗中心是一家豪华戒酒机构，位于新罕布什尔州北部

（这里确实有网球场，还有沙狐球场和游泳池），迪安·惠特莫尔死在入院后的第二天早上。消息一出我就知道了，因为我用他的名字设置了谷歌提醒，不仅设置在自己的笔记本电脑上，还设置在《盖茨瀑布市进取周报》的公家电脑上。新闻里没说死亡原因，金钱是老大，我知道，所以我跑了一趟新罕布什尔州紧邻治疗中心的梅德斯通镇。我打出记者的名号，到处找人询问，还扔出去几张哈里根先生留给我的钱。

没过多久我就打听清楚了，因为惠特莫尔的自杀方式很不寻常。怎么个不寻常？就像在打手枪的时候把自己勒死一样。乌鸦山的疗养者被称为客人，而不是毒虫和酒鬼，每间客房都有自己的淋浴室。迪安·惠特莫尔在吃早饭前走进淋浴室，灌下几口香波——从后续情形看，不是为了自杀，而是为了润滑喉管。他随后把一块肥皂掰成两半，一半扔在地上，另一半塞进喉咙。

这些事基本上是由乌鸦山的一位治疗师告诉我的，他负责帮酒鬼和毒虫戒掉旧瘾。这位老兄名叫兰迪·斯基雷斯，他坐在我的丰田车里，抓着一瓶野火鸡威士忌的瓶颈往嘴里灌酒，买酒的钱来自我给他的五十美元（没错，我没漏掉这其中的讽刺）。我问他惠特莫尔有没有留下自杀遗言。

"留了，"斯基雷斯说，"说起来还挺贴心的呢，他的遗言。说是一句祈祷词都行：'永远尽你所能给予人爱。'"

我的胳膊上爆发出鸡皮疙瘩，还好被袖管挡住了，我努力挤出一个笑容。我很想告诉他那不是祈祷词，而是塔米·威内特的《支持你的爱人》里的歌词。但斯基雷斯知道了也没用，何况我也不想告诉他。那是哈里根先生和我之间的默契。

我花了三天时间在我的小小调查上。回家之后，老爸问我这个迷你假期过得好不好，我说过得很好。他问我有没有准备好在两周后重返校园，我说准备好了。他仔细打量了我一番。有什么事情不太对吗？他问。我说没有，一切皆在正轨。不知道这句话是不是谎言。

有一部分的我依然相信肯尼·扬科死于意外，而迪安·惠特莫尔是自杀的，很可能出于愧疚。我努力想象哈里根先生以某种形式出现在他们面前，导致了他们的死亡，但我想象不出来。假如事实确实如此，那么我就是杀人共犯，即便法律无法定我的罪，道德上我也有瑕疵。我毕竟提出了想让惠特莫尔去死的愿望。在我的内心深处，我多半也希望肯尼去死。

"你确定吗？"老爸问。他依然盯着我，目光里带着探询的意味。我很小的时候就见过这个眼神了，每次我做了什么小坏事他就会这么看我。

"完全确定。"我说。

"好，但如果你想找人谈谈，我就在这儿。"

是啊，感谢上帝，他在我身边。但这不是什么能和别人谈的事情，我一说出来就会被人当成精神病。

我回到自己的房间，从衣柜最上面一层取出那部手机，它的电量没有掉太多。我为什么要取出手机呢？是想打电话到他的坟墓里说声谢谢吗？还是想问问他是不是真的还在？我记不清了，不过这也不再重要，因为我没有打给他。我打开手机，看见 pirateking1 发来一条短信。我用颤抖的手指点击屏幕，弹出来的内容是这样的：C C C sT。

我盯着屏幕，忽然意识到了另一种可能性，在夏末的这一天之前，我从来没有朝这方面想过。会不会是我以某种方式拴住了哈里根先生？我在棺材盖合上之前，把手机塞进他的衣服口袋，因而把他和我在尘世间的需求捆绑在了一起，会是这样吗？我请求他做的事情会不会其实是在伤害他？甚至是在折磨他？

不太可能，我心想。想一想格罗根夫人说过的话，想一想他是怎么对待达斯蒂·比洛多的。她说自从达斯蒂偷了哈里根先生的钱之后，他连去多兰斯·马斯泰拉的牲口棚铲鸡屎都没门。哈里根先生说到做到。

对，一定是出于其他原因。她说哈里根先生这人很公正，然而要是你不公正，那就只有上帝才能帮你了。迪安·惠特莫尔待人公正吗？不。肯尼·扬科待人公正吗？同样不。因此也许哈里根先生乐于帮忙，甚至从中得到了乐趣。

"前提是他真的还在。"我悄声说。

他确实还在，我心里知道得清清楚楚。我还知道他的短信是什么意思：克雷格，住手[1]。

因为我在伤害他，还是因为我在伤害自己？

我心想，这并不重要。

第二天下了很大的雨，没有打雷，但是雨倾如注，这意味着再过一两周，秋色就会初现端倪。下雨是好事，因为来度暑假的那些人——来度暑假，并且现在还没走的那些人——就会躲在他们避暑的小窝里，城堡湖周围会空无一人。我在城堡湖北侧的野餐区停车，走到孩子们称之为峭壁的地方。我小时候也曾身穿泳衣站在这儿，和伙伴们彼此挑衅，看谁敢跳下去，有些孩子还真的跳了。

我走到悬崖边缘，松针在这里消失，新英格兰永恒不变的岩石由此向前延伸。我从卡其裤的右侧口袋里掏出我的第一代苹果手机，在手里攥了一会儿，感受它的重量，回忆那年圣诞节我拆开礼物包装，看见苹果图案时的那份欣喜。我有没有高兴得尖叫？我已经不太记得了，但多半是叫了。

手机还有电，不过电量掉到了百分之五十。我拨打哈里根先生的号码。我知道，在榆树公墓的黑色泥土深处，现已长满霉点的昂贵正

---

1 短信中的"sT"意指"住手"（stop）。

装的口袋里，塔米·威内特唱起了歌。我再次听见了他沙哑而苍老的声音，对我说他会在合适的时候打给我。

我等待着嘀的一声出现，然后说："哈里根先生，谢谢你给我的一切。再见。"

我挂断电话，向后摆动手臂，用尽全力把手机扔了出去。我看着它在灰色的天空中划出一道弧线，看着它落入湖水，溅起一小团水花。

我从左手边的裤袋里掏出我现在用的手机——苹果手机5c，带一个五颜六色的外壳。我想把它也扔进湖里。只用固定电话我肯定也活得下去，还能活得更加轻松。不再需要和别人闲聊，不再需要收到没完没了的短信问我在干什么，也不会再见到愚蠢的颜文字。要是我毕业后在报社找到工作，必须和别人保持联系，我可以去租借手机，每次完成任务后就还回去。

我向后摆动手臂，保持那个姿势很久——也许一分钟，甚至两分钟。但最后我还是把手机放回了口袋里。我不敢确定其他人有没有对这些高科技罐头瓶上瘾，但我知道我上瘾了。哈里根先生在世时也上瘾了，因此我那天才会把手机塞进他的口袋。在二十一世纪，我认为手机就是我们与世界互联的工具。假如确实如此，这场婚姻恐怕谈不上美满。

当然也未必是这样。扬科和惠特莫尔去世了，我收到了pirateking1最后发来的那条短信，这些事让我意识到，很多东西是我们无法确定的。在这些事之中，首先无法确定的就是现实本身。但有两点我敢于下断言，它们坚实得就像新英格兰的磐石。首先，我死后不要火葬；其次，我下葬时口袋里不能放东西。

查克的一生

第三幕：谢谢你，查克！

1

马蒂在互联网彻底崩溃的前一天见到了那块广告牌。网络的第一次短暂中断发生在八个月之前，从那以后，它就只是在勉强运行而已。每个人都知道它的最终崩溃只是时间问题，每个人也都知道，等网络世界完蛋之后，他们总能想到办法继续过下去——说到底，从前没有网络的时候人类也过得很好，对吧？另外，他们还有其他问题要操心，例如鸟类和鱼类一整个物种一整个物种地灭绝，现在又多了个加利福尼亚州需要关注：下沉，下沉，大概很快就要沉到海底了。

马蒂很晚才离开学校，对高中教师来说，今天是最不讨人喜欢的一个日子。这一天被专门留出来召开家长会，一整天的会开完之后，马蒂发现没几个父母有兴趣讨论小约翰尼和小珍妮们的进步（或者缺乏进步），他们更想讨论的是互联网很可能迎来最终崩溃，而他们的脸书和 ins[1] 账户会随之消亡。没人提起 Pornhub，但马蒂估计出席会议的许多家长（男女都有）正在默默哀悼这个濒临灭亡的网站。

---

1 即 Instagram。

换了以前，马蒂会走高速公路侧线回家，嗖的一声一眨眼就到了，然而由于奥特溪上的大桥垮塌，他现在没法再走那条路。桥是四个月前塌的，到今天也没有要动工维修的迹象，只是在路口拉上了橙色条纹的木头围栏。围栏看上去肮脏破败，上面画满了涂鸦和标记。

　　侧线关闭后，马蒂只能开车穿过商业区回家，他的家在雪松苑，而他的车陷在了城东住户的车流之中。都怪家长会，害得他没能在三点离开学校，等他终于在五点下班时，又刚好赶上晚高峰。平时二十分钟的车程现在至少要开一小时，有些交通灯还坏了，因此实际用时说不定还会更久。一路上车辆开开停停，喇叭声、急刹车声和保险杠碰撞声不绝于耳，一根根中指挥来挥去。他在主街和市场街的路口堵了十分钟，因此有足够的时间注意到中西部信托银行楼顶上的那块广告牌。

　　在今天之前，上面贴的一直是某家航空公司的广告——不是德尔塔就是西南航空，马蒂记不清到底是哪个了。但今天下午，喜气洋洋地手挽手的空乘人员不见了，取而代之的是一个男人。他面如满月，黑框眼镜搭配梳得整整齐齐的黑发，他坐在写字台前，手里拿着笔，没穿外套，白衬衫领口的领带结打得一丝不苟。他拿笔的那只手上有个新月形的伤疤，出于某种原因，没有用画刷修掉。在马蒂看来，他像个会计师。他高高地坐在银行大厦的楼顶上，笑呵呵地看着暮色中堵塞的车流。他的头顶上写着一行蓝字：查尔斯·克兰茨。他的写字台下方则是一行红字：三十九个伟大年头！谢谢你，查克！

　　马蒂从没听说过查尔斯·"查克"·克兰茨，他猜那家伙肯定是中西部信托银行的什么大人物，退休时照片有资格登上至少十五英尺高五十英尺宽，还有水银灯打光的广告牌。照片肯定是以前拍的，因为他已经工作了近四十年，现在应该满头白发才对。

　　"也可能他秃顶了。"马蒂拢了一把日益稀疏的头发。五分钟后，他瞥见车流里一个稍纵即逝的缺口，于是在商业区最重要的十字路口冒了个险。他做好撞车的思想准备，开着他的普锐斯冲了过去，另一辆车急刹车停下，只差几英寸就会拦腰撞上他。他没有理会那位车主向他挥动的拳头。

主街尽头也挤得水泄不通，他再次在千钧一发之际钻了过去。开到家里之后，他已经完全忘记了那块广告牌。他把车开进车库，用按钮放下车库门，在车里坐了足足一分钟。他深呼吸了几次，尽量不去想明天一早还要完成一次相同的挑战。高速公路侧线关闭后，他没有其他的选择——只要他想去上班就别无选择。此刻想来，请一天病假（他积累了不少病假）似乎是个更诱人的主意。

"想请假的不止我一个人。"他对着空荡荡的车库说。他知道这是真的。根据《纽约时报》（只要网还能用，他每天早晨都会在平板电脑上读《纽约时报》），全世界的缺勤率都居高不下。

他用一只手抱起一摞参考书，另一只手拎起沉重破旧的公文包，里面塞满了等待批改的试卷。他两只手都占满了，只能一点一点挪出车里，用屁股顶上车门。见到他的影子在墙上跳了一段放克舞，他不禁哈哈大笑。笑声让他一怔：在这个艰难岁月，你很难笑得出来。随后他那一摞书有一半掉在了地上，扼杀了他刚刚萌芽的好心情。

他捡起《美国文学介绍》和《四短篇》（他正在教二年级学生读《红色英勇勋章》），走进屋里。他刚把手里的东西放在厨房桌子上，电话就响了。当然，是固定电话，现在几乎已经没有手机信号覆盖的范围了。他有时候会庆幸自己保留了固定电话——大多数同事早都拆掉了。那些家伙现在就没辙了，因为从去年开始想拉电话线……你就死了这条心吧。等终于轮到你的时候，高速公路侧线说不定都修好了。再说了，就连固定电话最近也经常中断。

来电显示功能早就没有了，但他很确定电话是谁打来的，于是他拿起听筒就说："嘿，费利西娅。"

"你去哪儿了？"他的前妻问，"我都找了你一个小时了！"

马蒂解释说他在开家长会，开完又绕远路回家。

"你还好吧？"

"吃点东西就会好了。你呢，费利[1]？"

"凑合吧，但今天又走了六个。"

马蒂不需要问她走了六个什么。费利西娅是市中心医院的护士，那里的护士团队自称"自杀小队"。

"我很抱歉。"

"时代的缩影。"他能听见她声音里的不以为意。仅仅两年前（那会儿他们还没离婚），一天六起自杀还会让她震惊、伤心、无法入眠。现在看来，一切事情你都能习以为常。

"马蒂，你还在吃治胃溃疡的药吧？"没等他回答，她就急匆匆地说了下去，"我不是喜欢唠叨，只是很担心你。离婚不等于我就不在乎你了，明白吗？"

"我知道，我在吃。"这句话有一半是假的。现在他拿着医生开的硫糖铝处方也不可能买到药了，只好靠奥美拉唑过日子。他半真半假地回答，是因为他依然在乎她。离婚之后，他们反而相处得更好了。两人甚至会做爱，尽管次数不多，但感觉委实不赖。"多谢你的关心。"

"真的？"

"当然，夫人。"他打开冰箱。可选的东西不多，不过至少还有一些热狗、几个鸡蛋和一瓶蓝莓酸奶，他打算把这瓶酸奶当作睡前点心。除此之外，他还有三听汉姆斯啤酒。

"很好。今天来了多少家长？"

"比我预想中多，但离坐满一屋子还差得远。他们基本上只想聊互联网，还觉得我肯定知道为什么网一直半死不活。我只好一遍又一遍地告诉他们，我不是电脑工程师，只是个教英语的。"

"你知道加利福尼亚州的事，对吧？"她压低声音，像是在泄露一

---

1 费利西娅的昵称。

个巨大的秘密。

"嗯。"这天上午加州发生了一场大地震，是一个月以来的第三场，也是目前为止最严重的一场，一大块黄金州沉进了太平洋。好消息是加州的那块区域已经基本上疏散完毕，坏消息是现在有几十万难民向东而去，把内华达变成了人口最多的一个州。内华达的汽油现在卖二十美元一加仑[1]，只收现金，而且有些加油站已经没油可加了。

马蒂拿起一瓶半满的牛奶，闻了闻，尽管味道隐约有些可疑，他还是对着瓶嘴喝了几口。他想喝点带劲的东西，然而过往的痛苦经历（还有许多个不眠之夜）告诉他，必须先给胃壁加个保护层。

他说："我觉得很有意思的是，今天来开会的家长似乎更关心互联网，而不是加州地震。我猜是因为这个州出产粮食的地区都还在。"

"但还能坚持多久呢？全国公共广播电台里有个科学家说，加州正在逐渐脱离美国大陆，就像一张被剥落的旧墙纸那样。今天下午日本又有一个核反应堆被水淹了。他们说核反应堆已经停机，一切正常，但我不怎么相信。"

"愤世嫉俗。"

"我们生活在一个愤世嫉俗的时代，马蒂，"她犹豫了片刻，"有人认为末日即将到来。不只是宗教狂热分子这么说，已经不只是他们了，市中心医院自杀小队一位忠于职守的成员正在对你这么说。今天走了六个没错，但我们也救回来十八个，大多数靠的是纳洛酮[2]。可是……"她再次压低声音，说："……这个药的供应越来越不充足，我听药房主管说库存到月底就会耗尽。"

"这就太糟了。"马蒂望向他的公文包。那么多试卷等待他去批改，那么多拼写错误等待他去纠正，那么多孤悬从句和混乱逻辑等他

---

1 在美国，1 液量加仑约合 3.785 升。
2 吗啡等麻醉药物的拮抗药。——译者注

去用红笔勾出来。"拼写检查"[1]之类的电脑程序和"语法警察"[2]之类的手机应用似乎都毫无用处，光是想一想他就觉得疲惫。"好了，费利，我得挂了。我还有试卷要评分，还有《修墙》的小论文要批改。"想到那些等着他的小论文里勉强堆砌的乏味句子，他就觉得自己老了十岁。

"好吧，"费利西娅说，"只是……你懂的，保持联系。"

"收到。"马蒂打开碗柜，取出波旁威士忌。他要等她挂断电话再斟酒，免得她听见声音，猜到他在干什么。妻子有直觉，而前妻似乎拥有高灵敏度雷达。

"我能说我爱你吗？"她问。

"如果你允许我以同样的话回答。"马蒂答道。他摸着酒瓶上的标签：早年时光。真是个好牌子，他心想，特别是在末日即将到来的时候。

"马蒂，我爱你。"

"我也爱你。"

现在挂电话会恰到好处，但她没挂。"马蒂？"

"怎么了，亲爱的？"

"这个世界要被冲进下水道了，我们能说的却只有一句'真糟糕'。所以我们大概也会被冲进下水道吧。"

"也许吧，"他说，"但查克·克兰茨要退休了，所以我猜黑暗中毕竟还是有一线阳光的。"

"三十九个伟大年头。"她回应道。这次轮到她大笑了。

他放下牛奶。"你看见广告牌了？"

"没有，我听到了收音机里的广告，就是我刚刚说的那个谈话节目

1 即 Spellcheck。

2 即 Grammar Alert。

里的。"

"连全国公共广播电台都开始播广告了，看来世界真的要完蛋了。"马蒂说。她再次放声大笑，笑声让他感到愉快。"告诉我，查克·克兰茨为什么配得上这么高的曝光度？他长得像个会计，我从没听过这个名字。"

"我不知道，这个世界有太多的谜团。马蒂，别喝烈酒，我知道你在想什么。去喝杯啤酒吧。"

挂断电话的时候他没有大笑，但露出了微笑。前妻的雷达。高灵敏度。他把"早年时光"放回碗柜，拿了一听啤酒代替，又把两个热狗扔进水里。等水烧开的时候，他去狭小的书房看还能不能上网。

网还能用，与平时的龟爬速度相比，今天似乎稍微流畅一点点。他打开网飞，想边吃热狗边重温一集《绝命毒师》或《火线》。欢迎界面出现了，可选项目与昨晚毫无区别（就在不久前，网飞团队还会每天换首页呢）。就在他决定要看哪个坏蛋逞凶（是沃尔特·怀特还是斯特林格·贝尔）的时候，欢迎界面消失了，取而代之的是"搜索"字样和转动的等待圆环。

"妈的，"马蒂说，"天这是要塌——"

等待圆环忽然消失，画面重新出现，然而出现的是查尔斯·克兰茨的照片。他满脸笑容地坐在摆满文书的写字台前，有伤疤的手里拿着笔。他的头顶上标着"查尔斯·克兰茨"，写字台底下则是"三十九个伟大年头！谢谢你，查克！"。

"查克，你他妈到底是谁？"马蒂问，"你怎么收费？"这时网突然断了。就好像他一口气吹灭生日蜡烛似的，照片也突然消失，屏幕上的文字变成了"连接已断开"。

那天晚上网络没有恢复。正如半个加利福尼亚州（很快会变成四分之三）一样，互联网从这个世界上消失了。

· · ·

　　第二天早上，马蒂把车倒出车库，这时他注意到的第一件事情是天空。上次见到这么纯净无瑕的蓝色天空是多久以前了？一个月？六周？乌云和雨水（有时候是蒙蒙细雨，有时候是滂沱大雨）如今成了家常便饭，就算偶尔云开雾散，天空也还是朦朦胧胧的——这是受到了中西部烟霾的影响。这些烟霾已经熏黑了艾奥瓦州和内布拉斯加州的大部分土地，正在强风的推动下向堪萨斯州进军。

　　他注意到的第二件事情是格斯·威尔丰的奇怪举动。他正沿着街道艰难地向上走，特大号的餐盒一下一下地拍打着大腿。格斯是市政工程局的一名主管，此刻他身穿卡其裤，却又打着领带。现在才七点一刻，但他看上去疲惫又烦闷，好像漫长的一天终于熬到了尽头，而不是刚刚开始。毕竟，如果他的一天才刚刚开始，他为什么要朝着马蒂家隔壁的那幢屋子走去？而且……

　　马蒂摇下车窗。"你的车呢？"

　　格斯短促的笑声里毫无笑意。"停在主街山往下的半路上了，和另外一百辆车一起。"他吐出一口长气，"唉，我都不记得上次步行三英里是什么时候了。也许这么简单的一句话就能让你明白我是怎样的一个人，透露出来的信息大概比你想知道的都多了。老弟，你要是想去学校，就必须先绕出去走 11 号公路，再兜回来走 19 号公路。全程至少有二十英里，而且路上的车很多。到了学校你估计能赶上吃午饭，但我不敢打包票。"

　　"这到底是怎么回事？"

　　"主街和市场街路口的地面下陷了。那个坑够大的，哥们，应该和最近成天下雨有关，当然了，更主要的原因肯定是路面缺乏维修，还好不是我这个部门的事。坑底下至少有二十辆车，说不定有三十辆，车里的一些人……"他摇了摇头，"救不回来了。"

"天哪，"马蒂说，"昨晚我还路过那儿来着，被卡在车流里。"

"还好你今天早上不在那儿。介意我上车坐坐吗？就待一会儿，我累死了。珍妮估计已经回去接着睡了，我不想吵醒她，尤其不想告诉她坏消息。"

"没问题。"

格斯坐进车里。"我的朋友啊，情况太糟糕了。"

"是啊。"马蒂附和道，昨晚他对费利西娅说过相同的话，"但我看也只能笑一笑挺过去了。"

"我可笑不出来。"格斯说。

"打算请一天假？"

格斯举起双手，拍了拍大腿上的餐盒。"谁知道呢。我先打几个电话试试，看有没有人能过来接我，但我不打算抱太大希望。"

"要是你请假，别指望能靠网飞或油管消磨一天。网又断了，我感觉这次很可能永远也不会恢复了。"

"我猜你知道加州的事情了。"格斯说。

"今天早上我没开电视，多睡了一会儿。"他停了停，"说实话，我不想看。有什么新闻吗？"

"有，剩下的一块也沉下去了。"格斯又想了想，"呃……他们说北加州还有两成没沉，实际上估计也就剩一成，而且粮食产区没了。"

"太可怕了。"确实如此，但马蒂感觉到的是一种麻木的沮丧，而不是恐怖、惊慌和哀痛。

"当然可怕了，"格斯赞同道，"最可怕的是中西部变成了焦炭，而佛罗里达南边的一半全都是只适合鳄鱼生活的沼泽了。希望你的储藏室和冰箱里存足了食物，因为美国的粮食主产区这下全完蛋了，欧洲也一样。亚洲已经出现了饥荒，死了几百万人，我听说爆发了腺鼠疫。"

他们坐在马蒂家的车道上，看着越来越多的人从商业区方向走回来，其中很多人穿西装打领带。一个女人身穿漂亮的粉色正装，脚上穿着运动鞋，她正在慢慢爬坡，一只手里还拿着高跟鞋。马蒂想到她好像叫安德烈娅，住在一两条街以外。费利西娅是不是说过她在中西部信托银行工作？

"还有蜜蜂，"格斯继续道，"它们十年前就出现了问题，但现在彻底消失了。除了南美洲的几个蜂巢，再也没有蜂蜜了。没有蜜蜂为剩下的那点庄稼授粉……"

"不好意思。"马蒂打断了格斯的话。他下车跑向那个身穿粉色正装的女人，问道："安德烈娅？你叫安德烈娅，对吧？"

她警惕地转过身，举起高跟鞋，像是要用鞋跟保护自己。马蒂很能理解，最近有很多过得不太好的人四处游荡。他在五英尺外停下。"我是费利西娅·安德森的丈夫。"好吧，前夫，但丈夫听上去威胁性比较小。"我记得你和费利是熟人。"

"确实，我和她都是邻里安全委员会的。安德森先生，你有什么事吗？我走了很长一段路，我的车卡在商业区交通阻塞的路上，永远也动不了了。至于银行大楼，现在正……摇摇欲坠。"

"摇摇欲坠。"马蒂重复道。他的脑海里浮现了比萨斜塔的画面，塔顶上印着查克·克兰茨的巨幅照片。

"大楼在地面下陷处的边缘，还没掉进去，但我觉得不太保险，迟早是死路一条。我猜我的工作也就做到头了，至少在商业区分行是这样，不过我也不在乎了。我只想回家躺下，让我的两只脚好好休息一会儿。"

"银行大楼顶上的广告牌让我很好奇，你看见了吗？"

"怎么可能看不见？"她反问，"我毕竟在那儿工作。我还看见了涂鸦，到处都是——查克我们爱你，查克在人间，查克万岁——还有电视上的广告。"

"真的？"马蒂想到昨晚断网前他在网飞上见到的画面，当时他以为那只是个特别烦人的弹窗广告。

"对，至少当地的电视台都在播。也许有线电视不一样，但我们已经收不到有线电视了，从 7 月开始就断了。"

"我们也一样。"他已经构建了一个他和费利西娅还没有离婚的幻象，因此最好把这个谎继续圆下去。"只能收到 8 频道和 10 频道。"

安德烈娅点点头。"车、艾乐妥和鲍勃折扣家具的广告都没了，只剩下'查尔斯·克兰茨'和'三十九个伟大年头，谢谢你，查克'。广告持续了足足一分钟，电视才继续按时间表放重播节目。非常不寻常，但现如今还有什么寻常的呢？现在嘛，我真的很想回家了。"

"所以这位查尔斯·克兰茨和你们银行没关系？不是从银行退休的员工吗？"

她停顿了仅仅一瞬间，然后继续爬坡回家，手里拎着她今天不再需要穿的高跟鞋。也许她以后再也不会穿了。"我根本不知道查尔斯·克兰茨是谁，他大概是奥马哈总部的人。不过要是我没弄错，最近这阵的奥马哈就是一个巨大的烟灰缸。"

马蒂目送她离开，格斯·威尔丰也走到他身旁，望着她的背影。格斯朝回家的上班族大军点头致意。这些人脸色阴沉，无论他们的工作是零售、贸易、银行、餐饮还是送快递，现在都没法继续去上班了。

"他们看上去像是难民。"格斯说。

"没错，"马蒂说，"其实本来就是。哎，你不是问过我的食物储备怎么样吗？"

格斯点点头。

"我有一批汤罐头，有些印度香米和速食米饭，好像还有些燕麦圈。冰箱里似乎有六个微波餐盒和半品脱[1]冰激凌。"

"你似乎并不担心嘛。"

---

1 在美国，1 液量品脱约合 473.2 毫升。

马蒂耸耸肩。"担心能有什么用？"

"但你看，很有意思，"格斯说，"刚开始咱们都很担心，想知道答案，有些人还去华盛顿抗议。记得白宫围栏被冲破，大学生受到枪击吧？"

"当然。"

"还有俄罗斯政府被推翻，印度和巴基斯坦之间的四日战争，德国火山爆发。老天在上——德国啊！我们彼此安慰，说这些事总会过去，但似乎怎么都过不去了，对吧？"

"是啊。"马蒂赞同道。他刚起床没多久，但已经觉得很疲惫了，非常疲惫。"不但没有过去，反而越来越严重了。"

"接下来是自杀。"

马蒂点点头。"费利西娅每天都会见到很多。"

"我认为自杀的势头会缓和下来，"格斯说，"人们会等着看。"

"看什么？"

"末日呗，哥们，一切的终结。我们在经历悲痛的五个阶段，你没意识到吗？现在我们来到了最后一个阶段：接受。"

马蒂一言不发，他想不出什么能说的话。

"现在已经没什么值得惊讶的了。这些灾难……"格斯挥舞手臂，"天晓得是从哪儿来的。我是说，咱们知道环境每况愈下——我估计连极右翼的智障私底下也会承认——但这是六十种不同的狗屎事同时上演。"他望向马蒂的眼神近乎恳求，"已经多久了？一年？十四个月？"

"是啊，"马蒂说，"太糟糕了。"似乎只有这个词能用来形容现状。

他们听见头顶上传来嗡嗡的声音，于是抬头去看。最近飞进飞出市属机场的大型喷气机数量越来越少，间隔越来越长，但他们此刻见到的是一架小飞机，它在晴朗得不寻常的天空中飞翔，机尾吐出一道白烟。飞机时而偏转，时而侧滚，时而升起，时而落下，白烟（或者天晓得什么化学物质）组成了字母。

"哈，"格斯抻着脖子看，"空中文字啊。上次看到的时候，我还是个小孩子呢。"

查尔斯，飞机写道。然后：克兰茨。再然后——当然了——三十九个伟大年头。飞机写出"谢谢你，查克！"的时候，前面的文字已经变得模糊。

"他妈的搞什么？"格斯说。

"说出了我的心声。"马蒂说。

马蒂出门前没吃早饭，现在他回到屋里，用微波炉热了一份冷冻速食——玛丽·卡伦德的鸡肉馅饼，味道相当好。他拿着食物去客厅看电视，只能收到两个频道，还都停在查尔斯·"查克"·克兰茨的画面上。查克拿着笔坐在写字台前，一副准备就绪的模样。马蒂盯着这个画面吃完馅饼，随后他关掉电视，回床上躺着。这似乎是最合情合理的行为。

他一直睡到下午，没有梦见费利西娅（至少他没有印象了），醒来时却想着她。他想去见她，想去问能不能在她家过夜，甚至住下。按照格斯的说法，六十种不同的狗屎事正在同时上演。假如确实如此，他可不想独自面对。

费利西娅住在一个整洁的小居住区里，那个地方名叫丰收家园，离这儿三英里远。马蒂不想冒险开车过去，于是他换上运动裤和运动鞋。现在是下午四五点钟，天气很好，适合步行，天空依然碧蓝，外面有很多人在走动。有几个人似乎在享受阳光，但大多数人只是低垂着头，盯着自己的脚尖。人们很少交谈，哪怕是三五成群的人也一样。

公园路是城市东区的主干道之一，数不尽的车辆把四条车道全都塞满了，大多数车里没有人。马蒂从车辆之间穿过马路，来到公园路的另一侧。马蒂在这里遇到了一个老人，老人身穿粗花呢的正装，戴一顶相配的软毡帽，他坐在人行道上，正在对着下水道口磕烟斗。他发现马蒂在看他，于是露出笑容。

"稍微休息一下，"他说，"我走路去商业区看地上那个塌陷的大坑，还用手机拍了几张照片，心想说不定会有哪个本地电视台感兴趣。但所有频道似乎都停播了，电视上现在只放克兰茨那家伙的照片。"

"是啊，"马蒂说，"现在每时每刻都是查克了。你知道他是谁——"

"不知道。我至少问了二十个人，没人知道。咱们这位克兰茨就像是末世之中的奥兹国[1]一样。"

马蒂大笑。"先生，你要去哪儿？"

"丰收家园。舒服的避世小窝，没什么人的地方。"他从上衣里掏出一袋烟草，开始填烟斗。

"我也要去那儿，我前妻住在那儿。也许咱们可以一起走。"

老人站起身，一阵疼痛让他咧起嘴角。"只要你别走太快就行。"他点燃烟斗，吸了几口，"我有关节炎。可以吃药，但关节炎越严重，吃药就越没用。"

"太糟糕了，"马蒂说，"那这样，我跟着你的步调走吧。"

老人慢吞吞地迈步向前。他名叫塞缪尔·亚伯勒，是一位殡葬师，也是亚伯勒殡仪馆的所有人。"但我真正的兴趣是气象学，"他说，"年轻时我梦想着登上电视，当一名气象预报员，要是能去某个有线电视网就最好了。可惜他们似乎更喜欢年轻女人，而且要有……"他用拢起的双手在胸前托了托，"不过我还是保留了这个爱好，经常阅读期刊，我可以告诉你一个非常惊人的事实。当然了，前提是你想听。"

"那还用说。"

---

1 美国童话《绿野仙踪》中的国度，四周是沙漠，东西南北各方向分别有一个国家，中央是翡翠城。

他们来到公共汽车站的一张长椅前，椅背刷上了"查尔斯·'查克'·克兰茨，三十九个伟大年头！谢谢你，查克！"的字样。萨姆[1]·亚伯勒在长椅上坐下，拍拍他身旁的空位。马蒂也坐下了。这个座位在亚伯勒烟斗的下风处，但马蒂不在乎，他喜欢烟草的气味。

"你知道人们总说一天有二十四小时，对吧？"亚伯勒问。

"而一周有七天。人人都知道，包括小孩子。"

"对，但人人都错了。一个恒星日是二十三小时五十六分钟，外加几秒钟。"

"是吗？"

"是的。根据我的计算——我向你保证，我能算给你看——现在的一天是二十四小时零两分钟了。安德森先生，你知道这代表着什么吗？"

马蒂想了想。"你想说地球的自转在变慢吗？"

"没错。"亚伯勒从嘴里取出烟斗，指了指从人行道上经过的人们。随着时间接近傍晚，人潮渐渐变得稀疏。"我敢打赌，在这群人之中，很多人都认为我们面临的诸多灾难有个单一的原因：我们对地球环境造成的破坏。不，其实不是的。地球是我们所有人的母亲，我会毫不犹豫地承认我们对待地球母亲的方式非常不好，就算不是在强奸她，也无疑是在糟蹋她。但比起宇宙这座巨大的时钟，我们实在微不足道。是的，微不足道，现在发生的事情比环境恶化要严重一万倍。"

"也许一切都是查克·克兰茨的错。"马蒂说。

亚伯勒惊讶地望向他，随之爆发出一阵大笑。"怎么又说到这家伙了？查克·克兰茨要退休，所以地球上的全部人口——更不要说地球本身了——也要跟着他一起退休？这就是你的理论？"

"总得找个什么东西怪罪一下吧，"马蒂微笑道，"或者什么人。"

---

1 塞缪尔的昵称。

萨姆·亚伯勒站起身，用手按住腰眼，伸展身体，忍痛咧嘴。"借用一下史波克先生[1]的台词，你的说法不合逻辑。要我说，就人的生命而言，三十九年确实是相当长的一段时间，差不多占一半了，但上次冰河时期似乎比三十九年要遥远一点，恐龙时代就更不用说了。咱们继续散步如何？"

　　他们继续往前走，影子在前方越拖越长。马蒂在脑内责骂自己，居然把这么美丽的一个日子浪费了一大半在睡觉上。亚伯勒走得越来越慢了。等他们终于来到丰收家园入口处的砖砌拱廊时，老殡葬师再次坐了下来。

　　"就让我看会儿日落吧，等关节炎稍微消停一点。愿意和我一起坐坐吗？"

　　马蒂摇摇头。"我看我还是接着走吧。"

　　"去看看前妻的情况，"亚伯勒说，"我理解。安德森先生，很高兴能和你聊天。"

　　马蒂走进拱廊，又转身说："查尔斯·克兰茨肯定有什么含义，我敢确定。"

　　"也许你说得对，"萨姆抽着烟斗说，"但地球自转变慢……我的朋友，没什么能比这个更严重了。"

　　丰收家园的正中间是一段林荫大道，两侧树木的枝叶伸向中央，组成一条优雅的抛物线。在这条林荫大道的两边，一条条小路蔓延开来。在马蒂看来，这里的路灯像是从狄更斯小说的插图中走下来的一样，它们此刻都亮了起来，散发出月光般的柔和光亮。马蒂向费利西娅居住的蕨巷走去，这时一个穿旱冰鞋的小女孩冒了出来，优雅地拐过路口的转弯。她穿着宽松的红色短裤，无袖 T 恤上印着摇滚明星，

1《星际旅行》原初电视剧的主角之一。他同样也出现在动画版《星际迷航》、《星际迷航：下一代》、《星际迷航》电影以及小说、漫画和电子游戏中。

抑或是说唱歌手。马蒂估计她现在十或十一岁。见到她让他极为高兴，一个穿旱冰鞋的小女孩：在这个异常的日子，在这个异常的年头，还有什么能比她更正常呢？

"哟。"他说。

"哟。"她一边回应，一边指挥旱冰鞋干净利落地换了个方向。她母亲肯定提醒过她当心猥亵犯切斯特[1]之类的坏蛋，她要是发现马蒂是那种货色，就会立刻逃之夭夭。

"我来找我的前妻，"马蒂站在原处说，"费利西娅·安德森，也可能她已经改回了费利西娅·戈登，戈登是她结婚前的姓氏。她住在蕨巷 19 号。"

小女孩穿着旱冰鞋在原地转身，动作轻松自如，换了马蒂肯定会摔个大马趴。"哦，对，我好像见过你。你开一辆蓝色普锐斯？"

"没错。"

"既然你还来看她，为什么要和她离婚？"

"我还是很喜欢她。"

"你们不吵架？"

"以前吵。离婚以后反而相处得更好了。"

"戈登小姐有时候会给我和我弟弟罗尼吃姜汁脆饼。我更喜欢吃奥利奥，但……"

"但脆饼掉渣的感觉没法比，对吧？"马蒂说。

"才不是呢，姜汁脆饼不会掉渣。除非你在嘴里嚼碎……"

就在这时，路灯灭了，林荫大道变成了一个暗影憧憧的礁湖，所有房屋也在同一瞬间沉入了黑暗。这座城市以前也断过电，有时候甚至长达十八个小时，不过供电总会恢复。马蒂不确定这次还会不会恢复，也许能，但他有一种预感：他和其他人从小到大一直习以为常的

---

1 二十世纪漫画《猥亵犯切斯特》中的同名人物。

供电，很可能会和互联网一样一去不返。

"该死。"小女孩说。

"你最好回家去，"马蒂说，"没有路灯的时候，滑旱冰很危险。"

"先生，一切还会好起来吗？"

马蒂没有孩子，但他当了二十年教师。他觉得，只要孩子长到十六岁，你就应该对他们说实话，然而在和眼前这么小的孩子打交道的时候，说点善意的谎言往往不会犯错。他说："当然了。"

"可是你看。"她指给他看。

他顺着她颤抖的手指望向蕨巷拐角处的那座屋子，一张脸出现在俯视着小片草坪的暗沉沉的观景窗上。它由发光的白色线条和黑色的阴影构成，就像降神会上的外质[1]一样。微笑的满月脸，黑框眼镜，手里拿着笔。画面上方写着：查尔斯·克兰茨；下方写着：三十九个伟大年头！谢谢你，查克！

"所有窗户上都有。"她的声音仿佛耳语。

她没说错。查克·克兰茨的脸浮现在蕨巷每一座房屋的前窗上。马蒂原地转圈，看见克兰茨的一张张脸以弧线沿着林荫大道向外延伸。几十个查克，甚至是几百个。假如这个现象在全城各处出现，那就是几千个。

"快回家，"马蒂收起笑容，"好孩子，回家找你的父母，现在就去。"

她滑走了，旱冰鞋的轮子骨碌碌滚过人行道，她的头发在背后飘扬。他能看见她红色的短裤，再一转眼她就消失在了越来越深沉的黑暗中。

马蒂快步走向她消失的方向，查尔斯·"查克"·克兰茨的笑脸从每一扇窗户里望着他。穿白衬衫打黑领带的查克，马蒂感觉自己被一群克隆的阴鬼盯上了。天上没有月亮，他觉得很庆幸，万一查克的脸

---

1 据称为神鬼附体者身上渗出的一种物质，可能会形成死者的外形。

出现在月亮上怎么办？他该做出什么反应？

走到蕨巷 13 号时，他决定跑完剩下的那段路。他很快跑到费利西娅只有两个房间的小平房前，咚咚咚地跑过门前步道，使劲敲门。他等了一会儿，忽然觉得她肯定还在医院，很可能在值双班，但他很快听见了费利西娅的脚步声。门开了，她拿着一支蜡烛，烛光从下方照亮她惊恐的面容。

"马蒂，谢天谢地。你看见那些脸了吗？"

"看见了。"那家伙也出现在她的前窗上。微笑的查克看上去就像个普普通通的会计，甚至不会出声吓唬路过的大鹅。

"它们就那么……突然冒出来了！"

"我知道，我看见了。"

"只在这儿才有吗？"

"我猜到处都是，我猜这就是——"

这时她拥抱了他，把他拉进屋里。他很高兴她没有给他机会，让他说完剩下的两个字：末日。

2

道格拉斯·比顿，伊萨卡学院哲学与宗教系的助理教授，正坐在医院的一间病房里，等待他的姐夫死去。房间里只能听见心跳监控仪稳定的嘀嘀嘀声和查克越来越沉重的缓慢呼吸声。大部分维生设备已经关闭。

"舅舅？"

道格扭过头，看见布莱恩站在门口，依然身穿字母外套，背着书包。

"这么早就放学了？"道格问。

"老师批准我早退。老妈发短信给我，说她要让医生关闭维生设备了。已经关了吗？"

"嗯。"

"什么时候？"

"一小时前。"

"老妈去哪儿了？"

"一楼的小教堂。她在为他的灵魂祈祷。"

多半也在祈祷她做了正确的选择，道格心想。尽管神父对你说可以的，没问题的，剩下的就交给上帝了，你还是会觉得这样做不太对。

"要是他看上去……我就发短信通知她。"布莱恩的舅舅耸耸肩。

布莱恩走向病床，低头看向父亲依然惨白的面容。父亲取下了黑框眼镜，少年觉得这个男人似乎没有年长到有个高一儿子的地步。他本人看上去就像个高中生。布莱恩拿起父亲的手，亲了一下他手背上新月形状的伤疤。

"他这么年轻的人不该死的。"布莱恩说。他声音很轻，就好像父亲还能听见一样。"我的天哪，道格舅舅，他去年冬天才过完三十九岁生日。"

"过来坐下。"道格拍了拍身旁的空椅子。

"那是我老妈的座位。"

"等她回来了，你再让给她。"

布莱恩卸下背包，坐在椅子上。"你觉得还有多久？"

"医生说随时都有可能，几乎可以肯定他撑不到明天了。你知道是设备在帮助他呼吸，对吧？他吸收的营养也来自静脉注射。他没有……布莱恩，他现在没有任何痛苦。那个阶段已经过去了。"

"恶性胶质瘤。"布莱恩苦涩地说。他转向舅舅，眼角含泪。"道格舅舅，上帝为什么要带走我爸爸？你解释给我听。"

"我没法解释，上帝之道神秘莫测。"

"唉，去他妈的神秘，"少年说，"神秘事件应该待在故事书里，那儿才是它们的家。"

道格舅舅点点头，搂住布莱恩的肩膀。"孩子，我知道你很难接受，我也一样，但我能说的只有这么多。生命是个谜题，死亡也一样。"

两人陷入沉默，听着稳定的嘀嘀嘀声，听着查尔斯·克兰茨——他的妻子、妻子的弟弟和他的朋友都叫他查克——一次次艰难而缓慢的呼吸，这是他的身体与这个世界最后的互动了。行将衰竭的大脑还剩下最后几项功能，指挥着他的每次吸气和呼气（还有心脏的跳动）。这个人在中西部信托银行的会计部度过了整个职业生涯，此刻正在做他的最后一个账本：极少的收入，极大的支出。

"人们以为银行员工都是铁石心肠的人，但他们真的很喜欢他，"布莱恩说，"他们送来了好多鲜花。护士把花放到阳光房去了，说他的病房不该摆鲜花。这到底是什么原因？鲜花会导致过敏反应还是什么？"

"他喜欢在银行工作，"道格自顾自地说，"这份工作没什么重大影响，他不可能得诺贝尔奖或者从总统手中接过自由勋章[1]，但他确实热爱那份工作。"

"还有跳舞，"布莱恩说，"他热爱跳舞，而且跳得很好。我老妈也跳得不错，她经常说他俩的摇摆舞真能跳得连地毯都烧起来，但她也说老爸跳得更好。"

道格大笑。"他喜欢说他是穷人版本的弗雷德·阿斯泰尔[2]。他小时候还喜欢玩具火车，他阿公有一整套火车模型。阿公就是他的爷爷，你明白吗？"

---

1 由美国总统一年一度颁发，与国会金质奖章并列为美国最高的平民荣誉，受奖者不需要是美国公民。
2 美国舞蹈家、电影明星，被誉为世界上最伟大的舞蹈家。

"知道，"布莱恩说，"我知道他的阿公。"

"布莱[1]，他的一生过得很完满。"

"但是还远远不够，"布莱恩说，"他再也不可能实现愿望，坐火车横穿加拿大了。他再也不能游览澳大利亚——这也是他的愿望。他再也看不到我从高中毕业了，不能举办退休派对，看别人上台说笑话，送他一块金……"他用外套袖子擦了擦眼睛，"一块金表。"

道格捏了捏外甥的肩膀。

布莱恩看着自己紧扣的双手，说："舅舅，我想相信上帝，我也算是相信上帝，但我不明白为什么非得变成这样，上帝为什么要让事情变成这样。你是个了不起的哲学家，你能告诉我的答案仅仅如此吗，'死亡是个谜题'？"

是啊，因为死亡能够毁灭哲学。道格心想。

"布莱恩，你知道有句俗语是这样的——死亡会带走最好的那一批人，但死亡也会公正地带走剩下的所有人。"

布莱恩挤出一个笑容。"要是你指望用这种话安慰我，你得稍微认真一点了。"

道格像是没有听见。他望着他的姐夫，在他心中，查克就是他真正的兄弟。查克给了他姐姐一段美好的生活，帮助他走上了事业的正途，而且还远不止这些。他们曾经一起度过了一些美好的时光。这还远远不够，但似乎只能到此为止了。

"人类的大脑是有限的，它只是骨头构成的笼子里的一团海绵组织，但大脑的意识是无限的。它的存储能力大得惊人，想象力能企及的范围超出了我们的理解能力。我认为当一个人死去的时候，有一个世界会完全崩溃——这个人熟知和相信的世界。孩子，你想一想，地球上生活着几十亿人，这几十亿人之中的每一个人，内心都藏着一个

---

1 布莱恩的昵称。

世界，他们的大脑所了解的世界。"

"现在我父亲的世界正在死去。"

"但咱们的世界没有，"道格又抱了一下外甥的肩膀，"咱们的世界会存在得比较久。还有你母亲的世界，布莱恩，为了她，咱们必须坚强，尽可能地坚强。"

两人陷入沉默，望着病床上垂死的男人，听着监控仪的嘀嘀嘀声和查克·克兰茨吸气呼气的缓慢声音。呼吸声暂停片刻，查克的胸膛不再起伏，布莱恩紧张起来。查克的胸膛随即再次升起，再次发出令人痛苦的喘息声。

"给老妈发短信，"布莱恩说，"快。"

道格已经掏出了手机："正在发了。"他输入：姐，最好过来，布莱恩也在。我觉得查克快要不行了。

3

马蒂和费利西娅来到屋后的草坪，坐在从前院拿来的椅子上。全城的供电都中断了，星星特别明亮。马蒂小时候在内布拉斯加州长大，从那以后他就没见过这么亮的星星。那会儿他有个小望远镜，喜欢在阁楼的窗口窥视宇宙。

"那是天鹰座，"他说，"那是天鹅座。看见了吗？"

"看见了，那是北极——"她停了下来，"马蒂？你看见了吗？"

"看见了，"他说，"它熄灭了，火星也是。再见了，红色星球。"

"马蒂，我害怕。"

格斯·威尔丰今晚也在看星空吗？和费利西娅一起参加邻里安全

委员会的安德烈娅呢？殡葬师塞缪尔·亚伯勒呢？穿红色短裤的小女孩呢？星星闪，星星亮，今夜我见到的最后几颗星。

马蒂握住她的手："我也害怕。"

4

金妮、布莱恩和道格站在查克·克兰茨的病床边。他们握着彼此的手，等待着查克——丈夫、父亲、会计师、舞者、罪案剧爱好者——完成他的最后两三次呼吸。

"三十九岁，"道格说，"三十九个伟大年头。谢谢你，查克。"

5

马蒂和费利西娅坐在后院里，抬头看着星空，望着星辰熄灭。刚开始只有一两颗，然后几十颗，随后几百颗。银河落入永远的黑暗，马蒂转向他的前妻。

"我爱——"

一片漆黑。

第二幕：街头艺人

贾里德·弗兰克的朋友麦克有辆破旧的厢式货车，在麦克的帮助下，贾里德在博伊尔斯顿街上的沃尔格林药店和苹果专卖店之间装配起了他的架子鼓。这是他最喜欢的地点，今天他感觉很不错。这是个周四的下午，天气好得出奇，街上熙熙攘攘，全是对周末满怀期待的人，这幅风景永远比周末本身更加美好。对周四的人们来说，他们的期待是纯净的。到了周五下午，他们就必须扔掉期待，开始想办法找乐子了。

"都弄好了？"麦克问他。

"好了，多谢。"

"老弟，一成抽头才是我想要的感谢。"

麦克开车离开，多半是去漫画店，也可能是去巴诺书店[1]，随后再去公园读他买的天晓得什么书。麦克是个狂热的读者。贾里德会在准备收拾回家的时候打电话给他，叫他开车过来。

贾里德把破旧的高顶礼帽（他花七十五美分在剑桥的一家二手商店里买的，它有着磨破的天鹅绒和褴褛的罗缎帽带）放在地上，再把一块牌子放在帽子前面。牌子上写着："这是一顶魔法帽！随便给

---

1 美国的零售连锁书店。

多少都行，你的奉献会加倍返还！"他扔了两张一美元的纸币在帽子里，算是给路过的人一个提示。对 10 月初来说，今天的天气算是挺暖和，因此他可以穿上他来博伊尔斯顿街表演时喜欢穿的行头：正面印着"最爱架子鼓"的短袖衫、卡其短裤、破旧的匡威高帮板鞋，不穿袜子。不过即便是在大冷天，即便他带了外套，打鼓的时候他也会把外套脱掉。一旦你找到了节奏，就会觉得浑身发热。

贾里德展开折叠凳，在几个鼓上敲了一通小节奏做准备。有几个人望向他，但大多数人只是匆匆走过，思绪放在他们与朋友的交谈、晚饭怎么安排和去哪儿喝一杯这类事情上。这一天就这么过去，过完的日子走向它们最终的归宿，某个神秘的垃圾场。

这会儿离八点还很早，到了那个时候，通常会有一辆波士顿警察局的车子在路边停下，乘客座上的警察探出头来，对他说该收拾收拾回家了，接着他会打电话给麦克。这会儿他还没开始挣钱呢。他放好高帽钹和吊镲，挂上牛铃，今天感觉像个该挂牛铃的日子。

贾里德和麦克在纽伯里街的"医生唱片店"里兼职打工，就算碰上好日子，贾里德挣的钱也只是和街头卖艺差不多。另外，在阳光灿烂的博伊尔斯顿街上打鼓，无疑比待在唱片店里闻广藿香香氛令人愉快，更不用说还要和唱片疯子长时间交谈了。他们不是要找戴夫·范龙克在民谣之路厂牌的作品，就是要找"感恩至死"乐队稀有录音的涡卷花纹黑胶碟。贾里德经常想问他们，淘儿唱片倒闭的时候你们都去哪儿了？

他是朱利亚德学院的辍学生，他称之为"音乐知识学院"，对不起了，凯·凯泽先生[1]。他在朱利亚德学院待了三个学期，最后觉得那儿并不适合他。他们要你思考你正在演奏什么，然而在贾里德的心目中，

---

1 美国乐队指挥、电台主持人。1938 年，凯泽想出了一个将音乐与问答结合的电台节目，名为"凯·凯泽的音乐知识学院"。

节奏是你的朋友，思考是你的敌人。他偶尔会和乐队一起演出，但他对搞乐队不怎么感兴趣。尽管他从没公开说过（好吧，也许说过一两次，在喝醉酒的时候），但他认为或许连音乐本身也是敌人。然而，一旦进入状态，他就很少会想这些有的没的了。一旦他进入状态，音乐就成了游魂。在这个时候，只有鼓点和节奏至关重要。

他开始热身。一开始先打点轻松的慢节拍，不用牛铃，不碰筒鼓，不敲鼓边，不在乎魔法帽是不是一直空着，只有他自己那两张皱巴巴的一美元和一个滑板小子（轻蔑地）投进去的一个二十五美分硬币。他有时间，需要找到进入状态的途径。就像在秋天的波士顿期待周末的快乐一样，他一半的乐趣就是寻找进入状态的途径，说是绝大多数乐趣也行。

简妮斯·哈利迪在"纸与页"公司工作完七个小时，这会儿正在步行回家的路上。她迈着沉重的步伐走下博伊尔斯顿街，耷拉着脑袋，紧抱着手提包。她也许会一路走到芬威，然后才开始找最近的地铁站，因为这会儿她只想走一走。她交往了十六个月的男朋友刚刚和她分手了，要是说得难听点，那就是他甩了她，一脚把她踢到了路边。而且他还是用现代方式甩了她的：通过短信。

第一条：咱们就是不太合适。

第二条：我会一直记着你的！

第三条：永远是朋友，好吗？

咱们不太合适，言下之意多半是他遇到了别人，他周末打算和她一起去新罕布什尔州摘苹果，找个民宿睡了她。他今晚不会和简妮斯见面了，也许永远也不会了，不会见到她身穿可爱的粉红罩衫和红色裹身短裙，除非她发张照片给他，配上文字说："这就是你错过的，你这一坨屎。"

这件事完全出乎意料，因此才会打她一个措手不及，就好像你正准备进门，门却恶狠狠地砸在你脸上。在今天早上看来，周末似乎还充满了各种各样的可能性，现在周末却变成了一个她必须爬进去的入口，里面是一个缓缓转动的空桶。她还没有伤心到周六去公司加班的地步，但她也许可以给美宝莲专柜打个电话，问问他们周六上午几点开门，看能不能至少把这一上午消磨掉。周日商店休息，最好别去琢磨周日，至少现在别想。

"永远个屁的朋友。"她对着自己的手提包说，因为她正在向下看。她没有爱上他，她甚至没有试着让自己相信这一点，然而她还是感觉到了同等的沮丧和震惊。他为人不错（至少她这么认为），是个相当不赖的情人，正如别人常说的，和他待在一起乐趣无穷。她二十二岁，被人甩了，这个感觉糟糕透顶。她猜等一会儿回到家里，她会喝些葡萄酒，大哭一场。哭应该是一件好事，有疗愈作用。也许她可以找个"大乐团"的爵士播放列表放一放，满屋子跳舞。就像比利·艾多的名曲那样：《独自跳舞》。她在高中时很喜欢跳舞，周五晚上的舞会是她的欢乐时光。也许她可以重新体验一下那种快乐。

不，她心想，那些曲子和那些记忆只会让你哭得更凶。高中是很久以前的事了，这里是现实世界，男人会毫无预兆地和你分手。

一两个街区之外，她听见了鼓声。

查尔斯·克兰茨——朋友都叫他查克——沿着博伊尔斯顿街向前走，身穿会计师的"铠甲"：灰色正装、白色衬衫、蓝色领带。黑色的塞缪尔温莎皮鞋价钱不贵，但很耐穿。他的公文包在身边前后摆动。下班后的人群在他周围叽叽喳喳地涌动，他只当他们不存在。他来波士顿参加一个为期一周的研讨会，讨论"二十一世纪的银行业"。他是中西部信托银行的员工，银行派他来参加会议，费用全包。他感觉非常好，他从没来过豆城 [1] 只是其中的原因之一。

　　研讨会在一家酒店举办，对他这个会计师来说，这家酒店堪称完美：干净，而且相当便宜。查克很喜欢那些演讲者和圆桌会（他参加了一个圆桌会，明天中午研讨会结束前，他还有另一个要参加），但他没有兴趣在另外七十名会计师的陪伴下度过闲暇时间。他会说他们的语言，但也乐于认为自己还会说其他人的语言。至少他曾经是会的，尽管现在已经忘记了词汇表里的一些词语。

　　这会儿，他性价比极高的塞缪尔温莎皮鞋正带着他做下午的散步，不算激动人心，但还算愉快。现如今，还算愉快就已经很好了。他的生活比他以前所向往的要狭窄，但他已经接受了现实，他明白，道路越走越窄符合自然规律。活到某个时候，你会意识到你不可能当上美国总统，于是就安于当美国青年商会的主席了。另外也有好的一面。他有妻子，他对妻子的忠诚无懈可击，他有个好脾气的聪明儿子，正在念中学。然而，他只有九个月可活了，但他现在还不知道。他的末日（到了那个时候，人生就会收窄到一个小点）的种子种得很深，在外科医生的手术刀无法触及之处，这颗种子最近刚刚开始发芽，很快就会结出黑色的果实。

　　形形色色的人从他身边走过，有身穿缤纷短裙的大学女生，有反戴红袜队棒球帽的大学男生，有来自中国城、穿得一丝不苟的亚裔美国人，有拎着购物袋的家庭主妇，有手持搪瓷杯的越战老兵，杯上印着美国国旗和"这些颜色不会逃走" [2] 的标语。在这些人眼中，查克·克兰茨无疑是白种美国人的化身，纽扣系得整整齐齐，衬衫下摆塞在裤腰里，整个人散发着追逐金钱的气场。是的，确实没错，他是一只工蚁，在既定的轨道上行进，穿行于寻欢作乐的蚂蚱群落之间，

---

1 波士顿人爱吃熏豆，因此波士顿又被称为"豆城"。
2 此处为双关，原文为"These colors don't run."。一方面指杯上的图案不会掉色，另一方面也暗指美军不会从战场上撤退。

但他也有另外的一面。或者更准确地说，他曾经有另外的一面。

他在想那个妹妹。她叫什么来着，蕾切尔还是雷吉娜？里芭？蕾妮？他记不清了，总之她是主音吉他手的妹妹。

如今的查克是一只工蚁，在名为中西部信托银行的蚁丘里奔忙，但在念高三的时候，他是一个名叫"怀旧"的乐队的主唱。之所以起这个名字，是因为他们喜欢演奏六七十年代的老歌，尤其是"滚石""搜索者"和"碰撞"这些英国乐队的作品，他们大部分歌曲的旋律很简单。他们对"披头士"乐队敬而远之，因为他们的歌曲充满怪异的和弦，例如变化七和弦。

查克能当上主唱，原因有两个：第一，他不会乐器，但能唱在调子上；第二，他爷爷有一辆旧SUV，而且允许查克开去参加演出，只要别开太远就行。"怀旧"乐队一开始水平很差，高三结束他们分道扬镳时，乐队的表现也只是平庸而已，但正如节奏吉他手的父亲说的，他们"通过量子跳跃来到了悦耳的那头"。他没说错，演奏《吉光片羽》（"戴夫·克拉克五人组"乐队）和《摇滚海滩》（"雷蒙斯"乐队）之类歌曲的时候，你很难差到哪里去。

查克的男高音没什么特色，但也足够令人愉快，假如场合需要，他也可以尖叫或使用假声。然而他真正喜欢的是乐器自由发挥的时间，这时他就可以像米克·贾格尔那样满舞台跳舞满舞台蹦跶了。他偶尔会把麦克风支架立在两腿之间甩动，他觉得这个动作很有暗示色彩。他还会跳太空步，每次都能激起全场掌声。

"怀旧"乐队是一支车库乐队，他们有时候真的去车库练习，有时候去主音吉他手家楼下的录音室。假如是后者，主音吉他手的妹妹（露丝？丽根？）总会穿着她的百慕大短裤蹦蹦跶跶跑下楼梯，站在乐队的两台芬德牌扩音器之间，夸张地扭动大腿和屁股，用手指堵住耳朵，伸舌头做怪相。有一次中途休息的时候，她蹭到查克身旁，悄声说："就咱俩之间说一句，你唱歌像是老年人做爱。"

查尔斯·克兰茨，未来的会计师，也悄声回答她："说得像是你知道似的，猴子屁股。"

主音吉他手的妹妹没理会这句话。"但我喜欢看你跳舞。你跳得像个白人，但还凑合吧。"

主音吉他手的妹妹也是白人，同样喜欢跳舞。有时候排练结束，她播放她自己录的拼盘磁带，查克便和她一起随着音乐跳舞。乐队的其他成员总是大呼小叫，说些不着边际的俏皮话，看着他们俩跳迈克尔·杰克逊舞步，笑得像一对傻子。

查克回忆着他如何教主音吉他手的妹妹（拉莫娜？）跳太空步，这时他听见了鼓声。有人在敲基础的摇滚节拍，"怀旧"乐队演奏《坚持一下斯路皮》和《崭新凯迪拉克》的时候肯定也这么敲过。刚开始他以为这个声音是从他脑袋里冒出来的，也许最近滋扰他的偏头痛又要犯了，但就在这时，隔壁一个街区的行人稍微散开了一点，他看见一个身穿短袖 T 恤的年轻人坐在小折凳上，砰砰敲出动听的旧日旋律。

查克心想，需要小妹和你一起跳舞的时候，怎么就找不到她了呢？

贾里德已经打鼓十分钟了，除了滑板小子为了挖苦他而扔进礼帽的那个二十五美分硬币，他还没有任何收获。他觉得这样完全说不通，在一个这么怡人的周四下午，周末就在前方朝人们招手，他这会儿应该收到了至少五美元。他不需要用这些钱来填饱肚子，但一个人不能只靠食物和独自租房过日子。一个人必须维护他的个人形象，在博伊尔斯顿街打鼓是其中很重要的一部分。他这是在舞台上，他在表演，而且是独奏表演，礼帽里的钱是一条准绳，他可以借此判断观众是否喜欢他的表演。

他在手指之间旋转鼓棒，摆出姿势，开始打《我的萨罗娜》的前奏，但感觉不太对，声音有点发闷。他看见一个商人模样的男人走向他，公文包像钟摆似的前后晃动，他身上有某种东西——天晓得是什么——让贾里德想要向所有人宣告他的来临。贾里德先来了一段雷鬼节拍，接着换上更鬼祟的旋律，大致就是《我道听途说的》和《苏茜Q》的杂合。

贾里德刚才一直在用基础鼓点感受架子鼓的声音，直到现在，他终于感受到了火花，明白了他今天为什么要挂牛铃。他开始在弱拍上打牛铃，他的鼓点于是变成了像"钱普斯"乐队《特奎拉》那样的熟悉旋律。非常酷，状态上来了，像是一条非走不可的路。他可以加快速度，加点筒鼓，但他在看商人先生，他觉得这个节拍似乎和这位老兄不对付。贾里德不知道商人先生为什么成了他注意力的焦点，他也不在乎原因，有时候感觉就这么上来了。他脑内浮现出一些画面，他想象商人先生去度假，那地方的酒杯里插着一把粉红色的小伞。也许商人先生带着妻子，也许带的是秘书，一个身穿青绿色比基尼的金发女郎。这就是度假的商人先生听到的旋律，一个鼓手在为晚上的演出热身，四周燃烧着波利尼西亚人的火把。

贾里德猜商人先生会径直从自己身边走过，朝着旅馆走去，他会往魔法帽里扔钱的可能性介于微小和零蛋之间。等他走远，贾里德会换成其他旋律，让牛铃歇一歇，但这会儿他的节拍正合自己心意。

然而商人先生没有直接走过去，他停下了，脸上浮现出一抹微笑。贾里德咧嘴笑笑，朝地上的礼帽摆摆头，连一个鼓点都没敲错。商人先生似乎没有注意到他的动作，也没有往礼帽里放钱，他把公文包放在商人风范的黑皮鞋之间，开始随着节拍左右扭动屁股。只是屁股，身体的其他部位保持静止。他的脸上看不出表情，他似乎在看贾里德头顶上方的某个地方。

"扭吧，哥们。"一个年轻人叫道，往帽子里扔了几个硬币。他打赏的对象不是鼓点，而是缓缓扭摆的商人先生，但贾里德不介意。

贾里德飞快地轻敲高帽钹，他敲得很享受，说是在爱抚高帽钹都行。他用另一只手在牛铃上敲弱拍，还用踏板增加一点低音。好极了。穿灰色正装的男人看着像银行家，但他的扭臀动作可不像。他举起一只手，跟着节拍打响指，手背上有个小小的新月形伤疤。

· · ·

查克听出了鼓点的变化，旋律增加了一点异国风情。他有一瞬间差点回过神来，转身走开，但他心想：去他妈的，没有法律禁止我在人行道上跳舞。他从公文包旁后退，免得被绊倒，随后他用双手扶住扭动的屁股，做了个爵士舞式的钟面大回旋。以前乐队演奏《满足》和《遛狗》的时候他经常做这个动作。有人大笑，也有人鼓掌，他从另一个方向转回去，正装外套的下摆飘了起来。他想象自己正在和主音吉他手的妹妹跳舞。小妹是个嘴巴不饶人的坏蛋，但她跳舞时确实会沉迷其中。

查克有好些年没有沉迷其中了（那是一种全情投入的感觉，神秘莫测，又让人心满意足），但他的每一个动作都近乎完美。他抬起一条腿，以另一条腿的脚跟为轴旋转。接着他像学生被叫起来背书似的把双手扣在背后，在公文包前的人行道上跳起了太空步。

鼓手惊喜地大叫："好样的，老爹！"他加快速度，左手从牛铃转向筒鼓，用踏板敲低音鼓，高帽钹一刻也没有停止嗟叹。人群开始聚集，钱像流水似的涌入礼帽，纸币和硬币一样多。现场的气氛渐渐活跃起来了。

人群的前排有两个年轻人，他们戴同款的贝雷帽和彩虹联盟的领带。其中一个把看着像是五美元的纸币扔进礼帽，高喊："好，哥们，好啊！"

查克不需要他们的鼓励，他已经沉迷其中。二十一世纪的银行业从他脑海中消失了，他解开正装外套的纽扣，用手背把衣服的两襟拢到背后，两个大拇指像枪手似的插进腰带，做了个简化版的分腿落地，一条腿向外，一条腿向后，随后又来了一小段快步和旋身。鼓手大笑着点头。"真厉害，"他说，"老爹，你真厉害！"

人群越聚越多，礼帽快装满了，查克的心脏不是在跳动，而是在胸膛里擂鼓。这样很容易犯心脏病，但他不在乎。要是他老婆看见他这样，她肯定会大惊失色，但他同样不在乎。他儿子会觉得不好意思，但他儿子不在这儿。他抬起右脚，搁在左小腿上，再次旋转，等他转回来面对正前方时，他看见一个漂亮的年轻女人站在贝雷帽小子们旁边。她穿着轻飘飘的粉色罩衫和红色的裹身短裙，正在瞪大眼睛看着查克，像是着了魔。

查克笑着向她伸出双手。"来吧，"他打着响指说，"来吧，小妹，来跳舞吧。"

贾里德还以为她不会出列，她看上去像是比较害羞的那种人，但她慢慢地走向穿灰色正装的男人。也许魔法帽真的有魔法。

"跳舞！"一个贝雷帽小子叫道。另一个小子立刻开始跟着贾里德给出的节奏拍手："跳舞，跳舞，跳舞！"

简妮斯的脸上露出一个"老娘豁出去了"的笑容，她把手提包扔在查克的公文包旁边，拉住查克的手。贾里德放弃了此刻的旋律，投入查理·沃茨的怀抱，像士兵似的使劲敲鼓。商人先生拉着那姑娘旋转，一只手搂住她的纤腰，把她拉到身旁，和她一起跳快步舞。他们经过架子鼓，险些撞上沃尔格林药店的拐角。简妮斯抽身推开，摆动手指示意"哎呀哎呀，这样不行"，接着她又转回来，抓住查克的双手。他们像是练习过上百次一样，查克又做了个简易劈腿，她趁他腾空时从他双腿之间钻了过去。这个动作相当大胆，裹身短裙被挑开了一角，露出一个美丽的大腿根。有几个人发出惊呼，她用一只手撑住地面，重新弹起来。她放声大笑。

"不行了，"查克拍着胸口说，"我不行——"

她扑到他面前，用双手扶住他的肩膀，这下他不行也得行了。他抱住她的腰部，让她在他的大腿上转了个身，再把她干净利落地放回人行道上。他高高拉起她的左手，她在那条胳膊底下旋转，像个磕了药的芭蕾舞演员。现场至少有一百名观众了，他们聚集在人行道上，有些人只能站在马路上。他们爆发出一阵阵掌声。

贾里德把所有鼓都打了一遍，最后猛敲定音钹，胜利般地高举鼓棒。人群又是一阵欢声雷动。查克和简妮斯对视了一眼，两人都气喘吁吁，查克刚开始变灰的头发贴在汗津津的额头上。

"咱们这是在干什么？"简妮斯问。鼓声停了下来，这会儿她似乎毫无头绪了。

"我不知道，"查克说，"但这是天晓得多久以来我最开心的事情。"

魔法帽里的钱已经溢出来了。

"再来！"有人喊道，人群附和起来。很多人举着手机，准备拍摄下一场舞蹈，姑娘似乎也有这个想法，她毕竟年轻。查克跳得筋疲力尽了，他望向鼓手，摇了摇头。鼓手点点头，表示他明白。查克心想，不知道有多少人动作比较快，拍到了前一场舞蹈，要是他老婆看见了，不知道会怎么说。也可能他儿子会看到。万一这段视频像病毒般地扩散开了呢？不太可能。但要是真的传开了，传回了银行里，让他的上级看见这个被派去波士顿开研讨会的男人，此刻正在视频里的博伊尔斯顿街上扭屁股，舞伴还是个年轻得可以当他女儿的姑娘，或者说年轻得像他的小妹，这时他们会怎么想呢？他到底以为自己在干什么呢？

"没了，朋友们，"鼓手喊道，"趁我们还在兴头上，散了吧。"

"我也要回家了。"姑娘说。

"先别走，"鼓手说，"求你了。"

二十分钟后的波士顿公园里，他们坐在面对鸭子池塘的一张长椅上。贾里德叫来了麦克，查克和简妮斯帮贾里德收拾好架子鼓，塞进厢式货车的后车厢。有几个观众没走，上来对他们表示敬意，和他们击掌，还往满溢的礼帽里又加了几美元。查克和简妮斯肩并肩坐在车后排，两只脚埋在一摞摞漫画书里。麦克发动引擎，说他们不可能在公园附近找到停车位。

“今天肯定能，”贾里德说，“今天有魔法。”他们确实找到了，而且就在四季饭店对面。

贾里德负责数钱。居然有人扔了一张五十美元，也许贝雷帽小子误以为这张是五美元。礼帽里一共有四百多美元，贾里德从没一天挣过这么多钱，也从没有过这种奢望。他把麦克的一成抽头放在一旁（麦克正站在池塘边，用他凑巧揣在口袋里的花生奶油脆饼喂鸭子），开始分剩下的钱。

“哦，不用了，”简妮斯意识到他在干什么，连忙说，“那都是你挣的。”

贾里德摇头道：“不行，咱们要平分。要是只有我一个人，打鼓到半夜也挣不到这个数的一半。”而且警察也不可能允许他打到半夜。“有时候我能挣三十美元，那已经算是好日子了。”

查克的又一场偏头痛刚刚开始，他知道到了晚上九点左右头痛会加剧，但这个年轻人的恳切还是让他笑了起来。“好的。我倒是不缺这点钱，但既然是我挣的，那我就收下了。”他伸出手，拍了拍简妮斯的面颊，以前主音吉他手的小妹噘起嘴巴时，他偶尔也会这么做。“年轻的女士，你也收下吧。”

“你是从哪儿学会这么跳舞的？”贾里德问查克。

“嗯，中学里有个课外俱乐部叫‘扭摆与旋转’，但最漂亮的几个动作是我奶奶教我的。”

“你呢？”贾里德问简妮斯。

"也差不多吧，"她脸红了，"高中的舞会上。你从哪儿学会打鼓的？"

"自学的，和你一样。"他答道。接着他转过头，对查克说："你一个人跳得也很好，哥们，但姑娘让整个场面上了一层楼。咱们可以靠这个讨生活了，知道吗？我真的觉得咱们能靠街头卖艺挣到钱，还能赚个好名声。"

有一瞬间，一个疯狂的瞬间，查克真的开始考虑了，那个姑娘似乎也一样。他们不是在认真考虑，更像是做白日梦，想象自己可能拥有的另一种人生，就像想象自己打职业棒球、登上珠穆朗玛峰、和布鲁斯·斯普林斯廷在体育场演唱会上合唱一样。查克哈哈一笑，摇了摇头。姑娘把贾里德收入的三分之一放进钱包，她也在笑。

"真的全是你们的功劳，"贾里德对查克说，"你为什么会在我面前停下？为什么会开始跳舞？"

查克思考了一下，耸了耸肩。他可以说因为他想到了他以前搞的半吊子乐队，那时候他喜欢在乐器合奏的间歇满舞台跳舞、炫耀动作、在双腿之间摆动麦克风支架，但这并不是原因。另外，说真的，即便是在他还年轻的时候，从不头痛也没有负担，他难道就曾经像今天这么热情洋溢、自由自在地跳过舞吗？

"是魔法。"简妮斯说。她咔咔地笑着，没想到自己今天会发出这个声音，她以为她会哭的。"就像你的帽子。"

麦克回来了。"杰瑞[1]，咱们得走了，否则你挣的那点钱就只能用来给我付停车费了。"

贾里德起身。"看来二位没兴趣换个活计试试看了？咱们可以从比肯山一路卖艺去罗克斯伯里，为自己挣点名声。"

"我明天还有一场研讨会要参加，"查克说，"周六我就飞回家了。

---

1 贾里德的昵称。

老婆和儿子等着我呢。”

"而我一个人也没法跳，"简妮斯微笑道，"那会像是没有了弗雷德的金格[1]。"

"我明白了，"贾里德说，他伸出双臂，"但分开前你们先过来一下，来个集体拥抱。"

他们拥抱在一起。查克知道他们能闻到他的汗味，这身衣服必须好好干洗一下再拿出来穿了，他也能闻到他们的汗味，不过没关系。他认为那姑娘说的"魔法"二字道明了真相。有时候魔法确实存在，数量不多，仅仅一点点，就好比你在旧外套的口袋里发现一张早已遗忘了的二十美元。

"街头艺人万岁。"贾里德说。

查克·克兰茨和简妮斯·哈利迪跟着重复。

"街头艺人万岁，"麦克说，"好极了。咱们快点走吧，杰瑞，免得抄表员冒出来。"

查克对简妮斯说他去波士顿饭店，过了保诚中心就到，要是她也去那个方向，他们可以一起走。简妮斯确实是去那个方向，她本来打算一直走到芬威去，一边生她前男友的闷气，一边对着她的手提包骂骂咧咧，但现在她改了主意。她说她去阿灵顿街坐地铁。

查克陪简妮斯走到车站。两人穿过停车场，来到楼梯顶上，她转身对他说："谢谢你的舞。"

他用胳膊肘捅了捅她。"那是我的荣幸。"

他目送她走出视线，然后沿着博伊尔斯顿街往回走。他走得很慢，因为他腰疼、腿疼，头也在抽痛。直到两个月前，他这辈子还从没

---

1 指美国舞蹈家弗雷德·阿斯泰尔、美国女演员金格·罗杰斯。1933 年，两人合作拍摄了好莱坞歌舞片的经典之作《飞往里约》，此后又联袂主演了十来部歌舞片，成为一对最佳搭档。

过这么严重的头痛。要是再这样下去，他就必须去看医生了，他猜他知道结果会是什么。

但就算有问题，那也是以后的事情了。今晚他要奖赏自己一顿好饭，再配一杯好酒。有什么不行？钱是他自己挣的。转念一想，还是喝依云矿泉水吧，酒也许会让头痛更加严重。等他吃完晚饭（餐后甜点自然不能少），他要打电话给金妮，让她知道她的丈夫也许会成为下一个互联网上的一日明星。这种事未必能成真，此时此刻的某个地方，无疑有某个人正在拍摄一条狗抛接空汽水瓶，还有某个人正在请一头山羊抽雪茄，但是为了以防万一，还是先打好预防针为妙。

他再次经过贾里德放架子鼓的地方，两个问题出现在他的脑海里：你为什么会停下听这个人打鼓？为什么会开始跳舞？他不知道答案。如果他知道，就能给这件好事锦上添花吗？

后来他会失去语言能力，更别说和小妹在博伊尔斯顿街上跳舞了。他会失去咀嚼能力，需要依靠搅拌器进食。他会无法判断清醒和睡眠，进入痛苦的国度，那痛苦无比巨大，他会怀疑上帝为什么要创造这个世界。他会忘记妻子的名字。到了最后，他偶尔能够记起来的只有他如何停下脚步，放下公文包，开始随着鼓点扭动屁股。他会想，上帝创造世界就是为了跳舞，仅仅为了跳舞。

第一幕：我包罗万象

1

查克期待着妹妹的到来。母亲答应过，要是他动作非常轻柔，她就允许他抱着妹妹。当然了，他也期待双亲都能健在，然而95号跨线桥上的一块结冰路面使得这两个愿望同时化为泡影。多年后在大学里，他会对一个女朋友说，尽管在各种各样的小说、电影和电视剧里，总会有一个主要角色的父母死于交通意外，但在现实生活中，他只认识一个拥有如此遭遇的人：他自己。

他的女朋友思考片刻，做出裁决。"我知道这种事经常发生，不过房屋失火、龙卷风、飓风、地震，或者度假时遇到雪崩，这些灾害都有可能夺走一个人的父母，这还只是许多种可能性之中的几种。你凭什么以为在你的脑海之外，你依然是一切事物的主角？"

她是诗人，也是个虚无主义者。他们的关系只维持了一个学期。

那辆车上下颠倒着飞出跨线桥的时候，查克并不在车里，因为他父母约好了出去吃饭，把查克交给祖父母看管。当时他还管祖父母叫阿公和阿婆（到了小学三年级他就不这么叫了，因为其他孩子取笑他，他不得不换成更符合美国传统的爷爷和奶奶），他们的名字是阿尔比·克兰茨和萨拉·克兰茨。他们的家与他父母的家在同一条路上，彼此相距仅仅一英里，事故之后，他以为自己成了孤儿，但他们自然而然地收养了他。那年他七岁。

接下来的一年（也许是一年半）里，纯粹的悲伤笼罩了这个家庭。克兰茨夫妇不但失去了儿子和儿媳，还失去了本来再过三个月就会降生的孙女，她的名字都已经起好了：艾丽莎。查克说这个名字听起来像下雨，他母亲笑到流眼泪。

他永远不会忘记这个画面。

他当然也认识母亲的父母，他们每年夏天都会来做客，但对他来说，他们几乎算是陌生人了。他成为孤儿之后，他们经常打电话来，就是"最近怎么样""学校好不好"的那种平常问候。他们每年夏天还是会来做客，萨拉（别名阿婆，别名奶奶）会带他去接机，但母亲的父母始终是陌生人，生活在名叫奥马哈的陌生土地上。每逢他的生日和圣诞节，他们就会送礼物给他。在圣诞节收到礼物尤其好，因为爷爷和奶奶不过圣诞节。除此之外，他依然跟他们不太亲近，就像学校里前几年带过他的老师。

查克首先脱掉了悲伤这件隐蔽的丧服，又带着祖父母（他们年纪很大，但还算不上衰老）走出了他们的悲伤。查克十岁那年，他们带着他去迪士尼乐园，在天鹅酒店要了跟他相邻的房间。连接两个房间的门整夜一直开着，查克只听见奶奶哭了一次。大体而言，他们玩得很开心。

好心情跟着他们回到了家里。查克有时候会听见奶奶在厨房里哼歌，或者跟着收音机唱歌。父母的事故过后，他们吃了很多外卖（可回收垃圾箱里塞满了爷爷喝掉的百威啤酒瓶），但是在去过迪士尼乐园后的那一年里，奶奶又开始做饭了，好吃的饭菜让曾经皮包骨头的男孩长了不少肉。

她做饭时喜欢听摇滚乐，查克觉得那些音乐对她来说太年轻了，但她明显乐在其中。有时候查克去厨房找饼干吃，或者想用一片沃登面包做个红糖卷，奶奶总是会向他伸出双手，打着响指说："亨利，和我一起跳舞吧。"

他叫查克，不叫亨利，但他总是会接受她的邀请。她教了他吉特巴舞和一些混合舞步。她说除此之外还有很多种舞步，但她的腰不行了，连试都不敢试。"不过我可以找给你看。"她说。某个周六，她从百视达抱回家一摞录像带。里面有弗雷德·阿斯泰尔和金格·罗杰斯主演的《摇摆乐时代》，有《西区故事》，还有查克最喜欢的《雨中曲》，就是吉恩·凯利和路灯柱共舞的那部电影。

"你可以学他们的动作，"她说，"孩子，你有天赋。"

有一次，他们跟着杰克·威尔逊的《步步高升》跳完一段特别激烈的舞，喝冰茶的时候他问奶奶，她上高中的时候是什么样的。

"我玩得很野，"她说，"但别告诉你阿公。他啊，是个很老派的人。"

查克一直没有告诉过阿公。

他也一直没有去过角楼。

至少当时没去过。

他当然问起过，而且不止一次问过，角楼上面有什么，从最高处的窗户能看见什么，房门为什么锁着。奶奶说锁着门是因为地板不牢靠，他说不定会一脚踩空掉下去。爷爷同样这么说，还说上面除了朽烂的地板什么都没有，从窗口只能看见一个购物中心，没什么了不起的。爷爷一直这么说，直到查克十一岁生日前的某个晚上，他说出了至少一部分真相。

2

对保守秘密来说，喝酒不是什么好事，人人都知道这个道理。自从儿子、儿媳和未出生的孙女（艾丽莎，名字听起来像下雨）去世后，阿尔比·克兰茨喝了很多的酒。他应该去买安海斯布希公司[1]的股票，他喝得就有这么多。他成天喝酒，因为他退休了，闲着没事做，还因为他非常忧郁。

从迪士尼乐园回来后，阿尔比的饮酒量减少了很多。他只在晚饭时喝一杯葡萄酒，或者边看棒球赛边喝一瓶啤酒，大多数时候如此。但他有时也会喝醉，刚开始一个月一次，后来几个月一次。他总是在家喝醉，而且从不搞出任何麻烦。第二天他走路会变得特别慢，不怎么吃东西，不过到下午也就恢复正常了。

一天晚上，看着洋基队痛打红袜队，阿尔比的第二个六听装百威也喝到了一半，查克再次提起角楼——基本上只是想找个话题。红袜队已经落后九分，比赛不再吸引他的注意力。

"我敢打赌你能看到韦斯特福德商场的另一头。"查克说。

爷爷想了一会儿。他按下电视遥控器上的静音按钮，福特皮卡促销月的广告顿时没了声音（爷爷说过福特是"每天都需要维修"[2]的缩写）。"你要是上去了，会看见很多你不想看见的东西，"他说，"孩子，所以门才是锁着的。"

查克从头到脚感觉到一小阵战栗，这种战栗并非完全不令人愉快。他的脑海里立刻闪现出史酷比和朋友们驾驶着神秘机器追赶幽灵的画面。他想问爷爷是什么意思，但他身上成年人的一面（在身体上还没有显现出来，他毕竟只有十岁，但心智上的某些东西已经会偶尔探出

---

1 美国的啤酒酿造公司。

2 原文为"Fix Or Repair Daily"，表示爷爷不信任福特汽车的质量。

头来）命令他闭嘴。闭嘴，继续听下去。

"查克，你知道这座屋子是什么风格吗？"

"维多利亚式的。"查克说。

"没错，而且不是仿冒的维多利亚式。它修建于 1885 年，后来翻修过十几次，但角楼从一开始就在那儿了。制鞋业腾飞之后，你阿婆和我买下这座屋子，价钱很便宜。我们从 1971 年就住进来了，这么多年我只上过五六次那个该死的角楼。"

"因为地板朽烂？"查克问，他希望自己的语气既恳切又天真。

"因为上面全是鬼魂。"爷爷说。查克再次感觉到了那种战栗，这次就没那么令人愉快了。不过爷爷有可能是在开玩笑，最近他经常会开玩笑。开玩笑对爷爷的意义，就像跳舞对奶奶的意义一样。他喝完手里的一罐啤酒，打了几个嗝，他的眼睛红通通的。"未来之灵[1]。查克，记得这个吗？"

查克记得。他们不过圣诞节，但每年都会在圣诞夜看《圣诞颂歌》[2]，然而这不等于他知道爷爷在说什么。

"杰弗里家的小子只用了很短的时间。"爷爷说。他望着电视，但查克觉得他并没有在看画面。"亨利·彼得森……要更久一些，那是四年——或者五年以后了。那时候我都快忘记我在上面看见什么了。"他用大拇指指了指天花板，"我发誓在那之后我再也不会上去了，真希望我再没上去过啊。因为萨拉——你阿婆——和面包。是等待，查克，等待才是最可怕的。你会知道的，等你——"

厨房门忽然打开，奶奶从街对面的斯坦利夫人家回来了。奶奶去

---

1 查尔斯·狄更斯小说《圣诞颂歌》中的精灵之一。小说主人公斯克鲁奇富有而冷漠无情，连乞丐都不愿意向他讨钱。某个圣诞夜，早已去世的合伙人马利的鬼魂和三个精灵前来拜访他，最后一个出场的精灵便是未来之灵。未来之灵向斯克鲁奇展示了他死亡之前的画面：同样是在某个圣诞夜，衰老的斯克鲁奇卧病在床，没有一个亲人朋友前来探望。斯克鲁奇由此重新思考生命的意义，发现施与比接受更快乐。
2 根据查尔斯·狄更斯小说改编的同名电影。

送鸡汤，因为斯坦利夫人感觉很不舒服，总之奶奶是这么说的。尽管查克还不到十一岁，他也能猜到还有其他的原因。斯坦利夫人知道左邻右舍的所有八卦（"她那人啊，就爱嚼舌头。"爷爷说），而且特别乐于分享。奶奶会先请查克离开房间，再把那些消息全倾倒给爷爷，然而离开房间不等于就听不见了。

"爷爷，亨利·彼得森是谁？"查克问。

但爷爷听见了妻子回来的声音，他在椅子里坐起来，放下啤酒罐。"快看！"他叫道，假扮的清醒还算过得去（尽管骗不了奶奶），"红袜队在三垒上全都有人！"

3

第八局刚开始打，奶奶差遣爷爷去街区尽头的佐尼超市买牛奶，这样明早就能给查克冲麦片吃。"别动开车的念头，走一段路能让你清醒过来。"

爷爷没有反对。他很少会和奶奶争辩，就算偶尔尝试，通常也不会有好结果。他离开后，奶奶（或阿婆）坐在沙发上，搂住身边的查克，查克把脑袋舒舒服服地搁在她衣服的垫肩上。"他在跟你胡扯他的鬼魂对吧？住在角楼里的鬼魂？"

"呃，对。"撒谎毫无意义，奶奶一眼就能看穿。"是真的吗？你见过它们吗？"

奶奶嗤之以鼻。"你以为呢，小傻瓜？"后来查克才意识到，她并没有回答他的问题。"我不会太把阿公的话当回事。他人很好，但有时候会喝得有点多，接着就搬出他的那一套说辞。你肯定知道我在说什么。"

查克确实知道。尼克松应该进监狱；同性恋正在接管美国文化，把它变成粉红色；美国小姐选美比赛（奶奶很喜欢看）就是一场人肉秀。但在今晚之前，他从没说过角楼里的鬼魂，至少没对查克说过。

"阿婆，杰弗里家的小子是谁？"

她叹了口气。"那是个非常悲伤的意外，渣渣（这是她对他的玩笑性称呼）。他住在隔壁街区，追着一个球跑到马路上，结果被醉驾司机撞了。很久以前的事情了。要是你爷爷说他在事故发生前就看到了那个孩子被车撞的画面，那他肯定是弄错了，也可能是开玩笑瞎编的。"

奶奶能看出查克什么时候在撒谎，那天晚上，查克发现这个天赋反过来也成立。她不再看着查克，视线转向电视，像是对电视上的节目很感兴趣，但查克知道奶奶根本不喜欢棒球，连世界大赛[1]都不看。

"他只是喝多了。"奶奶说。这个话题到此结束。

也许是真的，很可能是真的。但从那以后，查克开始害怕角楼，害怕它上锁的门。爬上一小段狭窄的楼梯（只有六个台阶）就是那道门，门口的一根黑色电线吊着一个灯泡，这就是角楼唯一的照明了。然而迷恋是恐惧的孪生兄弟，那天晚上之后，有时候祖父母都不在家，查克会问自己敢不敢爬上去。他会抚摸门上的挂锁，被它发出的咔咔声响吓得畏畏缩缩（那个声音说不定会惊扰被囚禁在房间里的鬼魂）。他总是飞快地逃下楼梯，边跑边扭头张望。你很容易想象这样的画面：挂锁突然弹开，掉在地上，门打开一条缝，很久没用过的铰链吱嘎作响。要是真的见到这一幕，他猜自己大概会被活活吓死。

---

1 美国职棒大联盟每年 10 月举行的总冠军赛，是美国及加拿大职业棒球最高等级的赛事。

4

与此同时，地下室一点也不可怕，日光灯把地下室照得亮如白昼。爷爷卖掉鞋店退休后，花了大量时间在地下室做木工活儿，那儿永远散发着香喷喷的锯末气味。在禁止他碰的刨床、磨砂机和手锯之外，查克在某个角落里找到了爷爷的一箱陈旧的哈迪兄弟小说。这些小说早已过时，但还是很好看。一天他正在厨房里读《险恶的路标》，等着奶奶从烤箱里取出一屉曲奇饼，这时她抢走了他手里的书。

"你应该看点更像样的书，"她说，"该上一级台阶了，小子。给我坐在这儿等着。"

"我正要看到好戏开场呢。"查克说。

她嗤之以鼻，只有犹太阿婆才能把嗤嗤声发得这么地道。"这些书里没什么好戏可看。"她拿着那本书走了。

她回来时，手里拿着《罗杰疑案》。"这才是像样的悬疑小说，"她说，"没有傻乎乎的小青年开着破车到处跑。就把这本书当作你走向正经写作的踏脚石吧。"她想了想，"好吧，离索尔·贝娄还差得远，但也不坏。"

查克翻开那本书只是为了哄奶奶高兴，但他很快就入迷了。十一岁那年，他读了近二十五本阿加莎·克里斯蒂的小说。他试着读了两本马普尔小姐，但还是更喜欢赫尔克里·波洛，特别是他好玩的胡子和灰色的小细胞。波洛就是一只会思考的猫。暑假的某一天，查克正在后院的吊床上读《东方快车谋杀案》，不经意间抬眼望向高处角楼的窗户。他心想，不知道波洛先生会怎么想办法调查那地方。

啊哈，他心想，换成法语 Voilà[1]，这样一来就更对劲了。

---

1 意为"对啦，没错"。

几天后，奶奶做了蓝莓玛芬蛋糕，查克问他能不能送几块去给斯坦利夫人。

"你可真会为别人着想，"奶奶说，"不过也挺好的，过马路的时候记住要左右看。"每次查克出门去什么地方，她都会这么叮嘱他。此时此刻，灰色的小细胞开动了起来，他开始琢磨她会不会想到了杰弗里家的小子。

奶奶胖乎乎的（而且还在继续长胖），但斯坦利夫人有她两个大。她是寡妇，走路时喘气的声音像是轮胎漏气，穿的似乎永远是同一条粉色丝绸睡袍。想到送点心给她会害得她的腰围继续增长，查克稍微有点愧疚，但他需要情报。

她谢谢查克送来玛芬蛋糕，问他愿不愿意去厨房和她一起吃一块。他很确定她会这么问。"我可以泡茶！"她说。

"谢谢，"查克说，"我不喝茶，但我不介意喝杯牛奶。"

他们在小小的厨房台子旁坐下，沐浴在 6 月的阳光中，斯坦利夫人问阿尔比和萨拉好不好。查克知道，等不到天黑，他在这间厨房里说的话就会传到街上去，于是他说他们都很好。然而波洛说过，想有所收获就要有所付出，于是他又说，奶奶正在收集旧衣服，准备送给路德宗的流浪汉庇护所。

"你奶奶是个圣人。"斯坦利夫人说。没有更多的消息，她显然很失望。"你爷爷呢？他去看过他腰上的那东西了吗？"

"看过了，"查克喝了一口牛奶，"医生摘除后做了化验，不是那种坏东西。"

"那真要感谢上帝了！"

"是啊。"查克附和道。既然已经有所付出，他觉得他有资格收获一些情报了。"前几天爷爷跟奶奶说起一个叫亨利·彼得森的人，我猜那人已经过世了。"

他做好了失望的准备，也许她从没听说过亨利·彼得森，但斯坦利夫人瞪大了眼睛，大得让查克担心它们会掉出来。她抓住脖子，像是有一块玛芬蛋糕卡在了嗓子眼里。"天哪，那真是太可怕了！简直称得上恐怖！他是个会计员，曾经为你父亲做账，明白吗？他也为其他公司做账。"她俯身凑近查克，散开的睡袍让查克看见了她大得不真实的一部分胸部，她依然抓着脖子。"他自杀了，"她压低声音说，"是上吊死的！"

"因为他盗用公款？"查克问。阿加莎·克里斯蒂的小说里有很多盗用公款和勒索的情节。

"什么？天哪，不是的！"她抿紧嘴唇，像是要保守秘密——有些事情不适合说给面前这个没毛小子听。即便如此，她倾向于向所有人吐露一切的天性还是占了上风。"他妻子和一个年轻男人私奔了！年轻得都还不能投票呢，而她已经四十多了！你能想象吗？"

查克这会儿能想到的回答只有两个字："哇哦！"但这似乎不足以表达他的惊愕。

回到家里，他从书架上拿下记事本，写下：爷爷在杰弗里家的小子死前不久见过他的鬼魂，在亨利·彼得森死前四五年见过他的鬼魂。查克停下，咬着圆珠笔的一头，心烦意乱。他不想写下他想到的事情，但又觉得作为一名优秀的侦探，他非写不可。

萨拉和面包。爷爷会不会在角楼里见到了奶奶的鬼魂？

答案显而易见，否则还会有什么让爷爷说等待是最可怕的呢？

现在我也在等待了，查克心想。他希望这些全都是他的胡思乱想。

5

六年级的最后一天，理查兹小姐（一个有点甜有点傻的嬉皮姑娘，从不要求课堂纪律，在公共教育系统里多半待不了多久）想给查克所在的班级念几段沃尔特·惠特曼的《自我之歌》，可惜效果不佳。孩子们很吵，对诗歌没兴趣，只想奔向在前方等待着他们的几个月暑假。查克也不例外，他忙着扔纸团，朝迈克·恩德比竖中指，而理查兹小姐低头盯着她手里的书本。这时一句诗在他脑海里掀起了轩然大波，让他陡然坐直。

最后这堂课终于结束，孩子们纷纷离开学校，他却没走。理查兹小姐坐在讲台前，吹开盖在额头上的一缕黑发。她看见查克还站在座位上，对他露出一个疲惫的笑容。"念得不赖，你觉得呢？"

查克听得出别人语气里的讽刺意味，即便那只是温和的自嘲。他毕竟是犹太人，好吧，半个犹太人。

"他说'我辽阔广大，我包罗万象'，这是什么意思？"

她的笑容立刻有了精神。她用一个小小的拳头托着下巴，用美丽的灰眼睛望着他。"你认为呢？"

"指他认识的所有人？"查克大胆地猜想。

"对，"她赞同道，"但也许还不只这样。你凑近点。"

他俯身探过讲台，《美国诗歌》放在她的评分册上。她温柔地把两个手掌放在查克的左右太阳穴上，她的手掌凉丝丝的。感觉太美妙了，查克不得不按捺住身体的颤抖。"我的双手之间是什么？只是你认识的那些人吗？"

"不。"查克说。他在想他的母亲和父亲，他没能得到机会抱一抱的婴儿。艾丽莎，名字听上去像下雨。"还有我的记忆。"

"是的，"她说，"你见过的一切，你知道的一切，组成了一个世界，查克。天上的飞机，街上的窨井盖，你每活一年，你脑袋里的世界就会变得更大一点、更明亮一点，细节也会更多、更复杂。你明白我的意思吗？"

"好像明白。"查克说。他的头颅，这个脆弱的容器，里面居然有一整个世界，这样的念头让他不知所措。他想到杰弗里家的小子在街上被撞死。他想到亨利·彼得森，他父亲的会计员，用绳子吊死了自己（他为此做过噩梦）。他们的世界沉入黑暗，就像是关掉一个房间的灯。

理查兹小姐拿开双手，她看起来有点担心。"查克，你没事吧？"

"没事。"他说。

"去玩吧，你是个好孩子。我很高兴我教过你。"

他走向教室门，又转过身来。"理查兹小姐，你相信鬼魂吗？"

她想了想这个问题。"我相信记忆就是鬼魂。假如你说的是在古堡的发霉走廊里扑腾的那种鬼魂，我认为它们只存在于书本和电影里。"

也许还存在于爷爷家的角楼里，查克心想。

"查克，祝你暑假快乐。"

6

查克的暑假确实过得很快乐，直到8月，奶奶突然去世。她是在外面的公共场所去世的，这样的死法不是很有尊严，但可以让人们在葬礼上稍感安慰地说："感谢上帝，她没有受苦。"另一句套话就比较尴尬了："她度过了完满而漫长的一生。"萨拉·克兰茨去世时还不到六十五岁。

纯粹的哀痛再次笼罩了皮尔查德街的那座屋子，但这次查克和爷爷不再去迪士尼乐园游玩，也不再以此证明他们走出了阴影。查克把对奶奶的称呼换回了阿婆，至少他在心里这么叫她。许多个晚上，他哭着入睡。他把脸埋在枕头里哭，免得让爷爷更加难过。有时候他会悄声说"阿婆我想你，阿婆我爱你"，直到最终坠入梦乡。

爷爷在胳膊上缠了一圈黑纱，体重直线下降，他不再说笑话，看上去比七十岁的年龄更加苍老，但查克也在爷爷身上觉察（或者说，他认为自己觉察）到了一种解脱感。假如确实如此，查克也能理解。日复一日地生活在恐惧中，等待着这份恐惧最终成为现实，那么在一切结束之后，你肯定会产生一种解脱感。会是这样吗？

奶奶去世后，他不再爬上台阶，站在角楼门口，挑战自己去摸挂锁。但是，就在他要去阿克尔公园中学上七年级之前的某一天，他去了一趟佐尼超市。他买了一瓶汽水和一条奇巧巧克力，然后问店员，那位中风去世的女士是在什么地方倒下的。店员是个脏得过分的二十几岁的年轻人，浓密的金发用发蜡梳到后面，他不安地哈哈一笑。"小子，你这么问有点吓人啊。我说不好，你是不是在提前磨炼你的连环杀手技能？"

"她是我的奶奶，"查克说，"我的阿婆。事情发生时我在社区游泳池，到家之后我跟她打招呼，爷爷告诉我她去世了。"

这个回答抹掉了店员脸上的笑容。"哦，哥们，真抱歉。就在那儿，第三条过道。"

查克走到第三条过道，左右看了一圈，他已经知道他会见到什么了。

"她想拿一条面包，"店员说，"倒下时拽掉了架子上的几乎所有东西。对不起，我好像说得太多了。"

"没事。"查克说。他心想：我早就知道了。

7

来到阿克尔公园中学的第二天，查克走过教师办公室旁的公告牌，又折返回来。在活力俱乐部、乐队和秋季运动队招新的广告之间，他看见了一张海报，上面画着一对跳舞的少男少女，少男正举起一只手，让少女在那条胳膊底下旋转。在两个微笑的年轻人头顶上，一行彩虹色的字体写着："来学跳舞吧！"最底下也写着一行字："加入扭摆与旋转俱乐部！秋季狂欢即将到来！快到舞池中央来！"

查克看着海报，清晰得令人痛苦的画面在脑海中浮现——奶奶在厨房里向他伸出双手，打着响指说："亨利，和我一起跳吧。"

那天下午他去了体育馆，罗尔巴谢小姐热情迎接他和另外九个尚在犹豫的孩子，她是女生体育课的老师。查克是这十个孩子中的三个男孩之一。女孩有七个，而且都比男孩高。

其中一个男孩叫保罗·马尔福德，站直了也只有五英尺高，他发现自己是个头最矮的孩子，立刻企图偷偷溜走。罗尔巴谢小姐追上他，把他揪了回来，喜气洋洋地笑着说："不行啊不行，你已经是我的人了。"

于是查克加入了俱乐部，其他孩子也一样。罗尔巴谢小姐是个跳舞狂，没有任何东西能阻挡她。她打开手提式播放机，向他们展示华尔兹（查克会跳）、恰恰（查克会跳）、脚掌换步（查克会跳）和桑巴。查克不会跳桑巴，然而等罗尔巴谢小姐放上"钱普斯"乐队的《特奎拉》，向他们展示完基本舞步，他立刻就学会了，而且深深地爱上了它。

他无疑是这个小俱乐部里最优秀的舞者，因此罗尔巴谢小姐让他和最笨拙的女孩搭配。他明白罗尔巴谢小姐这么做是为了提高她们的水平，他对此毫无怨言，但还是觉得有点无聊。

每次四十五分钟的活动时间即将结束时，跳舞狂会高抬贵手，让他和卡特·麦科伊搭配。卡特是八年级的学生，也是女孩里跳得最好的一个。查克没动过什么浪漫心思，因为卡特不仅美丽动人，而且比他高四英寸，但他非常喜欢和她跳舞，她也喜欢和他跳。他们一起跳舞的时候会跟紧旋律，让旋律控制身体，还会望着彼此的眼睛（她不得不俯视他，这一点很糟糕，但是，唉，现实毕竟是现实），因为快乐而放声大笑。

放孩子们离开前，罗尔巴谢小姐会让他们两两配对（有四个女孩只能互相搭配），自由发挥。一旦抛开条条框框，甩掉手足无措的窘迫感，他们就全都跳得很好了，尽管大多数人只怕永远也没法去科帕卡瓦纳俱乐部表演。

10月的某一天，罗尔巴谢小姐放上了《比利珍》。这时离秋季狂欢舞会只有一周左右了。

"看好了。"查克说着，跳了一段相当漂亮的太空步。孩子们连连赞叹，罗尔巴谢小姐看得都合不拢嘴了。

"我的天，"卡特说，"快教我是怎么跳的！"

他又演示了一遍。卡特试了试，但就是无法再现向后走的错觉。

"脱掉鞋子，"查克说，"只穿袜子跳。要用滑的。"

卡特试了试，这次好多了。所有人一起鼓掌。罗尔巴谢小姐说你们都试试，于是其他孩子像发疯似的跳起了太空步，就连最笨拙的迪伦·马斯特森都学会了。扭摆与旋转俱乐部那天比平时晚了半个小时解散。

查克和卡特一起走出体育馆。"咱们可以在狂欢舞会上表演。"她说。

查克并不打算去参加舞会，他停下脚步望着她，挑起了眉毛。

"不是约会什么的，"卡特连忙解释道，"我在和道吉·温特沃思谈——"这件事查克知道。"但这不等于说咱们不能给大家表演几个酷炫动作。我想表演，你不想吗？"

"说不准，"查克说，"我比你矮太多了，会被人看笑话的。"

"我有办法，"卡特说，"我哥有一双古巴鞋，我觉得你能穿得下。你个子小，但脚很大。"

"多谢你和你哥了。"查克说。

她哈哈大笑，像姐姐一样拥抱他。

在扭摆与旋转俱乐部的下一次活动时间，卡特·麦科伊带来了她哥哥的古巴鞋。加入舞蹈俱乐部之后，查克的男子气概已经受到了别人的轻视，他本以为他会讨厌那双鞋，但第一眼看到之后他就爱上了它们。鞋跟很高，鞋头很尖，漆黑得像是莫斯科的午夜，看上去很像博·迪德利全盛时期穿的那种鞋。呃，稍微有点大，但往鞋尖里塞点卫生纸就能解决问题。最好的一点是……哥们，鞋底真的很滑。自由发挥的时候，罗尔巴谢小姐放上《加勒比女王》，体育馆的地面感觉就像是冰场。

"要是刮坏了地板，管理员会踢烂你们的屁股。"塔米·安德伍德说。她说得很对，但地板并没有被刮坏。他身轻如燕，不会留下任何痕迹。

8

查克单独参加了秋季狂欢舞会，结果相当不赖，因为扭摆与旋转俱乐部的姑娘们全都想和他跳舞。卡特尤其想和他跳，因为她的男朋友道吉·温特沃思笨得像是长了两只左脚。他整个晚上都和几个朋友靠墙站着，一杯接一杯地灌潘趣饮料，看着跳舞人群的表情狂妄中带着嘲讽。

卡特不停地问他什么时候表演他们的绝招，查克不停地说别着急。他说等他听见了合适的曲子，自然会知道。他心里在想他的阿婆。

九点左右，离舞会的计划结束时间还有半小时，合适的曲子来了：杰克·威尔逊演唱的《步步高升》。查克伸出双手，昂首阔步走向卡特。她踢掉鞋子，查克穿着她哥哥的古巴鞋，两人总算差不多一样高了。他们转到舞池中央，等他们开始跳双人太空步的时候，整个舞池都清场了。孩子们围绕他们站成一圈，有节奏地拍巴掌。罗尔巴谢小姐，当晚的看管人之一，也在人群中。她和其他人一起拍巴掌，高喊："好！好！好！"

他们跳得好极了。杰克·威尔逊吼出有点福音调子的欢乐歌曲，他们像弗雷德·阿斯泰尔、金格·罗杰斯、吉恩·凯利和珍妮弗·比尔斯全都加在一起那样跳舞。结束动作是卡特先朝一个方向旋转，再朝反方向旋转，最后向后倒进查克的怀抱，像垂死天鹅一样展开双臂。他来了个劈叉下蹲，奇迹般地没有撕破裤裆，两百个孩子欢声雷动。卡特扭过头，把一个吻印在查克的嘴角上。

"再来一个！"有个孩子喊道，但查克和卡特一起摇头。他们还年轻，但已经足够聪明，知道见好就收。你不可能超过你的最高峰。

9

在查克死于脑瘤（非常不公平，他才三十九岁）前的六个月，趁他还清醒（大体而言）的时候，查克向妻子说出了手背上那道伤疤的真相。其实算不上什么大事，他也没撒过什么弥天大谎，但他正在迅速消亡的生命已经来到一个新阶段，他觉得有必要清理一下自己的人生账本了。妻子只问过一次伤疤是怎么来的（那个伤疤真的很不起眼），他说是一个叫道吉·温特沃思的男孩给他留下的，他和那家伙的女朋友在中学舞会上亲热，那家伙生气了，推了他一把，害得他摔在体育馆外面的铁丝网上。

"其实是怎么样呢？"金妮问，不是因为这件事对她来说很重要，而是因为它对查克来说似乎很重要，她根本不在乎查克在高中做过什么。医生说他很可能撑不到圣诞节了，她在乎的是这个。

在他们那段无与伦比的舞结束后，DJ 换了首比较新的歌，卡特·麦科伊跑去找她的闺密们，她们又是咯咯笑又是尖叫，以十三岁少女才会有的那种热情拥抱她。查克大汗淋漓，他觉得自己浑身滚烫，面颊都快着火了，整个人欣喜若狂。这会儿他想要的是黑暗、凉风和一个人待着。

他走过道吉和道吉的朋友们（他们对他毫不在意），梦游一样地推开体育馆的后门，走到铺着沥青的半场上。秋天的凉风熄灭了他面颊上的火焰，但没有破坏他的好心情。他仰望天空，看见了一百万颗星辰，他知道在那一百万颗星辰的每一颗星背后，都有另外一百万颗星辰。

宇宙辽阔广大，他心想，它包罗万象，也包括了我。在这个瞬间，我感觉好极了，我有资格感觉好极了。

他在篮筐下跳太空步，跟着脑海里的音乐舞动（向金妮坦白的时候，他已经不记得那是什么音乐了，不过我可以告诉你，那是"史蒂夫·米勒"乐队的《喷气式飞机》）。他展开双臂，原地旋转，像是想要拥抱一切。

他的右手突然感到刺痛。不是剧痛，只是普普通通的"噢，好疼"，但已经足以把他从欢乐的云端拉回地面了。他看见手背在流血，刚才在星空下疯狂旋转的时候，他伸出去的手打在了铁丝网上，突出来的一截铁丝划破了他的手背。只是个皮外伤，都没到要贴邦迪创可贴的地步，不过它会留下伤疤，一个小小的新月形伤疤。

"你为什么要撒这个谎呢？"金妮问。她抓起丈夫的手，微笑着亲吻那个伤疤。"要是你吹牛说你怎么把那个校园霸王打成了肉酱，我还可以理解，但你也没那么说过。"

是的，他从没那么说过，而且他也没和道吉·温特沃思有过任何冲突。简而言之，道吉是个性格开朗的大小子，而查克·克兰茨是个不值一提的七年级小侏儒。

那么，既然他没有把自己塑造成一个虚构故事的主角，他又为什么要撒这个谎呢？这是因为，出于另一个原因，伤疤对他来说很重要。伤疤是他无法诉说的另一个故事的一部分，故事里有一座闹鬼的维多利亚式房屋，他基本上是在那里长大的。如今房屋的原址矗立着一座公寓楼。

这个伤疤还有更多的意义，因此在他心中变得更加重要，他甚至都无法说清楚它究竟有多么重要。是的，这不符合逻辑，然而随着肿瘤用闪电战继续侵蚀他的大脑，他逐渐解体的意识也只能做到这一步了。他终于告诉了妻子这个伤疤的真正由来，这就已经足够了。

10

那次秋季狂欢舞会过去四年之后，查克的爷爷阿尔比（他的阿公）死于心脏病发作。当时他正要爬上公共图书馆的台阶，前去归还《愤怒的葡萄》——他说这本书的每一页都和他记忆中一样出色。查克已经升上高一，是乐队的主唱，乐器炫技的时候，他会像米克·贾格尔一样跳舞。

爷爷把所有东西都留给了他。这笔财产曾经相当可观，但由于爷爷退休得早，多年来已经缩水了很多，不过剩下的还是足够承担查克的大学学费。后来他卖掉了维多利亚式房屋，买了他们后来住的屋子（比较小，但地段很好，还有个漂亮的里屋可以当育儿室），他和金妮去卡茨基尔山度完蜜月后住了进去。他当时刚入职中西部信托银行（只是个卑微的小出纳），要是没有爷爷的遗产，他永远也不可能买下那座屋子。

查克拒绝搬去奥马哈，和外公、外婆住在一起。"我爱你们，"他说，"但我是在这儿长大的，我想住在这儿，一直到上大学再离开。我十七岁了，不是小孩子了。"

他的外公和外婆也都退休了，于是他们搬进了那座维多利亚式房屋，和他一起住了二十个月，直到查克去伊利诺伊大学念书为止。

但外公外婆没能赶上参加爷爷的葬礼。按照爷爷的要求，葬礼办得很简单，而他的外公外婆在奥马哈还有事情要处理。查克并不特别想念他们。他有朋友和邻居陪着他，他更熟悉的是这些人，而不是他非犹太裔的外公外婆。他们要来的前一天，查克终于打开了一直放在门厅桌上的牛皮纸信封。信封来自埃伯特－霍洛韦殡仪馆，里面装着阿尔比·克兰茨的个人物品，更确切地说，他在图书馆台阶上倒下时的随身物品。

查克把信封里的东西倒在桌上。一把硬币、几块润喉糖、一把小折刀、爷爷几乎没找到机会用的新手机，还有爷爷的钱包。查克拿起钱包，闻着旧皮革的气味，他亲吻钱包，哭了一小会儿。他现在是真正的孤儿了。

爷爷的钥匙串也在里面。查克把钥匙环套在右手（就是新月形伤疤所在的那只手）的食指上，爬上通往角楼的那一小段暗沉沉的楼梯。这是他最后一次爬上这段楼梯，这次他没有止步于摇动挂锁。他在钥匙串里翻找了一会儿，找到正确的钥匙，打开了挂锁。他把挂锁留在锁扣上，推开房门，很久没上过油的古老铰链发出吱吱呀呀的声音，听得他皱起眉头。他做好了见到任何东西的准备。

11

但他什么都没看见。房间是空的。

这是个圆形的小房间，直径顶多十四英尺，甚至更短。唯一的一扇窗户很宽，位于房门对面的墙上，玻璃上蒙着多年累积的尘土。这是一天中阳光灿烂的时分，但照进房间的光线朦胧而散漫。查克站在门口，先伸出一只脚，用脚尖试了试地板，看起来就像孩子在试池塘的水温，想知道水凉不凉。地板没有发出吱嘎声，也没有下陷。他走进房间，做好了心理准备，只要地板开始下陷，他就会蹿出去，不过他觉得地板挺结实的。他穿过房间，走到窗口，在厚厚的灰尘中留下一行脚印。

爷爷说地板朽烂是在骗他，但窗口的风景倒是没说错，确实没什么好看的。查克能看见绿化带另一侧的购物中心，还能看见一列美铁的火车驶向市区，拉着短短的五节客运车厢。上午的通勤高峰已经过去，这个钟点的车上不会有多少乘客。

查克站在窗口，直到列车驶出视线，然后踩着自己的脚印回到门外。他转身关门，却看见圆形房间的中央有一张床，那是一张医院的病床。病床上躺着一个男人，似乎失去了知觉。查克没有看见医院的仪器，但能听见一个单调的声音，"嘀……嘀……嘀"，大概是心跳监控仪。病床旁有一张小桌，上面摆着几种护肤品和一副黑框眼镜。男人闭着眼睛，他的一条胳膊放在被单外，查克在那只手的手背上看见了一个新月形的伤疤。他没有感到奇怪。

查克的爷爷（他的阿公）在这个房间里见到了他的妻子倒地死去的画面，她摔倒时从货架扫到地上的几袋面包散落在身体周围。是等待，查克，他曾经说过，等待才是最可怕的。

现在他自己的等待也开始了。他需要等待多久？病床上的男人有

150

多大年纪？

　　查克重新走进角楼，想要看得更清楚一些，但幻象随即消失。没有男人，没有病床，没有桌子。他听见隐形的监控仪最后微弱地嘀了一声，随后连那个声音也消失了。病床上的男人不是像电影里的鬼魂消失那样逐渐隐没，而是突然消失得无影无踪，好像他从来就没有在这个房间里存在过。

　　他不存在，查克心想，我会宣告他不存在。我会活好我的一生，直到生命耗尽。我过得很好，我有资格过得很好，我包罗万象。

　　他关上门，锁好挂锁。

若血流成河

2021 年 1 月，一个带泡沫衬垫的小信封送到了康拉兹家，信封上的收件人是拉尔夫·安德森警探，康拉兹家住在安德森家隔壁。安德森家去巴哈马度长假了，因为安德森家所在那个县的教师罢工迟迟无法结束（拉尔夫坚持要儿子德里克带上课本，德里克说这种行径"烂出了花样"）。康拉兹家答应在安德森家回弗林特市之前转寄信件，但信封上用最大的字体写着"切勿转寄，请当面交送"。拉尔夫拆开信封，发现里面是个 U 盘。他把 U 盘连上电脑，显示的文件名是"若血流成河"，指的大概是媒体圈的一句古老格言，"若血流成河，则吸引眼球"。U 盘上有两个项目，一个是文件夹，里面存着照片和录音文件；另一个是某种语音报告或口述日志，作者是霍莉·吉布尼。安德森警探和她一起办过一个案子，那个案子始于俄克拉何马州，结束于得克萨斯州的一个洞穴，正是那个洞穴永久性地改变了拉尔夫·安德森对现实的认知。霍莉的语音报告里最后一段话的日期是 2020 年 12 月 19 日，她听上去气喘吁吁。

拉尔夫，我已经尽我所能了，但也许还不够。尽管我做好了计划，但这次我有可能无法活着脱身了。假如真是那样，我希望你知道你的友情对我来说有多么重要。要是我死了，而你决定继续办由我开始的这个案子，那么请你千万当心。你有妻子和儿子。

（报告在这里结束。）

2020 年 12 月 8 日至 9 日

1

松树镇是个离匹兹堡市不远的小镇。尽管宾夕法尼亚州西部以农业为主，但松树镇有个相当蓬勃兴旺的商业区，总居住人口接近四万。进入这个镇的边界时，你会经过一个巨大的铜像，这东西有多少文化价值恐怕有待商榷，但居民们都非常喜欢它。根据铜像前的标牌，这是"全世界最大的松果！"。铜像旁有一块停车区，供想要野餐和拍照的人们使用。来来往往的人不在少数，有些人会让孩子站在松果的苞鳞上。（松果旁有块小牌子，上面写着"体重超过五十磅[1]的儿童请勿登上松果，谢谢"。）今天天气太冷，不适合野餐，因为是冬季，所以移动厕所也被运走了，只剩下这座文化价值有待商榷的铜像，上面装点着一闪一闪的圣诞彩灯。

过了巨型松果没多远，就在代表着松树镇商业区起始处的第一个红绿灯旁边，坐落着阿尔贝·麦克雷迪中学。近五百名学生在这里上七到九年级，教师罢工没有波及此处。

---

[1] 1 磅约合 0.454 千克。

8 日上午九点三刻，一辆宾州速运的送货卡车开上了中学的环形车道。送货员走下车，在卡车前站了一两分钟，查看他的写字板。他把眼镜顺着狭长的鼻梁向上推了推，捋了一下小胡子，接着他绕到车厢背后，从车厢里翻出一个四四方方的包裹。这个包裹的长宽高都是三英尺左右，他抱着包裹的样子颇为轻松，因此它显然不会太重。

学校门口有个警告牌，写着"外来访客未经允许不得进入校园"。司机按下警告牌底下的通话器按钮，学校干事凯勒夫人问他有何贵干。

"有个包裹要送给……"他低头去看标签，"好家伙，看着像拉丁文。送给 Nemo……Nemo Impune……还是 Impuny……"

凯勒夫人帮了他一把。"是 Nemo Me Impune Lacessit 协会吗？"

视频监视器上，送货员似乎松了一口气。"应该是吧，反正最后一个词肯定是'协会'。这是什么意思？"

"进来说话吧。"

凯勒夫人笑呵呵地看着送货员走过金属探测器，进入教职工办公室，把包裹放在台子上。包裹上贴满了贴纸，有几张是圣诞树、冬青树和圣诞老人，但更多的是吹风笛的苏格兰男人，他们穿着花格呢裙，戴着黑卫士兵团帽。

"所以，"他取下腰带上的扫描设备，对准地址标签，"Nemo Me Impune Lacessit 是什么意思？"

"苏格兰国训，"她说，"意思是'犯我者必受惩'。格里斯沃尔德先生的国际政治课在苏格兰有个结对学校，离爱丁堡不远。两边用电子邮件和脸书沟通，互相发照片和各种东西。苏格兰的孩子们支持匹兹堡海盗队，我们的孩子们支持巴基足球俱乐部，国际政治课的学生在油管上看比赛。自称 Nemo Me Impune Lacessit 协会多半是格里斯沃尔德的点子。"她看了一眼标签上的回邮地址，"没错，伦希尔中学，就是他们。海关戳什么的都有。"

"肯定是圣诞礼物，"送货员说，"我敢保证。你看这儿。"他抬起箱子，箱底写着"12月18日前请勿打开"。这句话仔仔细细打印在一张纸上，左右两侧分别用一张吹风笛的苏格兰人贴纸贴住。

凯勒夫人点点头。"那是圣诞假期前的最后一个上学日。天哪，希望格里斯沃尔德的学生也给他们寄了东西。"

"你觉得苏格兰孩子会寄什么礼物给美国孩子？"

她哈哈一笑。"希望别是哈吉斯就行。"

"那是什么？也是拉丁词语吗？"

"羊心布丁，"凯勒夫人说，"里面还有羊肝和羊肺。我丈夫带我去过苏格兰，庆祝我们结婚十周年，所以我才知道的。"

送货员做个鬼脸，逗得凯勒夫人又笑了一会儿，他请凯勒夫人在扫描设备的小屏幕上签字。她签完字，送货员祝她日安和圣诞快乐，她也以同样的话祝福他。送货员离开后，凯勒夫人叫住一个正在闲逛的孩子（他未经许可溜出教室，但凯勒夫人饶过了他这一次），让他把包裹送到学校图书室和一楼教职员休息室之间的储藏室去。午餐休息的时候，她告诉格里斯沃尔德先生说早上收到了一个寄给他的包裹，他说等三点半放学后，他会把包裹拿到他的教室去。假如他中午就把包裹拿了过去，那么伤亡肯定会更惨重。

伦希尔中学的美国俱乐部没有寄圣诞包裹给阿尔贝·麦克雷迪中学的孩子，宾州速运公司也是一家子虚乌有的公司。那辆卡车是感恩节后不久在一家商场的停车场失窃的，后来被发现时已被遗弃。凯勒夫人十分自责，因为她未能注意到送货员没有佩戴姓名牌，他把扫描设备对准地址标签时，设备也没有像联合包裹服务公司或联邦快递公司的设备那样发出嘀嘀声，因为那是个假货。海关戳同样是伪造的。

警察对她说，任何人都会看漏这些小细节，她不需要太过愧疚，但她依然觉得责任在自己身上。学校的安保设施——监控摄像头、学校上课时上锁的大门、金属探测器——很完美，但它们毕竟是机器。

而她是（或者说，她曾经是）这一系统中的人力构件，是看守大门的警卫，而她辜负了学校，也辜负了孩子们。

凯勒夫人觉得失去一条手臂只是赎罪的起点。

2

两点四十五分，霍莉·吉布尼在为永远能让她感到高兴的一个小时做准备。说她品位低劣也行，但她很享受工作日里这六十分钟的看电视时间，并且会尽量确保先到先得侦探社（侦探社刚刚换了个舒适的新地点：市中心弗雷德里克大厦的五楼）从三点到四点不接待客人。她是老板——她到现在还不敢相信这个事实——因此这一点不难做到。

今天，佩特·亨特利（比尔·霍奇斯去世后，佩特成了她的搭档）出去了，他需要在全城所有的无家可归者庇护所里面寻找一个离家出走的孩子。杰罗姆·罗宾逊从哈佛休学了一年，正在努力把一篇四十页的社会学论文写成一本他希望能出版的书，他也在为先到先得侦探社做事，不过只是兼职。今天下午他正在城市南边寻找一条被偷的金毛寻回犬[1]，这条狗名叫幸运，主人不肯付高达一万美元的赎金，因此它可能被遗弃在了扬斯敦、阿克伦或坎顿的某个猫狗收容所里。当然了，这条狗也可能正在俄亥俄州的乡间自由飞奔（或者已经遇害），但他觉得概率不大。狗的名字是个好兆头，霍莉这么对杰罗姆说。她觉得很有希望。

"你有霍莉希望[2]。"杰罗姆笑嘻嘻地说。

---

1 负责在猎人击杀猎物之后，将猎物完好无损地叼回。
2 霍莉（Holly）音似"神圣的"（holy）。——译者注

"说得好，"她答道，"所以快去吧，杰罗姆，快去把狗找回来。"

直到今天打烊，应该都不会有人来打扰她了，但她真正在乎的是从三点到四点的那一个小时。她给安德鲁·爱德华兹写了一封一本正经的电子邮件，边写边看着挂钟。这位客户担心他的合作伙伴企图私藏资产，事实证明他的担心是多余的，但先到先得侦探社干了活儿，需要收取报酬。"这是我们第三次催账了，"霍莉写道，"请付清余额，以免我们将事情交给收款机构办理。"

霍莉发现，写信时用"我们的"和"我们"这类词语，要比用"我的"和"我"听起来更有力量感。她最近在磨炼这方面的技能，然而正如她祖父会说的那样，"罗马不是一天建成的，费城也不是"。

她嗖的一声发出邮件，然后关掉电脑，望向挂钟：三点差七分。她走过去，拉开小冰箱，取出一罐百事轻怡，把可乐放在事务所定制的一个杯垫上（上面写着：您的遗失之物，我们负责找回，包您心满意足），打开办公桌左边最顶上的抽屉。抽屉里的一堆废纸底下埋着一袋小块装士力架。她取出六小块，每块对应节目中的一次广告间歇时间，她剥掉糖纸，把它们摆成一排。

三点差五分，她打开电视，调成静音。莫里·波维奇正踱来踱去，撩拨演播室里的观众。也许她的品位确实低劣，但还没低劣到会喜欢莫里的地步。她想吃一块士力架，但命令自己等一等。就在她恭贺自己意志超群的时候，她忽然听见了电梯的声音，忍不住翻了个白眼。肯定是佩特，杰罗姆在遥远的城市南边呢。

没错，正是佩特，他笑嘻嘻的。"哎，快乐的一天哟，"他说，"终于有人叫阿尔派个维修工——"

"不是阿尔，"霍莉说，"是杰罗姆和我解决的，只是个小故障而已。"

"这要怎么——"

"牵涉到一点小小的黑客工作。"她边说边盯着挂钟：三点差三分。

"是杰罗姆修好的，不过我也能行，"诚实再次占了上风，"至少我这么认为。你找到那个女孩了吗？"

佩特对她竖起两个大拇指。"在日出庇护所找到啦，这是我的第一站。她想回家，真是不错。她打电话给她老妈，她老妈会来接她的。"

"你确定吗？她会不会在骗你？"

"我看着她打电话的，还看见了她的眼泪。这是个好结局，霍莉，只要她老妈别像那个爱德华兹一样赖账就行。"

"爱德华兹会付钱的，"她说，"我有信心。"电视屏幕上，一瓶蹦来蹦去的拉肚子药取代了莫里，在霍莉看来，这算是进步显著。"好了，佩特，安静点。再过一分钟节目就要开始了。"

"上帝啊，你还在看那家伙呢？"

霍莉恶狠狠地瞪了他一眼。"欢迎你和我一起看，佩特，但假如你企图用冷嘲热讽影响我的心情，那你就得离我远点了。"

说话要果断，艾丽·温特斯喜欢这么对她说，艾丽是她的心理医生。霍莉去看过另一名心理医生，不过就去了几次，那位先生名叫卡尔·莫顿，写过三本书和许多论文。她去找莫顿医生，不是为了跟他谈从青春期就困扰着她的那些魔鬼，而是想谈一谈更近期的另一些魔鬼。

"不冷嘲热讽，收到，"佩特说，"哎，我还是不敢相信，你和杰罗姆居然没联系阿尔，自己就把电梯修好了。就这么说吧，你们这是一把抓住了牛角。霍莉，了不起。"

"我只是想活得更果断一些。"

"你做到了。冰箱里还有可乐吗？"

"只有轻怡。"

"哕。那东西味道像——"

"安静。"

三点整，她取消静音，节目的主题曲刚好响起：由博比·福勒四重唱演唱的《我与法律争斗》。屏幕上出现一个法庭。旁听人员跟着音乐一起拍巴掌，这些人其实是演播室里的观众，就像莫里的那些托儿一样，但没那么闹腾。画外音吟诵道："你要是坏蛋就躲远点，因为约翰·劳[1]在主持法庭！"

"全体起立！"法警乔治大声说。

旁听人员全体起立，继续拍巴掌，晃动身体，约翰·劳法官走出议事室。他身高六英尺六英寸（霍莉从《人物》杂志上读到了这条信息，她把杂志藏得比士力架还要隐蔽），光头活像一颗魔力黑八球……不过他的肤色更接近深巧克力色，而不是黑色。他穿一身宽松的长袍，跳着摇摆舞走向法官席，长袍前后甩动。他抓起木槌，小臂像钟表的节拍器似的左右摆动，还咧开嘴露出满口白牙。

"哎呀我亲爱的耶稣坐在机动轮椅上。"佩特嘟囔道。

霍莉狠狠瞪了他一眼。佩特用一只手捂住嘴，摆了摆另一只手表示投降。

"坐下，坐下。"劳法官说，旁听人员一起坐下。劳法官的真名是杰拉尔德·劳森，这同样是霍莉从《人物》杂志上读到的，她觉得了解这些信息就足够了。霍莉喜欢约翰·劳是因为他更加直爽，不像朱迪法官那样尖酸刻薄，惹人反感。他擅长直击要害，就像比尔·霍奇斯生前那样……不过约翰·劳法官并不是比尔的替代品，这不仅仅因为他只是电视节目里的虚构角色。比尔去世已经好几年了，但霍莉依然很想念他。她现在的生活，她拥有的一切，都多亏了比尔。没有人能和他相提并论，尽管拉尔夫·安德森（她来自俄克拉何马州的警探朋友）还算接近。

"老乔啊，我另一个老妈生的兄弟，咱们今天审什么案子？"旁听人员欢快地大笑，"民事还是刑事？"

---

1 劳（Law）也有法律的意思。——译者注

霍莉知道，一名法官不太可能既审民事案件又审刑事案件，也不可能每天下午都有新案件，但她不在乎。节目里的案子总是很有意思。

"民事案件，法官大人，"法警乔治说，"原告是罗达·丹尼尔斯夫人，被告是她的前夫理查德·丹尼尔斯。诉讼内容是家养狗'坏小子'的监护权。"

"狗的案子，"佩特说，"还真是合咱们的胃口。"

劳法官拄着他超级长的木槌说："老乔，我的好兄弟，坏小子在法庭上吗？"

"法官大人，它在一间拘留室里。"

"非常好，非常好。它叫坏小子，请问它咬人吗？"

"根据警卫的说法，劳法官，它似乎非常亲人。"

"太好了。来，咱们听听原告有什么想说的。"

这时，扮演罗达·丹尼尔斯的演员走进法庭。霍莉知道，在现实生活中，原告和被告会在法官出来前就座，但节目要的是戏剧性效果。丹尼尔斯夫人身穿过紧的裙装和过高的高跟鞋，扭着屁股沿中央通道向前走。这时画外音说："休息一分钟，劳法官的法庭马上就回来。"

人寿保险的广告开始播放，霍莉把第一块土力架塞进嘴里。

"好像没有我的份，对吧？"佩特问。

"你不是在节食减肥吗？"

"每天这个时候我的血糖就偏低。"

霍莉不情愿地拉开抽屉，但她还没碰到土力架的袋子，担心该怎么支付先夫丧葬费的老太太就不见了，取而代之的是一张图，上面只有四个大字：突发新闻。莱斯特·霍尔特随即出现在屏幕上，霍莉立刻就知道出大事了。莱斯特·霍尔特是电视台的大牌播音员。千万别是9·11重演，每次碰到这种情况她都会这么想，上帝啊，别是

9·11 重演，更别是核袭击。

莱斯特说："我们打断节目的正常播放，是为了向您通报一则最新消息。在宾夕法尼亚州松树镇，一所中学发生一起大规模爆炸事故，该镇位于匹兹堡市区东南方向约四十英里处。据称现场伤亡惨重，其中以儿童为主。"

"我的上帝啊。"霍莉说。她抬起抽屉里的手，捂住嘴巴。

"这些消息尚未得到证实。我认为……"莱斯特用一只手按住耳朵，听了一会儿，"好的，知道了。我们在匹兹堡市的外联记者切特·昂多夫斯基已经赶到现场。切特，能听见吗？"

"能，"一个声音说，"莱斯特，我能听见。"

"切特，你有什么能告诉我们的？"

画面从莱斯特·霍尔特切换成一个中年男人，霍莉觉得这是一张典型的地方新闻人员的脸：不够英俊，无法成为吸引大众市场的播音员，但还算拿得出手。他的领带结打歪了，也没用化妆品遮住嘴角的瘊子，头发乱糟糟的，就好像匆忙得连梳头的时间都没有了。

"他站在什么东西旁边？"佩特问。

"不知道，"霍莉说，"安静。"

"好像是个巨大的松果——"

"安静！"霍莉根本不在乎什么巨大的松果，也不在乎切特·昂多夫斯基的瘊子和满头乱发，她的注意力全放在从播音员背后呼啸开过的两辆救护车上。这两辆车简直是前保险杠贴着后保险杠，警灯闪烁。伤亡，她心想，伤亡惨重，以儿童为主。

"莱斯特，我能告诉你的只有已经基本证实的消息：阿尔贝·麦克雷迪中学至少有十七人遇难，还有更多人受伤。消息来自县警察局的一名警员，他要求不透露姓名。爆炸装置有可能位于主办公室内，也可能位于与之相邻的储藏室。请看这里……"

他用手指指向某处，镜头跟着转了过去。画面刚开始有点模糊，但随着摄像师停下并拉近镜头，霍莉看见建筑物的侧墙上被炸出了一个大洞。砖块以扇形散落在草坪上。她（和另外几百万名观众一起）望着这一幕，一个穿黄马甲的男人钻出墙洞，怀里抱着什么东西。一个穿运动鞋的小小身影。不，只穿着一只运动鞋，另一只显然在爆炸时被炸飞了。

画面转回播音员，他正在拉直领带。"县警局无疑很快就会召开新闻发布会，但目前向大众告知情况不是他们的工作重点。学生家长开始聚集……女士？女士，能占用您一分钟时间吗？我是切特·昂多夫斯基，WPEN 电视台，11 频道。"

进入镜头的女人体重明显超标，她匆匆赶来，没穿外套，印花家居服像土耳其长袍似的在风中飘飞。她脸色惨白，只有面颊上有两团红晕，她的头发非常凌乱，昂多夫斯基的乱发相比之下都算是整齐了，她浑圆的面颊上泪光闪烁。

他们不该播这个画面的，霍莉心想，我也不该看的。但他们真的在播，而我也正在看。

"夫人，你的孩子在阿尔贝·麦克雷迪中学吗？"

"我的儿子和女儿都在，"她抓住昂多夫斯基的胳膊，"他们没事吧？先生，你知道吗？艾琳·弗农和戴维·弗农。戴维上七年级，艾琳上九年级，她的小名叫迪妮。他们好不好，你知道吗？"

"我不知道，弗农夫人，"昂多夫斯基说，"我觉得你应该找警员问一问，他们正在设置路障。"

"谢谢你，先生，谢谢。请为我的孩子祈祷！"

"我会的。"昂多夫斯基对着她匆匆离去的背影说。这个女人要是能熬过今天而不发心脏病就算是幸运了……但霍莉觉得，她现在最不在乎的大概就是自己的心脏了。此时此刻，她心里只有戴维和艾琳，小名迪妮的艾琳。

昂多夫斯基转向镜头。"美国所有民众都会为弗农家的两个孩子祈祷，同时也为阿尔贝·麦克雷迪中学今天到校的每一个学生祈祷。我目前掌握的情况很少，但很快就会得到更多的消息。目前已知爆炸发生于两点十五分左右，也就是一小时前，爆炸相当剧烈，震碎了一英里外的窗户。玻璃……弗雷德，你能拍一下那个松果吗？"

"看，我就觉得那是个松果。"佩特说。他探出身子，眼睛都快贴到电视屏幕上去了。

摄像师弗雷德转动镜头，霍莉在松果的鳞片（或者叶子，天晓得应该叫什么）上看见了碎玻璃碴。有一块玻璃碴上似乎沾着血，但她希望那只是某辆救护车的警灯投射出的错觉。

莱斯特·霍尔特说："切特，太可怕了。真的，简直恐怖。"

镜头转过来，对准昂多夫斯基。"是啊，确实可怕。眼前的景象非常恐怖。莱斯特，我想去看看能不能……"

一架直升机在街道上降落，机身上有十字架和仁爱医院的标记。螺旋桨卷起强风，扫动了切特·昂多夫斯基的头发，他在噪声中提高嗓门。

"我去看看有什么我能帮忙的！这起爆炸案太可怕了，一场可怕的悲剧！画面切回你在纽约的演播室！"

莱斯特·霍尔特回到屏幕前，显得心神不安。"注意安全，切特。观众朋友们，接下来继续播放原定节目，但我们会在手机的 NBC[1] 突发新闻应用里持续推送最新进展——"

霍莉用遥控器关掉电视。她失去了对虚拟法庭的胃口，至少今天是看不下去了。她不停地想到黄马甲怀里的那个瘫软身影，掉了一只鞋，穿着一只鞋，她心想。嘟嘟嘀嘀嘟嘟嘀嘀，我的儿子小约翰。霍莉今晚能鼓起勇气看新闻吗？她觉得她会看的。她不想看，但又不可能忍住不看，她必须知道有多少人伤亡，其中又有多少是儿童。

---

1 即全国广播公司。

佩特抓住她的手，吓了她一跳。通常情况下，她并不喜欢被人触碰，但此时此刻，她的手被他抓在手里，感觉还不错。

"我希望你能记住一点。"佩特说。

她转向他，佩特表情严肃。

"你和比尔阻止的事情比这次可怕一万倍，"他说，"布拉迪·哈茨菲尔德那个该死的疯子，他本来会在摇滚演唱会上炸死几百人，甚至上千人。"

"还有杰罗姆，"她低声说，"杰罗姆也在。"

"对。你、比尔和杰罗姆，三个火枪手。那是你们能够阻止的事情，你们也做到了。但阻止这件事——"佩特朝电视摆摆头，"那是其他人的职责所在。"

3

七点钟，霍莉还在办公室里，整理根本不需要她处理的收据。六点半的时候，她抵挡住了诱惑，没有打开办公室的电视看莱斯特·霍尔特播报新闻。那天上午，她本来想吃一顿周先生的精致素食外卖，还打算吃饭的时候看一会儿《美丽的毒药》。那是一部 1968 年的惊悚片，比较小众，主角是安东尼·帕金斯和塔斯黛·韦尔德。但是今晚她不想要任何毒药，无论美丽与否。宾夕法尼亚州的新闻已经让她中了毒，她未必能够一直抵抗诱惑，不打开电视看 CNN 新闻。然而看新闻的结果肯定是辗转反侧，一直到凌晨两三点都无法入眠。

生活在媒体无处不在的二十一世纪，霍莉和大多数人一样，已经习惯于男性（诉诸暴力的人依然以男性为主）以阴魂不散的宗教或政治之名彼此伤害，但那所城郊中学的爆炸案更类似于险些在中西部文化与艺术中心发生的事情：布拉迪·哈茨菲尔德企图炸死几千名少男少女。同时，这场爆炸案也与市民中心的惨案很相似：布拉迪驾驶一辆奔驰轿车，无情地碾轧找工作的人群，害死了……她不记得遇难者的数量了，因为她不想记住。

正在收拾文件的时候（她终究还是要回家的），她再次听见了电梯声。她竖起耳朵听着，也许电梯会经过五楼，继续往上走，但电梯停下了。可能是杰罗姆，但她还是拉开办公桌的第二个抽屉，握住了里面的罐子。罐子上有两个按钮，一个能发出足以震破耳膜的啸叫声，另一个能喷出辣椒喷雾。

就是杰罗姆。她松开入侵卫士，关上抽屉。她惊叹于（他从哈佛回来后，她已经惊叹过好多次）他变得多么高大和英俊，她不喜欢他嘴巴四周的毛发，也就是他所说的"山羊胡"，但也从没说过叫他刮掉之类的话。他平时的步伐很有精神，今晚却软绵绵的。他随口对她说了声"哟，霍莉莓莉"，然后一屁股坐进在办公时间只有客户才能坐的椅子。

平时她会斥责他，说清楚她有多么讨厌那个幼稚的外号（他们总是一来一回地说这两句话），但今晚她没这么说。他们是朋友，她这个人永远也不可能有很多朋友，因此她会尽其所能善待每一个朋友。"你看上去很累的样子。"

"开了很久的车。看到那所学校的新闻了吗？卫星广播上说的都是这个。"

"电视上播突发新闻的时候我正在看约翰·劳，之后就不敢看相关报道了。情况很严重？"

"他们说已经找到了二十七具尸体，其中二十三人是十二到十四岁的儿童，但数字还会上升。还有好几个孩子和两名教师没查到下落，另外有十二三人伤情严重。情况比帕克兰那次更惨烈。你是不是想到了布拉迪·哈茨菲尔德？"

"当然。"

"唉，我也是。我尽量不去想这些，不去想布拉迪在市民中心搞的那次惨案，还有要是咱们稍微慢个几分钟，他就会在'此时此地'演唱会上搞出来的事情。我尽量不去想，对自己说那次咱们胜利了，因为每次我的脑子一转过去，就会感到心惊肉跳。"

霍莉很清楚心惊肉跳是什么感觉，她经常会有那种时刻。

杰罗姆用一只手慢慢抚摸自己的面颊，她在一片寂静中听见唰唰的声音，那是他的手指擦过今天刚长出来的胡楂。"我在哈佛上大二的时候选了一门哲学课，有没有和你说过？"

霍莉摇摇头。

"那门课叫——"杰罗姆用左右手各两根手指比引号，"'恶之谜题'。我们在课程中探讨了所谓内在恶与外在恶的概念，我们还……霍莉，你还好吗？"

"嗯，还好。"她说。她确实还好……但听见杰罗姆说到外在恶，她的大脑立刻想到了她和拉尔夫一直追踪到老巢才找到的那个怪物。这个怪物有许多名字和许多面孔，但在霍莉的心中，他只有一个名字，那就是"局外人"，而这个局外人就是邪恶的化身。她一直没有告诉过杰罗姆，在名为"马里斯维尔"的洞窟里究竟发生了什么，但她估计杰罗姆知道那里发生了某些非常恐怖的事情，比报纸上说的要可怕得多。

他犹豫不决地看着她。"继续讲吧，"她说，"我觉得非常有意思。"这是实话。

"嗯……全班一致同意，假如你相信外在善的存在，那就必然也有外在恶……"

"外在善，也就是上帝。"霍莉说。

"对。而假如有外在恶，那么你就可以相信，世界上确实有恶魔，驱魔是有效的应对方式，也确实存在邪灵——"

"鬼魂。"霍莉说。

"是的。更不用说确实有效的诅咒，还有女巫、阴魂附体和天晓得其他什么了。但是在大学里，这些东西只会让人们笑得前仰后合，上帝他老人家来了都会被嘲笑得落荒而逃。"

"或者她老人家。"霍莉认真地补充道。

"对，随便你，如果上帝不存在，我觉得用什么代词也就不重要了。根据以上推论，世界上只有内在恶，也就是道德方面的问题。打死自家孩子的父母、布拉迪·哈茨菲尔德这样的连环杀手、种族清洗、大屠杀、9·11、无差别枪击，以及恐怖袭击——就像今天这次。"

"他们是这么说的吗？"霍莉问，"这是一场恐怖袭击？也许是ISIS干的？"

"他们是这么猜测的，但还没有人出来宣布对事件负责。"

他的另一只手也放在了面颊上，发出唰唰摩擦的声音。杰罗姆的眼睛里是不是有泪光？她觉得是有的。要是他哭出来，她也会哭，她不可能忍住。悲伤可以传染，这是不是很惹人烦？

"但你要明白，霍莉，关于内在恶和外在恶，我不认为它们有任何区别。你觉得呢？"

她思考了一下她知道的一切，还有她和这个年轻人、和比尔、和拉尔夫·安德森一起经历过的一切。"是的，"她说，"我也不认为它们有区别。"

"我认为恶意是一只鸟，"杰罗姆说，"一只大鸟，浑身肮脏，有着霜灰色的羽毛。它飞到这儿来，飞到那儿去，无处不在。它飞进布拉迪·哈茨菲尔德的脑袋，飞进在拉斯维加斯枪杀了好多人的那家伙的脑袋。埃里克·哈里斯和迪伦·克莱博尔德[1]，他们有那只鸟，希特勒和波尔布特也一样。它飞进他们的脑袋，等湿活儿[2]干完了，它就重新

---

1 两人是美国科伦拜恩高中重大校园枪击案的行凶者。该枪击案发生于1999年，造成十三人死亡，二十四人受伤。在学校图书馆杀死大部分受害者之后，两人同时自杀，年仅十八岁。
2 暗指流血，对谋杀和暗杀的隐晦说法。

飞走。我很想抓住那只鸟。"他攥紧拳头，望着她——没错，他的眼睛里有泪水。"抓住它，拧断它该死的脖子。"

霍莉从写字台里走出来，蹲在杰罗姆身旁，张开双臂拥抱他。他坐在椅子里，因此这个拥抱很笨拙，但依然有效。大坝崩溃了，他贴着霍莉的面颊开口，她感觉到他的胡楂扎着她。

"那条狗死了。"

"什么？"他在啜泣，霍莉几乎听不懂他在说什么。

"幸运。那条金毛狗。偷狗的杂种拿不到赎金，就划开它的肚子，把它扔进了排水沟。有人看见了它，当时它还有一口气。它被送进扬斯敦的埃伯特兽医院，在那儿只活了半个小时，他们也帮不到它什么了。看来它并不怎么幸运，对吧？"

"没事的。"霍莉轻拍他的后背。现在她也开始流泪了，她能感觉到鼻涕从鼻孔里淌了出来，真糟糕。"没事的，杰罗姆，没关系的。"

"当然有关系，你知道有关系的。"他向后坐起来，看着她，泪水在他脸上反光，山羊胡被打湿了。"划开那么一条好狗的肚子，把它扔进排水沟，内脏都流到外面来了，你知道在那之后发生了什么吗？"

霍莉知道，但摇了摇头。

"那只鸟飞走了，"他用袖管擦眼睛，"现在它钻进了另一个人的脑袋，开心得不得了，而咱们只能默默接受这样的结果。"

4

快到十点钟的时候，霍莉终于放下她打算读的那本书，打开了电视。她看了一眼 CNN 的播音员，受不了他们的唠叨，她想看的是实打实的新闻。她转到 NBC，画面是一张图，配着紧张的音乐，图里的文字是"特别报道：宾夕法尼亚惨剧，安德烈娅·米切尔在纽约为您播报"。她一上来就先告诉美国人民，总统在推特上发表了他的"思念和祈祷"，每一起这样的恐怖事件过后，无论是在帕尔斯、拉斯维加斯还是帕克兰，他都会来这么一场表演。毫无意义的废话过后，播音员开始念最新的伤亡数字：三十一死，七十三伤（天哪，这么多），九人情况危重。要是杰罗姆没说错的话，这意味着伤情严重者至少有三人不治身亡。

"两个恐怖主义组织声称为爆炸案负责，分别是胡塞武装组织和泰米尔猛虎组织，"米切尔说，"但国防部的相关人士称两者的宣告均不可信。他们倾向于认为爆炸案是一起独狼式袭击，与蒂莫西·麦克维的行为类似，他于 1995 年单独策划了俄克拉何马州的联邦大厦爆炸案，夺去了一百六十八人的生命。"

但这次的受害者以儿童为主，霍莉心想。为了信仰、意识形态或这两者皆有而杀害儿童，做出这种事的人连下地狱都算是便宜他们了。她想到杰罗姆说的霜灰色的鸟。

"运送炸弹的人是一名男性，他在按门铃时被一台安保摄像头拍下了相貌，"米切尔继续道，"我们将在接下来的三十秒内展示他的照片，请各位观众仔细观察。假如你们认出了他，请立刻拨打屏幕上方的号码，为了将他逮捕并绳之以法，警方为能够提供线索的公众提供了二十万美元的赏金。"

照片出现在屏幕上。这是一张彩色照片，非常清晰，但拍摄角度不太理想，因为摄像头安装在大门上方，而那个男人直视前方，不过已经算是很不错了。霍莉坐了起来，她令人敬佩的职业技能开始苏醒。这些技能一部分是天赋，另一部分是她和比尔·霍奇斯共事时学到的。这个男人有可能是一名晒黑了的白人（在这个季节不太可能，但也不是完全不可能），有可能是肤色较浅的拉丁裔或中东裔，也有可能化了妆。霍莉倾向于认为他是化过妆的白人，年龄在四十五岁左右。他戴一副金丝边框的眼镜，黑色的小胡子剪得整整齐齐，同样黑的头发剃得很短。她能看见头发是因为他没戴帽子，假如他戴了帽子，他的大半张脸就会被遮住。胆大包天的王八蛋，霍莉心想。他知道有监控摄像头，知道自己肯定会被拍到，但他不在乎。

"不，不是王八蛋。"她依然盯着画面。她要记住他所有的特征，不是因为她接了这个案子，而是因为她天性如此。"他是狗娘养的，这就是他这个人。"

画面切回安德烈娅·米切尔。"假如你认识他，请立刻拨打屏幕上方的号码。现在我们把画面转到麦克雷迪中学和我们在现场的工作人员。切特，你能听见吗？"

他能听见，他站在摄像机打出的一圈强光中。还有更多道强光照着中学受损严重的侧墙，一块块散落的砖头投下锐利的黑影。发电机在咆哮，穿制服的人们跑来跑去，有的在喊叫，有的对着麦克风说话。霍莉看见一些人的夹克衫上印着 FBI，另一些则印着 ATF[1]。有一组人身穿白色特卫强[2]防护服，黄色的犯罪现场胶带随风飘飞。现场有一种有序的混乱感，至少霍莉希望场面已经受到控制。肯定有人在现场指挥，画面左侧的远处有一辆沃伦贝格房车，指挥者也许就在那辆车里。

莱斯特·霍尔特多半已经回家了，说不定他正身穿睡衣和拖鞋看着这一幕，但切特·昂多夫斯基还在现场。昂多夫斯基就像劲量电池的那只兔子[3]，而霍莉能理解他。这很可能是他这辈子有机会报道的最大新闻了，他几乎从一开始就赶到了现场，此刻他当然要竭尽全力跟

---

1 即美国烟酒、枪炮及爆炸物管理局。

2 美国杜邦公司研发的一种烯烃材料，由高密度聚乙烯纤维制成，抗拉和抗剪切力极强。

3 劲量电池的外包装上绘有一只戴着墨镜、蹬着沙滩鞋、扮相很酷的粉红色毛绒兔子。在品牌广告中，这只兔子挥舞着棒槌，大步流星地边走边敲鼓，永不停息，意指劲量电池的电量相当持久。

进。他依然穿着那件正装外套，他赶往现场的时候这么穿应该还算暖和，但这会儿气温肯定下降得很厉害了。她能看见他呼出的白气，她确定他在瑟瑟发抖。

给他找件暖和点的衣服吧，老天在上，霍莉心想。风雪衣，套头运动衫都行。

那件上衣反正也要扔掉了。它沾满了砖块的碎屑，袖子和口袋还撕破了好几处。昂多夫斯基拿着麦克风的手上也沾着砖块的粉尘，不，还有其他的东西。血？霍莉认为就是血。他的面颊上也有血。

"切特？"安德烈娅·米切尔的声音从画面外传来，"你还在吗？"

他用没有拿麦克风的那只手按住耳麦，霍莉看见他的两根手指上缠着邦迪创可贴。"在，我在。"他面对镜头说，"我是切特·昂多夫斯基，正在宾夕法尼亚州匹兹堡市，阿尔贝·麦克雷迪中学的爆炸现场为大家报道。今天下午快两点钟的时候，一场威力巨大的爆炸席卷了这所平静的学校……"

安德烈娅·米切尔出现在分屏上。"切特，我们从国土安全部的相关人士处获悉，爆炸发生于下午两点十九分。我不知道官方如何做到这么准确地判断案发时间，但他们显然做到了。"

"好的。"切特说，他听上去有点心不在焉。霍莉心想，他肯定非常疲惫了。今晚他能睡得着吗？她觉得恐怕不能。"好的，差不多就是这个时间。安德烈娅，如你所见，搜寻受害者的行动即将结束，但鉴证工作才刚刚开始。到天亮的时候，将会有更多人员抵达现场，而——"

"不好意思，切特，打断一下，你本人也参与了搜索工作，对吗？"

"是的，安德烈娅，我们全都加入了：当地镇民，其中有一些人是学生家长；KDKA 电台的艾莉森·格里尔和蒂姆·维奇克；WPCW 电视台的唐娜·福布斯；比尔·拉森，他来自——"

"是的，我听说你亲手从废墟中挖出了两名儿童。"

他都懒得假装谦虚或不好意思，霍莉在心里给他加了几分。他继续用报道的语气说了下去。"没错，安德烈娅。我听见一个孩子在呻吟，还看见了另一个。一个女孩和一个男孩。我知道男孩的名字，他叫诺曼·弗雷德里克斯。至于女孩……"他舔了舔嘴唇，手里的麦克风在颤抖，霍莉认为那不单是因为寒冷。"女孩的状况很不好。她在……她在喊妈妈。"

安德烈娅·米切尔像是挨了一拳。"切特，这太可怕了。"

是的。对霍莉来说，更是过于可怕了。她拿起遥控器，想关电视，她已经掌握了关键事实，而且都是对她来说毫无用处的事实，但她忽然犹豫了。她的视线落在昂多夫斯基扯开的口袋上。也许口袋是他在搜寻受害者时扯坏的，但他是犹太人，因此他有可能是主动这么做的。那有可能是"keriah"，也就是在看到某人离世后主动撕破衣物，用来代表心灵受创。她猜想这就是扯开的口袋的真相，她愿意这么相信。

5

她以为她会失眠，但她并没有，几分钟后她就坠入了梦乡。和杰罗姆一起哭泣的时候，她可能已经发泄掉了这件惨案注射进她心灵的部分毒素。当时她想安慰杰罗姆，结果自己也得到了安慰。就在她即将睡着的时候，她想，等下一次见到艾丽·温特斯医生，她应该和医生谈一谈今天发生的事情。

12 月 9 日凌晨的某个时刻，她醒了过来，想着那位记者。昂多夫斯基，他的某些特征让她印象深刻。是什么呢？他看上去有多么疲惫？他手上的擦伤和砖屑？他扯开的口袋？

对，就是他的口袋，她心想。肯定是这个。也许我梦到了它。

她在黑暗中喃喃自语，算是某种祈祷。"比尔，我想你了。我在吃来士普[1]，我戒烟了。"

她又睡了过去，直到清晨六点被闹钟吵醒。

---

1 即草酸艾司西酞普兰，一种抗抑郁药物。

2020 年 12 月 9 日至 13 日

1

先到先得侦探社能够搬进商业区，搬进弗雷德里克大厦五楼这个比较昂贵的新办公室，是因为他们的生意很好，这一周接下来的几天，霍莉和佩特忙得不可开交。霍莉没时间看约翰·劳节目了，也没空去想宾夕法尼亚州的校园爆炸案，但新闻报道还在持续，这件事一直没有完全离开她的脑海。

侦探社与市里的两家大型法律事务所建立了合作关系，就是穿白皮鞋、门上印着一连串名字的那种事务所。"苹果电脑、酒囊饭袋和窥探狂事务所"，佩特喜欢这么取笑他们。身为一名退休警察，他对律师没什么好感，然而他会第二个承认（第一个承认的会是霍莉）发传票和送传票的报酬相当丰厚。周二上午，佩特拎着满满一公文包的麻烦和嫌弃出门，嘴里说着"去祝那些家伙圣诞他妈的快乐"。

除了送法律文书，先到先得侦探社也在几家保险公司的快速拨号列表里，它们都是当地的保险公司，与大型企业没有联系。霍莉把大半个周五花在了调查一起纵火索赔案上，案值很大，保险受益人确实需要这笔钱，她的任务是确定他的仓库燃起大火时，他真的像他自称的那样在迈阿密。结果他确实没撒谎，这对他来说是好事一桩，但对雷克信保来说就不一样了。

侦探社主要靠这些案子挣钱付账单，除此之外，他们还要调查一名负债潜逃者的下落（霍莉用电脑核对他的信用卡记录，很快就圈定了他的位置），搜寻几名弃保逃跑的罪犯（在侦探行业里称之为抹油追踪），找回走丢的孩子和宠物狗。找孩子通常是佩特的活儿，杰罗姆来上班的时候非常擅长找狗。

名叫"幸运"的金毛寻回犬去世了，它的惨死给杰罗姆造成了极大的打击，而霍莉并不觉得意外。他难过不仅是因为这件事残忍得难以想象，还因为罗宾逊家在前年失去了他们挚爱的奥德尔，它死于充血性心力衰竭。周四和周五的待办事务中没有狗要找，无论是走丢的还是被绑架的——非常好，因为霍莉太忙，而杰罗姆在家忙他自己的事。他的书一开始只是一篇学业论文，现在却变成了他优先级最高的任务，说他彻底沉迷其中也不为过。他父母对儿子决定来一个所谓"间歇年"有所疑虑，但霍莉并不担心。她不至于想象杰罗姆会震惊整个世界，但她知道他会写出一本言之有物的书，得到大众的瞩目。她对杰罗姆有信心，她怀抱着她的霍莉希望。是的，就是这样。

她只能抽空关注中学爆炸案的进展，但这就足够了，因为新进展并不多。又有一名受害者去世了，这次去世的是一名教师，不是学生。受伤较轻的多名学生已从数家当地医院出院回家。奥尔西娅·凯勒夫人，唯一与送货员炸弹客交谈过的人，已经恢复知觉，但她没有多少可以说的。她只补充了一个事实：送货员声称包裹来自苏格兰的一所学校。这个跨大西洋的校际关系登上了匹兹堡市的周报，同时配发了 Nemo Me Impune Lacessit 协会的一张照片（也许是为了讽刺，但多半不是，协会的十一名成员自称"惩罚者"，他们在爆炸中都没有受伤）。警方在附近的一个谷仓内找到了那辆货车，车上的指纹擦得一干二净，嫌犯还用漂白水洗掉了能提取 DNA 的物质。想要指证嫌犯的来电淹没了警方，但没有一个电话能提供真正有用的线索。以最快速度逮捕罪犯的希望逐渐破灭，人们开始担心那个家伙不会就此罢手，而是会继续作案。霍莉希望事情不要变成那样，但是和布拉迪·哈茨菲尔德打交道的经验让她忧心忡忡。她的内心抱有一种冷酷的看法，过去的她一定无法理解，她认为，最好的情况是他已经自我了断。

周五下午，她快要写完给雷克信保的报告的时候，电话突然响了。是母亲，她带来了霍莉一直恐惧的消息。霍莉听母亲说话，给出合适的回应，允许母亲把她当孩子对待（她依然认为霍莉是个孩子，尽管她在电话里的要求只有成年人才能做到）。母亲问霍莉有没有记住每顿饭后都要刷牙，有没有记住饭后服药，有没有记住看电影的数量要限制在每周四部，等等。霍莉尽量不去理会母亲每次来电必定会造成的头痛——尤其是这次来电。她向母亲保证，好的，周日我一定会回来帮忙，好的，我一定会在中午前赶到，这样我们能像一家人那样再吃一顿饭。

我的家人，霍莉心想，我那些一塌糊涂的家人。

杰罗姆干活儿的时候总是关掉手机，于是她打给塔尼娅·罗宾逊，杰罗姆和芭芭拉的母亲。霍莉告诉塔尼娅，周日她没法和他们共进午餐了，因为她必须回北边一趟，家里出了急事。她大概解释了一下，塔尼娅说："天哪，霍莉，我真抱歉，亲爱的。你不会有事的，对吧？"

"不会的。"霍莉说。每次有人问她这个难以回答的问题，她都会这么回应。她确定自己的声音听上去很正常，但她刚挂断电话就用双手捂住脸，开始哭泣。让她哭泣的是那声"亲爱的"，是有人这么称呼她，她这个在高中时被人叫"嘀咕嘀咕"的怪姑娘。

至少是因为被唤起了这段记忆。

2

周日晚上，霍莉在电脑上用位智[1]应用规划开车路线，打算中途停一下去厕所，顺便给普锐斯加点油。要想在中午前赶到，她必须七点半就启程，这样她还有时间喝茶（无咖啡因的）、吃吐司和煮蛋。事无巨细地安排好一切之后，她躺下休息，却足足两个小时无法入睡。自从麦克雷迪中学爆炸案以来，这还是她第一次失眠。等她终于睡着之后，她梦见了切特·昂多夫斯基。他在描述他加入首批响应人员后见到的血腥现场，说的都是他不可能在电视上说的内容。砖块上沾着鲜血，他说。有一只鞋，他说，鞋里有一只断脚。哭着叫妈妈的小女孩，他说，尽管他小心翼翼地把她抱起来，但女孩还是疼得惨叫。他尽量用就事论事的语气说这些，但他也说了他如何撕烂自己的衣服。不只是他的外套口袋和袖子，还有衣领——先撕一个，再撕另外一个。他扯开领带，撕成两段，然后一把撕开衬衫，纽扣飞了出去。

在他开始撕破外裤之前，梦境渐渐消散，也可能是她的意识拒绝在手机闹钟响起时记住这一切。总而言之，她醒来时感到心惊肉跳，鸡蛋和吐司被她吃得味同嚼蜡，只是为了给这难熬的一天提供养分。开车旅行通常会让她高兴，然而这次行程像铅块似的压在她肩膀上。

她的蓝色小包放在门口。这是她的零碎包，里面有一套换洗衣服和盥洗用具，以免她不得不在母亲家里过夜。她把包带挎在肩膀上，坐电梯从她舒适的小窝下楼。她打开楼下大门，赫然看见杰罗姆·罗宾逊坐在台阶上。他在喝可乐，贴着"杰瑞·加西亚[2]万岁"标签的背包搁在身边。

"杰罗姆？你在这儿干什么？"她忍不住叫道，"一大早七点半喝

---

1 即 Waze。
2 "感恩至死"乐队的主唱兼主音吉他手。

可乐？你疯了！"

"我陪你去。"他说，他的表情仿佛在说争论毫无意义。没问题，因为她不打算跟他争论。

"谢谢你，杰罗姆。"霍莉努力忍住没有哭出来，"你真是太好了。"

3

杰罗姆开了前半程，一直开到高速公路上的加油站。上完厕所之后，他们换了一下座位。逐渐接近位于克利夫兰市郊的卡温顿县时，等待着她（不对，他们）的事情让霍莉的恐惧感愈发强烈。为了控制这份恐惧，霍莉问杰罗姆他的项目（也就是说，他正在写的书）进展如何。

"当然了，前提是你愿意和我谈。我知道有些作者不——"

但杰罗姆很愿意跟她谈。这本书始于"黑与白的社会学"课程的一篇强制性论文，杰罗姆决定写他的曾曾祖父，他生于1878年，父母曾是奴隶。奥尔顿·罗宾逊在孟菲斯度过了他的童年和青年时期，十九世纪末，这座城市曾经存在过相当数量的黑人中产阶级，并以此维持着微妙而平衡的次级经济结构。黄热病和白人义警组织对这个结构发动冲击后，黑人社群的大部分成员直接收拾东西回家，让他们为之效劳的白人自己做饭，扔垃圾，擦婴儿屁股上的屎尿。

奥尔顿在芝加哥定居，为一家肉类加工厂工作，他努力攒钱，在禁酒令颁布前两年开了家放唱机音乐的低等酒吧。"贱人们开始砸酒桶"（这是奥尔顿写给妹妹的信里的原话，杰罗姆在储藏室里找到了家传的大量信件和档案）之后，他改换营业地点，在南城开了一家地下酒吧，也就是后来著名的黑猫头鹰酒馆。

杰罗姆对奥尔顿·罗宾逊的情况挖掘得越来越多：他如何与阿方斯·卡彭打交道，他如何躲过三次刺杀（第四次就没那么走运了），他很有可能从事勒索这一副业，他在政坛扶植势力。论文的篇幅变得越来越长，他的其他课业相比之下显得无足轻重。他把那篇长文交上去，得到了褒扬和好分数。

"有点可笑，"路程只剩最后五十英里时，他对霍莉说，"那篇论文，怎么说呢，只是冰山一角，是那些英国叙事长诗的开篇段落。然而交论文的时候，春季学期已经过了一半，我不得不捡起丢下的其他课程。不能让老爸老妈失望，明白吧？"

"你这么做很有担当，"她一直没能让母亲和已故的父亲自豪过，"但肯定很辛苦吧？"

"确实辛苦，"杰罗姆说，"我心里像是着了火，真的。我想扔下一切，去追寻曾曾祖父奥尔顿的足迹。他活了精彩纷呈的一生：钻石、珍珠领针和貂皮大衣。但这篇论文稍微放一放更合适。6月末，我回头再看，意识到要是我认真写的话，它能有一个更好的主题。你读过《教父》吗？"

"读过小说，也看过电影，"霍莉自豪地说，"三部全看过。"她觉得有必要补充一句："最后一部不太行。"

"你记得小说的引言吗？"

她摇摇头。

"是巴尔扎克的名言，'每一笔财富的背后都有一起犯罪'。这就是我在曾曾祖父的故事中看到的主题，不过早在他于西塞罗镇中弹身亡之前，财富就已经从他的指缝里溜走了。"

"确实很像《教父》。"霍莉感叹道，但杰罗姆摇了摇头。

"不，并不像，因为黑人永远不可能像意大利人和爱尔兰人那样在美国获得成功。黑色的皮肤无法融入这个种族熔炉。我想说的是……"

他想了想，"我想说的是，歧视是犯罪之父。奥尔顿·罗宾逊的可悲之处在于，他以为他能通过犯罪得到某种平等，结果只是痴心妄想。他最后被杀，不是因为他惹怒了卡彭的接班人保罗·里卡，而是因为他黑色的皮肤，因为他是个黑鬼。"

杰罗姆有时候会存心用黑人口音（好的，主人！咱这就去，主人！）恶心比尔·霍奇斯（以及冒犯霍莉），刚才那句话的最后两个字他是喷出来的。

"想好书名了吗？"霍莉轻声问。他们离卡温顿县出口不远了。

"应该算是想好了，但我还没定下来。"杰罗姆似乎有点不好意思，"听我说，霍莉莓莉，要是我告诉你，你能保守秘密吗？保证不告诉佩特、芭芭拉和我父母，尤其是我父母？"

"那还用说，我能保守秘密。"

杰罗姆相信她，但还是犹豫了一下才说出来。"'黑与白的社会学'课程的教授把我的论文寄给了纽约的一名经纪人。她叫伊丽莎白·奥斯汀，对我的论文很感兴趣，因此感恩节过后，我把从夏天开始写的一百多页寄给了她。奥斯汀女士认为我的论文有出版价值，不仅能成为一本不错的学术著作，而且会像投篮一样一飞冲天。她认为这本书肯定能引起大型出版机构的兴趣，还建议我用那家地下酒吧的名字：《黑猫头鹰：一名美国黑帮分子的崛起与败亡》。"

"杰罗姆，太了不起了！我敢说，这样的书名能吸引无数人的兴趣。"

"你是说无数黑人的兴趣吧。"

"不！各种各样的人！你以为只有白人才喜欢《教父》吗？"她忽然想到一个问题，"但你的家人会怎么想呢？"她想了想她的家人，要是从家族壁橱里拖出这么一具骷髅，他们只怕会惊骇莫名。

"嗯，"杰罗姆说，"我父母读过论文，他们都挺喜欢的。当然了，出书就是另一码事了，对吧？这本书的读者恐怕会比区区一个老师多。但那毕竟是四代人以前的往事……"

杰罗姆看上去很纠结。她注意到他在看她，而她只是从眼角瞟了一下他。霍莉开车时永远直视前方，电影里的司机和乘客交谈时会一连几秒钟转开视线，这种段落总会让她发疯。她总是想大喊：白痴，看路啊！你们难道想在讨论感情生活的时候撞死一两个孩子？

"霍莉，你怎么想？"

她仔细思考了一下。"我认为你应该把给经纪人看的东西拿给你父母看，"她最后说，"听听他们怎么说，问问他们的感觉，尊重他们的意见。然后……继续写你的。全都写下来——好的、坏的、丑的。"他们来到了卡温顿县出口，霍莉打开转弯灯，继续说道："我没写过书，所以不太说得准，但我认为写这本书需要大量的勇气。因此我认为，勇敢就是你应有的态度。"

这也是我现在应有的态度，她心想。离家只有两英里了，而家正是她的心痛之地。

4

吉布尼家在一个名叫牧溪家园的住宅区里。霍莉开车穿过蛛网般的道路（驶向老蜘蛛的家，她心想。这个想法立刻让她感到非常羞愧，因为她居然这样腹诽自己的母亲）。杰罗姆说："要是我住在这儿，喝醉了想回家，多半花一个小时也找不到我家究竟是哪栋房子。"

他确实没说错。这里的房屋是新英格兰式的坡顶小楼，彼此之间只有颜色不同……到了夜里，外墙的颜色就没什么用处了，有路灯照亮也无济于事。比较暖和的那几个月里，花园也许能看得出区别，但现在牧溪家园所有住户的院子都被积雪覆盖着。霍莉可以告诉杰罗姆，母亲喜欢这种千篇一律，这样能让她感到安全（夏洛特·吉布尼也有她自己的心理问题），但她没有开口。她在积蓄力量，准备迎接令人痛苦的午餐和更加令人痛苦的下午。动身的日子，她心想，唉，我的天哪。

她开进百合苑42号的车道，熄灭引擎，转向杰罗姆。"你要做好准备。我母亲说最近这几周，我舅舅的状态变得越来越差了。她有时候会夸大其词，但我认为这次她是认真的。"

"我明白，"他轻轻捏了一下她的双手，"我不会有事的。你照顾好自己就行，好吗？"

她还没来得及回答，42号的大门就打开了。夏洛特·吉布尼走了出来，还穿着那身去教堂的好衣服。霍莉抬起一只手，犹豫着和她打招呼，但夏洛特毫无表示。

"进来，"她说，"你迟到了。"

霍莉知道她迟到了，虽然只有区区五分钟。

他们走向大门，夏洛特望向杰罗姆。她用眼神说："他在这儿干什么？"

"你认识杰罗姆。"霍莉说。确实，夏洛特和杰罗姆已经见过五六次了，但夏洛特每次都用同一个眼神看他：你是来陪我的，为我提供精神支持。

杰罗姆对夏洛特露出他最迷人的笑容。"你好，吉布尼夫人。我是自作主张来的，希望你不要介意。"

夏洛特只是答道："进来吧，外面要冻死人了。"就好像走到门廊上并不是她自己的主意。

百合苑42号，自从丈夫过世后，夏洛特就一直和哥哥住在这里。屋里的暖气热得过分，浓烈的百花香[1]气味熏得霍莉只希望自己别咳出

---

1 房间熏香用的干花和叶子的混合物。

来或者作呕，后者显然更糟糕。狭小的门厅里摆着四张边桌，通往客厅的通道因此狭窄得几近危险，尤其是每张边桌上都堆满了小瓷像。那是夏洛特的狂热爱好，其中有矮精灵、地精、巨魔、天使、小丑、兔子、芭蕾舞女、小狗、小猫、雪人、男人与女人（各有好多个），以及最显眼的品食乐步兵[1]。

"午餐在桌上，"夏洛特说，"很抱歉，只有水果杯和冷鸡肉，不过有蛋糕当甜点。还有……还有……"

她的眼睛里充满泪水，霍莉见到她的眼泪，感觉到（尽管她在心理治疗时做了无数功课）近乎憎恨的厌恶涌上心头。也许就是憎恨。她想到她无数次地在母亲面前流泪，而母亲命令她回自己的房间去，"等你演完这套把戏再出来"。她感觉到了一种冲动，一种很想把这句话甩到母亲脸上的冲动，但她没有这样做，而是笨拙地拥抱了夏洛特。她感觉到母亲的肌肉已经松垂，薄薄的皮肤之下就是骨头，母亲真的老了，她意识到。她怎么能厌恶一个显然需要她帮助的老妇人呢？答案似乎非常简单。

过了几秒钟，夏洛特推开霍莉，做个小小的鬼脸，像是闻到了什么难闻的气味。"去看看你舅舅吧，告诉他午餐准备好了。你知道他在哪儿。"

霍莉当然知道。客厅里传来播音员解说橄榄球赛前节目的声音，一种假装兴奋的职业声音。她和杰罗姆一前一后走向客厅，免得碰倒任何一个瓷像。

"她到底有多少个瓷像？"杰罗姆小声说。

霍莉摇摇头。"我也不知道。她一直很喜欢瓷像，我父亲去世后，情况就失控了。"她提高嗓门，用不自然的欢快语气说："好啊，亨利舅舅！准备好吃午饭了吗？"

---

1 品食乐食品公司的广告吉祥物。——译者注

亨利舅舅显然没去教堂。他瘫坐在乐至宝懒人沙发上，穿一件普渡大学的运动衫（上面沾着早饭的鸡蛋碎屑）和系着松紧带的牛仔裤。牛仔裤没完全拉上去，露出了一大截蓝色花生图案的拳击短裤。他的视线从电视转向访客，表情茫然，忽然间，他露出了微笑。"珍妮！你怎么来了？"

这句话像碎玻璃似的插进霍莉心里，她有一瞬间想到了切特·昂多夫斯基，想到他划破的双手和撕烂的上衣口袋。为什么会这样？珍妮是她的表姐，聪明，有活力，是霍莉不可能成为的那个人。她和比尔·霍奇斯交往过一小段时间，在另一场爆炸中遇难，布拉迪·哈茨菲尔德安装那颗炸弹原本是想炸死比尔本人。

"亨利舅舅，不是珍妮，"她依然假装欢快地说，这个语气平时是留给鸡尾酒会的，"是我，霍莉。"

又是一阵茫然，以前碰一下就能动起来的生锈齿轮缓缓运转，他点了点头。"哦，对。都怪我的眼睛，电视看得太久了。"

出问题的，霍莉心想，恐怕不是你的眼睛。珍妮已经死了好几年，这才是问题的关键。

"快过来，姑娘，让我抱一抱你。"

她过去和他拥抱，尽可能快地松开手。她向后退开，而他望向杰罗姆。"这位……"有一个可怕的瞬间，霍莉以为他会说这个黑小子甚至这个黑鬼，还好他没有。"这位先生是谁？我还以为你在和那个警察约会。"

这次霍莉都懒得纠正自己是谁了。"他是杰罗姆，杰罗姆·罗宾逊。你见过他的。"

"是吗？肯定是我脑子不好使了。"他不是在开玩笑，只是随口一提，但他没有意识到，这恰好就是真相。

杰罗姆和他握手。"最近怎么样，先生？"

"对一个老人来说，还凑合吧。"亨利舅舅说。他还没来得及再说什么，夏洛特的叫声（事实上是尖啸）就从厨房传来，宣布开饭了。

"主人在召唤了。"亨利愉快地说。他站起来，裤子掉了下去，但他根本没注意到。

杰罗姆望向霍莉，朝厨房稍微摆了一下头。霍莉担忧地看了他一眼，但还是转身走了。

"我来帮你提一提。"杰罗姆说。亨利舅舅没有回答，只是盯着电视，双手垂在身体两侧，杰罗姆帮他提好裤子。"好了，准备好吃饭了吗？"

亨利舅舅扭头看见杰罗姆，吓了一跳，就好像才发现他在旁边似的——也许确实如此。"孩子，我好像不认识你。"他说。

"不认识我什么，先生？"杰罗姆说。他挽住亨利舅舅的肩膀，把他转向厨房的方向。

"那个警察对珍妮来说太老了，但你好像又太年轻了。"他摇了摇头，"唉，我实在搞不懂。"

5

他们好不容易才吃完午饭，夏洛特一直在呵斥亨利舅舅，偶尔喂他吃点东西。她中途两次离开餐桌，回来时都擦着眼睛。经过心理分析和治疗，霍莉已经意识到，母亲几乎和以前的霍莉一样，对生活充满恐惧，她令人不快的那些性格特征（必须对别人品头论足，必须控制局势）都来自她的恐惧。但现在，局势不是她能够控制的。

另外，母亲也爱亨利舅舅，霍莉心想。是啊，她爱他。他是她的哥哥，她当然爱他，可现在他要走了，各种意义上的走。

吃过午饭，夏洛特把两个男人赶进客厅（"小子，看你们的比赛去吧。"她对他们说），她和霍莉去洗寥寥无几的盘子。厨房里只剩下了她们两人之后，夏洛特说，希望霍莉的朋友能帮忙挪一挪她的车，方便把亨利送出去。"他的行李都在车尾箱里，全都收拾好了。"她从嘴角说话，就像在演什么蹩脚的间谍电影。

"他以为我是珍妮。"霍莉说。

"不奇怪，他最喜欢的一直是珍妮。"夏洛特说，霍莉感觉又一块碎玻璃插进了心口。

6

见到霍莉的朋友陪她回家，夏洛特·吉布尼未必高兴，但她非常乐意让杰罗姆驾驶亨利舅舅那辆古老的大别克（里程表上有十二万五千英里）前往起伏群山长者照护中心，那儿有个房间从 12 月 1 日起就在等待他入住了。夏洛特希望哥哥能在家里过完圣诞节，但最近他开始尿床（这很糟糕），开始出去乱走，有时候出门时穿的还是家居拖鞋（这就更糟糕了）。

他们来到照护中心，霍莉没看见附近有起伏的山岭，只看见街对面有一家瓦瓦便利店和一家衰败的保龄球馆。她还看见身穿蓝色制服的一男一女，两人正领着一溜六到八个金色年华的老人从保龄球馆回照护中心，男人举起双手拦住车流，等队伍安全过街后才放下胳膊。那些囚徒（这么说当然不对，但霍莉想到的就是这个词）手拉手，看上去像是一群有早衰症的儿童外出郊游。

"这是电影院吗？"亨利舅舅问，这时杰罗姆驾驶别克拐进了照护中心门口的圆形车道，"我以为咱们要去看电影。"

他坐在副驾驶座上。离开家的时候，他企图开车，夏洛特和霍莉好不容易才阻止了他。亨利舅舅不能再开车了。6月的一天，趁着亨利在打他越来越漫长的瞌睡，夏洛特从哥哥的钱包里拿走了他的驾照。她坐在餐桌前，看着驾照痛哭。

"这儿肯定有电影看的。"夏洛特说。她在微笑，但紧紧咬住了嘴唇。

布拉多克夫人在大堂等他们，她对待亨利舅舅就像对待一个老朋友，她握住他的双手，跟他说"他能来做客"让她多么高兴。

"做什么客？"亨利环顾四周，"我还要去上班呢，文件搞得一塌糊涂。赫尔曼那家伙比没用还差劲。"

"他的东西带来了吗？"布拉多克夫人问夏洛特。

"带来了。"夏洛特答道，依然微笑着咬住嘴唇。她快哭了，霍莉能看出征兆。

"我去拿他的行李。"杰罗姆轻声说，但亨利舅舅的耳朵一点也不背。

"行李？什么行李？"

"我们为你准备了一个非常好的房间，蒂布斯先生，"布拉多克夫人说，"阳光充足——"

"他们叫我蒂布斯先生！"亨利舅舅吼道，把西德尼·波蒂埃[1]模仿得惟妙惟肖。前台的年轻女人和一名路过的老人吓得左顾右盼。亨利舅舅大笑，转向侄女："霍莉，那部电影咱们看了多少遍？至少五六遍吧？"

这次他叫对了霍莉的名字，她觉得更加难过了。"不止呢。"霍莉说，她知道自己也快哭了。她和舅舅一起看过很多电影。他最喜欢的

---

1 美国演员、导演和外交官，奥斯卡历史上第一位获得最佳男主角奖的黑人演员。

也许是珍妮不假，但霍莉是他的电影搭档，两个人总是坐在沙发上看电影，中间放着一大盆爆米花。

"是啊，"亨利舅舅说，"确实。"但他随即又糊涂了，问道："咱们这是在哪儿？这到底是哪儿？"

这里很可能是你度过余生的地方，霍莉心想，除非他们送你去医院等死。她看见杰罗姆正从后备厢里取出两个格子图案的行李箱，还有一个西装袋。她舅舅穿过正装吗？好吧，肯定穿过……但只有那一次。

"咱们去看看你的房间，"布拉多克夫人说，"亨利，你一定会喜欢的！"

她挽住他的胳膊，但亨利不肯走。他望着妹妹："夏莉[1]，这是在搞什么名堂？"

现在别哭，霍莉心想，一定要忍住，你敢哭出来试试看。但是，天哪，水龙头已经在哗哗地流了，而且拧到了最大。

"夏莉，你哭什么？"他说，"我不想待在这儿！"这不是刚才洪亮的"蒂布斯先生"式怒吼，而是像在呜咽，就像一个孩子意识到要打针了。他从夏洛特的眼泪上转开视线，看见杰罗姆拎着行李进来。"喂！喂！你为什么拿着我的箱子？那是我的！"

"呃。"杰罗姆不知道接下来该说什么了。

从保龄球馆回来的老人们走进大堂，霍莉知道，他们肯定打出了很多洗沟球[2]。高举双手挡住车流的职员和一个不知道从哪儿冒出来的护士会合了，这个护士笑容可掬，二头肌发达。

两人一左一右走到亨利身旁，温柔地挽住他的胳膊。"咱们这边走，"保龄球男人说，"哥们，咱们去瞅一眼你的新房间，看看你怎

---

1 夏洛特的昵称。
2 即没有击中任何球瓶的球。

么想。"

"什么怎么想？"亨利问，但跟着他们走了。

"知道吗？"护士说，"公共休息室在放比赛，我们有一台你从没见过的大电视，能让你觉得自己就站在五十码[1]线上。咱们先去飞快地扫一眼你的房间，接下来你就可以去看电视了。"

"还有许许多多的曲奇饼，"布拉多克夫人说，"新鲜出炉的。"

"是布朗队吗？"亨利问，他们走向一道双开门。他很快就会消失在那道门里了，霍莉心想，他将在那里度过他越来越模糊的余生。

护士哈哈大笑。"不，才不是布朗队呢，他们已经出局了。是乌鸦队。啄死他们，送他们回家！"

"好极了。"亨利说。接着他说了一句话，在神经元开始腐朽前，他绝对不可能这么说："布朗队根本就不行。"

他走远了。

布拉多克夫人从裙装口袋里掏出面巾纸递给夏洛特。"入住当天发脾气是非常正常的事情，他会平静下来的。吉布尼夫人，要是你觉得可以的话，我还有一些文件需要你签字。"

夏洛特点点头，被打湿的面巾纸揉成一团，通红的眼睛还在流泪。就是这个女人，因为我在公开场合哭泣而斥责我，霍莉惊叹不已。就是这个女人，命令我别再想方设法吸引注意了。这是报应，但我并不想要这样的报应。

又一名护工（这里肯定有很多护工，霍莉心想）忽然冒出来，把亨利舅舅褪色的格纹行李箱和布克兄弟西装袋放在手推车上，就好像这里只是一家假日酒店或 6 号汽车旅馆。霍莉望着这一幕，忍住自己的眼泪，杰罗姆轻轻挽住她的胳膊，领着她回到外面。

两人在寒风中找了张长椅坐下。"我想抽烟，"霍莉说，"很久没想

---

1 1 码约合 91.44 厘米。

过抽烟了。"

"做个样子吧。"他说，吐出一口白气。

她深深吸气，也吐出一口白气，假装自己在抽烟。

7

他们没有留下来过夜，尽管夏洛特保证说家里有的是房间住人。霍莉不愿去想母亲该如何独自度过这第一个夜晚，但她也无法强迫自己住下。霍莉不是在这座屋子里长大的，但住在这座屋子里的母亲是她从小一起与之生活的人。霍莉已经不再是那个脸色苍白的女孩了，不再一支接一支地抽着烟写诗（很差劲的诗），也不再处于夏洛特·吉布尼的阴影之下，但她依然不愿意去回想在母亲视线下的生活。在母亲眼里，她还是那个心灵受创的孩子，无论去哪儿都缩着肩膀，不敢抬起眼睛。

这次轮到霍莉开前半程，杰罗姆负责剩下的路。看见城区的灯光时，夜色早已深沉。霍莉时而打瞌睡，时而醒来，断断续续地回想亨利舅舅如何把她错认成珍妮，在比尔·霍奇斯的车里被炸死的那个女人。她的思绪因而回到了麦克雷迪中学的爆炸案上，她想起在现场报道的那位记者，他撕烂的口袋和手上的砖屑。那天晚上他似乎有什么地方不一样了，她想。

没错，就在她即将再次睡着的时候，她心想，在那天下午的第一次紧急插播和当晚的特别报道之间，昂多夫斯基帮忙在瓦砾堆里搜寻受害者，因此从事件的报道者变成了参与者。这样的遭遇会改变任何一个——

她突然睁开眼睛，从座位上坐了起来，杰罗姆吓了一跳。"怎么了？你没事——"

"痦子！"

杰罗姆不知道她在说什么，霍莉也不在乎。这一发现可能没有任何意义，但她知道比尔·霍奇斯会为此称赞她的观察力和记忆力，后者是亨利舅舅正在丧失的东西。

"切特·昂多夫斯基，"她说，"中学爆炸案发生后第一个赶到现场的记者。下午他的嘴角有个痦子，但晚上十点特别报道的时候，痦子不见了。"

"感谢蜜丝佛陀[1]，对吧？"杰罗姆说着开下高速公路。

杰罗姆当然没说错，霍莉甚至想到了突发新闻插播时他的样子：领带是歪的，没时间化妆遮掉痦子。过了一会儿，昂多夫斯基的后勤团队赶到现场，解决了这个问题。但还是有点不正常。霍莉确定化妆师不会去处理擦伤，伤口在电视上很好看，可以彰显记者的英雄气概，但化妆师难道不会在遮痦子的过程中擦掉他嘴边的砖屑吗？

"霍莉？"杰罗姆说，"你又在脑内播放慢镜头了？"

"是啊，"她说，"压力太大，睡眠不足。"

"别多想。"

"嗯。"她说。这是个好建议，她打算听从劝告。

---

1 科蒂集团旗下的一个化妆品品牌，早期主要用于电影化妆。

2020 年 12 月 14 日

1

霍莉本以为今晚又会是一个辗转反侧的不眠之夜，但她睡得很好，直到被手机闹钟轻柔的歌声（《奥里诺科河奔流》）叫醒。她觉得自己休息得很好，完全恢复了精神。她跪在地上，做了几个晨间的冥想姿势，然后去小小的早餐角坐下，吃了一碗燕麦片、一盒酸奶和一大杯早餐红茶。

她一边享受这小小的幸福，一边用 iPad 读本地报纸。麦克雷迪中学爆炸案已经从头版掉进了国内新闻栏目（总统的白痴言行一如既往地占领了头版），这是因为案情没有新的进展。更多的受害者从医院出院；两名少年依然情况危重，其中一个是天赋出众的篮球运动员；警方声称正在追查多条线索，霍莉对此有所怀疑。没有切特·昂多夫斯基的消息，恩雅的昂扬歌声唤醒她的时候，她首先想到的不是母亲，也不是舅舅，而是昂多夫斯基。她梦到了昂多夫斯基吗？也许吧，她不记得了。

她退出本地报纸应用，打开浏览器，输入昂多夫斯基的名字。她首先得知的是他名叫查尔斯，而不是切斯特[1]，他担任 NBC 驻匹兹堡的记者已有两年。他的报道领域很有意思地刚好押头韵：犯罪、社群和消费者欺诈[2]。

网上有很多他播报新闻的短视频。霍莉点开最新的一段，视频标题是"WPEN 电视台欢迎切特和弗雷德归来"。昂多夫斯基走进新闻演播室，身穿一身新正装，一个年轻人跟在昂多夫斯基后面，他穿格子呢衬衫和两侧有大口袋的卡其裤。电视台的工作人员用一波掌声欢迎他们，其中既有演播人员也有管理人员，看上去一共有四五十人。年轻男人，也就是弗雷德，咧开嘴笑了。昂多夫斯基像是被这样的掌声惊讶到了，他很快露出得体而谦逊的愉快表情，用鼓掌回敬他们。一个打扮得非常时髦的女人走上来，她大概是新闻播音员。"切特，你是我们的英雄，"她亲吻他的面颊，"弗雷德，你也是。"她没有亲吻年轻人，只是拍了拍他的肩膀。

"佩吉，我随时都会来救你的。"昂多夫斯基说，引来了一阵大笑和又一阵掌声。视频到此结束。

霍莉又随便挑了几段视频来看。其中一段是切特站在失火的公寓楼外面。第二段，他在一座桥上的多车事故现场。第三段，他在报道一家基督教青年会活动中心开始动工，他拿着典礼上使用的银色铁锨，配乐是"村民"乐队的名曲。第四段是在感恩节之前不久，他反复敲塞威克利镇一家所谓"疼痛诊所"的大门，手敲得生疼，也只换来了一声发闷的"不回答问题，快滚"。

忙碌的男人，到处跑的男人，霍莉心想。这些视频里的查尔斯·"切特"·昂多夫斯基都没有那颗痦子。在水槽里洗碗的时候，霍莉对自己说，那是因为他总用化妆品遮掉痦子，只有那一次，他匆忙

---

1 两者均为"切特"的全称。
2 这三个词在英语里都以字母 c 开头。——译者注

出镜直播的时候，痦子露了出来。何必操心这个呢？感觉像是一首烦人的流行歌曲变成了洗脑神曲。

她起床比较早，所以有时间在出门上班前看一集《善地》。她走进放着电视的房间，拿起遥控器，站在电视前，盯着空白的屏幕。愣了一会儿之后，她放下遥控器，回到厨房。她打开iPad，找到那一段闹剧般的视频：切特·昂多夫斯基调查塞威克利镇的疼痛诊所。

屋里的男人叫切特滚蛋后，镜头转成中景拍摄的特写，昂多夫斯基手持麦克风（WPEN的徽标显眼地面对着摄像机），满脸嘲讽的笑容。"诸位都听见了，这位自称'疼痛医生'的斯蒂芬·穆勒拒绝回答问题，叫我们滚开。我们会走的，但我们还会回来，继续提问，直到挖出答案为止。这里是切特·昂多夫斯基，在塞威克利镇为您报道。戴维，镜头切回你那边。"

霍莉又看了一遍，在昂多夫斯基说完"我们还会回来"之后暂停播放。他刚好把麦克风放下去了一点，因此她能看清他的嘴部。她分开两指，扩大画面，直到他的嘴部占满整个屏幕。没有痦子，她非常确定。就算用粉底遮住，她也应该能看见起伏的痕迹。

《善地》从她的脑海里消失得无影无踪。

WPEN电视台的网站上没有昂多夫斯基第一时间从爆炸现场发回的报道，但NBC的网站上有。她打开NBC的网站，再次分开两指，放大画面，直到切特·昂多夫斯基的嘴部占满屏幕。你猜怎么着，那根本不是个痦子。是泥土吗？她不这么认为。她觉得是毛发，也许是他忘记剃掉的一小块胡须。

也有可能是其他东西。

比方说没揭干净的假胡子。

霍莉本想早点去侦探社，在佩特来之前检查自动答录机，安安静静地做点文书工作，但此刻这些想法也离开了她的脑海。她站起来，在厨房里走了两圈，心脏在胸膛里怦怦乱跳。她的想法不可能是真的，这太蠢了，可是，万一是真的呢？

她在谷歌上搜索麦克雷迪中学爆炸案，找到快递员炸弹客的照片。她用手指扩大照片，死死地盯着那个男人的假胡子。她想到了时不时就会读到的那种案件，查到最后才发现连环纵火犯竟然是消防员，不是来自现场响应部门就是来自志愿者队伍。甚至有一本基于真人真事的罪案类图书专门描写这种人：约瑟夫·万博的《爱火之人》。她在高中时读过这本书，感觉就像一个吹牛狂在夸夸其谈。

太疯狂了，不可能是真的。

但霍莉不禁第一次想到了一个问题：为什么切特·昂多夫斯基那么快就赶到了爆炸现场？比其他记者早了……好吧，她不知道早了多久，但他肯定是最先赶到的。这一点她可以确定。

不，等一等，她能确定吗？第一次插播突发新闻时，她没有看见其他记者在现场做直播，但她能确定吗？

她从包里翻出手机。自从她和拉尔夫·安德森一起办那个案子之后（案件以马里斯维尔洞里的枪战告终），两个人就经常聊天，而且往往一大早就开始聊。有时候拉尔夫打电话给她，有时候她打给拉尔夫。她的手指悬在拉尔夫的号码上，但没有按下去。拉尔夫正在和妻儿享受一个计划外（但他完全有资格享受）的假期，就算他上午七点已经起床，现在也是他和家人共度的时间，他意外收获的家庭时间。她难道想用这种鸡毛蒜皮的小事去打扰他？

也许她可以打开电脑，自己搞清楚其中的疑问，让大脑安静下来。她毕竟曾经有过一个最优秀的老师。

霍莉走到台式电脑前，调出几张快递员炸弹客的照片，把它们打印出来。她又挑了几张切特·昂多夫斯基的肖像照，同样打印出来。切特是新闻记者，因此网上有许多他的照片。她拿着这些照片走向厨房，在上午时分，厨房的阳光是最明亮的。她把照片摆成一个方阵，炸弹客的照片在正中央，昂多夫斯基的肖像照位于四周。她仔细研究照片，看了足足一分钟，然后她闭上眼睛，数了三十个数，睁开眼再次研究照片。她长长地呼出一口气，其中有失望和恼怒的成分，但最主要的还是解脱感。

她想起和比尔的一次交谈，这次交谈后的一两个月，胰腺癌就带走了她的前警察搭档。她问比尔读不读侦探小说，比尔说他只读过迈克尔·康奈利的哈利·博斯系列和艾德·麦克班恩的 87 分局系列。他说这些小说基于切实的警务工作，除此之外的大多数小说都是"阿加莎·克里斯蒂式的鬼扯"。

他对 87 分局系列的一段评价留在了霍莉心中："麦克班恩说，人脸只有两个类型，那就是猪脸和狐狸脸。要是让我补充的话，有时候你会看见一个人长着马脸，但非常罕见。绝大多数人确实是猪脸或狐狸脸。"

研究餐台上的这些肖像照时，霍莉发现比尔的人脸理论是一条很有用的准绳。两个男人的相貌都算是过得去（用母亲的话说，就是没能帅得震碎镜子），但各有各的特点。为了方便起见，霍莉决定给快递员炸弹客起个名字，就叫他乔治好了。乔治有一张狐狸脸：狭长，薄嘴唇，下巴小而紧凑。乔治两鬓的发际线很高，黑发很短，梳理得紧贴头皮，因此显得面部更加狭长。昂多夫斯基刚好相反，他长了一张猪脸。不是让人讨厌的那种猪脸，只是在圆润和狭长中更接近圆润。他的头发呈浅棕色，与乔治相比，他的鼻子更宽，嘴唇更丰满。他的眼睛更圆，没戴眼镜，如果他近视，戴的一定是隐形眼镜。乔治的眼睛（隔着眼镜能看见的那部分）似乎眼角上斜。两人的肤色也不一样，昂多夫斯基是典型的白人，祖上多半来自波兰或匈牙利之类的地方，而炸弹客乔治的皮肤稍微有点橄榄色。最后一点，昂多夫斯基有个柯克·道格拉斯那样的裂缝下巴，乔治则没有。

他们很可能连身高都不一样，霍莉心想，虽然没法确定。

尽管如此，她还是从餐台上的大口杯里拿出一支马克笔，给昂多夫斯基的一张照片添上了小胡子。她把这张照片放在乔治的监控摄像头特写旁。一切都没有改变，两者不可能是同一个人。

不过……既然已经做到这一步了……

她回到电脑前（依然身穿睡衣），开始搜索其他新闻网（ABC、FOX、CBS）外协记者的初期播报镜头。她在其中的两段视频里找到了停在背景里的 WPEN 电视台的转播车。在第三段视频里，她看见昂多夫斯基的摄像师正在收线缆，准备去下一个地点。他低着头，但霍莉还是认出了他，因为他穿着那条有两个大口袋的宽松卡其裤。他正是那段欢迎归来视频里的弗雷德。这段视频里没有昂多夫斯基，他很可能已经去帮忙搜寻受害者了。

她重新打开谷歌，找到另一个很可能派了记者去现场的电视台，那是一个独立电视台。她在搜索引擎里输入"WPIT 突发新闻麦克雷迪中学"，找到了一段视频，现场记者是个年轻女人，看上去顶多高中刚毕业。她站在巨大的金属松果和闪烁的圣诞彩灯旁播报新闻，所属电视台的转播车出现在画面里，停在岔路边的一辆斯巴鲁轿车背后。

年轻的记者显然惊魂未定，说话磕磕巴巴，凭着这个笨拙的报道工作，她绝对不可能被任何一个大型电视台雇用（甚至注意到），但霍莉没精力在乎这些了。年轻女记者的摄像师放大镜头，对准学校受损的外墙，拍摄急救人员、警察和年长民众挖掘废墟和抬担架的画面，她瞅见了（这是比尔的常用词）切特·昂多夫斯基。他像狗一样弯着腰刨地，把砖块和折断的木板从分开的双腿之间向后扔。他手上的划伤是真的。

"他是第一个赶到的，"霍莉说，"也许没有最早赶到的紧急响应人员那么早，但比其他电视台的人都要早——"

她的手机响了。手机还在卧室里，因此她用电脑接电话，多亏了杰罗姆在某次到访时帮忙安装的应用程序。

"你在路上了吗？"佩特问。

"去哪儿？"霍莉真的被问住了。她觉得自己像是从梦中突然惊醒一样。

"图米的福特经销店，"他说，"你不会真的忘了吧？霍莉，这可不像你。"

确实不像她，但她真的忘了。汤姆·图米，一家汽车经销店的老板，他很确定手下的明星销售员迪克·埃利斯在瞒报销售额，也许是为了养他的小情妇，也许是为了毒瘾。（"他不停地吸鼻子，"图米说，"声称是因为空调开得太冷了。在 12 月？少唬我了。"）今天是埃利斯的休息日，霍莉可以利用这个机会好好检查一下数字，核对账目，看看其中有没有蹊跷。

她可以找个借口搪塞佩特，但找借口等于撒谎，她从不撒谎——好吧，除非万不得已。"我确实忘了，对不起。"

"要我先过去吗？"

"不用了。"假如账目能够支持图米的怀疑，那么佩特晚些时候就必须去找埃利斯对质。佩特当过警察，擅长这种事，霍莉就不怎么行了。"转告图米先生，我请他吃午饭，随便吃什么都行，侦探社买单。"

"好的，但他肯定会挑个很贵的地方。"佩特暂停片刻，"霍莉，你是不是在查什么事情？"

她在查吗？她为什么立马就想到了拉尔夫·安德森？她的潜意识是不是已经有了推论？

"霍莉？你能听见吗？"

"能，"她说，"我在，只是睡过头了。"

唉，终于还是撒谎了。

霍莉飞快地冲了个澡，穿上一身能让她这片叶子消失在树林里的商务装。切特·昂多夫斯基一直在她的脑海里盘旋，这时她想到，也许她有办法回答死缠着她不放的那个重要问题，于是她回到电脑前，打开脸书。她找不到切特·昂多夫斯基的脸书账号，ins 上也没有他。对一名电视人来说，这是很不寻常的举动，他们通常热爱社交媒体。

霍莉又试了试推特，啊哈，找到了：切特·昂多夫斯基，@condowsky1。

校园爆炸案发生于下午两点十九分。一个多小时以后，昂多夫斯基发了他在现场的第一条推文，霍莉并不惊讶：condowsky1 一直在忙。这条推文的内容是：麦克雷迪中学，可怕的悲剧。目前已有十五人遇难，也许还会更多。祈祷吧，匹兹堡，祈祷吧。写得令人心碎，但霍莉的心没有碎。她早已厌倦了这些"心碎与祈祷"的废话，也许因为这种话显得非常敷衍了事，更有可能因为她对昂多夫斯基在灾难过后发的推文不感兴趣。她在寻找的不是这种内容。

她成了一名时间旅行者，按照昂多夫斯基的发推历史向前回溯。爆炸案发生前，一点四十六分，昂多夫斯基发了一张怀旧餐车的照片，前景是个停车场，餐车窗口的霓虹灯写着"咱们这儿有家常菜，看着真不错！"。昂多夫斯基的推文附在照片底下：去伊登前刚好有空，在克劳森餐车这儿喝杯咖啡吃个派。今晚六点，WPEN 电视台，记得看我报道全世界最大的车库特卖会！

霍莉搜索"克劳森餐车"，发现它位于宾夕法尼亚州的皮尔村。她继续在谷歌上搜索（她心想，不知道以前没有谷歌的时候，我们到底是怎么活下来的），发现皮尔村离松树镇和麦克雷迪中学还不到十五英里。这就解释了他和摄像师为什么能最先赶到现场。他正要去一个名叫伊登的地方，报道全世界最大的车库特卖会。她再次搜索，发现伊登镇位于皮尔村以北十英里处，与去松树镇的距离相仿。他只是凑巧在正确的时间出现在了正确的地点（至少是正确的地点附近）。

另一方面，她很确定当地警方（还有 ATF 的调查人员）已经盘问过昂多夫斯基和摄像师弗雷德很多次了，警察会问他们为什么会来得这么是时候。不是因为他们真的怀疑这两个人，只是因为在发生了多人伤亡的爆炸案之后，当局必须排查一切可能性。

她的手机在手提包里放着，她拿出手机，打给汤姆·图米，问他现在还来不来得及去经销店核对数字。也许她还可以看一眼被怀疑的销售员的电脑？

"当然可以，"图米对她说，"但我现在一门心思只想去德玛西奥餐厅吃午饭，他们的意大利宽面那叫一个绝妙。咱们说好了的，对吧？"

"那还用说。"霍莉答道。想到事后要填的报销单，她不禁在内心哀叹——德玛西奥餐厅可不便宜。出门的时候，她对自己说，这就是向佩特撒谎的惩罚。撒谎是个很容易滑下去的陡坡，一个谎往往会带来另外两个谎。

3

汤姆·图米把餐巾别在衬衫领口，狼吞虎咽地吃意大利宽面，他一边吃一边吸溜，吃完又要了一大份混合坚果奶油布丁。霍莉吃了份开胃菜，没要甜点，随即喝起了无咖啡因咖啡（上午八点过后她就不碰咖啡因了）。

"你应该要个甜点的，"图米说，"咱们这是在庆祝。你给我省了很大一笔钱。"

"不能归功于我一个人，"霍莉说，"是侦探社的成员合力做到的。佩特会让埃利斯坦白，埃利斯至少会归还一部分钱，你这事情就算是了结了。"

"正是如此！所以你还在犹豫什么，"他哄骗道，销售似乎是他的下意识反应，"来点甜食吧，犒劳一下自己。"就好像她才是那个刚刚得知手下有员工舞弊的老板。

霍莉摇摇头，说她吃饱了。尽管燕麦片已经吃下去几个小时，她坐下吃午饭的时候却一点也不饿。她一次又一次地想到切特·昂多夫斯基，他成了她的洗脑神曲。

"看来你很注意体形，对吧？"

"是啊。"霍莉说，这倒不完全是撒谎。她很注重热量摄入，至于体形就交给身体自己去处理了。但她注重体形并不是为了取悦任何人，图米先生倒是应该注重一下他的体形了，他在用叉子和调羹给自己挖坟墓，不过她没什么立场去告诫他。

"要是你想起诉埃利斯先生，那你就该让律师和法务会计介入了，"她说，"我查到的数字在法庭上效力不足。"

"我知道。"图米聚精会神地进攻奶油布丁。他吃完剩下的那些，终于抬起了头。"霍莉，我不明白，我以为你今天应该很高兴才对。你逮住了一个坏家伙。"

那个销售员心肠坏不坏，要取决于他为什么偷老板的钱，但这就不是霍莉关心的问题了。她对图米笑了笑，比尔在世时曾说这是她的蒙娜丽莎微笑。

"你有什么心事吗？"图米问，"另一个案子？"

"没有。"霍莉答道，她没有撒谎，不算真的撒谎，麦克雷迪中学爆炸案不关她的事。用杰罗姆的话说，和她没有半毛钱的关系。但那个不是瘪子的瘪子就是不肯离开她的脑海，除了最初让霍莉产生怀疑的这个小细节，切特·昂多夫斯基无论从什么角度看都是个体面人。

她示意侍者结账，心想：肯定有个合情合理的解释，只是你没想到而已。别管了。

就放手吧。

4

回到侦探社的时候，办公室里空无一人。佩特在她的电脑上留了张字条：有人在湖边的一家酒吧里看见了拉特纳，我过去看看，需要我帮忙就打电话。赫伯特·拉特纳是个弃保潜逃的罪犯，相关案件众多，还有一长串开庭时不出现的记录。霍莉在心里祝佩特好运。她开始整理档案，她和杰罗姆（在他有空的时候）一直在把他们的档案上传到电脑。她以为忙起来就能不去想昂多夫斯基了，但她做不到。十五分钟后，她放弃抵抗，打开推特。

好奇害死猫，她心想，但满足感会让猫返回现场。就让我再查一件小事，然后我就去认真干我的苦活儿。

她找到昂多夫斯基关于餐车的那条推文。先前她关注的是文字，此刻她仔细研究那张照片。一辆银色的怀旧餐车，窗口挂着可爱的霓虹灯，前景是停车场。停车场只停了一半，但她没有在其中找到WPEN电视台的转播车。

"也许停在餐车背后了。"她说。或许是真的，她不可能知道餐车背后有没有更多的空地，然而餐车前有这么多可用的车位，离门口又只有几步路，为什么要把车停到后面去呢？

她正要关闭推特，却忽然停下了。她向前俯身，鼻尖几乎贴上屏幕。她瞪大了眼睛，满足感充满了她的心灵，就像是终于想到了能完成填字游戏的单词，就像是总算把一块特别讨厌的拼图放进了正确的位置，看到了整体的画面。

她选中昂多夫斯基的餐车照片，把它拉到一旁，又找到那个年轻而笨拙的记者站在巨型松果旁播报新闻的视频。比起 WPEN 电视台的转播车，独立电视台的厢式车更旧也更寒酸。这辆厢式车停在岔路边上，在它前面，也就是距离画面更近的位置，是一辆森林绿的斯巴鲁轿车，由此可以肯定那辆斯巴鲁先到现场，否则两者的位置就会完全相反。霍莉暂停播放，尽可能放大餐车的照片：没错，停车场里有一辆森林绿的斯巴鲁。这并不是决定性的证据，因为公路上有很多斯巴鲁开来开去，但霍莉知道她已经可以确定了。这就是同一辆车，昂多夫斯基的车。他把车停在岔路边上，飞快地跑向爆炸地点。

她深深地陷入思考，这时手机忽然响了，吓得她惊叫了一声。是杰罗姆打来的，他问有没有走丢的狗需要他去找，走丢的孩子也行——他说他准备好了，可以顺着梯子向上爬一级了。

"没有，"她说，"但你能不能……"

她停下了，没有问他能不能帮忙调查 WPEN 电视台的摄像师弗雷德，比方说装成博主或杂志写手去问一问。她可以自己调查弗雷德，用她值得信赖的电脑就行。还有别的原因：她不希望杰罗姆卷入这件事。她不愿意让自己去想为什么，但这个情绪很强烈。

"能不能什么？"他问。

"我想问你能不能去湖边的酒吧转一圈，帮忙找——"

"我就喜欢去兜酒吧，"杰罗姆说，"爱死了。"

"我知道你喜欢，但我想请你去找佩特，而不是喝啤酒。去问问他需不需要帮助，他在找一个弃保潜逃的男人。那家伙叫赫伯特·拉特纳，白人，五十来岁——"

"颈部有文身，图案好像是一只鹰，"杰罗姆说，"霍莉莓莉，我看见公告牌上的照片了。"

"他不是暴力型罪犯，但你还是要当心一点。见到他就联系佩特，别一个人去找他。"

"懂了，懂了。"杰罗姆听上去很兴奋，这是他第一次去抓真正的罪犯。

"杰罗姆，千万当心一点。"她忍不住要重复这句话。要是杰罗姆出了意外，她会彻底崩溃的。"还有，不许再叫我霍莉莓莉了。你这是在挑战我的底线。"

他保证不会再叫了，但霍莉觉得他并不是认真的。

霍莉的注意力回到电脑上，视线在两辆森林绿的斯巴鲁轿车之间扫来扫去。没有任何意义，她对自己说，你会这么想，只是因为你在得克萨斯遭遇的那些事，比尔会说这是蓝色福特综合征。他会说，假如你买了一辆蓝色福特，你就会突然发现到处都是蓝色福特。但这并不是一辆蓝色福特，而是绿色斯巴鲁，她无法停止脑子里的这些念头。

那天下午没有约翰·劳可看。离开侦探社的时候，她已经掌握了更多的信息，并为此心烦意乱。

5

回到家里，霍莉给自己做了一顿简单的晚饭，十五分钟后，她已经忘记了自己吃的是什么。她打电话给母亲，问母亲有没有去看过亨利舅舅，夏洛特说她去了，霍莉问他怎么样。夏洛特说他很迷糊，但似乎正在渐渐适应环境。霍莉不确定她说的是不是真的，因为母亲很擅长颠覆她的世界观，直到她眼中的世界变成母亲想要的样子。

"他想见你。"夏洛特说。霍莉保证她一有空就去探望舅舅，也许这个周末就去。她知道舅舅会管她叫珍妮，因为他想见到的是珍妮。他最喜欢的也是珍妮，而且永远都会是她，尽管珍妮已经去世六年了。她不是在自怜，只是在陈述事实。你必须接受事实。

"必须接受事实，"她说，"无论喜不喜欢，都必须接受。"

想着这些事，她拿起手机，几乎就要打给拉尔夫了，但她再次阻止了自己。为什么要毁掉他度假的兴致呢？他们在得克萨斯州买了一辆蓝色福特，随后她觉得大街上到处都是蓝色福特——就因为这种小事吗？

这时她意识到，她不需要和他交谈，至少不需要直接交谈。她拿起手机，取出一瓶姜汁汽水，走进电视室。电视室的一面墙摆满了书，另一面则是影碟，书和影碟都按标题的字母顺序排列。她坐进舒适的观影椅，没有打开大屏幕的三星电视，而是点开了手机的录音应用。她盯着屏幕看了几秒钟，按下红色按钮。

你好，拉尔夫，是我。这段话是我在12月14日录制的。我不知道你会不会听到，因为假如我只是在胡思乱想——而且多半如此，那么我就会删掉录音。但是把心里的话大声说出来能够，呃，帮我整理思路。

她暂停录音，思考该从何说起。

我知道你肯定记得岩洞里的事情，我们终于和局外人直接对峙。他没想到自己会被人发现，对吧？他问我为什么有勇气相信真相。是布拉迪让我做到的，布拉迪·哈茨菲尔德，但局外人不知道布拉迪的事情，他问我是不是曾经在别处见过他的同类。你记得他问这句话时的表情和语气吗？我记得。他的神情里不仅有渴望，还有贪婪。他以为自己是独一无二的，我也这么认为，我猜咱们都这么认为。但是，拉尔夫，我开始怀疑他会不会真的还有同类。不是一模一样的那种同类，而是有所类似的那种同类，就像狗和狼那样。也许这一切只是我的老朋友比尔·霍奇斯所说的蓝色福特综合征，但要是我没猜错，那么我就必须采取某种行动了。是不是这样？

她听上去痛苦而迷惘。她再次暂停录音，考虑要不要删掉这个文件，最后决定不删。痛苦和迷惘正是她此刻的感受，另外，拉尔夫很可能永远也不会听见这段话。

她继续说下去。

咱们那个局外人需要时间才能变形。他必须休眠一段时间，几周或几个月，才能从像是某个人变成像是另一个人。在过去几十年甚至几百年间，他用过一连串的面目，但现在这个人……要是我没猜错，他能更迅速地变身。我很难相信这一点，这就有点讽刺了。你还记得咱们去找那个犯人的前一天晚上我说的话吗？我说你必须抛开一辈子秉持的现实观念，其他人相不相信无所谓，但你必须相信。我说要是你不相信，咱们就很可能会死，局外人会继续逍遥法外，换上其他人的面容，杀害更多的孩子，还会让其他人替他承受罪责。

她摇摇头，甚至笑了一声。

我就像奋兴派的牧师，正在劝说非信徒皈依基督，对不对？但这次不想相信的人是我。我对自己说，霍莉·吉布尼，你只是在疑神疑鬼，看见个黑影就跳起来三尺高，在比尔·霍奇斯还没出现，还没有教你勇敢起来的时候，你也是这个样子。

霍莉深呼吸了一次。

　　我担心的那个人名叫查尔斯·昂多夫斯基，不过人人都叫他切特。他是一名电视记者，报道范围是所谓3C：犯罪、社群和消费者欺诈。他报道社区事务，例如动工仪式和全世界最大的车库特卖会，也报道消费者欺诈——他那个台的晚间新闻甚至有个栏目就叫《切特出警》。但他主要报道的是犯罪和灾难，也就是说，悲剧、死亡和苦难。假如这些还没有让你想到那个局外人，那个杀死了弗林特市的一名少年和俄亥俄州的两名少女的局外人，那么我会非常惊讶的，说是震惊都行。

她暂停录音，喝了一大口姜汁汽水（她的喉咙干得像沙漠），打了个有回声的大嗝。她不由得哧哧地笑了起来。她觉得好一些了，于是按下录音按钮，开始报告案情。她调查每一个案件时都会这么做，无论是追讨钱款、找狗还是汽车销售员这儿私藏六百美元那儿揩油八百美元。这么做很好，就像是在给一个红肿的伤口消毒，这个伤口尽管症状轻微，但还是很烦人。

2020 年 12 月 15 日

第二天早上醒来，霍莉觉得自己焕发了新生。她准备去工作，也准备把切特·昂多夫斯基和她对他的无端猜疑抛于脑后。是弗洛伊德还是多萝西·帕克曾经说过，有时候一支雪茄就仅仅是一支雪茄？无论是谁说的，有时候一位记者嘴角的黑斑仅仅是一团毛发，或者看上去像毛发的一块泥土。就算拉尔夫听见了她的录音（几乎可以肯定他不会听见了），他多半也会对她这么说。但录音完成了它的任务，说出心事让她清理了头脑。从这个角度说，这份录音就像她和艾丽的心理治疗。即便昂多夫斯基能变身成炸弹客乔治，再变回他自己，他为什么要留下乔治的一小块胡子呢？这个想法简直荒谬至极。

他也没必要开自己的绿色斯巴鲁出门。对，那辆车属于切特·昂多夫斯基，她敢肯定。她想当然地认为他和摄像师（他叫弗雷德·芬克尔，查这条信息易如反掌，根本不需要杰罗姆）都在电视台的转播车上，但这只是个假设，而不是推论。霍莉认为，通往地狱的道路就是由一个个错误的假设铺成的。

现在她放下了心事，就能够看清事实了：昂多夫斯基单独开车合情合理，而且也并不可疑。他是一家大型都市电视台的明星记者，老天在上，他是《切特出警》的主角，因此他有资格比别人多睡一会儿懒觉，顺便去电视台转一圈，接着去他最喜欢的餐车那儿享用咖啡和派，而他忠实的摄像师弗雷德单独去伊登拍备用画面（身为一名电影迷，霍莉知道这个术语），甚至先去预采访昂多夫斯基要采访的那些人，方便他在六点钟的新闻现场报道全世界最大的车库特卖会。如果弗雷德有野心沿着新闻部门的等级阶梯向上爬，他就应该这么做。

昂多夫斯基最先听到了风声，也许是通过警用电台扫描器偷听到的。他得知学校发生爆炸，于是火速赶往现场，弗雷德·芬克尔驾驶转播车跟着他。昂多夫斯基把车停在可笑的松果旁，他和芬克尔从那个地点开始直播。一切都解释得通，不需要超自然元素的介入。只不过在几百英里之外，一名私家侦探的蓝色福特综合征发作了。

就这么简单。

霍莉在办公室度过了愉快的一天。杰罗姆在一家酒吧发现了犯罪大师拉特纳，酒吧有个令人惊叹的好名字（至少霍莉觉得如此）：艾德蒙·菲茨杰拉德酒馆。佩特·亨特利押送拉特纳前往县拘留所。他随后还去了图米经销店，当面质问迪克·埃利斯。

杰罗姆的妹妹芭芭拉·罗宾逊来了一趟，相当得意地对霍莉说学校下午放她的假，因为她在写一份名叫《私家侦探：事实与虚构》的小论文。她一边用手机录音，一边问了霍莉几个问题，还帮霍莉整理了文件。三点钟，两人坐下看约翰·劳的节目。

"我喜欢这家伙，特别能蹦跶。"芭芭拉说。她看着劳法官跳着舞走向他的座位。

"佩特可不同意。"霍莉说。

"嗯，但佩特是白人。"芭芭拉说。

霍莉望向芭芭拉，惊诧道："我也是白人。"

芭芭拉咯咯笑。"这个嘛，有白人，也有真正的白人。亨特利先生就是后者中的一员了。"

两人一起大笑，欣赏劳法官处理一名盗窃犯，这名犯人声称自己什么都没干，只是种族成见的受害者。霍莉和芭芭拉像有心灵感应似的对视一眼——真的吗，我不信。两人再次齐声大笑。

　　非常愉快的一天，切特·昂多夫斯基几乎没有进入霍莉的脑海，直到傍晚六点钟。那时她刚坐下，准备看《动物屋》，结果手机忽然响了。卡尔·莫顿医生打来的这个电话改变了一切。通话结束后，霍莉又打了个电话出去。一小时后，她接到另一个电话。三次通话她都边听边记。

　　第二天清晨，她出发前往缅因州的波特兰市。

2020 年 12 月 16 日

1

凌晨三点，霍莉就起床了。她收拾好行李，打印了德尔塔航空的机票，她只需要七点到机场就行，开车过去并没有多远，但她已经睡不着了。她觉得昨晚好像根本没睡过一样，虽然 Fitbit 手环说她睡了两个半小时。浅睡眠，而且短得可怜，但她有过睡得更少的时候。

她喝了咖啡，又喝了一盒酸奶。她的行李（当然是能塞进行李架的尺寸）在门口等着她。她打电话到侦探社，给佩特留言，说她今天不去侦探社了，也许本周都不在，有点私事需要处理。正要挂断电话时，她又想起了一件事。

"请让杰罗姆转告芭芭拉，要是她想写好私家侦探小论文的'虚构'部分，就应该看一下《马耳他之鹰》《夜长梦多》和《地狱先锋》，我的影碟收藏里就有。杰罗姆知道我公寓的备用钥匙藏在哪儿。"

打完这个电话，她打开手机上的录音应用，继续录制给拉尔夫·安德森的案情报告。看来她还是要把报告发给拉尔夫了。

2

艾丽·温特斯是霍莉平时去看的心理医生，她已经持续去了好几年，但从俄克拉何马州和得克萨斯州的阴森冒险中归来后，她调查了一番，最终找到了卡尔·莫顿。莫顿医生写过两本以他的病例为切入点的书，有点像奥利弗·萨克斯的作品，但学术性太强，因此不可能畅销。不过，霍莉依然觉得他正是她需要的人，而且他的位置也相对较近，于是她就去向他求助了。

她和莫顿做过两次五十分钟的治疗，足以让她按原样叙述她和局外人打交道的经过。她不在乎莫顿医生是全部相信、部分相信还是完全不相信她的故事。霍莉认为，最重要的是她借此说出了内心的秘密，没有让它长成一个恶性肿瘤。她没有去找艾丽，因为那样会毁掉两人为了解决霍莉的其他心理问题而付出的努力，而那是霍莉最不想见到的结果。

去找卡尔·莫顿这么一位能够保守秘密的人坦白心事，还有另一个原因。局外人曾经问她：你曾经在别处见过我的同类吗？霍莉没见过，拉尔夫也没见过，但关于这种怪物的传说已经流传了许多个世纪，大西洋两岸的拉丁裔人群称其为 El Cuco。因此……也许还存在其他的局外人。

也许真的存在。

3

他们的第二次也是最后一次心理治疗快结束的时候，霍莉说："我能说一下我认为你在想什么吗？我知道这么做很失礼，但可以吗？"

莫顿对她露出的笑容也许意味着鼓励，但霍莉感觉到的是纵容——他没有他认为的那样不动声色。"直接说吧，霍莉。这是你的时间。"

"谢谢，"她抱起双臂，"你肯定知道，我的故事至少有一部分是真实的，因为案情受到了广泛的报道，无论是俄克拉何马州被奸杀的少年彼得森，还是在得克萨斯州马里斯维尔洞里发生的事情——至少其中的一部分事情被报道了，比方说俄克拉何马州弗林特市的杰克·霍斯金斯警探的身亡。我没说错吧？"

莫顿点点头。

"而故事里其他的部分，包括会变形的局外人，还有在岩洞里发生在他身上的事情，你认为仅仅是压力导致的妄想。我说得对吗？"

"霍莉，我不会归类为——"

唉，别给我玩弄术语了，霍莉心想。随后她打断了他的话头，没多久以前，她还无法做出这样的事情呢。

"你怎么归类都无所谓，你愿意相信什么是你的事。但是，莫顿医生，我想求你一件事。我知道你参加过许多研讨会和座谈会，因为我在网上调查过你。"

"霍莉，咱们好像偏离了你的叙述主题吧？似乎也偏离了你对那个故事的理解？"

没有，她心想，因为我的故事已经说完了，重要的是接下来的请求。我希望得不到任何回音，多半也不会得到，但有了确定的答案才会让我安心，让我一个人在夜里睡得更踏实。

"你去参加那些研讨会和座谈会的时候，我希望你能谈一谈我的病例。我希望你能仔细描述我的想法，要是你愿意，写出来也行，我不会介意。我希望你能说清楚我相信什么，尽管把我的信念归类为妄想好了，说我遇到了一个怪物，它靠吞吃垂死者的痛苦来完成新陈代谢。

你能这么做吗？要是你碰到其他心理医生，或者收到他的邮件，声称他有或有过患者出现了完全相同的妄想，你就把我的名字和电话号码给他，可以吗？"为了保证性别中立（她一向尽量做到这一点），她又补充道："或者她。"

莫顿皱着眉头。"这似乎不符合医学伦理。"

"你错了，"霍莉说，"我查过法条。与其他心理医生的患者交谈是不符合医学伦理的，但只要我允许，你就可以把我的名字和号码给那位心理医生。我允许你这么做。"

霍莉一直在等待他的回音。

4

她暂停录音，看了看时间，又倒了一杯咖啡。咖啡喝多了会让她神经过敏，还会让她反酸，但她需要咖啡因。

"我看着他思前想后，"霍莉对着手机说，"最终是什么打破了平衡呢？我认为是他觉得我的病例能成为他下一本书、论文或讲座里的绝妙题材，结果确实如此。我读过其中一篇论文，看过一次研讨会的录像，他改变了故事发生的地点，还称我为卡罗琳·H.，除此之外完全相同。讲到我用自制警棍痛打我们那位嫌犯的时候，他尤其眉飞色舞，录像里的观众听得倒吸一口凉气。另外我必须夸奖他一句，因为他在讲座中说完我的病例后，总是会说假如其他医生有患者出现了类似的妄想，请务必联系他。"

她暂停了一会儿，思考片刻，继续录音。

昨天晚上，莫顿医生打电话给我。尽管已经过去了很长时间，我还是认出了他的声音，我知道这些线索会引向昂多夫斯基。拉尔夫，我记得你说过的另一句话：世界上有恶，但也有善的力量。你当时在说你发现的菜单碎片，它来自代顿市的一家餐馆。那块碎片把弗林特市的凶案和俄亥俄州两起类似的案件联系在了一起，因此这些事情才会把我卷进来，仅仅是因为很容易被风吹走的一小块碎纸。也许有某种力量希望这块碎纸被发现，反正我愿意这么相信。同一种力量也许又在召唤我了，因为我能够相信别人无法相信的东西。我也不想相信，但我有这个能力。

她按了结束键，把手机放进包里。现在去机场还是太早了，但她打算现在就出发，她就是这么一个人。

我连去我的葬礼都会早到，她心想。她打开 iPad，寻找离她最近的网约车。

5

清晨五点，巨大的航站楼几乎空无一人。遍地乘客的时候（有时候他们叽叽喳喳的闹腾劲真的能挤爆建筑物），你几乎听不见从天花板扬声器里飘出来的音乐，但在这个时间，只有清洁工驾驶地面清洁车来去的嗡嗡声响和你做伴。"弗利特伍德·麦克"乐队的《锁链》听起来十分怪诞，甚至像是厄运的先兆。

除了 Au Bon Pain 面包房，候机大厅的店铺都还没开门，但对霍莉来说无所谓。她抵挡住了诱惑，没在托盘上再放一杯咖啡，只拿了一塑料杯的橙汁和一个百吉圈。她端着托盘走向最里面的一张桌子，环顾四周，确定附近没人（事实上，她是目前唯一的顾客），这才取出手机，继续录音。她压低声音说话，时而暂停一阵整理思绪。她依然希望拉尔夫永远不会听到这份案情报告，依然希望她认为是怪物的东西到头来只是她在捕风捉影。但万一拉尔夫真的收到了这份报告，那么她希望他能听到完整的经过。

尤其是她很可能会丧生。

6

摘自霍莉·吉布尼给拉尔夫·安德森警探的案情报告：

还是 12 月 16 日。我在机场，起得很早，所以我有点时间。好吧，很多时间。

（停顿）

上次好像说到我立刻就听出了莫顿医生的声音。按照老话的说法，他的"你好"还没说完，我就听出来了。他说上次我们的治疗结束后，他去咨询了律师，他声称是出于好奇。总而言之，他发现我说得对，让我和另一名患者的心理医生取得联系不违反医学伦理。

"但这是一块灰色区域，"他说，"所以我没有这么做，特别是因为你选择了结束治疗，至少你没再来找我。可是昨天我接到了波士顿一名心理学家的电话，因此不得不重新考虑了一下。这个心理学家叫乔尔·利伯曼。"

拉尔夫，早在一年多以前，卡尔·莫顿就得到了另一名疑似局外人的消息，但他没有打电话告诉我。他退缩了。我也是个容易退缩的人，因此我能理解，但我还是很生气。也许我不该生气的，因为贝尔先生当时还不知道昂多夫斯基的事情，但我克制不住自己的怒火。

（停顿）

我直接跳到后面去了，不好意思。我来看看能不能按时间顺序说清楚。

2018 年到 2019 年，乔尔·利伯曼医生在治疗一名家住缅因州波特兰市的患者。这位患者乘东部沿海地区号列车——我猜这是一条火车线路——去波士顿，做他每月一次的心理治疗。后来我得知他叫丹·贝尔，是一位年长的绅士。利伯曼医生认为他神志健全，只有一点除外，他坚信自己发现了一个超自然生物的存在，他称之为"心灵吸血鬼"。贝尔先生认为这个怪物已经活了很久，至少六十年，有可能更久。

利伯曼参加了莫顿医生在波士顿的一次演讲会。那是去年夏天的事，也就是 2019 年。莫顿医生在演讲中探讨了"卡罗琳·H."的病例，也就是我的病例。按照我的嘱托，他说，假如与会者负责治疗的患者产生了类似的妄想，请务必联系他。于是利伯曼联系了他。

明白我的意思了吗？莫顿讲了我的病例，这是我的请求。他问其他医生或心理学家有没有患者也抱有类似的妄想，这也是我的请求。然而他拖了十六个月才让我和利伯曼联系，尽管我真的是苦苦哀求他这么做。他对医学伦理的顾虑让他有所保留，但还有其他原因，我后面会说到的。

昨天，利伯曼医生再次打电话给莫顿医生。他的波特兰病人在一段时间前停止了心理治疗，利伯曼以为自己不会再见到他了。然而麦克雷迪中学爆炸案过后的第二天，患者突然打电话给他，问能不能来做一次紧急治疗。他听上去极为苦恼，因此利伯曼为他腾出了时间。这位患者——我现在知道他叫丹·贝尔了——声称麦克雷迪中学爆炸案是这个心灵吸血鬼的作为。他说得非常明白。利伯曼医生问他愿不愿意考虑药物干预甚至短期入院治疗，他气得火冒三丈。但他随后冷静下来，说他想和一个人谈谈他的想法，但他只知道这个人叫卡罗琳·H.。

让我看一下我的笔记。

（停顿）

好了，我找到了。在此我引用卡尔·莫顿的原话，这就是他不想打电话给我的另一个原因。

他说："霍莉，阻止我的不仅仅是伦理方面的考量。让拥有类似妄想的两个人聚在一起会造成巨大的危险，他们往往会加强彼此的信念，从而使得神经官能症恶化成严重的精神疾病。这都是有据可查的。"

"那你为什么要联系我？"我问。

"因为你的叙述里有大量内容来自已知的事实，"他说，"因为你的叙述在某种程度上挑战了我既定的信仰体系，也因为利伯曼的患者已经知道了你的存在，不是通过他的心理医生，而是通过我在《精神病学季刊》上发表的一篇探讨你的病例的文章。他说卡罗琳·H. 会理解他。"

拉尔夫，你明白我说有可能存在善的力量是什么意思了吧？丹·贝尔在寻找我，就像我在寻找他一样，而我甚至都不确定他真的存在。

"我会告诉你利伯曼医生的办公室号码和家里的号码，"莫顿医生说，"由他决定要不要让你和他的病人取得联系。"莫顿医生还问我，根据我们之前在治疗中的讨论，我现在是不是像贝尔先生一样，也在怀疑宾州的中学爆炸案。他这是在给自己脸上贴金，我们根本没讨论过任何事情，我一个人叙述，莫顿只是听着而已。我感谢他肯联系我，但没有回答他的问题。我猜我还在生气，因为他过了那么久才打电话。

（一声明显的叹息。）

事实上，不需要说"我猜"这个词。我必须多下点功夫解决我的愤怒问题。

再过不久我就必须结束录音了，不过说清楚目前的情况用不了太长时间。我打给利伯曼的手机，因为当时是晚上。我说我就是卡罗琳·H.，然后跟他要那位患者的姓名和联络号码。他告诉了我，但是并不情愿。

他说："贝尔先生迫不及待地想和你谈谈，经过慎重的考虑，我决定同意他的要求。他已经年纪很大了，可以说这是他人生中最后的愿望。另外，我不得不补充一句，除了对所谓心灵吸血鬼的固恋[1]，他并没有表现出任何常见于老人的认知能力退化的迹象。"

拉尔夫，我不由得想起了我的亨利舅舅，他患有阿尔茨海默病，上周末我们不得不把他送进护理院。想到他，我感到非常难过。

利伯曼说贝尔先生已经九十一岁了，尽管有孙子搀扶，但最近一次的外出治疗对他来说依然很困难。他说贝尔先生患有多种疾病，其中最严重的是充血性心力衰竭。他说换了其他人，他也许会担心和我交谈将加重心理固恋的病情，影响本来可以过得更

---

1 心理学概念，由西格蒙德·弗洛伊德提出，指一种对人或物的强烈依恋，尤指在婴儿期或儿童时代形成的依恋，表现在不成熟或神经质的行为中，并贯穿人的一生。

有意义也更有价值的余生，然而考虑到贝尔先生的年纪和身体状况，他不认为这还有什么要紧。

拉尔夫，也许这仅仅是我的心理投射，但我认为利伯曼先生为人浮夸。不过，他在交谈快结束时说了一段话，这段话打动了我，让我一直忘不掉。他说："这是一位活在恐惧中的老人，请尽量不要让他变得更加恐惧。"

我不知道我能不能做到，拉尔夫，我自己也很害怕。

（停顿）

这地方的人越来越多，我也该去登机口了，所以我就长话短说吧。我打电话给贝尔先生，说我就是卡罗琳·H.。他问我的真名是什么。拉尔夫，这是我的卢比孔河，而我渡过了它[1]。我说我叫霍莉·吉布尼，想问一下能不能去见他。他说："假如事情和校园爆炸案有关，和一个自称昂多夫斯基的怪物有关，那就以最快的速度来找我吧。"

7

霍莉在波士顿转机，赶在中午前来到了波特兰机场。她住进大使套房酒店，拨通丹·贝尔的号码。铃声响了五六次，时间长得让霍莉担心老人别是深夜猝死了，留下查尔斯·"切特"·昂多夫斯基的疑问没有得到解答——假如这位老先生真的掌握了某些答案的话。

---

1 公元前 49 年 1 月，尤里乌斯·恺撒在元老院明确禁止的前提下，率军横渡卢比孔河。这一事件成为恺撒内战的导火线，最终让他成为终身独裁官。如今，"横渡卢比孔河"已经变成谚语，比喻没有退路、破釜沉舟。

她正要挂断的时候，一个人接起了电话。不是丹·贝尔，而是一个比较年轻的男人。"哪位？"

"我是霍莉，"她说，"霍莉·吉布尼。我在想我什么时候能——"

"噢，吉布尼女士。现在就可以。爷爷今天状况很好。和你打完电话之后，他睡了一夜的好觉，我都不记得他上次一觉睡到天亮是什么时候了。你知道我们的地址吗？"

"拉斐特街 19 号。"

"没错。我是布拉德·贝尔。你多快能到？"

"我叫个优步，马上就去。"顺便再吃个三明治，她心想，要是能吃个三明治就好了。

8

她刚坐进优步的后座，手机就响了。是杰罗姆打来的，他问她在哪儿，在干什么，他能不能帮忙。霍莉说不好意思，但真的是私事。她说以后她会告诉他的——只要有机会。

"是因为亨利舅舅吗？"他问，"你在寻找什么可选择的疗法？"这肯定是佩特的想法。

"不，不是因为亨利舅舅。"而是因为另一个老人，她心想。一个要在她见过之后才能确定神志是否健全的老人。"杰罗姆，我真的没法告诉你。"

"好吧，只要你一切都好就行。"

他其实是想问她是否一切都好，她觉得杰罗姆确实有资格问她，因为他记得她不好的时候是什么样子。

"我挺好的，"为了证明她没有丧失理智，她又说，"别忘了叫芭芭拉去看那几部私家侦探的电影。"

"已经跟她说了。"他答道。

"告诉她，那篇论文未必用得上，但那几部电影能提供非常有价值的背景知识。"霍莉停下，微笑道，"另外，那些电影都挺好看的。"

"我会告诉她的。你确定你——"

"我一切都好。"她说。但挂断电话的时候，她想到了她和拉尔夫在岩洞里对抗的那个男人，不，怪物，她不禁颤抖。想到那个怪物，她几乎无法平静下来，假如真的还存在第二个怪物，她怎么能够独自面对呢？

9

霍莉当然不可能和丹·贝尔一起面对怪物，他的体重顶多只剩下八十磅了。贝尔坐在轮椅上，轮椅侧面固定着氧气瓶。他像个幽灵，头发几乎掉光了，有两个深紫色的眼袋，双眼明亮，但非常疲惫。他和孙子住在一座优雅而古老的褐砂石小楼里，屋里塞满了旧家具。客厅通风很好，窗帘全都拉开，让12月的冷风和阳光流入室内。尽管放了香氛（要是她没弄错，应该是佳丽的新洗被单香氛），但房间里还是有一股盖不住的气味，不可避免地让她想到了飘进起伏群山长者照护中心大堂的那些气味，它们异常持久，难以忽视：雪花膏、奔肌止痛膏、滑石粉、尿和行将结束的生命。

贝尔的孙子领她去见贝尔，这个男人四十岁左右，衣着和举止老派得出奇，说是典雅也不为过。走廊墙上挂着五六幅铅笔画，是四个男人和两个女人的正面肖像，画得很出色，无疑出自同一人之手。霍莉觉得这些画像是在介绍这个家族，画像里的人似乎都不怎么讨人喜欢。客厅的壁炉上方挂着一幅大得多的画，壁炉里生着不太旺但很舒适的火。这是一幅油画，画里是个美丽的年轻女人，有一双活泼的黑眼睛。

"是我妻子，"贝尔用沙哑的声音说，"已经去世很多年了，我非常想念她。吉布尼小姐，欢迎来我家做客。"

他摇动轮椅走向她，因为使劲而有点喘息，他的孙子上去帮忙，但贝尔挥手要他走开。他伸出一只手，关节炎把这只手弄得像是一件飘浮的木雕饰品，她小心翼翼地和他握手。

"吃过午饭了吗？"布拉德·贝尔问。

"吃过了。"霍莉说。从旅馆到这个优雅居住区的路程很短，她在路上飞快地吃了个鸡肉沙拉三明治。

"您喝茶还是咖啡？对了，我们有"两只肥猫"家的点心，非常美味。"

"要是有茶就最好了，"霍莉说，"可以的话，我喝无咖啡因的。我非常乐意吃块点心。"

"我喝茶，再给我来个薄皮派，"老人说，"苹果或者蓝莓味的都行。我要真正的茶。"

"我去去就来。"布拉德走开了。

丹·贝尔立刻俯身凑近霍莉，盯着她的眼睛，用密谋般的低沉声音说："告诉你吧，布拉德肯定是同性恋。"

"哦。"霍莉说。除了"我一看就知道"，她不知道还能说什么，但这么说似乎很没礼貌。

"真的，肯定是同性恋，但他是个天才。他帮我做调查，我敢确定我的想法是对的——我一直很确定，但布拉德找到了证据。"他朝霍莉晃动着一根手指，一个音节一个音节地说，"无可辩驳的证据！"

霍莉点点头，坐进一把靠背椅里，并拢双膝，把手提包放在大腿上。她忍不住觉得贝尔确实是妄想症的受害者，而她一头撞进了死胡同。她并没有因此恼怒或生气，恰恰相反，她松了一口气。因为假如他是在胡思乱想，那么她多半也是。

"说说你的怪物吧，"丹继续凑近她，"莫顿医生在文章里说你管它叫局外人。"他明亮而疲惫的双眼依然盯着她，霍莉想到动画片里坐在树杈上的秃鹫。

以前的霍莉很难不去听从别人的请求，是的，几乎不可能，但此刻她摇了摇头。

丹靠回轮椅里，失望地说："不行吗？"

"你看过莫顿医生发表在《精神病学季刊》上的文章，也许还看过网上的演讲视频，因此我的故事你基本上全知道了。我来是想听听你的故事，你说昂多夫斯基是怪物，是非人类的'它'，我想知道你为什么能确定他是局外人。"

"局外人对他来说是个好称呼，非常好。"贝尔拉直他有些歪斜的输氧气管，"真的非常好。咱们去喝茶吃点心吧，你好好听我说。去楼上，布拉德的工作室，我从头到尾告诉你。你会相信的，对，你肯定会相信的。"

"布拉德——"

"布拉德什么都知道，"丹挥了挥他仿佛浮木的手，表示不用担心，"他是个好孩子，不管是不是同性恋。"霍莉不禁心想，等你到了九十几岁，比布拉德·贝尔大二十岁的人在你眼里也还是孩子。"而且他还很聪明。假如你不愿意，不必把你的故事说给我听，但我很希望你能补充一下我非常好奇的某些细节。不过，在我说出我知道的情况之前，我不得不请你说明一下，你一开始为什么会怀疑昂多夫斯基。"

这是个合情合理的请求，她说出了她的理由……尽管听上去是那么牵强。"主要是因为，他嘴角的那一小块毛发一直让我放心不下，"

她最后说，"就好像他贴过假胡子，取下来的时候过于匆忙，没有撕干净。既然他能改变所有的体貌特征，又为什么要贴假胡子呢？"

贝尔不屑地挥挥手。"你那个局外人有面部毛发吗？"

霍莉皱起眉头，思考片刻。局外人冒充的第一个人（她所知道的第一个人）是勤杂工希思·奥尔梅斯，没有面部毛发。第二个人同样没有面部毛发。他想冒充的第三个人留着山羊胡，但霍莉和拉尔夫在得克萨斯州岩洞里堵住这个局外人的时候，他的变形还没有完成。

"好像没有，你想说的是什么？"

"我认为他们无法长出面部毛发，"丹·贝尔说，"要我说，假如你见过你那位局外人的裸体——你应该没见过，对吧？"

"没有。"霍莉说。她实在忍不住，又补充道："恶心。"

丹被逗笑了。"假如你见过，我猜你会发现他没有阴毛，也没有腋毛。"

"我们在山洞里遇到的那个怪物有头发。昂多夫斯基也有，乔治同样有。"

"乔治？"

"把炸弹包裹送到麦克雷迪中学的那个人，我给他起名叫乔治。"

"乔治。啊哈，我明白了。"丹似乎就此沉思了几秒钟，嘴角露出一丝浅笑，但笑容转瞬即逝，"头发是不一样的，你说呢？儿童在青春期之前也有头发，有些孩子生下来就有胎发。"

霍莉明白了他的意思，她希望这一点确实很重要，而不仅仅是老人妄想症的又一个证据。

"那个炸弹客还有一些其他的特征，就按你的意思，叫他乔治好了。他无法像改变外貌那样改变这些特征，"丹说，"他必须穿假制服，戴假眼镜。他需要假卡车和假扫描设备，还需要一副假胡子。"

"昂多夫斯基也许还需要假眉毛，"布拉德端着托盘走进房间，托盘上放着两杯茶和一堆薄皮派，"不过我不太确定。我研究他的各种照

228

片，看得我眼珠子都快掉出来了。我认为他种过眉毛，否则他的眉头就只会有些绒毛，就像婴儿眉头上的绒毛一样。"他弯下腰，想把托盘放在咖啡桌上。

"不，去你的工作室，"丹说，"该去唱咱们的大戏了。吉布尼小姐——霍莉，你能推我一下吗？我没什么力气了。"

"交给我吧。"

他们经过正式的餐厅和宽敞的厨房。走廊尽头是楼梯升降椅，不锈钢轨道连接着一楼和二楼。霍莉希望它比弗雷德里克大厦的电梯靠得住。

"我的腿不好用之后，布拉德装了这东西。"丹说。布拉德把托盘交给霍莉，扶着老人坐上升降椅，动作很轻松，一看就经过了长期练习。丹按下按钮，升降椅开始上升。布拉德把托盘从霍莉手上接过来，和霍莉一起陪着升降椅向上走，椅子走得很慢，但挺牢靠。

"你们住得非常好。"霍莉说。言下之意是这屋子肯定很贵。

丹显然听见了她的心声。"这是我祖父的功劳，他有一家纸浆和造纸厂。"

霍莉恍然大悟，先到先得侦探社的储藏室里堆着很多贝尔牌打印纸。丹看见她的表情，微笑道："对，就是我们，贝尔纸制品公司，现在隶属于一家跨国企业，但保留了品牌名。十九世纪二十年代之前，我祖父名下的工厂遍及缅因州西部——刘易斯顿、里斯本福尔斯、杰伊、梅卡尼克福尔斯。现在这些工厂全都关闭了，有一些被改建为购物中心。我祖父在1929年股灾和大萧条时期失去了大部分财产，我就生于1929年。父亲和我没法坐享其成，必须为了吃穿而努力工作，但我们想办法保住了屋子。"

来到二楼，布拉德搀扶着丹坐进另一把轮椅，给他连上另一个氧气瓶。这层楼似乎只有一个巨大的房间，12月的阳光无法进入，遮光窗帘盖住了所有的窗户。两张工作台上摆着四台电脑、几台似乎是最新型号的游戏机、无数音响设备和一台超级大的平板电视。墙上固定着几个扬声器，电视两侧各有一个扬声器。

"布拉德，把托盘放下吧，免得弄洒了。"

丹用他患有关节炎的手指了指一张桌子，桌上放满了电脑杂志（还有几本《发烧音响》，霍莉甚至没听说过这个名字）、U盘、外接硬盘和连接线缆。霍莉忍不住开始整理桌子。

"哦，把那些破烂放在地上好了。"丹说。

她望向布拉德，布拉德抱歉地点点头。"我这人不太讲究。"他说。

托盘安全就位之后，布拉德把点心分进三个碟子。点心似乎很美味，但霍莉已经不知道自己还饿不饿了，她觉得自己像是闯进了疯帽匠茶会的爱丽丝。丹·贝尔拿起茶杯喝了一口，咂咂嘴，做个鬼脸，用一只手捂住衬衫左侧。布拉德立刻冲到他身旁。

"爷爷，你的药在身边吗？"

"在，当然在，"丹拍了拍轮椅侧面的口袋，"我没事，你别围着我转悠了。我只是很兴奋，因为家里来了客人，而且是个知道内情的人。这对我来说应该是好事。"

"爷爷，别这么肯定，"布拉德说，"也许还是吃粒药比较好。"

"我说过了，我没事。"

"贝尔先生——"霍莉开口道。

"叫我丹吧。"老人又摆了摆手。关节炎把手指扭曲得不成样子，但告诫的意思依然很明白。"我是丹，他是布拉德，你是霍莉，咱们在这儿都是好朋友。"他再次大笑，有点上气不接下气。

"你悠着点，"布拉德说，"除非你又想去医院。"

"好的，母亲大人。"丹说。他用手捂住鹰钩鼻，深吸了几口氧气。"来，给我一个薄皮派。还有餐巾。"

但托盘里没有餐巾。"我去卫生间拿纸巾。"布拉德说着出去了。

丹转向霍莉。"健忘得可怕，真的可怕。我说到哪儿了？不过有所谓吗？"

这些话哪一句有所谓了？霍莉心想。

"哦，对了，我在说父亲和我必须努力工作讨生活。你看见楼下的那些画了吗？"

"看见了，"霍莉说，"是你画的，对吧？"

"对，全都是，"他举起变形的双手，"在得这个病之前。"

"画得非常好。"霍莉说。

"不算差，"他说，"但走廊里那些不是最好的。画那些肖像画只是出于工作需要，是布拉德把它们挂出来的，我拦不住他。在二十世纪五六十年代，我还为'金牌'和'君王'之类的出版社画了些平装本封面，那些封面要好看多了。我画的主要是犯罪小说封面，半裸娇娃，冒烟手枪，让我挣了些外快。想到我的全职工作，感觉还挺讽刺的。我是波特兰警局的人，六十八岁才退休，干了四十四年还有零头。"

不仅是画家，还是一名警察，霍莉心想。先是比尔，随后佩特，接下来拉尔夫，现在又是他。她再次感觉到了某种不可见但强大的力量，这种力量似乎非要把她拉进这件事里，还默默执着于相同的职业和前后的接续性。

"我祖父是拥有工厂的资本家，但他的后代全都穿制服。我老爸是警察，我追随他的脚步。我儿子追随我的脚步，也就是说，布拉德的父亲。他在追赶一名犯人时死于车祸，犯人多半喝醉了，开着一辆偷来的车。这名犯人倒是活下来了，据我所知，一直活到了现在。"

"非常抱歉。"霍莉说。

丹没有理会她的安慰。"就连布拉德的母亲也是这一行的。算是吧，她是法庭速记员。她去世后，我收留了布拉德。我不在乎他是不是同性恋，警察局也不在乎，不过布拉德不为他们全职工作。对他来说，在警局工作只是一个爱好，他的主业是……这个。"他朝电脑设备挥了挥变形的手。

"我为游戏设计音轨，"布拉德平静地说，"音乐、音效、混响这一类。"他拿着一卷厕纸回来了，霍莉撕了两条铺在大腿上。

丹继续说了下去，似乎迷失在了往事之中。"我没升到警探，也一直不想升，开无线电警车的日子结束后，我主要从事调度工作。有些警察不喜欢坐办公室，但我不介意，因为我还有另一份工作，到我退休后很久，我还在忙这份工作。你可以说这是硬币的一面，他们叫布拉德去做的那些事情是另一面。就我们两个人之间说说，霍莉，我们逮住了这个狗屎袋子，请原谅我的脏话。他被我们盯上已经好多年了。"

霍莉刚刚咬了一口薄皮派，听到这里不由得张开嘴，点心碎屑像瀑布似的落在盘子和纸巾上，有点令人难堪。"好多年？"

"是的，"丹说，"布拉德从二十几岁就知道了，他从 2005 年前后就和我一起查这件事。布拉德，我没记错吧？"

布拉德咽下一口嘴里的食物，然后说："要稍微晚一点。"

丹耸耸肩，似乎有点伤心。"到了我这个年纪，所有记忆都开始糊成一团了。"他目光灼灼地盯着霍莉，他浓密的眉毛（这可不是假的）拧成了一团。"但对自称是昂多夫斯基的这个人，我的记忆可一点也不含糊。从一开始……或者更确切地说，从我开始介入的时候，我就把他记得一清二楚。霍莉，我们为你准备了一场好戏。布拉德，第一段视频准备好了吗？"

"爷爷，全都准备好了。"布拉德拿起 iPad，用遥控器打开大屏幕电视。屏幕上此刻只有一片蓝色和"就绪"二字。

霍莉希望她准备就绪了。

10

"第一次见到他的时候，我三十一岁，"丹说，"我之所以记得，是因为仅仅一周前，我妻子和儿子刚为我小小地庆祝了一下生日——感觉像是很久以前了，又好像才刚刚发生。当时我还在开无线电警车，我和马塞尔·杜尚把车停在边缘路旁，躲在雪堤背后等超速的人。但那是一个工作日的上午，所以等到的可能性不大。我们边吃炸圈饼边喝咖啡，我记得马塞尔在取笑我画的一张平装本封面，问我老婆对我画内衣辣妹有什么想法。我说那张画的模特就是我老婆，这时一个男人跑到警车旁，敲敲驾驶座的车窗。"丹停下来，摇了摇头。"听到坏消息的那一刻，人的记忆总是特别清晰，对吧？"

霍莉想到她得知比尔·霍奇斯去世的那个日子。杰罗姆打电话给她，她很确定杰罗姆已经哭得哽咽了。

"马塞尔摇下车窗，问那家伙需不需要帮助，他说不需要。他有一台半导体收音机，当初没有 iPod 和手机的时候，我们就是靠这个打发时间的。他问我们有没有听说纽约刚刚发生的事情。"

丹停下来，整理氧气管，调整了一下氧气流量。

"除了警用无线电里的东西，我们什么都没听说，于是马塞尔关掉警用无线电，打开普通收音机。他找到了新闻。那位慢跑的人说的就是这件事。布拉德，请播放第一段视频。"

丹的孙子把平板电脑放在大腿上。他点击了几下，对霍莉说："我投到大屏幕上看。稍等……好，有了。"

伴随着阴郁的音乐，旧式新闻片的标题出现在屏幕上：有史以来最惨烈的空难。接下来的影片画面黑白分明，拍摄的街道像是被炸弹袭击过。

"有史以来最惨烈的空难留下的可怕景象！"播音员庄重地说道，

"一架喷气机的碎片散落在布鲁克林的这条街道上，它和另一架客机在纽约浑浊的天空中相撞。"霍莉在机尾（更确切地说，机尾的残骸）上看见了一个"联"字。"美联航的这架飞机掉进了一片褐砂石住宅区，除了机上的八十四名乘客和机组人员，地面也有六人遇难。"

霍莉看见戴旧式头盔的消防员在废墟中跑来跑去。有些人抬着担架，上面固定着用毯子盖住的尸体。

"在正常情况下，"播音员继续道，"美联航的这架飞机和它撞上的环球航空飞机应该相距数英里，但环球航空的飞机完全偏离了航线，最终坠毁在斯塔滕岛上。环球航空的这架飞机为266航班，载有四十四名乘客和机组人员。"

更多盖住的尸体，更多的担架。巨大的飞机机轮，被炸成碎片之后还在冒烟的橡胶。镜头摇拍266航班的残骸，霍莉看见彩纸包裹的圣诞礼物撒得到处都是。镜头拉近一个盒子，蝴蝶结上扎着一个小小的圣诞老人像，烟尘熏黑了还在闷烧的圣诞老人。

"停一下。"丹说。布拉德按了一下平板电脑，大屏幕电视恢复蓝屏模式。

丹转向霍莉。

"共有一百三十四人遇难。事故发生在哪一天？1960年12月16日，六十年前的今天。"

仅仅是巧合而已，霍莉心想，但她依然不寒而栗。她再次想到世界上很可能存在一些神秘力量，按照自己的意志操纵人类，就好像他们（以及她们）只是棋盘上的棋子。日期相同可能是个巧合，但她敢说带她走进缅因州波特兰市这座屋子的仅仅是巧合吗？不可能。其中存在一个链条，一环扣一环，最终追溯到另一个怪物身上：布拉迪·哈茨菲尔德。他是霍莉开始追踪这件事的理由。

"有一名幸存者。"丹·贝尔从白日梦中惊醒了她。

霍莉指着蓝屏，就像新闻片还在播放。"有人能从这样的事故中幸存下来？”

“只活了一天，”布拉德说，“报纸称他为‘从天而降的少年’。”

“但首先想出这句话的另有其人，”丹说，“当时在纽约都市区，除了大型电视台，还有三四家独立电视台。其中之一是 WLPT。当然，它早就不存在了，但假如当时留下了影片或录像带，你能在网上找到它们的可能性就会增加不少。女士，请做好准备。”他朝布拉德点点头，布拉德再次点击平板电脑。

母亲的打屁股（以及父亲的默许）让霍莉学会了一个道理：公开表露情绪很丢人、很可耻，还会惹人厌烦。即便接受了几年艾丽·温特斯的心理治疗，她依然习惯于把情绪封在瓶子里，而且还要拧紧瓶盖，连和朋友们在一起的时候也不例外。丹和布拉德算是陌生人，然而当接下来的视频出现在大屏幕上的时候，她还是忍不住尖叫了起来。

“就是他！那是昂多夫斯基！”

“没错。”丹·贝尔说。

11

绝大多数人会说他不是昂多夫斯基，霍莉很清楚这一点。

他们会说，哦，对，两个人有点像，就像贝尔先生和他孙子，或者约翰·列侬和他儿子朱利安，或者霍莉和伊丽莎白姨妈。他们会说，我敢打赌，那是切特·昂多夫斯基的祖父，天哪，子承父业这话还真是没说错，对吧？

但霍莉和轮椅上的老人知道真相。

这个男人拿着有 WLPT 徽标的老式麦克风，他的面颊比昂多夫斯基丰满，脸上的皱纹说明他比昂多夫斯基年长十到二十岁。他头发花白，在额头汇成美人尖，这是昂多夫斯基所没有的。他有点双下巴，昂多夫斯基也没有。

几位消防员在他背后的黑色雪泥中奔忙，有的在捡起一个个包裹和行李，有的在用水龙带浇美联航的飞机残骸，以及它背后两幢燃烧的褐砂石房屋。一辆老式凯迪拉克大救护车闪着警灯开走了。

"我是保罗·弗里曼，在布鲁克林有史以来最惨烈的空难现场播报，"这位记者每说一个字就吐出一口白气，"除了一名少年，美联航喷气机上的所有人都不幸遇难。"他指着离开的救护车说，"身份未知的少年就在那辆救护车上，他是——"自称保罗·弗里曼的记者戏剧性地停顿片刻，"从天而降的少年！他从机舱后侧被抛了出来，掉进雪堤时衣物还在燃烧。惊恐的旁观者推着他在雪地里打滚，熄灭了他身上的火焰，我看着他被送上救护车，但我相信他的伤情非常严重。他的衣物几乎完全熔化在了皮肤上。"

"暂停一下。"老人命令道，他的孙子停止播放。丹转向霍莉，他的蓝眼睛已经黯淡，但目光依然锐利。"看见了吗，霍莉？你听见了吗？我敢说，在观众眼里，他看上去很惊恐，听上去也非常惊恐，他在艰难的条件下坚持工作，但是——"

"他并不惊恐。"霍莉说。她想起昂多夫斯基在麦克雷迪中学爆炸现场的第一次报道，现在她看得更清楚了。"他其实是兴奋。"

"对，"丹点点头，"没错，你确实明白。太好了。"

"谢天谢地。"布拉德说。

"少年名叫斯蒂芬·巴尔茨，"丹说，"这位保罗·弗里曼看见了着火的少年，大概也听见了他的惨叫——目击者说少年神志清楚，至少一开始是这样。你知道我在想什么吗，霍莉？你知道我怎么看吗？我认为他在进食。"

"正是如此，"霍莉觉得自己的嘴唇麻木了，"他吃的是少年的痛苦和旁观者的恐惧，他吃的是死亡。"

"对，准备好看下一段吧。布拉德。"丹躺进轮椅，看上去很疲惫。霍莉不在乎，她必须知道其他的事情，必须知道所有情况。火焰又在她的胸膛里燃烧了。

"你是什么时候开始找证据的？又是怎么找到的？"

"我第一次看见这段影像是空难那天晚上，当时这个节目叫'亨特利－布林克利报道'。"他看见霍莉的困惑表情，微微一笑。"你太年轻了，不知道切特·亨特利和戴维·布林克利，这个节目现在叫 NBC 晚间新闻。"

布拉德说："假如一家独立电视台抢先赶到重大事件的现场，拍到了足够好的画面，他们就会把报道卖给一家大型电视台。空难现场的情况肯定就是这样，爷爷因此看到了这段影像。"

"弗里曼首先赶到现场，"霍莉陷入沉思，"你的意思是……你认为导致飞机相撞的元凶是弗里曼？"

丹·贝尔用力摇头，剩下的那点像蜘蛛网似的头发随之飘飞。"不，他只是运气好，撞上了机会。大城市永远是悲剧的温床，对吧？他这样的怪物能得到进食机会。另外，谁知道呢？像他这样的生物也许能预感到大灾难的到来。也许他就像蚊子，你要知道，蚊子能在几英里外闻到血腥味。我们连他是什么生物都不知道，又怎么可能了解他的能力呢？布拉德，放下一段。"

布拉德开始播放视频，出现在屏幕上的男人依然是昂多夫斯基，但他看起来不一样了：更瘦削，比"保罗·弗里曼"年轻，也比在被炸毁的麦克雷迪中学外墙前报道的昂多夫斯基年轻。不过这个男人确实是他，面容有所不同，但脸还是同一张。他手里的麦克风上贴着 KTVT 这几个字母。三个女人和他站在一起，其中之一别着肯尼迪的竞选徽章，另一个举着一张皱巴巴甚至有点可怜的海报，上面印着

"1964年大选全力支持 JFK！"。

"我是戴夫·范佩尔特，正在从迪利广场为大家报道。我对面就是得克萨斯州教科书仓库大楼，枪手——"

"暂停一下。"丹说，布拉德暂停播放。丹转向霍莉："又是他，对不对？"

"对，"霍莉说，"我不确定其他人会怎么看，也不确定空难报道多年后，你再次见到这段影像会怎么想，但这个人肯定是他。我父亲曾经和我说过一件关于汽车的事情，他说不管是福特、雪佛兰还是克莱斯勒，这些车厂都一样，会生产许多型号的汽车。这些型号每年都会改动，但全都来自相同的模板。他……昂多夫斯基……"她说不下去了，只能用手指着屏幕上的黑白画面。她的手在颤抖。

"是的，"丹轻声说，"说得好。他有不同的型号，但来自同一个模板。不过他至少有两个模板，也许还有更多。"

"什么意思？"

"我很快就会说到了，"他的声音愈发沙哑了，于是喝了两口茶润嗓子，"这段报道我是偶然看见的，因为晚间新闻我只看亨特利－布林克利的节目。肯尼迪遇刺后，所有人都投向了沃尔特·克朗凯特，我也不例外，因为 CBS 报道得最全面。肯尼迪是周五遇刺的，第二天，也就是周六，这段报道就登上了 CBS 的晚间新闻。这是新闻界称之为背景介绍的那种报道。继续，布拉德，从开头重新播。"

这个年轻的记者身穿难看得可怕的格子呢运动上衣，他开始播报："我是戴夫·范佩尔特，正在从迪利广场为大家报道。我对面就是得克萨斯州教科书仓库大楼，枪手当时就躲在这栋大楼内，而迪利广场则是约翰·F. 肯尼迪，美利坚合众国第三十五任总统昨天遭枪击身亡的地点。我身边分别是格蕾塔·戴森、莫妮卡·凯洛格和胡安妮塔·阿尔瓦雷斯，总统遭枪击时，这三位肯尼迪的支持者就站在我此刻所站的位置。女士们，能说说你们见到了什么吗？戴森小姐？"

"开枪……血……他太可怜了，血从后脑勺淌出来……"格蕾塔·戴森哭得太厉害了，你很难听清她究竟在说什么，不过霍莉觉得这正是采访者的意图。待在家里的观众多半正和她一起掉眼泪，认为她的悲恸代表了他们的哀悼，代表了整个国家的哀悼。但这位记者……

"他在大快朵颐，"她说，"只是假装他很在乎总统的死活而已，可惜装得不太像。"

"完全正确，"丹说，"一旦你知道该从哪个角度看，你就不可能看错了。你看另外两个女人，她们也在哭。妈的，那个周六有无数人在哭，接下来的几周也是一样。你说得对，他在大快朵颐。"

"你认为他知道这件事要发生吗？就像蚊子闻到了鲜血？"

"我不清楚，"丹说，"真的不清楚。"

"我们只知道那年夏天他开始为 KTVT 电视台工作，"布拉德说，"我找不到他的太多信息，但至少搞清楚了这一点。我是从网上这个电视台的发展历程里找到的，上面说他在 1964 年春天离开。"

"据我所知，他再次出现是在底特律了，"丹说，"1967 年，在当时所称的'底特律骚乱'或'第十二街骚乱'期间。事情的起源是警方扫荡一家非正常时间营业的酒吧，也就是所谓'黑酒吧'，结果骚乱扩大到了全城范围。在此期间共有四十三人丧命，一千两百人受伤。这件事连续五天都上了头条新闻，因为暴力就持续了那么久。这段报道来自另一家独立电视台，被 NBC 买下，于当天的晚间新闻中播放。布拉德，请继续。"

一名记者站在熊熊燃烧的商店前采访一名满脸鲜血的黑人，黑人难过得连话都说不清楚了。他说他的干洗店在骚乱中被焚毁，不知道妻子和女儿去了哪里，两人消失在了波及全城的混乱之中。"我失去了一切，"他说，"一切啊。"

这名记者无疑是一名小城市的电视播音员，这次他自称吉姆·埃弗里。他比"保罗·弗里曼"敦实，接近于肥胖，秃顶，而且很矮（被采访者比他高一个头）。不同的型号，相同的模板。隐藏在那张胖脸里的是切特·昂多夫斯基，是保罗·弗里曼，也是戴夫·范佩尔特。

"贝尔先生，你怎么确定这个人是他的？老天在上，你是怎么——"

"是丹，又忘记了？叫我丹。"

"你是怎么确定他们不仅仅是长得像的？"

丹和孙子对视一眼，两个人都微微一笑。霍莉看见了这个短暂的小插曲，再次想道：不同的型号，相同的模板。

"你注意到了走廊里的画像，对吧？"布拉德说，"那是爷爷当警察时的另一份工作，他在那方面有天赋。"

霍莉再次恍然大悟，她转向丹。"你是做嫌疑人速写的，那就是你的另一份警方工作！"

"对，不过我做的可不只是画速写。我画的不是简笔画，而是肖像画。"他想了想，又说，"你听过有些人说他们永远不会忘记别人的长相吧？大多数人是在吹牛甚至撒谎，但我不是。"老人说得很平淡。霍莉心想，假如这是天赋，那么它就和他的年纪一样大了。也许这份天赋也曾让他忘乎所以，但现在他把它视为生命的一部分了。

"我见过他工作的样子，"布拉德说，"要不是因为关节炎，他现在就可以转过去对着墙，在二十分钟内给你画一张肖像画，所有细节都对得上。至于走廊里的那些画，画上的人都是根据爷爷的肖像画被抓住的罪犯。"

"但是——"她依然在怀疑。

"能记住脸只是破案的一部分，"丹说，"在辨认嫌犯上就没什么用处了，因为实际去抓嫌犯的人并不是我。明白我的意思吗？"

"明白。"霍莉说。她对此感兴趣，是因为丹认出了昂多夫斯基，发现了他是那个怪物的诸多伪装之一。除此之外，还有其他的原因：在她本人从事的调查工作中，她依然在学习新知识。

"目击证人会来找我。在某些案件里，例如劫车或抢劫案，目击证人不止一个。他们向我描述犯罪者，但那就像是盲人摸象。你知道这个故事吧？"

霍莉知道。抓住大象尾巴的盲人说它像藤条，抓住大象鼻子的盲人说它像蟒蛇，抓住大象腿的盲人说它像一棵有年岁的大棕榈树。几个盲人都认为自己是正确的，因此吵了起来。

"每个目击者眼中的罪犯都不太一样，"丹说，"就算只有一名证人，他在不同的时间也会对罪犯有不同的印象。他们会说，哦，不，我弄错了，这张脸太胖了。不，太瘦了。他留着山羊胡。不，是小胡子。他的眼睛是蓝色的。不，我睡觉的时候都还在想，他的眼睛好像是灰色的。"

丹又吸了一大口氧气，看上去比先前更疲惫了，只有紫色眼袋之上的双眼例外。它们异常明亮，炯炯有神。霍莉心想，假如自称昂多夫斯基的怪物见到这双眼睛，他大概也会害怕的。也许他会试图让这双眼睛永远闭上，免得被窥破更多秘密。

"我的职责是看穿各种各样的变化，见到其中的共性。那是我真正的天赋，我就是用它来画画的。我用它画出了这个人的最初几张画像。你看。"

他从轮椅侧面的口袋里取出一个小文件夹递给霍莉。里面有六张薄薄的绘图纸，已经因为过了太久而开始发脆。每张纸上都是一个版本的查尔斯·"切特"·昂多夫斯基。它们不像走廊里的罪犯画像那么栩栩如生，但依然特征鲜明。她在前三张纸上看见了保罗·弗里曼、戴夫·范佩尔特和吉米·埃弗里。

"你是凭记忆画出的？"她问。

"对。"丹说。和先前一样，他并不得意，只是在陈述事实。"前三张是在我看到吉米·埃弗里后不久画的，在 1967 年夏天。我做过拷贝，但这些是原件。"

布拉德说："你要记住那是什么时代，霍莉。爷爷在电视上看见他们的时候，录像机、数字录像机和互联网都还不存在呢。对普通观众来说，你在屏幕上见到画面，然后就再也见不到了。他只能依靠自己的记忆。"

"其他这些呢？"她将另外三张画像如同扑克牌般摊开。三张脸有着不同的发际线、不同的眼睛和嘴巴、不同的皱纹、不同的年龄，但全都是来自同一个模板的不同型号，全都是昂多夫斯基。她能看到这一点是因为她见了大象，神奇的是丹·贝尔在那么久以前就看到了。他确实是个天才。

他一张一张指着霍莉手里的画像说："那个是雷金纳德·霍尔德。约翰·利斯特杀死全家人之后，他在新泽西的韦斯特菲尔德现场报道，采访受害者哭泣的朋友和邻居。下一个是哈里·韦尔，勤杂工爱德华·阿拉韦枪杀六人后，他在加州州立大学富尔顿分校报道。血迹还没干，韦尔就赶到现场，开始采访幸存者了。最后一个叫什么来着，我想不起来了——"

"弗雷德·利伯曼南巴赫，"布拉德说，"芝加哥 WKS 电视台的记者。他报道了 1982 年的泰诺下毒案，七名受害者身亡，他采访受害者悲痛的亲友。要是你想看的话，这些录像我全都有。"

"布拉德搜集了大量的录像，我们挖出了切特·昂多夫斯基的十七个化身。"丹说。

"十七个？"霍莉震惊得目瞪口呆。

"这还只是我们知道的呢。没必要一个一个全都看。霍莉，你把前三张画像叠在一起，对着电视看。电视不是灯箱，但也够用了。"

她举起三张画像，放在蓝色屏幕前，她知道她会看到什么：同一张脸。

昂多夫斯基的脸。

一名局外人。

12

他们回到楼下，丹·贝尔与其说是坐在升降椅里，不如说是虚弱地倚着升降椅的靠背。他不仅是疲惫，他筋疲力尽了。霍莉不想继续打扰他，但又不得不如此。

丹·贝尔也知道他们还没说完。他请布拉德倒一小杯威士忌给他。

"爷爷，医生说——"

"去他妈的医生和他的道德高地，"丹说，"喝一杯能给我提提神。我们快说完了，你给霍莉看最后……那件东西……然后我就去休息。昨晚我睡了个好觉，今晚我肯定也能睡个好觉。我这是卸下了一个巨大的包袱。"

但你压在我肩膀上了，霍莉心想。真希望拉尔夫也在这儿，虽然我更希望比尔在我身边。

布拉德给爷爷拿来了一个摩登原始人果冻杯，里面的威士忌只勉强盖住了杯底。丹气呼呼地瞪着果冻杯，但还是一言不发地接了过去。他从轮椅侧面的口袋里取出一个药瓶，拧开专为老年人设计的易开式瓶盖，抖出一粒药，同时把另外五六粒洒在了地上。

"该死，"老人说，"布拉德，去捡起来。"

"我来吧。"霍莉说，她捡起药片。丹把手里那粒药放进嘴里，就着威士忌咽下去。

"爷爷啊，你不该这样吃药。"布拉德说，语气有点弱。

"反正我的葬礼上不会有人说我死得年轻英俊。"丹答道。他在轮椅上重新坐直，面颊看上去有了一点血色。"霍莉，在这点没什么用的威士忌劲头过去前，我还能再跟你聊大概二十分钟，顶多半小时。我知道你还有很多问题，而我们也还有一样东西要给你看，咱们尽量长话短说吧。"

"乔尔·利伯曼，"她说，"你从 2018 年开始去波士顿看的那位精神病学家。"

"他怎么了？"

"你去找他不是因为你觉得自己发疯了，对吧？"

"当然不是。我去找他的原因和我猜你去看卡尔·莫顿的原因相同，因为他研究怪异的神经官能症患者，他写书，还做演讲。我想把我知道的一切告诉这个收钱听人说话的人，通过他寻找有理由相信难以相信之事的人。霍莉，我在找你，就像你在找我一样。"

是啊，确实如此。就算这样，她心想，我们能够遇见也还是个奇迹。也许是命运的安排，或者神迹降临。

"尽管莫顿在文章里更改了所有的姓名和地点，但布拉德还是很容易就找到了你。顺便说一句，自称昂多夫斯基的怪物没去得州岩洞做过现场报道，布拉德和我看了所有的新闻镜头。"

"得州岩洞的局外人从不在录像或影片里露面。在一些新闻镜头里，他应该出现在人群中，但里面就是没有他。"霍莉点了点变化多端的昂多夫斯基的画像，说，"这个罪犯却总是出现在电视上。"

"所以他是不同的，"老人说着耸耸肩，"就像家猫和野猫，不一样，但相似——同样的模板，不同的型号。至于你，霍莉，新闻报道里几乎没提到你，就算提到也没说过你叫什么，只说你是一名协助调查的普通市民。"

"我请他们别提到我。"霍莉喃喃道。

"随后我读到了莫顿先生文章中的卡罗琳·H.。我想通过利伯曼先生联系你——我去波士顿见他，那一趟可真是不容易。我知道，就算你没有看清昂多夫斯基的本来面目，等你听完我的故事，也会有足够的理由相信的。利伯曼打电话给那位莫顿医生，然后你就来了。"

有一个问题纠缠着霍莉，让她非常疑惑。她问："但你为什么现在才来找我呢？你已经知道这个怪物很多年了，你在猎捕它——"

"不是猎捕，"丹说，"更合适的说法是追踪，布拉德从 2005 年前后开始监控互联网。每次发生灾难，发生大规模的枪杀案，我们都会寻找他的身影。是这样吧，布拉德？"

"没错，"布拉德说，"他并不是每次都会出现。他没出现在桑迪胡克小学[1]，斯蒂芬·帕多克在拉斯维加斯屠杀演唱会观众时他也不在，但 2016 年奥兰多出事时，他正在为 WFTV 电视台工作。脉冲夜店枪击案的第二天，他采访了幸存者。他总是挑选最难过的那些人，那些案发时在现场或是在事件中失去了亲友的人。"

他当然会这样做，霍莉心想，当然了，他们的悲痛是最美味的。

"直到上周的校园爆炸案过后，我们才知道他在夜店现场，"布拉德说，"对吧，爷爷？"

"对，"丹赞同道，"尽管脉冲枪击案过后，我们同样查看了所有的新闻镜头。"

"你怎么可能漏掉他？"霍莉问，"脉冲枪击案是四年多以前的事了！你说过你绝对不会忘记见过的脸，但那时候你已经见过昂多夫斯基的脸了，就算有所改变，但本质还是同样的一张猪脸。"

两个男人一起皱着眉头看她，于是霍莉解释给他们听：比尔曾经告诉她，绝大多数人不是猪脸就是狐狸脸。她在这里见到的所有画像里的昂多夫斯基都是一张圆脸，有时候有点圆，有时候非常圆，但一直是猪脸。

布拉德依然不明所以，但他祖父露出了笑容。"总结得好，我喜欢。不过也有例外，有些人是——"

"马脸。"霍莉替他说完。

"我想说的就是这个。还有一些人是黄鼠狼脸……不过你大概会说

---

1 2012 年 12 月 14 日，美国康涅狄格州桑迪胡克小学发生枪击案，造成二十八人（包括二十名儿童）死亡。

黄鼠狼本身就长得像狐狸，对吧？然而菲利普·汉尼根……"他的声音小了下去，"是啊。从这个角度来看，我不得不说他一直是一张狐狸脸。"

"我不明白你的意思。"

"你会明白的，"丹说，"布拉德，给她看脉冲夜店的录像。"

布拉德点击播放，把 iPad 转向霍莉。画面上依然是一名记者在做现场播报，这次他背后是巨大的一堆花束、心形气球和"多一点爱少一点恨"之类的标牌。记者正在采访一名哭泣的年轻人，年轻人脸上沾着泥土或睫毛膏。霍莉没有听他们在说什么，这次她也没有尖叫，因为她失去了尖叫的力气。名叫菲利普·汉尼根的记者是个瘦削的年轻人，他有一头金发，看上去像是高中刚毕业，这份工作还没做多久。另外，没错，他长着比尔·霍奇斯所说的狐狸脸。他看向采访对象的视线里充满了关心……同情……怜悯……也可能是掩饰不住的贪婪。

"停一下。"丹对布拉德说。他问霍莉："你还好吧？"

"这不是昂多夫斯基，"她的声音仿佛耳语，"这是乔治，就是他把炸弹送到了麦克雷迪中学。"

"唉，但这就是昂多夫斯基。"丹说。他声音轻柔，近乎和善。"我已经告诉过你了，这个怪物拥有不止一个模板。他有两个，至少两个。"

13

霍莉在敲开贝尔家大门之前关掉了手机，一直到返回大使套房酒店后才想起来重新打开。她的思绪在疯转，就像狂风中的树叶。她打开手机，想继续为拉尔夫录制案情报告，却看见她有四条未读短信、五个未接电话和五条语音信箱留言。未接电话和留言都来自母亲。夏洛特知道怎么发短信，霍莉教过她，但她从来都懒得发，至少对女儿是这样。霍莉认为，母亲觉得发短信不足以有效地诱发负罪感大爆发。

她先看短信。

佩特：霍[1]，一切都好吧？我在侦探社呢，你忙吧。需要什么，跟我说一声就行。

霍莉不禁微笑。

芭芭拉：我拿到那几部电影了，看上去很不错，多谢。会还给你的。

杰罗姆：那条巧克力色拉布拉多也许有线索了，在帕尔马高地市，我去查一查。需要我的话，打我手机就行，别犹豫。

最后一条同样来自杰罗姆：霍莉莓莉。

尽管她在拉斐特街的贝尔家得知了那么多消息，她还是笑了出来，同时也有点想哭。他们全都关心她，而她也关心他们，真是太奇妙了。和母亲打电话的时候，她要努力记住这个事实。夏洛特的那些留言，她不听也知道每段话的最后一句是什么。

"霍莉，你在哪儿？打电话给我。"这是第一条。

"霍莉，我必须和你谈谈，这个周末咱们要去看你舅舅。打电话给我。"第二条。

"你到底在哪儿？为什么关机？太不为别人着想了，要是有急事怎么办？打电话给我！"第三条。

"起伏群山的那个女人，布拉多克夫人，我不喜欢她。她特别趾高气扬，打电话说亨利舅舅非常沮丧！你为什么不回我电话？打电话给我！"大写的第四条。

---

1 原文为 H。

第五条倒是言简意赅："打电话给我！"

霍莉走进卫生间，打开零碎包，吃了一粒阿司匹林。她跪下，双手叠放在浴缸边缘上。"上帝啊，我是霍莉。我现在必须打电话给我母亲。请帮助我，让我记住我能顶住压力，不至于发脾气或者惹人烦，也不会和她吵架。请帮助我，让我再熬过一个不抽烟的日子，我还是很想抽烟，尤其是在今天这种时候。我还是很想念比尔，但我很高兴能有杰罗姆和芭芭拉和我做伴，还有佩特，尽管他有时候反应稍微慢了点。"她开始起身，但又跪了回去，"我也想念拉尔夫，希望他和妻儿度假愉快。"

穿戴好这些铠甲之后（至少她希望如此），霍莉打电话给母亲。夏洛特几乎从头说到尾。霍莉不说她在哪儿、在干什么、什么时候能回来，夏洛特因此非常生气。然而在怒火之下，霍莉觉察到的是恐惧，因为霍莉从她手上逃掉了。霍莉拥有了自己的生活，这是不该发生的事情。

"无论你在干什么，这个周末都必须回来，"夏洛特说，"我们必须一起去看亨利。我们是他的家人，他只有我们了。"

"妈妈，恐怕我做不到。"

"为什么？我要知道为什么！"

"因为……"因为我在办案，比尔肯定会这么回答，"因为我在工作。"

夏洛特哭了起来。过去这五年里，这一直是她叫霍莉回家的最后手段。这一招已经不管用了，但依然是她下意识的反应，也依然能伤害霍莉。

"妈妈，我爱你。"霍莉挂断电话。

这是真话吗？是的。但她的爱里没有喜欢，而失去了喜欢的爱就像两头都是镣铐的铁链。她能打破铁链吗？能甩掉镣铐吗？也许吧。她和艾丽·温特斯讨论过许多次这个可能性，尤其是在母亲自豪地说她把票投给了唐纳德·特朗普（天哪）之后。霍莉不会投票给他吗？现在不可能，以后也不可能。在霍莉的成长过程中，夏洛特·吉布尼（非常有耐心，甚至未必怀着恶意地）向她灌输的是，她没有头脑、毫无用处、运气不好、粗心大意，她不如别人。霍莉也一直是这么相信的，直到她认识了比尔·霍奇斯，他认为她没那么可悲。现在她有了自己的生活，而且大多数时候都很快乐。要是切断与母亲的联系，她的负担就会减轻很多。

我不想活得不如别人，霍莉坐在旅馆房间的床上想着。我有过那种生活，体验过那个滋味。"穿那件 T 恤。"她模仿母亲的语气说道。

她从小冰箱里拿了瓶可乐（该死的咖啡因），接着打开手机上的录音应用，继续录制给拉尔夫的案情报告。就像是向她并不完全相信的上帝祈祷一样，这么做能帮她整理思绪，说完之后，她就知道下一步该怎么办了。

14

摘自霍莉·吉布尼给拉尔夫·安德森的案情报告：

拉尔夫，趁这会儿我还记得比较清楚，接下来我会尽量按原样复述我与丹·贝尔以及布拉德·贝尔的对话。不一定完全准确，但肯定相当接近。我应该把对话录下来的，可是当时没想到。这个行当我还有很多东西要学习，希望我还有那个机会。

我看得出年长的贝尔先生还想继续讨论，但那一口威士忌的劲头过去后，他没精神了。他说他必须躺下睡一觉。他对布拉德说的最后一句话是什么录音，当时我不明白，现在我明白了。

他孙子用轮椅推他回卧室前，把iPad交给我，打开一组图片让我看。他离开后我看了一遍那些图片，看完后又从头看了一遍，布拉德回来的时候我还在看。十七张照片，全都来自网上的视频，全都是切特·昂多夫斯基的不同——

（停顿）

他的不同化身，你大概会这么说。还有第十八个：四年前在脉冲夜店外的菲利普·汉尼根。没有小胡子，金发取代了黑发，比监控画面里穿假快递员制服的乔治年轻，但没有错，那就是乔治。底下是同一张脸，同样的狐狸脸。这张脸和昂多夫斯基的脸不一样，不可能是他。

布拉德回来的时候拿着酒瓶和另外两个果冻杯。"爷爷的威士忌，"他说，"美格波本。来一口？"我说不用了，他给自己结结实实倒了一杯。"好吧，我得喝一杯了，"他说，"爷爷有没有说我是同性恋，肯定是同性恋？"

我说他说了，布拉德露出微笑。

"他只要提到我就会这么开场，"他说，"他想直截了当说明白，表示他不介意，但他当然介意。他爱我，但他还是介意的。"

我说我对母亲也是这个感觉，他再次微笑，说那我们就有共同之处了。看来确实如此。

他说爷爷一直对所谓"第二世界"感兴趣，例如心灵感应、鬼魂、离奇失踪和空中光团的故事。他说："有些人集邮，而爷爷搜集有关第二世界的故事。我一直很怀疑那些东西，直到看见了他。"

他指了指iPad，乔治的照片还显示在屏幕上。照片上的乔治正捧着装满爆炸物的包裹，这个包裹再过一段时间就会被放进麦克雷迪中学的储藏室。

布拉德说："现在我觉得我什么都能相信了，无论是飞碟还是杀人小丑。因为第二世界确实存在。它存在，是因为人们拒绝相信它的存在。"

我知道这是真的，拉尔夫，你也知道。因此我们在得克萨斯州杀死的怪物才能肆虐那么多年。

我请布拉德解释他爷爷为什么等了这么久都不出手，不过当时我已经差不多能猜到原因了。

布拉德说，爷爷原先以为它没什么伤害性，只是某种奇异的变形生物，就算不是它那个物种的最后成员，也应该是最后几个之一了。它靠悲哀和痛苦为生，也许不算美好，但和吃腐肉的蛆虫或吃公路上死动物的秃鹫没太大区别。

"郊狼和鬣狗也是那么生存的，"布拉德说，"它们是动物界的清洁工。而我们又能好到哪儿去呢？人们在高速公路上路过事故现场，不也会放慢车速好好看一看吗？那同样是在公路上死去的动物。"

我说我总会转开视线，同时还会为遇到事故的人祈祷，希望他们不会有事。

他说假如真是那样，那我就是个特例。他说绝大多数人都喜欢苦难——只要受苦的不是他们就行。他又说："我猜你也不看恐怖片吧？"

不，我看恐怖片，拉尔夫，但拍电影是为了欺骗你的感官。导演一叫停，被杰森或弗雷迪割开喉咙的姑娘就会爬起来喝咖啡。然而，经过这次的事情，我也许不会再看了……

（停顿）

不说这个，我没时间瞎打岔了。布拉德说："这些关于杀人和灾难的录像，爷爷和我每搜集一段，就还有几百段甚至几千段我们没发现的。新闻界有句老话：若血流成河，则吸引眼球。这是因为报道者对坏消息最感兴趣。杀人、爆炸、车祸、地震、海啸，人们喜欢这些东西，要是有手机拍摄的视频就更好了。脉冲夜店的监控录像，奥马尔·马丁疯狂扫射的那段视频，有几百万的点击量。几百万啊。"

他说贝尔先生认为，这种稀有生物做的事情，无非就是看新闻的人们做的事情：把悲剧当作食物。这个怪物（他没有叫它"局外人"）只是运气比较好，能借此活得更久。贝尔先生满足于观看怪物的一举一动，为他的所作所为而惊叹，直到他看见麦克雷迪中学炸弹客的录像截屏。他擅长记住面容，他知道他在某个暴力场景中见过那张脸的一个变体，而且就是近几年的事情。布拉德没用一个小时就找出了菲利普·汉尼根。

"我又找到了麦克雷迪中学炸弹客的另外三个版本。"布拉德说。他给我看狐狸脸男人的照片，这几张脸总是不太一样，但底下永远是乔治。他们在三个不同的现场做播报：2005年的卡特里娜飓风、2004年的伊利诺伊州龙卷风，还有2001年的世贸中心。"我敢肯定不止这些，但我没有足够的时间去一一找出来。"

"会不会是另一个人？"我问，"或者说，另一个怪物？"我心想，既然已经有两个怪物——昂多夫斯基，还有咱们在得克萨斯杀死的那个，那就有可能有三个或者四个怪物，甚至十几个。我记得我看过 PBS[1]一个讲濒危物种的节目，现在全世界只剩下六十只黑犀牛、七十只阿穆尔豹了。但这也还是比三个多许多倍。

"不，"布拉德说，"就是同一个人。"

我问他："你怎么能这么确定？"

"爷爷以前为警方画嫌疑人肖像画，"他说，"我有时候为警方做合法窃听，给 UC 安装过几次麦克风。知道 UC 是什么吧？"

---

1 即美国公共电视台。

我当然知道，指的是卧底人员。

"现在麦克风已经不藏在衣服底下了，"布拉德说，"我们用假袖扣或衬衫纽扣。有一次我把麦克风装在了红袜队棒球帽的 B 字徽标里。B 代表窃听器，好笑吧？不过那只是我的一部分工作。看这个。"

他拖了把椅子过来，在我旁边坐下，我们一起看他的 iPad。他打开名叫 VocaKnow 的应用，里面有几个文件。其中一个标着"保罗·弗里曼"，你还记得吗？他是 1960 年昂多夫斯基报道空难时的化身。

布拉德点击播放按钮，我听见了弗里曼的声音，这次更加清晰了。布拉德说他清理了音频，去掉了背景噪声，他说这叫净化音轨。弗里曼的声音从 iPad 的扬声器里播出来，我在屏幕上看见了声音的纹路，你点击手机或平板的小麦克风按钮发送语音消息时，也会在屏幕底部看见类似的声波图案。布拉德说那就是声纹，而他是有执照的声纹检验师，有过出庭做证的经历。

拉尔夫，咱们讨论过的那种力量，你看到它如何起作用了吗？我看到了。祖父和孙子，一个擅长绘图，一个擅长辨音，两个人缺了一个，这个怪物，他们的局外人，就会继续用他千变万化的外表隐藏在光天化日之下。有人说这是概率，或者巧合，就像买彩票的时候选中正确的数字，但我不这么认为。我不能这么想，也不愿意如此。

布拉德把弗里曼报道坠机的音频设置为重复播放，接着他打开昂多夫斯基在麦克雷迪中学报道爆炸案的音频文件，同样设为重复播放。两个音频彼此交叠，变成没人能听懂的噪音。布拉德点击静音按钮，用手指分离两个声纹，弗里曼在 iPad 屏幕的上半部，昂多夫斯基在下半部。

"看见了吗？"他问。我当然看见了，两者有着相同的波峰和波谷，几乎同步出现，其中有一些微小的区别，但基本上就是同一个声音，尽管它们的录制时间相隔六十年。我问布拉德，弗里曼和昂多夫斯基说的话不一样，为什么两个波形会如此类似。

"他的脸会变，身材会变，"布拉德说，"但声音永不改变。这就是我们所说的声纹唯一性。他也想掩饰自己的声音，所以有时候提高音调，有时候降低，有时候甚至加点口音，但并不是很认真。"

我说："因为他认为改变外貌就足够了，再加上改变活动地点。"

"我也这么认为。"布拉德说，"还有一点，每个人都有唯一的说话韵律，这是由呼吸决定的特定节奏。你看波峰，那是弗里曼在说某些词语。再看波谷，那是他在吸气。现在你看昂多夫斯基的。"

拉尔夫，两者完全相同。

"另外还有一点，"布拉德说，"这两个声音都在某些词语上停顿，那些词语里永远有 s 或 th 音。我认为在某个时候，天晓得多久以前，这个怪物说话大舌头，但电视播音员当然不能大舌头。他自己纠正了过来，说话时用舌头顶住上腭，不让舌头碰到牙齿，因为那就是大舌头的起因。这一点不太容易发现，但确实存在。你听。"

他播放昂多夫斯基在麦克雷迪中学的录音片段，他说"爆炸装置有可能位于主办公室内"。

布拉德问我有没有听见。我请他再放一遍，让我确定这一切不是我听了他这么说之后产生的想象。不，不是我的想象。昂多夫斯基说："爆……炸装置有可能位于主办公……室内。"

接下来，是弗里曼在 1960 年空难现场的录音片段。弗里曼说："他从机舱后侧被抛了出来，掉进雪堤时衣物还在燃烧。"拉尔夫，我又听见了，"后侧"和"燃烧"里的短暂停顿。舌头贴近上腭，以此防止大舌头。

布拉德在平板上调出第三个声纹：菲利普·汉尼根在脉冲夜店外采访面颊上有睫毛膏的年轻人。我听不清年轻人在说什么，因为布拉德把他的声音和背景噪声（例如警笛声和其他人的交谈声）一起滤掉了。于是这个声纹里只剩下汉尼根的声音，或者说，乔治的声音，就好像他和我们在同一个房间里。"里面的情况如何，罗德尼？你是怎么逃出来的？"

布拉德为我播放了三次。声纹里的波峰和波谷完全符合依然在上方播放的另外两个声音——弗里曼与昂多夫斯基的声音。这是科学的证据，拉尔夫，它能够说服我，但真正击中我，让我起鸡皮疙瘩的是那些短暂的停顿。"如何"停顿比较短，"逃出来"停顿比较长，对大舌头的人来说，后者大概更难克服。

布拉德问我满意了吗，我说我满意了。如果此刻站在布拉德面前的人不是我，没有经历过咱们之前经历的事情，那么这个人未必会满意，但我满意了。他和咱们的局外人不一样，咱们的局外人在变形期间要休眠，视频拍不到他的影像，但他肯定是那个怪物的近亲。关于这些生物，我们了解得太少了，我猜我们永远也不可能真的了解。

我要停一停了，拉尔夫。今天我只吃了一个百吉圈、一个鸡肉三明治和一小口薄皮派。我再不去吃点东西，怕是会昏过去。

回头继续说。

15

霍莉叫了达美乐比萨的外卖：一个小号纯素比萨和一大瓶可乐。

送外卖的年轻人来了，她按照比尔·霍奇斯的经验法则付小费：服务过得去，账单价格的 15%；服务算得上好，账单价格的 20%。这个年轻人来得很快，因此她按足额付小费。

她坐在窗口的小桌前，一边吃东西，一边看暮色渐渐笼罩饭店的停车场。停车场里有棵圣诞树，上面的彩灯一亮一灭，但霍莉这辈子都没这么缺乏过圣诞精神。今天，她在调查的怪物还只是电视屏幕上的图像和 iPad 上的声纹。明天，要是一切按她希望的情形进行（她有她的霍莉希望），她就会当面见到它了。那会是很可怕的一件事。

但她必须这么做，她别无选择。丹·贝尔太老了，布拉德·贝尔又太害怕。他直截了当地拒绝了霍莉，尽管霍莉解释说，她打算在匹兹堡市做的事情不可能给他带来危险。

"你并不知道确切的情况，"布拉德说，"那个怪物能心灵感应我都不会奇怪。"

"我见过另一个怪物，"霍莉这么回答他，"布拉德，要是它会心灵感应，那我已经死了，而它还会活着。"

"我不会去的，"布拉德的嘴唇在颤抖，"爷爷离不开我，他的心脏很不好。你难道没有朋友吗？"

她有朋友，其中一个还是非常厉害的警察，但就算拉尔夫在俄克拉何马州，她难道会让他来冒险吗？他成家了，她没有。至于杰罗姆……不，想也别想。在她酝酿的计划里，匹兹堡市的环节应该没有任何危险，但杰罗姆肯定会想要完全参与进来，那就很危险了。她还有佩特，但她的搭档没有任何想象力。他会帮助她，但会把整件事当笑话看待，然而切特·昂多夫斯基绝对不是一个笑话。

丹·贝尔如果再年轻一些，也许会去抓这个变形者，然而在过去的这么多年里，他满足于看着它时不时地露面，惊叹于它的能力，就像《威利在哪里》[1] 的灾祸版。丹说不定还很同情它呢。但现在情况不一样了，怪物不再满足于生活在悲剧的余波之中，而是想在血迹未干之时吞食悲伤和痛苦。

这次它造成了一场血腥的屠杀，假如它能逃脱惩罚，那它就会再次出手。下一次的伤亡只会更加惨重，霍莉不能允许这种事发生。

她在客房的廉价办公桌上打开笔记本电脑，找到她在等待的布拉德·贝尔发来的邮件。

你要的东西在附件里。请慎重使用这些材料，不要提到我们的名字。我们已经做了所有能做的事情。

嗯，霍莉心想，还不算完呢。她下载附件，然后拨通丹·贝尔的手机。她以为接电话的又会是布拉德，但这次是老人自己接的，他听上去还算有精神。睡一觉的功效确实无与伦比，霍莉只要有时间就会打个盹，但最近这种机会实在不多。

"丹，是我，霍莉。我能再问你一个问题吗？"

"请讲。"

"他是怎么做到换工作还不被人发现的？在这个社交媒体发达的时代，我想不通他是怎么做到的。"

接下来的几秒钟，听筒里只有他在氧气辅助下的沉重呼吸声，然后他说："布拉德和我讨论过这个问题。我们有些想法。他……它……等一等，布拉德要我把该死的电话给他。"

背景里响起霍莉听不清楚的交谈声，但她能明白大致的意思：老人不愿意把电话交出去。布拉德的声音随之响起："你想知道他为什么

---

1 一套由英国插画家马丁·汉福德创作的儿童书，这套书的目标就是从一张人山人海的图片中，找出威利这个特定的人物。

总能找到电视台的工作？"

"对。"

"这是个好问题，非常好。我们也不确定，但我们猜他是一路吉米上去的。"

"吉米？"

"这是电视界的行话。吉米指的是广播电台和电视台的记者在大型市场里向上爬的一种手段。在那些地方，总是至少有一家地方电视台，规模很小，没有加入电视网，薪水微薄。他们主要报道社区新闻，例如新大桥剪彩、慈善活动和市政会议。这个人在地方台播报几个月，再拿着他的播报录像去大电视台应征。任何人看到那些录像，都会立刻认为他擅长这份工作，是个职业人员。"布拉德哈哈一笑，"他当然是职业人员了，对吧？他至少已经干了六十年，熟能生巧——"

老人说了句什么，打断了他。布拉德说他会说的，但霍莉并不满意。她突然失去了对这两个男人的耐心，今天已经很漫长了。

"布拉德，把手机的免提打开。"

"什么？哦，对，好主意。"

"我认为他也在广播电台工作！"丹吼道，他好像认为他们在用连线的罐头盒交谈。霍莉皱起眉头，把手机从耳边拿开。

"爷爷，你用不着那么大声。"布拉德说。

丹压低声音，但没低多少。"广播电台，霍莉！在有电视之前！在有无线电之前，他说不定还为报纸写过流血事件的稿子！天晓得他——它——已经活了多少年。"

"另外，"布拉德说，"他肯定会给自己当推荐人。乔治可以为昂多夫斯基背书，昂多夫斯基可以为乔治背书。明白我的意思吗？"

霍莉算是明白了。她不禁想到比尔说过的一个笑话，几个交易员搁浅在荒岛上，靠互相卖衣服一起发财。

"该死的，你让我说，"丹说，"布拉德利[1]，我知道的和你一样多。我还没痴呆呢。"

布拉德叹了口气。和丹·贝尔一起生活肯定不容易，霍莉心想，但另一方面，和布拉德·贝尔一起生活恐怕也快活不到哪儿去。

"霍莉，他这么做行得通，是因为在大型电视台的地方合作台里，有天赋的电视播音员是个卖方市场。有人爬上去，有人退出……而他擅长这份工作。"

"它，"布拉德说，"它擅长这份工作。"

霍莉听见咳嗽声，听见布拉德请爷爷吃一粒药。

"天哪，你能不能别像个老妈子似的？"

霍莉心想，他们就像菲利克斯和奥斯卡[2]，隔着代沟互相叫喊。放在情景喜剧里也许很好玩，但她想要的是获取信息，这就非常惹人烦了。

"丹？布拉德？你们能不能别……"霍莉想说"别吵吵了"，然而尽管她很生气，却还是说不出这种话。"能不能先别讨论了。"

老天在上，他们终于安静了。

"我明白你们想说什么，互相背书也确实说得通，但他的工作经历怎么办呢？他在哪儿上的播音学校？他们不会觉得奇怪吗？不会问他一大堆问题吗？"

丹气呼呼地说："也许他会告诉他们，他退出这一行，休息了一段时间，现在决定回来继续工作了。"

"我们不知道确切的情况。"布拉德说。他听上去很生气，可能是因为他不能回答霍莉的问题，没法让她或自己满意，也可能是因为他祖父骂他像个老妈子。"你看，科罗拉多州有个小子冒充了近四年的医

---

1 布拉德的全称。
2《天生冤家》中的一对朋友，性格截然相反。前者是个喜欢清洁和烹饪的好好先生，后者却作风古怪、个性孤僻，常常将家里弄得一团糟。

生。开处方药，甚至做手术，你大概也读到过。他十七岁，却声称自己二十五岁，他没有任何大学文凭，更别说医学方面的知识了。既然他能蒙混过关，那局外人一定也能做到。"

"你说完了？"丹问。

"完了，爷爷。"一声叹息。

"很好。因为我有个问题。霍莉，你是不是要去找他？"

"是的。"除了照片，布拉德还给了她一张声纹对比的截图，弗里曼、昂多夫斯基和菲利普·汉尼根（也就是炸弹客乔治）上下排列。在霍莉眼中，它们一模一样。

"什么时候？"

"我打算明天去。另外，我希望你们对此事完全保持沉默。可以吗？"

"可以，"布拉德说，"当然可以。爷爷，对吧？"

"只要你告诉我们发生了什么，"丹说，"但前提是你能活下来。霍莉，我做过警察，而布拉德为警察工作。应该不需要我们告诉你去见他可能很危险吧？肯定会有危险的。"

"我知道，"霍莉低声说，"我的搭档是个退休警察。"她心想：我之前的搭档是个更优秀的退休警察。

"你会小心吗？"

"我尽量。"霍莉说，但她知道总会有一个时刻，你只能放弃谨慎。杰罗姆说有一只鸟像携带病毒似的传播邪恶，他说它浑身肮脏，有着霜灰色的羽毛。要是你想逮住它，拧断它该死的脖子，那么在某个时刻，你就必须放弃谨慎。她不认为那会是明天的事情，但很快就会发生了。

很快。

16

　　杰罗姆把自家车库上面一层的空间改造成了写作室，用来写关于曾曾祖父奥尔顿（别名"黑猫头鹰"）的著作。这天晚上，他正写得起劲的时候，芭芭拉推门进来，问杰罗姆现在找他会不会打扰他。杰罗姆说他刚好想休息一下。他们打开塞在斜坡屋顶下的小冰箱，取出两瓶可乐。

　　"她去哪儿了？"芭芭拉问。

　　杰罗姆叹了口气。"别问我'书写得怎么样了，杰？'，也别问我'有没有找到那条巧克力色的拉布拉多，杰？'。顺便说一句，我找到了，狗安全无恙。"

　　"算你厉害。所以书写得怎么样了，杰？"

　　"写到 93 页了，"他在半空中一挥手，"我已经上道了。"

　　"好，这方面你也很厉害。所以她去哪儿了？"

　　杰罗姆从口袋里掏出手机，点开名叫"网络搜寻"[1]的应用。"你自己看吧。"

　　芭芭拉看着屏幕。"波特兰机场？缅因州的波特兰市？她去那儿干什么？"

　　"你自己打电话问她好了，"杰罗姆说，"就说：'霍莉莓莉呀，杰罗姆在你的手机上装了追踪程序，因为我们担心你。所以你到底怎么样了？姑娘，给我说实话。'你觉得她会怎么想？"

　　"别开玩笑了，"芭芭拉说，"她会气得要死的。但这还不是最糟糕的，最糟糕的是她会觉得很受伤。另外，咱们知道她去干什么了，对吧？"

---

1 即 WebWatcher。

杰罗姆建议（仅仅是建议而已）芭芭拉去霍莉家拿影碟时，顺便偷看一眼霍莉的家用电脑上的浏览记录——假如霍莉在家里和在侦探社用的是同一个密码的话。

　　她用的确实是同一个密码，芭芭拉觉得偷看朋友的浏览记录超级让人恶心，简直像个跟踪狂，但她还是乖乖照做了。因为霍莉前一阵去了俄克拉何马州，随后又去了得克萨斯州，在那儿险些被脱离正轨的警察杰克·霍斯金斯杀死，回来以后她就像是变了个人。那天她除了九死一生外肯定还发生了其他事情，杰罗姆和芭芭拉都心知肚明，但霍莉拒绝告诉他们。刚开始似乎没什么，因为烦恼的神色渐渐离开了她的眼睛，她恢复了正常……好吧，至少是变成了正常的霍莉。但现在她忽然离开，去做某些她不肯告诉他们的事情。

　　因此杰罗姆决定用"网络搜寻"应用追踪霍莉的行踪。

　　芭芭拉则去偷看霍莉的浏览记录。

　　而霍莉没有删除浏览记录。她很容易相信别人，至少对朋友是这样。

　　芭芭拉发现霍莉看了许多新电影的预告片，经常上烂番茄和《赫芬顿邮报》的网站，访问了几次一个名叫"心灵与朋友"的交友网站（也许她想谈恋爱了，谁知道呢），但她近期的大量搜索与阿尔贝·麦克雷迪中学恐怖爆炸案有关。她还搜索了匹兹堡 WPEN 电视台的记者切特·昂多夫斯基、宾夕法尼亚州皮尔村一家名叫"克劳森餐车"的饭馆，以及一个叫弗雷德·芬克尔的男人，芭芭拉发现弗雷德是WPEN 电视台的摄像师。

　　芭芭拉把这些情报带给杰罗姆，问杰罗姆是否认为霍莉处于某种怪异崩溃的边缘，这些症状有可能是麦克雷迪中学爆炸案诱发的。"也许她，怎么说呢，闪回看到了她表姐珍妮被布拉迪·哈茨菲尔德炸死的那一幕。"

　　看着她的浏览记录，杰罗姆当然想过霍莉会不会再次闻到了坏蛋的气味，但另一种可能性似乎同样有说服力，至少在他看来是这样。

"心灵与朋友。"他对妹妹说。

"怎么了？"

"你有没有想过，霍莉有可能——你别惊讶——搭上了什么人？也许她在和某个男人互发邮件，这次是去和他见面了？"

芭芭拉目瞪口呆地看着他。她险些大笑，但没有笑出来。最后她说："嗯——"

"嗯是什么意思？"杰罗姆说，"你给我分析分析。你们两个姑娘家的经常混在——"

"性别歧视了哦，杰。"

他没搭理妹妹。"她有那方面的男性朋友吗？这辈子有过吗？"

芭芭拉仔细想了想。"你知道答案的，我认为没有过。我认为她很可能还是处女。"

那你呢，芭芭拉？这个念头立刻跳进了杰罗姆的脑海，但有些问题不是十八岁女孩的哥哥能问的。

"她不是同性恋，"芭芭拉继续说了下去，"乔什·布洛林的电影她一部都没落下过。几年前看那部傻乎乎的鲨鱼电影的时候，见到杰森·斯坦森脱掉衬衫，她真的呻吟了出来。你真的认为她大老远地跑去缅因州是为了赴约？"

"情况越来越复杂了，"他看着手机屏幕说，"她其实不在机场。放大后你会发现她在大使套房酒店。她很可能正在和某个喜欢冰镇得其利酒的男人喝香槟呢，两人在月光下漫步，讨论经典电影。"

芭芭拉假装要给他脸上一拳，但在最后一秒钟松开了手。

"我告诉你，"杰罗姆说，"咱们最好别管她。"

"真的？"

"我觉得应该这样。咱们要记住，她从布拉迪·哈茨菲尔德手上活了下来，而且是成功逃脱了两次。无论在得克萨斯州发生了什么，她都没被打倒。她表面上有点胆小，但她的心……像钢铁一样坚硬。"

"你说得对，"芭芭拉说，"偷看她的浏览记录……让我觉得有点恶心。"

"我也觉得恶心，"他点了点手机屏幕上标出大使套房酒店的小点，"今晚先放着不管，但明早醒来要是我还这么想，那我就把它删掉。她是个好女人，勇敢，但也很孤独。"

"她母亲还是个老巫婆。"芭芭拉补充道。

杰罗姆无法不同意。"也许咱们别去管她是最好的。不管她有什么事，让她自己处理吧。"

"也许吧。"芭芭拉看上去不怎么情愿。

杰罗姆凑近她。"芭芭拉，有一点我敢肯定。她永远不会发现咱们跟踪过她，对吧？"

"当然，"芭芭拉说，"也不会发现我偷看过她的浏览记录。"

"很好，咱们把话说清楚了。现在我可以继续干活儿了吗？今晚休息前我想再写两页。"

17

霍莉离休息还远着呢。事实上，她今晚真正的工作才刚刚开始。她想在干活儿前先跪下祈祷几句，但随即认为那只是在拖延时间而已。她提醒自己，上帝帮助自助的人。

切特·昂多夫斯基的《切特出警》节目有自己的网页，对节目有意见的观众可以拨打一个以 800 开头的免费号码。这条热线一天二十四小时都有男人（或女人）值守，网页上写着他们会为所有来电保守秘密。

霍莉深吸一口气，拨出号码。仅仅一声铃声过后："《切特出警》，我是莫妮卡，有什么能帮助你的吗？"

"莫妮卡，我想找昂多夫斯基先生，有急事。"

线路对面的女人答得流畅而毫不犹豫。霍莉知道，她面前的电脑屏幕上有台本，写满了形形色色可能出现的要求。"我很抱歉，女士，但切特不是已经下班就是去出任务了。您可以留下联系方式，我一定会转交给他的，要是能说一说您要投诉的大致内容就更好了。"

"我打电话不是为了消费者投诉，"她说，"不过这件事确实和毁灭有关系[1]。能麻烦你转告他一声吗？"

"女士？"莫妮卡显然没听懂。

"今晚九点我必须和他谈一谈。转告他，事情与保罗·弗里曼和那次空难有关，记住了吗？"

"记住了，女士。"霍莉能听见她在咔嗒咔嗒地打字。

"转告他，也与达拉斯的戴夫·范佩尔特和底特律的吉米·埃弗里有关。转告他，这一点尤其重要，还与菲利普·汉尼根和脉冲夜店有关。"

最后这一句吓到了莫妮卡，她说话时没那么流畅了。"是那个人开枪打——"

"对，"霍莉说，"告诉他，九点之前打给我，否则我就带着我的情报去找别人了。别忘记告诉他，这件事和消费者无关，和毁灭有关。他会明白我的意思的。"

"女士，我可以替您转告他，但我没法保证——"

"你转告他就行，他会打给我的。"霍莉说。她祈祷这一套说辞能成功，因为她并没有备用计划。

---

1 霍莉由消费者（consumer）想到了毁灭（consume）。

"女士，我需要您的联系方式。"

"你的电脑屏幕上有我的号码，"霍莉说，"等昂多夫斯基先生打电话给我的时候，我会告诉他我叫什么的。祝你今晚过得开心。"

霍莉挂断电话，擦掉眉头上的汗珠，抬起手腕看 Fitbit 手环。心率 89，还行。换了以前，打这么一个电话，她的心率肯定会飙到 150 以上。她看了一眼时间，七点一刻。她从旅行包里取出书，立刻又塞了回去。她太紧张了，没法读书，于是她起身踱来踱去。

七点三刻，她正在卫生间里擦洗腋窝（她不用除臭剂，水合氯化铝按理说是安全的，但她还是有所顾虑），这时电话响了。她深呼吸了两次，最简单地祈祷了一句——上帝帮帮我，千万别搞砸。她接起电话。

18

手机屏幕上显示的是"未知号码"，霍莉并不意外。他用的是私人手机，甚至有可能是一次性手机。

"我是切特·昂多夫斯基，请问您是哪位？"这个声音流畅、友好而克制，属于一位身经百战的电视记者。

"我叫霍莉，你目前只需要知道这些。"她觉得她的声音还算过得去。她按了一下手环，心率 98。

"霍莉，找我有什么事？"他摆出一副认真倾听的样子，想争取她的信任。这不是在松树镇报道血腥恐袭的那位记者，而是《切特出警》的主角，想知道为你铺车道的工人如何敲了你一笔，电力公司如何把不是你用的许多千瓦时算在你头上。

"我认为你知道，"她说，"但咱们还是先说说清楚好了。给我一个邮箱地址，我发给你一些照片。"

"霍莉，你看一下《切特出警》的网页，就会找到——"

"你的个人邮箱。但你不会希望别人看见这些照片的，真的。"

对面沉默了很久，霍莉差点以为他挂断了电话，但最后他还是给出了一个邮箱地址。霍莉把地址写在酒店的便笺上。

"我这就发给你，"她说，"你好好看看，特别是声纹分析和菲利普·汉尼根的照片。十五分钟内打给我。"

"霍莉，这么做非常不寻——"

"昂多夫斯基先生，你本人就非常不寻常，对吧？十五分钟内打给我，否则我就公开我知道的信息。从我发出邮件的那一刻开始给你算时间。"

"霍莉——"

她挂断电话，手机掉在了地毯上。她弯下腰，脑袋悬在两膝之间，双手捂住脸。别昏过去，她对自己说，你别给我昏过去。

等她觉得好起来了——在这个压力巨大的环境下勉强称得上的"好"——她打开笔记本电脑，把布拉德·贝尔给她的材料发了出去。她都懒得打字了，照片就是她想说的话。

她耐心等待。

十一分钟后，她的手机响了。她立刻抓起手机，但等铃响了四声才接听。

他也懒得寒暄了。"这些东西什么都证明不了。"依然是经验丰富的电视人训练有素的声音，但失去了所有的热络，"你知道的，对吧？"

霍莉说："等人们对比完菲利普·汉尼根的照片和你捧着包裹站在学校门口的照片再说，假胡子糊弄不了任何人。等他们对比完菲利普·汉尼根的声纹和切特·昂多夫斯基的声纹再说。"

"霍莉，你说的'他们'是谁？警察吗？他们会用笑声把你送出警察局的。"

"哦，不，不是警察，"霍莉说，"我有比警察更好的人选。要是TMZ[1]不感兴趣，《流言饕餮》肯定会感兴趣，还有《深潜者》和《德拉吉报道》，他们最喜欢稀奇古怪的东西。至于电视节目，我可以去找《内幕消息》和《名流揭秘》。不过你知道我首先会去找谁吗？"

线路那头一片寂静，但她能听见他的呼吸声。

它的呼吸声。

《内幕视点》，"她说，"他们对'恶夜飞魔'的分析持续了一年多，'瘦人'两年多。他们能彻底榨干一个话题，现在的订阅量还在三百万以上，他们会爱死你的故事的。"

"没人会相信你的屁话。"

这不是真的，两人都很清楚。

"他们会相信的。昂多夫斯基先生，我有大量资料，也就是你们记者所说的深度背景，等报道放出来——要是真放出来的话——人们会开始挖掘你的过去，你所有化身的过去。你的伪装不只会被踢破，还会爆炸。"就像你用来屠杀那些儿童的炸弹一样，她心想。

一阵沉默。

霍莉咬住指关节，等他先开口。非常困难，但她做到了。

他终于开口了，他问："那些照片是从哪儿搞到的？是谁给你的？"

霍莉知道他会问这个，也知道她必须给他一些甜头。"有人关注你已经很久了，你不认识他，永远也找不到他。但你不需要担心他，他年纪非常大了，你要担心的是我。"

又是一阵漫长的沉默，霍莉咬破了一个指关节。终于，她等待的问题出现了："你想要什么？"

---

1 时代华纳旗下的一家名人八卦新闻网站。

"我明天告诉你，明天中午咱们见个面。"

"我有任务——"

"取消掉，"曾经低着脑袋、缩着肩膀惶恐度日的女人命令道，"这就是你的新任务，我猜你不想搞砸。"

"在哪儿见？"

霍莉早有准备。她研究过了。"门罗维尔购物中心的美食广场。离你们电视台不到十五英里，对你来说很方便，对我来说比较安全。去胜百诺比萨的摊位看一圈，你会找到我的。我穿棕色皮夹克，敞开露出里面的粉色高领毛衣，面前会有一块比萨和一杯星巴克的咖啡。十二点过五分你不来，我起身就走，去买我的东西。"

"你是个疯婆娘，没人会相信你的。"他听上去没什么底气，但也并不害怕。他听上去很生气。生气就对了，霍莉心想，我能利用你的愤怒。

"昂多夫斯基先生，你想说服的是谁？是我，还是你自己？"

"你很有种，女人，你知道吗？"

"我的朋友会盯着我的。"她说。这不是真的，但昂多夫斯基不知道。"他不知道我在干什么，你不用担心，但他会盯着我的，"她停了停，"也会盯着你。"

"你想要什么？"他再次问她。

"明天见。"霍莉挂断了电话。

她做完第二天清晨飞往匹兹堡的各种安排，躺在床上。她想睡觉，但觉得自己睡不着。她在酝酿计划的时候考虑过，但她此刻又在考虑是不是真的有必要去见他。她认为有必要。她认为她能让他相信，她已经捏住了他的命门（比尔肯定能让他相信）。她必须看着他的眼睛，给他指一条出路，必须让他相信她想和他做交易。什么样的交易呢？她的第一个念头很疯狂：就说她想变得和他一样，她想活……永生大概不行，似乎太极端了，但几百年应该没问题。他会相信她吗？还是会认为她在骗他？风险太大了。

那就是钱了，只能是钱。

他会相信的，因为他观察人类的浮夸行径已经许多年了。他鄙视人类。昂多夫斯基认为人类是低等生物，是需要他来减员的牲畜群，一切归根结底都是为了钱。

午夜过后的某个时候，霍莉终于睡着了。她梦到得克萨斯州的洞穴，梦见一个怪物，它看上去像个男人，直到她用装满轴承滚珠的袜子揍它。它的脑袋四分五裂，因为那只是个伪装。

她在梦中哭泣。

2020 年 12 月 17 日

1

芭芭拉是霍顿高中毕业班的优等生，因此在上午九点到九点五十的自由活动时间，她基本上可以为所欲为。下课铃响起，她离开早期英国作家课的教室，溜溜达达来到美术教室，在这个时间段，美术教室空无一人。她从裤子后袋里掏出手机，打给杰罗姆。从杰罗姆的声音来看，她很确定她吵醒了哥哥。嘿，这就是作家的生活，她心想。

芭芭拉没有浪费时间。"杰，今天上午她在哪儿？"

"不知道，"他说，"我删掉了追踪程序。"

"真的？"

"真的。"

"呃……好吧。"

"我能继续睡觉了吗？"

"不行。"她说。芭芭拉六点三刻就起床了，倒霉蛋见不得别人好。"该起床了，去捏住世界的卵蛋。"

"小妹，你这嘴巴没救了。"他挂掉了电话。

芭芭拉站在一个学生画得非常差劲的湖景水彩画旁，盯着手机，皱起眉头。也许杰罗姆说得对，霍莉是去见某个她在交友网站上认识的男人了。不是为了和他上床，那不像霍莉，是为了与别人交往，为了主动接触他人。她的心理医生肯定一直在教她怎么做，芭芭拉愿意这么想。波特兰市离她格外感兴趣的爆炸地点毕竟至少有五百英里，甚至更远。

设身处地想一想，芭芭拉对自己说，你难道不想要一点隐私吗？要是你发现你的朋友——你认为是朋友的人——在监视你，你难道不会生气吗？

霍莉肯定不会发现，但道理难道就不是这个道理了？

当然不该监视的。

她是不是还在担心（有一点点担心）霍莉？

是的，但有些担忧是你不得不克服的。

她把手机塞回口袋里，决定去音乐教室练吉他，等二十世纪美国历史课上课。她正在学习威尔逊·皮克特的灵魂乐老歌《午夜时分》。过渡乐节的和弦复杂得出奇，但她就快摸到门道了。

走出教室的时候，她险些和贾斯廷·弗里兰德撞个满怀，贾斯廷在上三年级，是霍顿高中极客小队的创始成员之一，据传闻说，他对她热烈地一见钟情。她对他笑了笑，贾斯廷的脸色立刻变成了危险的红色，只有白人少年才有可能变出这样的脸色。传闻得到了证实。芭芭拉忽然想到，也许这就是命运。

她说："哎，贾斯廷。不知道你能不能帮我一个忙？"

她又从口袋里掏出了手机。

2

贾斯廷·弗里兰德低头查看芭芭拉的手机（天哪，手机刚才就放在她的裤子后袋里，现在还热乎乎的呢），这时霍莉降落在了匹兹堡国际机场。十分钟后，她来到安飞士的租车柜台前排队。用优步打车肯定比较便宜，但自己开车更加明智。佩特·亨特利加入先到先得侦探社一年后，两人接受了关于监视与脱逃的驾驶培训，对佩特来说是温故知新，对霍莉则是打开了新世界的大门。今天她不需要监视方面的技能，但要靠脱逃来救命就未必全无可能了。她即将见到一个危险分子。

她把车停在一家机场旅馆的停车场里，想要消磨一点时间（我连去我的葬礼都会早到，她再次想着）。她打电话给母亲。夏洛特不接电话，这不等于她不在，直接转语音信箱是她古老的惩戒手段之一，每次她觉得女儿行为逾矩就会这么做。霍莉接着打给佩特，佩特再次问她在干什么，打算什么时候回来。她想到丹·贝尔和他肯定是同性恋的孙子，于是说她在新英格兰地区探望朋友，周一早上保证精神抖擞地回到侦探社。

"这话我记住了，"佩特说，"因为周二你要宣誓做证。周三是侦探社的圣诞派对，我打算在槲寄生底下亲你。"

"恶心。"霍莉说，但她在微笑。

十一点一刻，她来到了门罗维尔购物中心，强迫自己在车里又坐了一刻钟，她时而按亮手环（心率刚过100），时而祈祷上帝赐她力量、冷静和说服力。

十一点半，她走进商场，慢悠悠地走过几家商铺——Jimmy Jazz体育用品、Clutch 手提包、Boobaloo 婴儿车——她扫视橱窗，不是为了浏览商品，而是在寻找切特·昂多夫斯基的倒影，看他是不是在监视她。现身的应该是切特。他的另一个分身，她称之为乔治的那个人，此刻是全美头号通缉犯。霍莉猜想他也许还有第三个模板，但她认为可能性不大。他有一个猪脸分身和一个狐狸脸分身，为什么还需要更多的形象呢？

十二点差十分，她在星巴克排队买了咖啡，又去胜百诺排队买了一块她并不想吃的比萨。她拉开皮夹克的拉链，露出粉红色的高领毛衣，又在美食广场找了一张没人坐的桌子。正是午餐时间，但没人坐的桌子相当多——比她预想中多，她有些不安。商场本身也没多少来购物的人，在这个圣诞购物季，冷清的商场显得尤其惨淡。他们的日子似乎不太好过，如今人人都通过亚马逊网站买东西了。

十二点到了。一个年轻人放慢脚步，他戴着帅气的太阳镜，穿格子呢的夹克衫（拉链上有两枚滑雪电缆车的标牌荡来荡去），像是想找她搭讪，但随即又向前走了。霍莉松了一口气。她非常不擅长拒绝搭讪，因为她一直没什么理由去学习这项技能。

十二点过五分，她开始认为昂多夫斯基不会来了。十二点过七分，一个男人忽然在她背后开口，用的是经常上电视那种人的热络语气，像是在表达"咱们在这儿都是好朋友"。他说："霍莉，你好。"

她吓了一跳，险些碰翻咖啡。说话的正是戴帅气太阳镜的年轻男人。一开始她以为他真的还有第三个模板，但等他摘掉太阳镜，她发现这依然是昂多夫斯基。他的脸稍微方正了一些，嘴角的皱纹不见了，眼睛的间距小了一点（上电视可就不太好看了），不过确实是他。他并不年轻，霍莉没在他的脸上看见皱纹，但她能感觉到皱纹的存在，而且数量还不少。他伪装得很好，不过在近处仔细看，他像是打过肉毒杆菌或做过整容手术。

因为我知道事实，她心想，我知道他是什么怪物。

"我觉得我最好换个样子来找你，"他说，"我是切特的时候，往往会被认出来。电视记者当然不是汤姆·克鲁斯，但……"他谦逊地耸耸肩，给这句话画上句号。

看着摘掉太阳镜的他，霍莉发现了另一个不寻常的地方：他的眼睛像是在隐约闪烁，就好像它们沉在水下……或者根本不存在。他的嘴部是不是也有类似的特征？霍莉不由得想到了 3D 电影，你摘掉眼镜，见到的画面就是这个样子。

"你发现了，对吧？"他的声音依然热情而友善，与他嘴角的微笑相得益彰。"大多数人看不到，那是我正在转变，过五分钟就会消失，顶多十分钟。我不得不从电视台直接过来，霍莉，你给我造成了一些麻烦。"

她意识到她听见了字词间的短暂停顿，那是他在用舌头顶住上腭，以免说话大舌头。

"这话让我想到了特拉维斯·特里特的一首乡村老歌。"她的声音还算冷静，但她无法不和他对视。在他的眼睛里，眼白的闪烁扩散进了虹膜，而虹膜的闪烁扩散进了瞳孔。一时间，它们仿佛是边境不稳定的国度。"歌名叫《拿着这个硬币，给在乎你的人打电话去吧》。"

他微微一笑，但嘴唇似乎分得太开了。忽然间，他双眼的微小扰动仍然存在，但嘴部恢复了坚实。他望向霍莉的左侧，那里有个身穿风雪衣的老人在看杂志。"那是你的朋友吗？还是那头的那个女人？她盯着'永远二十一岁'的橱窗看了很久，时间长得可疑。"

"也许两个都是。"霍莉说。两人已经针锋相对，她反而感觉好多了。或者说，算是好多了。他的眼睛依然令人惶恐不安，看久了会害得她头疼，但移开视线会让他觉得她软弱可欺，而她多半也会失去直面他的勇气。

"你了解我，但我只知道你的名字。你姓什么？"

"吉布尼。霍莉·吉布尼。"

"所以你到底想要什么，霍莉·吉布尼？"

"三十万美元。"

"勒索，"他轻轻摇了一下头，像是对她感到失望，"霍莉，你知道勒索是什么吗？"

她想起了比尔·霍奇斯生前的警句之一（他有很多警句）：你不能回答嫌犯的问题，而是要让嫌犯回答你的问题。因此她只是静静地等他说下去，娇小的双手叠放在她不想吃的比萨旁边。

"勒索其实是借钱，"他说，"甚至都不是由借转买，《切特出警》很熟悉这个套路的。假设我有三十万——其实我没有，电视记者的薪水和电视演员的报酬有着很大的区别。不过咱们先这么假设好了。"

"假设你已经活动了很长一段时间，"霍莉说，"而且一直在存钱，以此供养你的……"到底该说你的什么呢？"你的生活方式，还有你的背景资料、假证件和其他东西。"

他露出微笑，一个迷人的笑容。"说得好，霍莉·吉布尼，所以先假设我有吧。但我想说的重点没有改变：勒索其实是借钱。等那三十万花完，你会拿着用修图软件改过的照片和用电子手段篡改过的声纹回来，再次威胁要去曝光我。"

霍莉料到他会这么说。她不需要比尔提醒她，绝大多数内容是真话的谎言最能糊弄人。"不，"她说，"我只想要三十万，因为我只需要那么多。"她停顿片刻，"但我还有一个要求。"

"什么要求？"接受过播音训练的愉快声音变得居高临下。

"咱们还是先说钱吧。最近我的亨利舅舅诊断出了阿尔茨海默病，他进了长者照护中心，那里专门收留和照顾他这样的人。费用非常昂贵，但这并不是重点，重点是他讨厌那地方，还非常狂躁，因此我母亲想带他回家。然而她没法照顾他。她以为她可以，但她做不到。她年纪大了，自己的身体也有问题，而且家里也必须翻新，加装行动不便的老人需要使用的设施。"她想到了丹·贝尔，"坡道、楼梯升降椅、电动床，但这些都还是小头。我想雇人全天照顾他，包括白天的一名正式护士。"

"这么昂贵的计划，霍莉·吉布尼，你肯定非常爱那位老人。"

"是的。"霍莉说。

这是实话，尽管亨利舅舅很讨人厌。爱是一种馈赠，爱也是两头都是镣铐的锁链。

"他的情况很不好，最大的问题是充血性心力衰竭。"她再次参考丹·贝尔的情况，"他坐轮椅，需要吸氧，也许还能活一两年，顶多三年。我算过，三十万能让他活五年。"

"要是他活到第六年，你还会来找我的。"

她不由得想到了年轻的弗朗克·彼得森，他在弗林特市被另外那名局外人杀害，局外人的手法极其残忍，他经受了极大的痛苦。她对昂多夫斯基的愤怒忽然高涨。训练有素的电视记者语气，居高临下的笑容，这一切都让她恶心。他是一坨狗屎，不，狗屎都比他好。她坐起来，盯着他的眼睛（谢天谢地，他的眼睛终于开始定型了）。

"你听我说，屠杀儿童的狗屎东西。我没兴趣问你要更多的钱，我连这笔钱都不想来问你要。我根本不想再次见到你，我自己都没法相信我打算让你逍遥法外，我告诉你，要是你脸上还挂着那个该死的笑容，我说不定会改变主意。"

昂多夫斯基向后退缩，像是挨了一巴掌，他的笑容随之消失。有人曾经像这样对他说过话吗？也许吧，但肯定是很久以前了。他是备受尊重的著名电视记者！他主持《切特出警》的时候，爱骗人的承包商和假药作坊的负责人见到他走近就会瑟瑟发抖！他的眉头（她注意到他的眉毛非常稀疏，像是毛发不愿意在那儿生长）拧了起来。"你不能——"

"闭嘴，听我说。"霍莉用低沉认真的声音说。她向前俯身，不仅入侵了他的私人空间，还隐含着一种威胁的意味。霍莉的母亲从未见过这样的她，尽管夏洛特在过去这五六年里见证了她的改变，越来越觉得女儿是个陌生人，甚至有可能被调包了。"你在听我说话吗？你最好听仔细了，否则咱们到此为止，我起身就走。《内幕视点》不会给我三十万，但我猜五万还是拿得出来的，那就是个不错的开始了。"

"我听你说。""说"字里有个短暂的停顿。这次的停顿比较长，因为他有些心烦意乱。霍莉心想，我想要的正是你心烦意乱。

"三十万美元，现金，五十和一百美元的纸币。放在一个箱子里，就像你在麦克雷迪中学用的那个箱子，但圣诞贴纸和假制服就不需要费神了。周六傍晚六点整，送到我的工作地点来，你有今天下午和明天一整天可以筹集现金。记得准时来，别像今天这样迟到。敢迟到，你就完了。要记住，我离踢爆你只差一根头发丝的距离。你让我恶心。"这同样是实话，此刻要是按下 Fitbit 手环侧面的按钮，她大概会看见心率飙到了 170。

"只是为了方便谈话，请问你的工作地点在哪儿？另外，你做哪一行？"

回答这些问题意味着要是她搞砸了，就会给自己签署死亡证明。霍莉很清楚这个事实，但现在想回头已经来不及了。"弗雷德里克大厦，"她加上城市名称，"周六，下午六点。圣诞节快到了，整个侦探社里只会有你和我。五楼，先到先得。"

"先到先得具体是干什么的？讨债机构？"他皱起鼻子，像是闻到了难闻的气味。

"我们确实也替人收款，"霍莉承认道，"但以其他业务为主。先到先得是一家侦探社。"

"我的天，所以你是个真正的私家侦探？"他已经恢复得足够冷静了，讥讽地拍了拍心口（要是他真的有心，霍莉敢打赌它是漆黑的）。

霍莉没兴趣顺着那个话题说下去。"六点，五楼。三十万，五十和一百的现钞，装在箱子里。走侧门进来。你来了就打电话给我，我用短信把开锁密码发给你。"

"有摄像头吗？"

这个问题一点也没有让霍莉吃惊。他是个电视记者。和杀死弗朗克·彼得森的局外人不同，摄影器材是他的生命。

"有，但坏了，因为这个月初的冰风暴。还没修好。"

她看得出他并不相信，但这确实是真的。大楼管理员阿尔·乔丹是个懒骨头，早就该被炒鱿鱼了（这是霍莉的看法，佩特表示赞同）。大楼里待维修的不仅仅是侧门的摄像头，要不是有杰罗姆，八楼的那些人只怕到现在还必须爬楼梯去大厦最顶层呢。

"门里有金属探测器，那东西能正常工作。探测器内置在墙壁里，你不可能绕过它。所以要是你提前溜进来，我会知道。要是你企图带枪，我也会知道。听明白了吗？"

"明白了。"他的笑容再次消失。她不需要心灵感应也知道，他在想这女人是个爱管闲事的麻烦婊子。霍莉不在乎，总比当一个会被自己影子吓住的胆小鬼强。

"坐电梯上来。电梯很吵，我会听见的。等电梯门打开，我会在走廊里等你，咱们在那儿交换东西。我所有的资料都存在一个 U 盘上。"

"具体怎么交换？"

"现在你先别管。只需要知道肯定行得通，你和我都能全身而退就行。"

"而我应该相信你的保证？"

又是一个她没兴趣回答的问题。"说说你需要做的另一件事吧。"接下来她要么能敲定交易……要么就完蛋了。

"是什么？"他的语气变得近乎阴沉。

"我说过的那个老人，发现你的那个人——"

"他到底是怎么发现的？"

"同样不关你的事。重点在于，他已经关注你很多年了，有几十年。”

霍莉仔细观察他的脸，对她见到的东西很满意，因为那是震惊的表情。

“他没来找你，是因为他觉得你就像鬣狗或者乌鸦，吃马路上被撞死的动物为生。谈不上优雅，但也是……怎么说呢？也是生态系统的一部分。可是后来你觉得这还不够，对吧？你心想，为什么我要等待悲剧或血腥事件发生呢？我可以自己制造嘛。这样一来就方便多了，对吧？”

昂多夫斯基毫无反应，只是盯着她看。他的双眼已经固定下来了，但依然令人恐惧。这是她的死亡证明书，没错，她不只在上面签了字，连表格都是自己填的。

“你以前还杀过人吗？”

漫长的沉默。就在霍莉认为他不会回答的时候——但沉默也是一种回答——他开口了。“没有，但我很饿。”他笑了，这个笑容让她想要尖叫。“霍莉·吉布尼，你似乎很害怕。”

没必要撒谎否认。“我是很害怕，但我也很坚定。”她再次向前俯身，侵入他的私人空间。这是她这辈子做过的最困难的事情。“这就是我的另一个要求：这次我就放过你了，但你绝对不能再犯。你敢做，我就会知道。”

“然后呢？你会来找我的麻烦？”

现在轮到霍莉沉默了。

“霍莉·吉布尼，这些材料你到底拷贝了多少份？”

“只有一份，”霍莉说，“全在 U 盘上，周六晚上我会交给你。但是。”她用一根手指指着他，很高兴地看见自己的手指没有颤抖。“我认识你的脸，你的两张脸我都认识。我认识你的声音，你的声音里有些特征，你自己都不一定知道。”她想到了用来克服大舌头的短暂停顿。“你按你的方式生活，吃你腐烂的食物，但要是我怀疑你制造了

280

另一起悲剧，另一个麦克雷迪中学，那么，是的，我会来找你的麻烦。我会追杀你，破坏你的生活。"

昂多夫斯基环顾了一圈几乎空无一人的美食广场。戴粗花呢帽子的老人和盯着"永远二十一岁"橱窗里的假人看的女人都走了，快餐摊位前有几个人在排队，但都背对着他们。"霍莉·吉布尼，我觉得没人在监视咱们，我认为你是单独来的。我认为我一伸手就能隔着桌子拧断你的小细脖，没人会注意到发生了什么，我的动作非常快。"

假如他发现她很害怕，他也许真的会动手。她确实害怕，因为她知道，他突然陷入这种境地，肯定既绝望又愤怒。他很可能会动手，因此她再次强迫自己俯身凑近他："你的动作未必快到了能不让我喊出你名字的地步，我认为匹兹堡市区没人不知道你的名字，我的速度同样不慢。你想冒这个险吗？"

他考虑了几秒钟，也可能只是在假装考虑。最后他说："周六下午六点，弗雷德里克大厦五楼。我带钱来，你给我 U 盘，一手交钱一手交货？"

"一手交钱一手交货。"

"在这之后你就会保持沉默？"

"对，除非再发生一起麦克雷迪中学爆炸案。要是这样，我就爬到屋顶上，把我知道的事情全喊出去。我会喊个不停，直到有人相信我。"

"好吧。"

他伸出手，霍莉拒绝和他握手，甚至连碰都不肯碰一下，他似乎并不吃惊。他起身，再次微笑，让她想要尖叫的正是这个笑容。

"炸掉那所学校是个错误，现在我知道了。"

他戴上太阳镜，穿过美食广场的路都走到一半了，霍莉才意识到他这是离开了。他说自己动作快可不是在吹牛。要是他隔着小桌向她伸出手，她也许能躲开，但她不是很有信心。双手飞快地一扭，转身就走，扔下一个女人坐在那儿，下巴耷拉到胸前，像是吃过午饭后正在打盹。不过现在她的死刑只是缓期执行了而已。

好吧，他说。就这么两个字，没有犹豫，没有要她保证，没有问她如何能确定以后造成多人伤亡的爆炸案（一辆公共汽车，一列火车，像这样的一个购物中心）不是他的作为。

"炸掉那所学校是个错误，"他说，"现在我知道了。"

而她是错误的关键，需要纠正的环节。

他不打算给我钱，他打算杀掉我，霍莉心想。她拿着没碰过的比萨和星巴克纸杯走向最近的垃圾桶，这时她几乎放声大笑。

就好像我不是从一开始就知道似的。

3

门罗维尔购物中心的停车场寒风呼啸。在圣诞购物季的高峰期，这儿应该停满了车才对，但实际上顶多算是半满。霍莉很清楚她只有一个人。这里有大片空闲的车位，寒风可以肆意呼啸，吹得她面部发麻，甚至让她脚步踉跄，与此同时，停在这里的车辆也形成了一个个小岛。昂多夫斯基有可能躲在任何一辆车背后，准备蹿出来（我的动作非常快）袭击她。

她跑完最后十步，跳上租来的轿车。上车后她立刻按下按钮，锁好所有的车门。她在车里坐了足足半分钟，努力让自己冷静下来。她没有看手环，因为她不会喜欢上面显示的信息。

霍莉开车离开购物中心，每隔几秒钟就看一眼后视镜。她不认为自己会被跟踪，但还是进入了甩掉尾巴的驾驶模式。求个稳妥总比遗憾赴死要好。

　　昂多夫斯基也许会猜到她搭通勤航班回家，因此她打算在匹兹堡过夜，明天再去乘火车。她开进一家假日快捷酒店的停车场，在进门前打开手机，想看看有没有新信息。语音信箱里有她母亲的一条留言。

　　"霍莉，我不知道你在哪儿，但亨利舅舅在该死的起伏群山出了事故。他也许断了一条胳膊。打电话给我，求你了。"霍莉听见了母亲的痛苦，也听见了始终如一的责备：我需要你，而你又一次辜负了我。

　　她的指尖悬在屏幕上方一毫米处，险些就回了母亲的电话。老习惯最难打破，默认立场最难改变，羞愧已经烧红了她的额头、面颊和咽喉，母亲接听电话时她会脱口而出的话已经冒到了嘴边：对不起。有什么不可以的呢？从小到大她一直在向母亲道歉，而母亲原谅她时的表情永远像是在说：唉，霍莉，你一直就是这样，总是这么让我失望。夏洛特·吉布尼也有她的固定立场。

　　但这一次，霍莉收回了手指，她在思考。

　　说真的，为什么要说对不起呢？她到底为什么要道歉？因为她不在场，没有拉住老糊涂的亨利舅舅，害得他摔断了胳膊？因为她没有在母亲打电话的第一时间接听？因为夏洛特的生活才是重要的、真正的生活，而霍莉的生活只是母亲投下的影子？

　　和昂多夫斯基面对面交涉很艰难，拒绝立刻回应母亲的呼唤同样艰难，甚至更难，但她必须这么做。她没有打给母亲，而是打给了起伏群山长者照护中心，尽管这么做让她觉得自己是个坏女儿。她报上身份，请对方找布拉多克夫人，对方让她稍等。她痛苦地听了一会儿《小鼓手》，直到布拉多克夫人接起电话。霍莉觉得这个音乐能逼人自杀。

　　"吉布尼小姐！"布拉多克夫人说，"现在祝你圣诞快乐是不是早了点？"

"没有的事，多谢问候。布拉多克夫人，我母亲打电话说我舅舅出了点意外。"

布拉多克夫人哈哈大笑。"不，要是没有他，才会出意外呢！我打电话跟你母亲说过了。你舅舅的精神状态也许有点迷糊，但他的反应可没有任何问题。"

"这是怎么回事？"

"刚来的第一天，他不肯离开房间，"布拉多克夫人说，"这倒是不稀奇。新来的人总是很迷糊，他们往往精神紧张，有时候甚至非常紧张，那样的话我们会用药物帮他们镇定下来。你舅舅并不需要，昨天他自己从房间里走出来，在娱乐室坐下。他甚至帮哈特菲尔德夫人拼了拼图，还看了他很喜欢的那个疯狂法官节目……"

约翰·劳，霍莉心想。她忍不住笑了起来。她几乎没有觉察到自己在不停地看后视镜，确保切特·昂多夫斯基（我的动作非常快）没有偷偷接近她。

"……下午的点心。"

"不好意思，"霍莉说，"我刚才没听清。"

"我说，节目结束后，一些老人去餐厅吃下午的点心。你舅舅和哈特菲尔德夫人一起走，老太太八十二岁了，走路很不稳当。总之她绊了一下，要不是亨利抓住她，她肯定会重重地摔倒。萨拉·惠特洛克，我们的一名助理护士，说他的反应快极了，她的原话是'快如闪电'。总而言之，他托住她的身体，自己撞在墙上，墙上挂着一个灭火器——本州法律的规定，你知道的。他撞青了一大块，但他救了哈特菲尔德夫人，没让她摔出脑震荡或者更糟糕的结果。她的身子骨很弱。"

"撞到灭火器上的时候，亨利舅舅没摔断骨头吧？"

布拉多克夫人再次大笑。"哈，老天在上，当然没有！"

"太好了。转告舅舅，他是我的英雄。"

"没问题，顺便再一次祝你节日快乐。"

"我叫霍莉，所以肯定快乐[1]。"她说。自从十二岁开始，每逢一年中的这个时节，她就会把这句俏皮话挂在嘴边。她在布拉多克夫人的笑声中挂断电话，盯着假日快捷酒店的沉闷砖墙看了一会儿，接着她在平胸上抱着胳膊，皱起眉头思考。最终她下定决心，打电话给母亲。

"天哪，霍莉，你终于打电话了！你在哪儿？我哥哥难道还不够我操心吗，连你也要我操心？"

想说对不起的冲动再次浮现，她再次提醒自己：你没有任何理由道歉。

"我没事，妈妈。我在匹兹堡——"

"匹兹堡！"

"不过我两个多小时后就能到家，只要路上不堵车，安飞士也允许我在那儿还车。我的房间收拾好了吗？"

"一直是收拾好的。"夏洛特说。

当然了，霍莉心想，因为你觉得我迟早会清醒过来，回家去住。

"很好，"霍莉说，"我到家还能赶上吃晚饭。咱们一起看会儿电视，明天去看亨利舅舅，要是——"

"我好担心他！"夏洛特哭叫道。

但还没担心到要开车赶过去的地步，霍莉心想。因为布拉多克夫人打过电话给你，你知道发生了什么。重点不是你的哥哥，而是要让女儿浪子回头。现在已经来不及了，我猜你心里也很清楚，但还是忍不住要试一下。这也是你的默认立场。

"妈妈，我确定他没事。"

"他们说他没事，但他们肯定会这么说，对吧？那种地方永远很警

---

1 节日（holiday）的前半部分音似霍莉（Holly）。——译者注

觉，就怕有人起诉。"

"那咱们去探望他，自己亲眼看看，"霍莉说，"可以了吧？"

"哦，应该吧。"电话那边停顿了片刻，"咱们去看过他以后，你就会离开，对吧？回那座城市去。"潜台词：那个索多玛，那个蛾摩拉，那个罪孽和堕落的深渊。"我一个人过圣诞，而你和朋友们一起过。"包括那个年轻黑人，一看就知道在吸毒。

"妈妈，"有时候霍莉真的想尖叫，"罗宾逊一家几周前就邀请了我，在感恩节过后。我告诉过你，你说没问题的。"夏洛特的原话其实是：好吧，随便你，要是你觉得非去不可的话。

"那时候我以为亨利还会在家里。"

"这样吧，周五晚上我也待在家里，如何？"她可以为了母亲待在家里，再说待在家里对她也有好处。她确定昂多夫斯基能找到她在城里的住处，提前二十四小时带着杀意登门拜访。"咱们可以提前过圣诞。"

"那就好极了，"夏洛特一下子高兴了起来，"我可以烤一只鸡，还有芦笋。你喜欢吃芦笋！"

霍莉讨厌芦笋，但对母亲说这些等于白费唇舌。"听起来很不错，妈妈。"

4

霍莉和安飞士谈好了异地还车的事项（当然有一笔外加费用），她开车上路，只在半路停了一次，给车加了点油。她在麦当劳要了个麦香鱼，顺便打了两个电话。她对杰罗姆和佩特说，对，她办完私事了，周末要回家探望母亲，还要去养老院看舅舅。她周一回来上班。

"芭芭拉挺喜欢那些电影，"杰罗姆对她说，"但她说这些电影太'白'了。她说看了这些电影，会觉得黑人根本不存在。"

"告诉她，把这个看法写进小论文，"霍莉说，"等我有空了给她看《夏福特》。现在我要继续开车了，路上车很多，天晓得人们都要去哪儿。我刚才去了个购物中心，里面空了一半。"

"他们去探望亲友，和你一样，"杰罗姆说，"亚马逊没法把亲友用快递送上门。"

霍莉开进76号州际公路的车流，这时她忽然想到母亲肯定为她准备了圣诞礼物，而她没有为夏洛特买礼物。她已经能看见自己空手上门时母亲悲愤的表情了。

于是她在下一个购物中心停车，尽管这么一来，她就没法在天黑前赶到吉布尼家了（她讨厌在夜里开车）。她为母亲买了一双拖鞋和一件漂亮的浴袍，确认自己没有扔掉小票，免得夏洛特说霍莉你怎么又买错了尺码。

重新回到公路上，安安稳稳地坐在租来的车里时，霍莉深吸一口气，把吐气变成一声尖叫。

很有用。

5

夏洛特在门口拥抱女儿，拉着她进门。霍莉知道她接下来会说什么。

"你瘦了。"

"其实和原来一样。"霍莉说。母亲瞪了她一眼，用眼神说：得过厌食症，就永远是厌食症患者。

晚餐是离家不远的一家意大利馆子的外卖，吃饭的时候，夏洛特喋喋不休地说没有了亨利，她过得有多么艰难。就好像她哥哥已经走了五年，而不是仅仅五天，就好像他不是去了附近的养老机构，而是不顾年迈在远方干什么蠢事——在澳洲经营自行车店，在热带群岛描绘金色日落。她没问霍莉过得怎么样，工作怎么样，去匹兹堡干什么。熬到九点钟，霍莉总算能说她累了，想去休息。她觉得自己变得很小，又成了住在这座屋子里的可怜而孤独的厌食症少女——是的，至少在噩梦般的高中一年级时，她就是这个样子，那时候她的外号是"嘀咕嘀咕"。

她的卧室和从前一样，暗粉色的墙壁总让她想到半生不熟的肉。毛绒玩具依然摆在单人床上方的架子上，诡计兔先生占据着最显眼的位置。它的耳朵破破烂烂的，因为她以前睡不着的时候就会咬在嘴里啃。西尔维娅·普拉斯[1]的海报还挂在写字台上方的墙上，霍莉在这个写字台上写过蹩脚的诗歌，偶尔想象和她的偶像一样自杀。脱衣服的时候，她想到要是家里的厨房用的不是电炉，而是煤气炉，她很可能已经自杀了，至少会去尝试一下。

你很容易（实在太容易了）就能想象，她小时候住的房间就像恐怖故事里的怪物一样，默默在这里等待着她。成年后，神志健全（相对健全）的她在这里睡过几个晚上，这个房间并没有把她生吞活剥掉，母亲也没有把她生吞活剥掉。怪物确实存在，但不在这个房间或这座屋子里。霍莉知道她能记住这个事实，记住她是谁。她不再是半夜咬诡计兔先生耳朵的那个孩子了，也不再是上学前总会把早饭吐得一干

---

1 美国女诗人、作家，1963 年因一氧化碳中毒自杀身亡，年仅三十岁。1982 年，其身后出版的《诗集》获普利策诗歌奖。

二净的那个少女。她是一个成年女人，与比尔和杰罗姆一起，在中西部文化与艺术中心救了许多孩子的命。她在得克萨斯的岩洞中面对过另一个怪物，是从布拉迪·哈茨菲尔德手上活下来的成年女人，躲在这个房间里不想出门的女孩已经不复存在。

　　她跪下，做晚间祈祷，上床睡觉。

2020 年 12 月 18 日

1

起伏群山的公共休息室里，夏洛特、霍莉和亨利舅舅坐在一个角落。休息室为了圣诞节做过精心布置，有金光闪闪的彩带和气味芬芳的枞树枝条，几乎盖过了永远存在的尿和消毒水的怪味，还有一棵挂满彩灯和拐杖糖果的圣诞树。扬声器里流淌出圣诞音乐的旋律，霍莉早就听厌了这些歌，这辈子都不想再听了。

圣诞精神似乎没有感染这里的住客，大多数人在看一个广告宣传片。广告推销的是一种健身椅，主角是个穿橙色连体运动服的辣妹。另外一些人背对着电视，有人默不作声，有人在和其他人聊天，有人自言自语。一个穿绿色家居服的瘦弱老太太趴在一套巨型拼图上。

"那就是哈特菲尔德夫人，"亨利舅舅说，"我只记得她的姓氏，不记得她的名字了。"

"布拉多克夫人说你救了她，否则她会摔得很严重。"霍莉说。

"不，那是朱莉娅，"亨利舅舅说，"在以——前的游泳池里。"他哈哈大笑，人们缅怀青春岁月的时候就会这么大笑，夏洛特翻了个白眼。"当时我十六岁，我记得朱莉娅是……"他的声音低了下去。

"让我看看你的胳膊。"夏洛特命令道。

亨利舅舅侧过头。"我的胳膊？看什么？"

"给我看就是了。"她抓起他的手臂，把袖子往上撸。胳膊上有一块瘀青，面积不小，但不算特别显眼。霍莉觉得更像是变色了的刺青。

"他们就是这么照顾老人的？我们应该起诉他们，而不是付钱。"夏洛特说。

"起诉谁？"亨利舅舅哈哈一笑，"《霍顿听见了谁》！孩子们喜欢这部电影！"

夏洛特起身。"我去倒杯咖啡，顺便吃个小蛋挞。你呢，霍莉？"

霍莉摇摇头。

"你又不吃东西了。"夏洛特说，没等霍莉回答就转身走了。

亨利目送她离开。"她就是不肯放过你，对吧？"

这次轮到霍莉大笑了，她实在是忍不住。"是啊，她不肯。"

"唉，她总是这样。你又不是珍妮。"

"对。"她等他说下去。

"你是……"她几乎能听见生锈的齿轮在转动，"霍莉。"

"太对了。"她拍拍亨利的手。

"我想回房间去，但我不记得怎么走了。"

"我知道，"霍莉说，"我领你去。"

他们一起沿着走廊慢慢向前走。

"朱莉娅是谁？"霍莉问。

"她美得像黎明一样。"亨利舅舅说。霍莉觉得这么回答就足够了，比她写过的任何一句诗都美。

回到房间里，她想领舅舅坐进窗口的椅子，但他甩开她的手，走过去坐在床沿上，双手夹在两腿之间。他像是个老迈的孩童。"亲爱的，我想躺一会儿了。我很累，夏洛特弄得我很累。"

"有时候她也弄得我很累。"霍莉说。换了以前，她绝对不会向亨利舅舅承认这一点，因为他从来都是她母亲的同谋，但现在的亨利舅舅是另一个人了。从某些角度说，他变成了一个更温和的人。再说了，五分钟过后他就不会记得她说过什么，十分钟过后，他会忘记她在房间里。

她俯身亲吻他的面颊，却在嘴唇就快碰到他的皮肤时停下了，因为亨利说："出什么事了？你为什么这么害怕？"

"我不——"

"不，你害怕。你很害怕。"

"好吧，"她说，"确实，我很害怕。"承认自己害怕，大声说出来，感觉像是卸下了重负。

"你母亲……我妹妹……名字就在我嘴边了……"

"夏洛特。"

"对。夏莉是个胆小鬼。一直都是，小时候就是了。不敢下水……什么地方来着……我记不清了。你以前也是个胆小鬼，但你长大了，已经不是胆小鬼了。"

她望着舅舅，目瞪口呆，说不出话来。

"长大了，已经不是胆小鬼了。"他重复道。他甩掉拖鞋，抬起双腿放在床上，说："我想打个盹了，珍妮。这地方不坏，但我希望我有那东西……你能拧的那东西……"他闭上眼睛。

霍莉垂着头走向房门，眼泪淌到她的面颊上。她从口袋里掏出纸巾擦掉眼泪，不希望夏洛特看见她在哭。"希望你能记住，你救了那个险些摔倒的女人，"她说，"助理护士说你的动作快如闪电。"

但亨利舅舅没有听见，他已经睡着了。

2

摘自霍莉·吉布尼给拉尔夫·安德森警探的案情报告：

我本来打算昨晚在宾夕法尼亚州的一家汽车旅馆里结束报告的，但家里出了点事情，我只好开车去母亲家。去那儿对我来说很痛苦，那里有我的记忆，其中大多数并不美好。不过今晚我会在家里过夜，留一晚比较好。现在我母亲出去了，我们要提前过圣诞，她想准备晚餐，这顿饭多半不怎么好吃。做饭从来都不是她的强项。

我希望能在明晚给切特·昂多夫斯基（反正那个怪物是这么自称的）这件事画上句号。我很害怕，撒谎毫无意义。他承诺不再做麦克雷迪中学那样的事情，但他当场做出保证，连想都没多想一下，所以我并不相信。比尔肯定不会相信，我知道你也不会相信。他已经尝到了滋味，也许还尝到了扮演救人英雄的滋味，尽管他肯定知道，被人关注不是什么好事。

我打电话给丹·贝尔，说我打算了结昂多夫斯基。我觉得作为一名前警察，他应该能理解我的处境，赞同我的选择。他确实理解，还叮嘱我要小心。我会尽量小心的，但不得不说，我感到了强烈的不祥之兆。我还打电话给我的朋友芭芭拉·罗宾逊，说周六晚上我要在母亲家过夜。我必须确定她和她哥哥杰罗姆认为我明天不在城里。无论发生什么事，我都必须保证他们不会遇到危险。

昂多夫斯基在担心我会如何处理我掌握的证据，但他同时也很有信心。只要他有机会，他就一定会杀死我，我很清楚这一点。然而他不知道我曾经遇到过类似的情形，我不可能低估他的能力。

比尔·霍奇斯，我的朋友和前搭档，他在遗嘱里还惦记着我，把人寿保险的亡故受益人设为了我，此外还有一些对我来说意义更重大的纪念品。其中之一是他的佩枪，一把点三八史密斯威森军警手枪。比尔说现在城市警察的佩枪以格洛克22手枪为主，能装十五发子弹，而他的手枪只能装六发。但他是个老派人，喜欢自己的旧式佩枪。

我不喜欢枪，事实上，我厌恶枪，但明天我会使用比尔的枪，而且我不会犹豫。我和昂多夫斯基之间没有商量的余地，我和他谈过一次，一次就足够了。我会瞄准他的胸口开枪，不仅因为瞄准躯干开枪永远效率最高——这是我在两年前的射击课上学到的。

真正的原因是——

（停顿）

你还记得岩洞里发生的事情吧？我攻击咱们在岩洞里发现的怪物的头部。是的，你当然记得，我们连做梦都会见到那个情形，永远不可能忘记。我认为生理上驱动这些怪物的力量是某种异类大脑，它取代了人类的大脑，早在占据宿主身体前就已经存在。我不知道它来自何方，我也不在乎。朝怪物胸口开枪未必能杀死它，事实上，拉尔夫，我正希望如此。我相信有另一个办法能永远除掉它，你看，这就是它的漏洞。

母亲的车回来了，我会在今天晚些时候或明天结束报告。

3

夏洛特不肯让霍莉帮忙做饭，每次女儿走进厨房，夏洛特就把她赶出去，因此这一天显得格外漫长。不过晚餐时间最终还是到了，夏洛特换上每年圣诞穿的绿色裙装（自豪于她还能挤进去），她的圣诞胸针——冬青和冬青果图案——别在左胸之上的老地方。

"一顿真正的圣诞晚餐，就和以前一样！"她大声宣布，抓着霍莉的胳膊肘走进餐厅。霍莉心想，就像是带因犯去审讯室。"我做的都是你爱吃的！"

两人面对面坐下。夏洛特点了根芳香蜡烛，散发出的柠檬草气味害得霍莉想打喷嚏。两人举起酒杯互相敬酒，用摩根大卫葡萄酒（这东西真的能让人惊呼"哦嚯"）祝对方圣诞快乐。随后沙拉被端上了桌，上面浇着鼻涕似的牧场沙拉酱，霍莉最讨厌这东西了（但夏洛特认为她喜欢）。接下来是干如莎草的火鸡，你必须用大量肉汤润滑食道才能把它咽下去。土豆泥里尽是土豆块，煮过头的芦笋软塌塌的，一如既往地难吃。只有从店里买来的胡萝卜蛋糕算是美味。

霍莉吃掉面前盘子里的所有东西，恭维母亲厨艺高超。夏洛特笑得很灿烂。

和以前一样，霍莉负责擦干碗碟，母亲声称她永远也不会洗锅上的"污迹"。洗完碗之后，两人回到客厅，夏洛特翻出《生活多美好》的影碟。他们曾经在多少个圣诞节看过这部电影了？至少十几次，甚至更多，亨利舅舅以前能引用电影里的每一句台词。也许现在也还能，霍莉心想。她在谷歌上搜索过阿尔茨海默病，她发现，在意识的线路逐一切断时，你无法预测哪些脑区能够持续发光发热。

电影开始前，夏洛特递给霍莉一顶圣诞帽……她的姿态非常庄重。"咱们看这部电影的时候你总是戴着圣诞帽，"她说，"从你小时候就开始了。这是圣诞传统。"

霍莉一直是个电影迷，能在影评人一致抨击的电影里找到乐趣（比方说，她认为史泰龙的《浴血擒魔》被严重低估了），但《生活多美好》每次都让她坐立不安。她能共情影片开始时的乔治·贝利，但在影片结束时她总觉得他患有严重的双相障碍，刚好来到了发病循环中的躁狂期。她甚至会幻想他在电影结束后跳下床，杀死全家老小。

两人看电影时，夏洛特穿圣诞裙装，霍莉戴着圣诞帽。霍莉心想，我要去另一个地方了，我能感觉到自己在渐行渐远。这里是个悲哀的地方，充满了阴影，待在这里，你能感觉到死亡近在咫尺。

屏幕上，珍妮·贝利说："求求你，上帝，我爸爸出问题了。"

那天晚上睡觉时，霍莉梦见切特·昂多夫斯基走出弗雷德里克大厦的电梯，上衣的袖子和口袋被扯破了。他的双手沾着砖屑和鲜血，他的眼睛闪烁不定。他咧开嘴微笑，红色蠕虫从嘴里涌出来，顺着下巴流淌。

2020 年 12 月 19 日

1

霍莉坐在车里，向南的四条车道上车流一动不动。她离城区还有五十英里，心想要是这场长达几英里的拥堵再不疏通，她就要赶不上自己的葬礼，更别说提前去做好准备了。

作为一个每天都要与不安全感做斗争的人，霍莉会强迫自己预先做好计划，因此她总能提前完成任务。按照她原先的想法，她最迟会在周六下午一点赶回先到先得侦探社，但现在看来，三点能到都算是乐观估计了。她四周的车辆（前方是一辆巨大而破旧的垃圾车，沾满灰土的车尾仿佛高耸的钢铁悬崖）让她觉得幽闭，像是被活埋了（我自己的葬礼）。要是车里有香烟，她肯定会一根接一根地抽，但她没有香烟，因此只能求助于润喉糖，也就是她所说的戒烟替代品。外衣口袋里只有六粒糖，很快就会消耗一空，要不是她把指甲剪得短到没法咬，接下来牺牲的就会是它们。

我要赴一个很重要的约，现在却要迟到了。

迟到不是因为互赠礼物，那是母亲的传统圣诞早餐过后的节目。早餐她们吃了华夫饼和培根，还有差不多一周才到圣诞节，但霍莉愿意和夏洛特一起演戏。夏洛特给霍莉买了一件她绝对不可能穿（即便她能活下来）的褶边丝绸罩衣、一双中跟鞋（她也给母亲买了鞋）和两本书：《当下的力量》和《无因的焦虑：在混乱世界中寻求平静》。霍莉没找到机会包装礼物，只买了个圣诞礼物袋把礼物塞进去。夏洛特对着毛皮衬里的拖鞋哦哦赞叹，对着价值七十九美元五十美分的浴袍宠溺地摇头。

"至少大了两个尺码。亲爱的，我猜你肯定忘了保留小票。"

霍莉很清楚她保留了，说："应该在我的外衣口袋里。"

到目前为止，一切都好。但夏洛特突然建议两人去探望亨利，祝他圣诞快乐，因为节日那天霍莉不会回来了。霍莉望向挂钟，九点差一刻。她本来打算九点上路往南开，但强迫症过头也没什么好处——为什么要提前五个小时到侦探社呢？再者说，要是她搞砸了和昂多夫斯基的交涉，这就是她最后一次见亨利的机会了。她对亨利说的"你为什么害怕"也很好奇。

他怎么会知道我害怕？他对别人的情绪似乎从来都不怎么敏感，事实上，更像是完全感觉不到。

于是霍莉同意去探望亨利。夏洛特坚持要开车，结果在一个四向停车标记处撞上了别人的保险杠。气囊没有弹出，没人受伤，没人报警，可想而知的是夏洛特想方设法为自己辩解。她声称路面上有一块神秘莫测的冰，罔顾她在标记处没有停车而只是放慢速度的事实，因为她一向如此：夏洛特·吉布尼终其一生，只要坐在方向盘后方，就理所当然地认为路权归她所有。

另一辆车的男人对此没什么意见，无论夏洛特说什么都点头称是，但双方还是交换了保险公司的名片，等他们重新上路时（霍莉很确定被他们撞弯保险杠的男人在上车前朝她使了个眼色），时间已经过了十点，而这次探视真是糟透了。亨利根本不知道她俩是谁，他说他要去穿衣服上班了，命令两人别再骚扰他。告别时霍莉亲吻他的面颊，他怀疑地打量她，问她是不是耶和华见证会派来的。

她们走出照护中心，夏洛特说："回家路上你开车吧，我太难过了。"

霍莉喜出望外。

出门探望亨利前，她把旅行包放在了前厅。此刻她把包挎在肩膀上，转向母亲，准备和平时一样行告别礼——在面颊上干啄两下。夏洛特却紧紧搂住被她诋毁和贬低（并非一直都是无意的）了一辈子的女儿，痛哭流涕。

"别走。求你了，再待一天吧。要是你没法住到圣诞节，至少过了周末再走。我没法忍受一个人待着，现在还不行。过了圣诞也许可以，但现在真的不行。"

母亲像溺水的人似的搂住她，霍莉不得不按捺住惊恐的冲动，这才没有一把推开母亲。她尽可能忍耐这个拥抱，然后和母亲搏斗了一阵，挣脱开来。

"我必须走了，妈妈。我约了人。"

"所以是有约会了？"夏洛特微笑道，但这并不是善意的笑容，露出来的牙齿太多了。霍莉曾以为母亲已经不可能让自己惊讶了，但现实似乎并非如此。"真的？就你？"

记住，这有可能是你最后一次见到她了，霍莉心想。假如真是这样，你可不想用愤怒的话和她告别。要是你能活下来，你随时都能对她生气。

"是公事，"她说，"不过咱们喝杯茶吧，我还有这个时间。"

于是她们喝茶，吃霍莉从小就讨厌的椰枣馅曲奇饼（不知为何，这东西有一股阴森的味道）。等她终于能逃出母亲家，时间都快到十一点了。屋子里依然能闻到柠檬草蜡烛的香味，两人站在门廊上，霍莉亲吻夏洛特的面颊。"妈妈，我爱你。"

"我也爱你。"

霍莉走到车前，她的手刚摸到门把手，就听见夏洛特在背后喊她。霍莉转过身，以为会看见母亲跑下台阶，张开双臂，手指弯成钩爪，大声尖叫："给我留下！你必须留下！我命令你！"

然而夏洛特还站在门廊上，手臂抱着身体。她在颤抖，看上去既衰老又哀伤。"是我弄错了，"她说，"浴袍正是我的尺寸，肯定是我看错了标签。"

霍莉微笑道："那就好，妈妈。我很高兴。"

她倒出车道，查看左右车流，拐弯开向高速公路。十一点十分。时间还很充足。

当时她是这么想的。

2

堵车的原因不明，这让霍莉愈加焦虑了。本地的 AM 和 FM 电台什么都没说，按理说应该播报高速公路交通信息的那个电台也一样。她的位智应用通常很靠得住，可是它今天同样完全没用。屏幕上只有一个微笑的小人在挥舞着铁锹挖坑，底下的文字是"服务正在修复中，很快就会恢复！"。

该死。

只要能再开十英里，她就可以从 56 号出口下高速，走 73 号公路回城，但现在 73 号公路和木星一样遥不可及。她在外衣口袋里摸了一遍，找到最后一粒润喉糖，剥开糖纸。她盯着垃圾车的车尾，保险杠的标贴上印着"咱的驾驶技术如何？"。

这些人都应该在购物中心，霍莉心想。他们应该去购物中心和闹市区的店铺里买东西，帮助地方经济复苏，而不是把钱送给亚马逊、联合包裹服务公司和联邦快递公司。你们应该滚出该死的高速公路，让有急事的人可以……

这时车流开始挪动。霍莉欢呼一声，但叫声还没离开嘴唇，垃圾车就又停下了。她左边的车里，一个男人在打电话。右边的车里，一个女人在补口红。她车上的电子钟说她不可能在四点前赶到弗雷德里克大厦——而且还是乐观的估计。

这样的话，我还有两个小时，霍莉心想。求你了上帝，请让我及时赶到，为他做好准备。不，为它，为那个怪物。

3

芭芭拉放下她最近一直在研究的大学名录，打开手机，点开贾斯廷·弗里兰德为她安装的"网络搜寻"应用。

"不经允许就追踪别人的行踪不太合适，你知道的，对吧？"贾斯廷当时说，"我都不确定，怎么说呢，这么做到底合不合法。"

"我只想确定我的朋友没事。"芭芭拉回答道。她对他绽放了一个灿烂的笑容，融化了他心中的一切疑虑。

上帝做证，芭芭拉自己也有所疑虑，光是看着地图上的绿色小点都让她有负罪感了，尤其是杰罗姆已经删掉了他的追踪程序。然而杰罗姆不知道的是（芭芭拉也不会告诉他）霍莉在离开波特兰后又去了匹兹堡。这个事实，加上芭芭拉在霍莉家里的电脑上看见的浏览记录，让芭芭拉认为霍莉终究还是对麦克雷迪中学爆炸案产生了兴趣。她的兴趣似乎集中在两个人身上，一个是查尔斯·"切特"·昂多夫斯基，首先赶到现场的 WPEN 电视台记者，另一个是弗雷德·芬克尔，昂多夫斯基的摄像师。芭芭拉几乎可以肯定霍莉感兴趣的是昂多夫斯基，因为对他的搜索次数更多。霍莉甚至在电脑旁的记事本上写下了他的名字……后面跟着两个问号。

芭芭拉不愿意认为她的朋友脑子出了问题，也不愿意认为霍莉精神崩溃了，但她也无法相信霍莉不知怎的发现了校园炸弹客的线索……虽然这也并非完全不可能。霍莉缺乏安全感，花在自我怀疑上的时间多得过分，但霍莉同时也异常聪明。会不会是昂多夫斯基和芬克尔（这个组合不可避免地让她想到了西蒙与加芬克尔[1]）偶然间得到了炸弹客的线索，但他们自己不知道，甚至没有意识到这一点？

这个念头让芭芭拉想到她和霍莉一起看过的一部电影，名字叫《放大》。电影里有个摄像师在公园里拍摄恋人的照片，不经意间拍到树丛里躲着一个拿着手枪的男人。麦克雷迪中学会不会也发生了类似的事情？比方说炸弹客返回犯罪现场，欣赏他的丰功伟绩，而电视记者拍到了他在看好戏（甚至假装帮忙救人）的镜头？也许霍莉觉察到了这一点？芭芭拉知道这个想法过于牵强，然而生活有时候也会模仿艺术，对吧？也许霍莉去匹兹堡是为了找昂多夫斯基和芬克尔问话。芭芭拉觉得霍莉应该挺安全的，但万一炸弹客还在那附近，而霍莉直接去找他了怎么办？

要是炸弹客反过来去找霍莉了呢？

芭芭拉觉得自己很可能只是在异想天开，然而当她见到霍莉离开匹兹堡，开车去母亲家时，她还是松了一口气。她险些删除追踪应用，这么做能够安抚她的良知，但昨天霍莉给她打了一通电话。表面上看没什么特别的事，只是想说一声周六晚上她会住在母亲家。但是，就在通话结束的时候，霍莉忽然对她说："我爱你。"

---

1 美国著名民谣摇滚音乐二重唱组合，二十世纪六十年代的流行乐团之一。

好吧，她当然爱芭芭拉，芭芭拉也爱她，但那是两人之间的共识，不是必须说出口才知道的事——除非是在某些特定的场合。比方说你和好朋友大吵了一架，现在想和对方和好；又比方说你要出远门，或者去上战场。芭芭拉很确定，人们在离家去上战场的时候，对父母或配偶说的最后一句话肯定是我爱你。

还有，她说我爱你时的语气也让芭芭拉觉得不舒服，那语气几乎称得上悲哀了。此时此刻，绿色光点告诉芭芭拉，霍莉根本不打算在母亲家过夜，她显然正在返回市区。改变了想法？和母亲吵架了？

还是说她从一开始就在撒谎？

芭芭拉望向写字台，看见霍莉借给她写小论文的影碟：《马耳他之鹰》《夜长梦多》和《地狱先锋》。她觉得等霍莉回来之后，这些影片是去找霍莉聊聊的一个好借口。她会假装惊讶地发现霍莉在家，搞清楚波特兰和匹兹堡到底有什么特别重要的事情。她甚至可以坦白自己装了追踪应用，不过要不要坦白取决于两人聊得如何。

她再次在手机上查看霍莉的方位，她还在高速公路上。芭芭拉猜路上堵车了，不知道是因为施工还是事故。她看看手表，又看看绿色光点。她估计霍莉五点前能回来就算走运了。

五点半我去她的公寓，芭芭拉心想。希望她没出事……但我觉得很难说。

4

车流爬行……停下。

爬行……停下。

停着不动了。

我要发疯了，霍莉心想，我坐在车里，盯着垃圾车的车尾，这时我脑子里的那根弦会突然崩断。我说不定都能听见它崩断时的噼啪一声，就像树枝折断了一样。

12月的天空中，阳光渐渐变得黯淡，日历上再过两个方格就是一年中最短的一天了。仪表盘上的时钟显示，她最早将于下午五点抵达弗雷德里克大厦，但前提是交通很快恢复畅通……以及汽油没有在此之前耗尽。油箱里只剩下四分之一的汽油了。

我要错过他了，她心想。他会来找我，打电话问我要开门密码，却发现没人接听。他会认为我失去勇气，退缩了。

也许是命运或者某种恶意的力量（杰罗姆提过的鸟，浑身肮脏，有着霜灰色的羽毛）判定她不该第二次直面昂多夫斯基，这样的念头无法让她心安。现在她不只是上了他的个人黑名单，还成了他子弹的头号目标。按照她的计划，在她的主场迎接他，那将是她的优势。要是失去这次机会，他就会尝试着伏击她，而他肯定能成功。

她一度想拿起电话打给佩特，告诉他有个危险人物很快会出现在他们办公楼的侧门口，和那家伙打交道的时候他必须提高警惕，可昂多夫斯基还是会找到借口脱身的。他很容易就能做到，他就靠他那张嘴混饭吃。就算他没能骗过佩特，佩特也已经上了年纪，至少比他从警局退休时重了二十磅。他动作太慢，而伪装成电视记者的那个怪物动作很快，她不能让佩特冒险。把精灵从神灯里放出来的人毕竟是她。

垃圾车的尾灯灭了。它向前开了五十英尺左右，然后再次停下。这次它没有停太久，接下来向前开的一段路也更长。交通堵塞结束了？她几乎不敢相信，但她有她的霍莉希望。

结果她梦想成真了。五分钟后，她开到了四十英里每小时。七分钟后，五十五英里每小时。十一分钟后，霍莉踩下油门，开上超车车道。从导致堵塞的三车相撞事故现场呼啸而过时，她只随便瞥了一眼被拖到中央车道的那几辆事故车。

要是她能在开下高速公路前保持七十英里以上的时速，要是她开过大多数路口时都能是绿灯，那么她估计她就能在五点二十前赶到办公楼了。

5

五点过五分，霍莉就来到了办公楼附近。和人少得出奇的门罗维尔购物中心完全不同，这里的商业区繁忙得无以复加，可以说是好处坏处各占了一半。她在比尔街熙熙攘攘的购物人群中瞥见昂多夫斯基的机会相当渺茫，反过来他当街制服她（霍莉不能排除这种可能性）的机会也同样渺茫。这就是比尔所说的有利因素。

就好像是老天在弥补她在高速公路上的坏运气，她看见弗雷德里克大厦几乎正对面有一辆车正在开走。等那辆车开走之后，她小心翼翼地倒进车位，尽量不去理会后面一个使劲按喇叭的猪头。要是换一个没这么紧张的情形，没完没了地按喇叭很有可能会使得她让出车位，但此刻她在整个街区都没找到第二个空位。要是街上找不到车位，那她就只好去多层停车场，甚至有可能要上一层楼才能找到车位。霍莉看过很多电影，知道女人在停车场会遇到什么，尤其是天黑以后，而现在天已经黑了。

霍莉的车头刚让出足够的空间，按喇叭的那辆车就开了过去，但那个猪头——不是他，而是她——还是放慢车速，用中指给霍莉比了个小小的圣诞快乐。

霍莉下车时车流刚好有个缺口，她直接横穿走（更确切地说，小跑）到街对面，在下一个路口和一群购物的人一起乖乖地等过街绿灯。人多就意味着安全。她把大楼前门的钥匙捏在手里，不想绕过去走侧门。侧门在供维修人员使用的小巷里，她在那里会是一个易于攻击的目标。

她把钥匙插进锁眼，一个男人刚好从她身旁走过，近得险些撞上她。他用口罩遮住了下半张脸，一顶俄罗斯冰雪帽拉下来盖住眉头。昂多夫斯基？不，应该不是。但她怎么能够确定呢？

狭小如鞋盒的大堂里空无一人，光线昏暗，到处都是黑影。她快步走向电梯。这是商业区比较古老的建筑物之一，只有八层楼，中西部的风格渗透到了骨子里。供乘客使用的电梯仅有一部，很宽敞，据说也非常先进，然而一部就是一部。租户经常为此抱怨，有急事的人往往会走楼梯，尤其是办公室在较低楼层的那些人。霍莉知道大厦还有一部货运电梯，但那部电梯每逢周末就会上锁。她按了上楼按钮，忽然觉得电梯肯定又坏了，她的计划将就此泡汤，但电梯门立刻打开，一个机械女声和她打招呼："您好，欢迎光临弗雷德里克大厦。"站在空荡荡的大堂里，霍莉觉得这就像恐怖电影里的缥缈怪声。

电梯门关闭，她按下五楼的按钮。轿厢里有个电视屏幕，平时总在播放一周新闻和广告，但这会儿没开。电梯里也没播放圣诞音乐，谢天谢地。

"上行。"机械女声说。

他会在楼上等我，她心想。他用某种手段溜了进来，等电梯门打开，他会在外面等着我，而我将无处可逃。

电梯门打开，外面的走廊里空无一人。她走过邮筒（会说话的电梯有多新潮，邮筒就有多老派），走过女卫生间和男卫生间，最后在标着"楼梯间"的门前停下。每个人都对阿尔·乔丹怨声载道，而且都有正当的理由，这位大楼管理员无能又懒惰。不过他肯定有什么人脉，因为无论如何他都能保住这份工作，尽管垃圾在地下室堆积如山，侧门的监控摄像头损坏多时，包裹的递送速度缓慢，而且要看他的心情。再加上时髦的日本造电梯，那东西气坏了每一个人。

不过今天下午，霍莉就指望阿尔的粗心大意，这样她就不需要浪费时间去侦探社搬椅子了。她打开通往楼梯间的门，发现自己运气不错，楼梯的拐角平台上堆放着各种各样的清洁用具，其中有靠在楼梯扶手上的拖把和装着半桶脏水的滚轮桶。这些东西堵住了通往六楼的路，多半违反了消防规定。

霍莉思考了一下要不要把脏水从楼梯上倒下去（阿尔肯定不会介意），可她最后还是做不出这种事来。她推着滚轮桶走进女卫生间，取下滚轮装置，把脏水倒进一个洗手池。她拖着滚轮桶走向电梯，手提包尴尬地挂在肘弯上。她按下叫电梯的按钮，门开了，机械女声对她说（好像她会忘记似的）："五楼。"霍莉记得有一天佩特气呼呼地走进侦探社，说："你能给那玩意儿重新编程吗？让它说'叫阿尔来修好我，修完就宰了他'？"

霍莉把桶翻过来。假如她把两只脚并在一起（她的动作必须很小心），那么滚轮之间的位置就刚好够她站上去。她从手提包里取出一卷透明胶带和一个棕色小纸包，接着在滚轮桶上踮起脚尖，伸展身体，把衬衫下摆从裤腰里扯了出来。她用胶带把纸包固定在轿厢天花板靠里面的左上角，那里位于视线高度之上，而且是（已故的比尔·霍奇斯说的）人们往往不会去看的地方。昂多夫斯基最好别去看，否则她就死定了。

她从口袋里取出手机，举起来，拍了一张纸包的照片。假如一切顺利，昂多夫斯基就不会见到这张照片，不过话说回来，这也算不上什么像样的保险措施。

电梯门已经关上了。霍莉按了一下开门按钮，拖着滚轮桶按原路返回，把它放回楼梯间的拐角平台上。随后她经过璀璨美容产品（这里的工作人员似乎只有一个中年男人，他让霍莉想起名叫德鲁比狗的老动画角色），走向走廊尽头的先到先得侦探社。她开门进去，舒了一口气，看看手表，快五点半。现在时间非常紧张了。

她走向办公室里的保险箱，输入密码，取出比尔·霍奇斯生前使用的史密斯威森军警手枪。她知道枪里有子弹，但还是转动弹仓，确认了一下，再啪的一声合上。不上膛的枪还不如球棒有用，这是她导师的另一句名言。

躯干中央，她心想，他一走出电梯我就朝他开枪。别管什么装钱的箱子，假如是纸板箱，子弹肯定能穿过去，哪怕他用箱子挡住胸口。假如是不锈钢箱子，那我就只能瞄准头部了。射击距离很短，会弄得一塌糊涂，但——

她哈哈一笑，吓了自己一跳。

但阿尔留下了清洁用具。

霍莉又看了一眼手表，五点三十四分。假如昂多夫斯基守时，那么在他出现前她还有二十六分钟的闲暇。她还有其他事要做，而且都很重要。她不需要去考虑其中哪一件最重要，假如她没能活下来，那么别人必须知道是谁炸了麦克雷迪中学，以便吞食幸存者和失去亲人的家属的痛苦，有一个人肯定会相信她。

她打开手机，点开录音应用，开始口述。

6

罗宾逊家给了女儿一辆可爱的福特福克斯当十八岁生日礼物，霍莉在商业区的比尔街停车时，芭芭拉离霍莉的公寓楼只有三个街区，但她在一个路口被红灯拦住了。她趁机看了一眼手机上的"网络搜寻"应用，嘟囔了一声"妈的"。霍莉没有回家，而是去了侦探社。芭芭拉不理解她为什么要现在去那儿，圣诞节快到了，这会儿又是周六的傍晚。

霍莉的公寓楼就在正前方，然而当交通灯变成绿色的时候，芭芭拉右拐驶向了商业区。去那儿用不了太长时间，弗雷德里克大厦的正门肯定锁着，但她知道小巷里侧门的密码。她和哥哥去过许多次先到先得侦探社，有时候他们就会从侧门进去。

我要给她一个惊喜，芭芭拉心想，带她出去喝杯咖啡，搞清楚究竟发生了什么。也许我们还能一起去吃点东西，随后再看个电影。

想到这里，她不禁微笑。

7

摘自霍莉·吉布尼给拉尔夫·安德森警探的案情报告：

拉尔夫，我不确定我有没有把所有事情都说给你听。我没时间从头确认了，不过最重要的一点你肯定已经知道：我遇到了另一个局外人，和咱们在得克萨斯州干掉的那个不一样，但两者之间有关联。怎么说呢，他就像是个改进过的新型号。

这会儿我在先到先得侦探社小小的接待区这里等他。我的计划是，等他带着我勒索他的钱走出电梯，我就给他当胸一枪，这件事就该这么处理。我认为他来是为了贿赂我，而不是杀我，因为我让他相信我要的仅仅是钱，以及他永不屠杀的保证。他多半不会遵守这个承诺。

我尽可能从逻辑角度考虑过整件事，因为我的生命就取决于我的决定。假如我是他，我会付一次钱，看看后续如何。我会在事后放弃匹兹堡那家电视台的工作吗？有可能，但我也可能会留下，为了试探勒索者，看看对方的诚意。假如这个女人再来找我，问我要第二笔钱，那我就宰了她，从此销声匿迹，过上一两年，再继续以前的行为模式。我也许会去旧金山、西雅图或者火奴鲁鲁，先在地方的独立小台找个工作，接着再向上爬。他会搞到新身份和新介绍人，拉尔夫，天晓得他在电脑和社交媒体的时代怎么能通过检验，但不知怎的他就是做到了，至少在此之前没失过手。

他会担心我把这些情报告诉其他人吗？比如说，告诉他就职的电视台？不，因为只要我勒索过他一次，我就成了他的同谋。我仰仗的主要是他的自信和傲慢。他有什么理由不自信，凭什么不傲慢呢？他已经逍遥自在地活了这么多年。

但我的朋友比尔教过我，永远要有备用计划。"皮带和吊裤带，霍莉，"他喜欢这么说，"皮带和吊裤带。"

假如他起了疑心，认为我并不想勒索他三十万美元，而是想杀了他，那么他就会采取预防措施。什么样的预防措施呢？我不知道。他肯定知道我有枪，但我不认为他能带枪进来，因为他必须考虑到金属探测器的问题。也许他会走楼梯，这么一来，就算我能听见他的响动，他也还是会干扰我的计划。假如真的是这样，那我就只能竖起耳朵仔细听了。

（停顿）

比尔的点三八手枪是我的皮带，贴在电梯轿厢天花板上的纸包是我的吊裤带，我的保险。我拍了照片，他会想要拿到这个纸包，但里面其实只有一管口红。

拉尔夫，我已经尽我所能了，但也许还不够。尽管我做好了计划，但这次我有可能无法活着脱身了。假如真是那样，我希望你知道你的友情对我来说有多么重要。要是我死了，而你决定继续办由我开始的这个案子，那么请你千万当心。你有妻子和儿子。

8

五点四十三分，时间在飞逝。

该死的高速公路大塞车！要是他来得太早，而我还没准备好……

那样的话，我就找个借口，让他在楼下待几分钟。现在我还想不到什么借口，但到时候我一定会想到的。

霍莉启动放在前台的台式电脑。她有自己的办公室，但她更喜欢用这台电脑，因为她喜欢坐在最外面，而不是躲在里屋。要是她和杰罗姆听够了佩特抱怨他不得不爬楼梯上五楼，他们也会来用这台电脑。霍莉知道，她现在的所作所为未必合法，但是能够解决问题。之前下载的信息应该还在这台电脑的存储器里，她祈祷最好如此，要是不在，她就完蛋了。不过要是昂多夫斯基爬楼梯上来，那她反正也要完蛋。要是他爬楼梯，那她就有九成把握相信他其实是想杀她，而不是付她钱。

这是一台最新型号的 iMac Pro，快如闪电，但今天它似乎永远也启动不起来。等它终于启动之后，她把手机里案情报告的音频文件通过电子邮件发给自己。她从手提包里取出一个 U 盘，里面存着丹·贝尔搜集的各个化身的照片，以及布拉德·贝尔制作的声纹对比图。她把 U 盘插在机箱背后，这时她听见了电梯启动的声音。不，不可能，除非大楼里还有其他人。

比方说昂多夫斯基。

霍莉握着手枪跑到侦探社门口。她一把推开门，把脑袋探出去。她没听见任何声音。电梯依然静悄悄地停在五楼，一切只是她的想象。

她没有关门，跑回前台做完她正在做的事情。她还有十五分钟，应该够用了，她只需要删掉杰罗姆制作的补丁程序，恢复让所有人不得不爬楼梯的电脑漏洞。

我会知道的，她心想。要是昂多夫斯基出电梯后，电梯能乖乖下去，那我就成功了。非常好。但要是它不下去……

这可不是什么好念头。

9

由于正值圣诞季，商店都会开到很晚。用透支信用卡来纪念耶稣诞生的神圣日子，芭芭拉心想。她很快就发现自己不可能在比尔街上找到停车位，于是她在弗雷德里克大厦对面的多层停车场门口取了张停车票，一直开到四楼才找到空位。她飞快地走向电梯，边走边环顾四周，一只手放在单肩包里。芭芭拉也看过很多电影，知道女人在停车场会遇到什么坏事。

她安全地回到街道上，快步走向路口，刚好赶上过街的绿灯。来到马路对面，她抬头向上看，见到弗雷德里克大厦五楼亮着一盏灯。下一个路口，她向右拐。顺着这条街向前走一小段有条小巷，巷口的牌子标着"禁止通行"和"仅供维修车辆使用"。芭芭拉拐进小巷，在侧门口停下。她弯腰输入开门密码，这时一只手抓住了她的肩膀。

霍莉打开她发给自己的电子邮件，把附件拷贝到 U 盘上。她犹豫片刻，看着驱动器图标下的空白文件名。最后她输入了"若血流成河"，真是一个好名字。归根结底，这正是那个怪物该死的人生故事，她心想，鲜血和苦难，它正是因此才能存活至今。

她弹出 U 盘。接待区的前台是侦探社收发邮件的地方，放着许多尺寸各异的信封。她拿起一个有泡沫衬垫的信封，把 U 盘塞了进去，贴上封口。她忽然想到拉尔夫的邮件会由邻居家代收，一时间有点惊慌。拉尔夫家的地址记在她心里，她打算把 U 盘寄到那儿去，但万一被信箱小偷拿走了怎么办？这个念头仿佛噩梦。他邻居姓什么来着？科尔森？卡弗？科茨？好像都不对。

时间正在飞速流逝。

她正要在信封的地址栏上面写"拉尔夫·安德森的隔壁邻居"，这时她忽然想起了那个名字：康拉兹。她胡乱贴上几张邮票，在信封上潦草地写下：

拉尔夫·安德森警探
刺槐街 619 号
弗林特市，俄克拉何马州，74012

她在底下又写了"康拉兹家（隔壁）代收"和"切勿转寄，请当面交送"。这样应该可以了。她抓起信封，跑到电梯口，塞进邮筒。她知道阿尔收取信件和做其他事情一样懒散，这封信有可能会在邮筒里躺一整周（不过说句公道话，在这个时代，还用邮筒寄信的人实在寥寥无几），考虑到现在是圣诞季，甚至可能要过更久。但她并不着急，信迟早会寄出去的。

为了确定她没有出现幻觉，她按下叫电梯的按钮。门开了，轿厢停在五楼，里面空无一人。因此那确实是她的想象。她跑回侦探社，尽管没有气喘吁吁，但也有点气急，主要是因为她太紧张了。

还剩下最后一件事了。她打开苹果电脑的搜索功能，输入杰罗姆给系统补丁起的名字：EREBETA。这是这部讨厌的电梯的品牌名，也是"电梯"这一词语的日语发音……反正杰罗姆是这么说的。

阿尔·乔丹坚决不肯请本地公司来修复漏洞，说只有 Erebeta 公司授权的维修人员才有这个资格。他说要是随便维修造成了事故，就会引发严重的后果：刑事责任，几百万美元的民事赔偿。现在最好把八层楼的电梯口全都关掉，封上黄色的"故障"胶带，等有资格的维修人员上门。阿尔向恼怒的租户们保证，用不了多久，顶多一周就会有人来，请谅解为您带来的不便。然而这一周拖了将近一个月。

"对他来说没什么不方便的，"佩特嘟囔道，"他的办公室在地下室里，他整天坐在那儿看电视吃甜甜圈。"

最后杰罗姆插手了，他告诉霍莉一些她已经知道的事实（她本身就是电脑奇才）：只要你会使用互联网，就能找到任何一个漏洞的补丁。而他们正是这么做的，用她面前的这台电脑连接上了控制电梯的那台低级电脑。

"找到了。"杰罗姆指着屏幕说。当时侦探社只有他和霍莉两个人，佩特出去找保释人拉关系了，看看能不能揽点生意回来。"你看见问题出在哪里了吗？"

她看见了。控制电梯的电脑忘记了去"看"需要停的楼层，结果它只知道起点和终点的存在。

现在她只需要取掉他们给电梯的控制程序打上的补丁，祈祷一切顺利。她没有时间测试，时间太紧张了。现在离六点只剩四分钟，她调出楼层菜单，上面显示出电梯井的实时运行情况，画面上标出了从

B 到 8 的各个楼层。轿厢停在五楼，屏幕最上方有四个绿色文字：准备就绪。

不，你还没准备好，霍莉心想，但很快就会准备好了。希望如此。

两分钟后，她刚动完手脚，手机就响了。

11

芭芭拉尖叫一声，转过身，后背靠在侧门上，抬头看着抓住她的男人的庞然黑影。

"杰罗姆！"她一巴掌拍在他的胸口上，"你差点吓死我了！你来这儿干什么？"

"我正想问你呢，"杰罗姆说，"女孩和漆黑的小巷是死对头，这是规矩。"

"你说删掉了追踪程序是在骗我，对吧？"

"好吧，是的，"杰罗姆承认道，"但既然你也装了一个，我看你就没法占据道德高——"

就在这时，另一条黑影从杰罗姆背后冒了出来……但不完全是一片漆黑。这条人影的眼睛闪闪发亮，就像手电筒光束照射下猫的眼睛。芭芭拉还没来得及叫杰罗姆小心，那条黑影就挥动手里的东西，砸在她哥哥的脑袋上。随着一声可怕的沉闷响声，杰罗姆倒在了地上。

黑影抓住芭芭拉，把她按在门上，用一只戴着手套的手扼住她的脖子，掐得芭芭拉无法动弹。他的另一只手扔下半块砖头，也可能是水泥块。芭芭拉只知道那东西上沾着她哥哥的鲜血。

他俯身凑近芭芭拉。她看见了一张毫无特征的圆脸，头上还戴着一顶毛茸茸的俄罗斯军帽，奇异的光彩从他的眼睛里消失了。"别叫，妹子。你不想喊出声的。"

"你杀了他！"她喘息着吐出这几个字。他没有完全掐断她的呼吸，至少现在还没有，但已经掐断了一大半。"你杀了我哥哥！"

"不，他还活着。"男人说。他微微一笑，露出堪称正牙医师杰作的两排牙齿。"要是他死了，我会知道的，请你相信我。我可以弄死他，你叫一声，或者企图逃跑，换句话说就是惹恼了我，我就继续砸他，直到他的脑浆像老实泉[1]似的喷出来。好了，请问你还想叫吗？"

芭芭拉默默摇头。

男人的微笑变成了咧嘴笑。"真是个好妹子。妹子，你很害怕，对吧？我喜欢。"他深深吸气，像是在吸食她的恐惧，"你应该害怕的。你不该来这儿，但总的来说，我很高兴你来了。"

他凑近芭芭拉，在她耳畔轻声说话。她能闻到他的古龙水，感觉到他肉乎乎的嘴唇。

"你非常美味。"

12

霍莉伸手去拿手机，眼睛盯着电脑。屏幕上显示的依然是电梯的楼层菜单，但电梯井示意图底下现在多了个选择框，问她是要"执行"

---

1 一座位于美国黄石国家公园的间歇泉，现喷发规律是每九十分钟一次，最高喷发记录为五十六米。

还是"退出"。她真希望她能完全确定，选择"执行"就会发生某些事，而且是她期待的某些事。

她拿起手机，准备把侧门密码发给昂多夫斯基，这时她忽然愣住了。手机屏幕上显示的不是昂多夫斯基的名字，也不是"未知呼叫者"的字样，而是她的忘年交芭芭拉·罗宾逊的笑脸。

亲爱的上帝啊，别是真的，霍莉心想。上帝啊，求求你。

"芭芭拉？"

"霍莉，有个男人！"芭芭拉在哭，霍莉几乎听不清楚她的声音，"他用什么东西打昏了杰罗姆，我觉得是砖头，他流血流得很厉害——"

她的声音突然消失了，化身为昂多夫斯基的怪物取而代之，他用训练有素的电视播音员的声音对霍莉说："你好，霍莉。是我，切特。"

霍莉无法动弹。其实她没愣多久，顶多不过五秒钟，但在她的内心世界里要久得多。这是她的错。她想赶走她的朋友们，但他们还是来了。他们来是因为担心她，因此这就是她的错。

"霍莉？你还在吗？"他的声音里有笑意。形势变得对他有利了，而他乐在其中。"这下情况就不一样了，你说呢？"

别慌，霍莉心想。要是能救他们，我可以牺牲自己，也愿意牺牲自己，但我绝对不能慌。要是我慌了，那我们都是死路一条。

"是吗？"她说，"你想要的东西还在我手上。你伤害那个姑娘，对她哥哥不利，我就毁了你的生活。我不会罢手的。"

"你是不是还有一把枪？"他没给霍莉机会回答，"你当然有了。我没有，但我带了一把陶瓷匕首，非常锋利。你要记住，咱们面谈的时候，我会带着这个姑娘。要是我看见你手里有枪，我不会宰了她，那会浪费一个最好的人质，我会在你眼前毁了她这张脸。"

"不会有枪的。"

"我觉得在这件事上我可以信任你。"他依然美滋滋的，听上去放

317

松而自信,"我看咱们就不需要用钱换 U 盘了。我给你的不是钱,而是这个妹子。你觉得怎么样?"

我觉得你在撒谎,霍莉心想。

"我觉得条件很好,让我和芭芭拉再说两句。"

"不行。"

"那我就不给你密码了。"

他笑了出来。"她知道密码,她哥哥和她说话的时候,她正准备输密码呢。当时我从垃圾箱背后看着门口。我确定我能说服她告诉我,你要我说服她吗?像这样?"

芭芭拉尖叫起来,霍莉忍不住捂住了嘴。都怪我,都怪我,全都是我的错。

"住手。别伤害她。我只想知道杰罗姆是不是还活着。"

"暂时还活着,正在抽着鼻子发出奇怪的声音,大脑也许受伤了。我下手很重,我觉得必须重一点。他块头不小。"

他这是想吓唬我。他不希望我思考,而是做出本能反应。

"他流了很多血,"昂多夫斯基说,"头部受伤嘛,你知道的。不过天气很冷,有助于血液凝固。说到冷,咱们就别瞎打岔了,告诉我密码,除非你希望我继续拧她的胳膊,这次我会拧到脱臼的。"

"4753。"霍莉说。她还有别的选择吗?

13

这个男人确实有匕首:黑色的刀柄,白色的长刃。他抓着芭芭拉的一条胳膊(被他弄伤的那条),用刀尖指了指输入面板。"妹子,麻烦你了。"

芭芭拉输入数字。绿灯亮起，她拉开门。"我们能把杰罗姆弄进去吗？我一个人就能拖动他。"

"我相信你能做到，"男人说，"但是不行。他看着像个酷小伙，那就让他再酷[1]一点吧。"

"他会冻死的！"

"妹子，你再不走，就会流血而死。"

不，你不会杀我，芭芭拉心想，至少在你得到你想要的东西之前是不会的。

但他可以伤害她。挖掉她的一只眼睛，划烂她的脸，割掉耳朵。他的匕首似乎非常锋利。

她走进大楼。

14

霍莉站在先到先得侦探社前台的电脑前，通过敞开的大门望着走廊的另一头。她的肌肉因为肾上腺素而抽动，她的嘴巴干得像沙漠里的石块。她站在那里，听见电梯开始下降，在电梯重新上来之前，她不能按下程序的"执行"按钮。

我必须救芭芭拉，她心想，还有杰罗姆，除非他已经救不回来了。

她听见电梯在一楼停下。过了仿佛一个永恒那么久的时间，它又开始上升。霍莉向后退，眼睛一直盯着走廊尽头关闭的电梯门。她的

---

1 原文为 chill，也有"那就让他再冷一点吧"之意。

手机放在鼠标垫旁边。她抓起手机，塞进左前裤袋，又飞快地低头看了一眼电脑屏幕，把光标移到"执行"上方。

她听见一声尖叫。上升的电梯隔绝了叫声，但还是听得出是个女孩在尖叫，是芭芭拉。

都怪我。

全都是我的错。

15

打倒了杰罗姆的男人挽着芭芭拉的胳膊，就像是在护送心上人走进正在举办盛大舞会的舞厅。他没有抢走芭芭拉的单肩包（更像是对它视而不见），金属探测器在他们经过时无力地嘀了一声，很可能是因为她的手机，抓着她的男人只当没听见。他们经过楼梯间（直到不久前，弗雷德里克大厦心怀不满的租户还只能爬楼梯上下楼），进入大堂。正门外的另一个世界里，圣诞节购物的人群拎着大包小包匆忙经过。

我刚才还属于外面的世界，芭芭拉心想。仅仅五分钟以前，一切都还风平浪静。那时候我还愚蠢地以为有一整个人生在等待着我。

男人按下电梯按钮，他们听见电梯下降的声音。

"你应该给她多少钱来着？"芭芭拉问。她在恐惧之下感觉到了模糊的失望，霍莉居然在和这个人做台面下的交易。

"现在无所谓了，"男人说，"妹子，因为我有了你。"

电梯停下，门打开，机械女声欢迎两人来到弗雷德里克大厦。"上行。"女声说。门徐徐关闭，电梯开始上升。

男人放开芭芭拉，摘掉毛茸茸的俄罗斯军帽，把它扔在双脚之间。他抬起双手，做了个魔术师的花哨敬礼动作。"来，看着，我觉得你会喜欢的。咱们的吉布尼小姐当然也该看一看，要不是因为她识破了我的真面目，也就没有这堆麻烦事了。"

接下来发生的事情极为恐怖，超过了芭芭拉的想象。若是放在电影里，你会说这个特效做得不赖，然而这却是现实生活。中年男人的圆脸从下到上泛起涟漪，涟漪始于下巴，向上扩散时不是越过嘴部，而是穿过了它。他的鼻子颤动，面颊拉伸，眼睛闪烁不定，前额收窄。忽然间，他的整个头部都变成了半透明的果冻，它颤抖、摇晃、沉陷、扭动，内部是彼此纠缠、翻腾不息的红色物质。这种红色物质不是血液，它充满了黑色的斑块。芭芭拉尖叫一声，后退撞在轿厢内壁上。她的双腿失去力量，单肩包从肩膀上滑落，咚的一声落在地上。她沿着轿厢内壁滑坐下去，眼睛都快从眼眶里掉出来了，她的前后括约肌同时松开。

果冻头部开始固化，但随即出现的面容与他刚才的脸毫无相似之处。他不再是那个打昏杰罗姆并押着她走进电梯的男人了，这张脸比较窄，皮肤也黑两三个色号，他的眼睛不再是圆的，而是在眼角处上斜。把她拖进电梯的男人有个蒜头鼻，现在这个鼻子更尖也更长，嘴唇比先前薄。

这个男人比抓住她的男人年轻十岁。

"这一招很厉害吧，你说呢？"连说话声都不一样了。

你到底是什么东西？芭芭拉想问他，但词语无法从嘴里钻出来。

他弯下腰，拉起单肩包的带子，轻轻放回她的肩膀上。他的手指碰到了她，她无论怎么躲都无法完全躲过去，吓得当场尖叫起来。"钱包和信用卡可不能弄丢了，对吧？能帮助警方辨认你，以防……嗯，万一。"他夸张地捏住鼻子，"我的天，这里是不是出了点小意外？哎呀，你知道俗话是怎么说的，人生总有狗屎事。"他哧哧坏笑。

电梯停下，门徐徐打开，外面是五楼的走廊。

16

　　电梯停下的那一刻，霍莉飞快地瞥了一眼电脑屏幕，然后点击鼠标。她没有看屏幕上从 B 到 8 楼的各个停靠层有没有变灰，杰罗姆在一个名为"Erebeta 故障和修复指南"的网页上找到了具体步骤，那次她和杰罗姆自己动手维修的时候就是这么做的。她不需要看，因为无论如何她都会知道结果。

　　她走到侦探社门口，望向二十五码外的电梯。昂多夫斯基抓着芭芭拉的胳膊……当他望向她的时候，她发现他已经不再是昂多夫斯基了。现在他是乔治，只不过去掉了小胡子和快递员的棕色制服。

　　"来吧，妹子，"他说，"动一动你的脚。"

　　芭芭拉踉踉跄跄地走出电梯。她瞪大的双眼淌着眼泪，神色茫然，她美丽的深色皮肤变成了灰白色，一侧嘴角冒出白沫。她看上去像个紧张症患者。霍莉知道原因：她目睹了昂多夫斯基变身的过程。

　　霍莉本该照顾好这个惶恐的少女，但她此刻不能多想。她必须保持镇定，必须竖起耳朵听，必须依靠她的霍莉希望……尽管希望从未显得如此遥远。

　　电梯门徐徐关闭。现在她无法使用比尔的手枪了，因此她的全部机会都取决于接下来发生的事情。刚开始什么动静都没有，她的心脏像铅块似的向下沉。但紧接着，电梯没有像 Erebeta 电梯程序所规定的那样在原地待命，她听见了电梯下降的声音。谢天谢地，她听见电梯在下降了。

"我带来了我的小妹子，"屠杀儿童的乔治说，"这个妹子不太乖，我觉得她把屎尿拉在了裤子里。过来，霍莉，你自己闻一闻。"

霍莉没有从门口离开。"我很好奇，"她说，"你到底有没有带钱来？"

乔治咧嘴一笑，从露出的牙齿来看，他远不如另一个分身那么适合上电视。"事实上，没有。有个纸板箱放在垃圾箱背后，我就是在那儿看见妹子和她哥哥过来的，但箱子里只有几本购物目录。你知道的，就是写着'房主收'的那种东西。"

"所以你根本不打算给我钱。"霍莉说。她沿着走廊向前走了十来步，在离对方十五码的地方停下，假如这是橄榄球，那她就在红区内了。"对吧？"

"就像你根本不打算给我 U 盘，然后放过我，"他说，"我不会读心，但我学习了许多年的身体语言和表情语言。你完全藏不住心事，我可以确定你不打算放过我。来，把衬衫下摆从裤腰里拉出来，掀起来给我看。用不着完全掀开，你胸口那两颗小豆豆引不起我的兴趣，只需要让我看见你没有武器就行。"

霍莉撩起衬衫，没等对方发话就原地转了一圈。

"现在把裤腿拉起来。"

她也这么做了。

"一点也不抵抗，"乔治说，"很好。"他侧着头打量她，就像艺术评论家在欣赏油画。"我的天，你真是个难看的小女人，对吧？"

霍莉没有回答。

"你这辈子有过哪怕一次约会吗？"

霍莉没有回答。

"难看的小毛毛，还不到三十五岁，头发就开始变白了。你甚至懒得掩饰，假如这还不算投降，那我也不知道什么算了。情人节你给假阳具寄卡片吗？"

霍莉没有回答。

"我猜为了弥补你的长相和不安全感，你用某种……"他忽然停下，低头看着芭芭拉说，"我的天哪，你可真沉！还有你臭死了！"

他松开芭芭拉的胳膊，她倒在女卫生间门口，双手分开，臀部撅起，额头贴着瓷砖地面。她的啜泣声很微弱，但霍莉能听见。是的，她听得很清楚。

乔治的脸突然改变。他没有变回昂多夫斯基，而是换上了一张凶残而讥讽的脸，让霍莉看见了他外表下真正的怪物。昂多夫斯基是猪脸，乔治是狐狸脸，但这张脸属于豺狼，属于鬣狗，属于杰罗姆所说的霜灰色的鸟。他踹了一脚芭芭拉穿着蓝色牛仔裤的臀部，疼痛和惊吓使得她哭叫起来。

"给我进去！"他吼道，"进去，把自己收拾干净，让大人谈大人的事情！"

霍莉想跑过这最后的十五码，怒吼着命令他不许踢芭芭拉，但这正是他想要的效果。另外，假如他真的愿意让人质去女卫生间待着，那么她想要的机会也许就会到来，至少能打开通往竞技场的大门。因此霍莉坚守阵地，没有动弹。

"给我……进去！"他又踢了芭芭拉一脚，"等我收拾完这个管闲事的婊子再来找你。你就祈祷她没给我耍花招吧。"

芭芭拉哭着用头顶开卫生间的门，爬了进去，但乔治还是又朝她的臀部踢了一脚。他望向霍莉，嘲讽不翼而飞，笑容重新浮现。霍莉觉得这个笑容按理说应该很迷人，放在昂多夫斯基的脸上也许确实如此，但放在乔治的脸上就不一样了。

"好了，霍莉。妹子去屎坑了，现在只剩下咱俩了。我可以进去，用这东西……"他举起匕首，"把她开膛破肚，或者你把我要的东西给我，我就放过她，放过你们俩。"

我知道你不会的，霍莉心想。等你拿到你想要的东西，你不会留下任何活口，包括杰罗姆在内——如果他还没死的话。

她试着在声音里同时表现出怀疑和希望。"我不知道能不能相信你。"

"当然能。我拿到 U 盘就立刻消失，从你的人生中消失，从匹兹堡电视界消失。我也该换个地方了，早在这家伙——"他抬起没拿匕首的那只手，从上到下缓缓地抹过面部，就像在放下面纱，"放炸弹前我就知道了。我认为这大概就是他放炸弹的原因。所以，霍莉，是的，你可以相信我。"

"也许我该转身跑进侦探社，锁上门，"她希望她的表情能显示出她真的在这么想，"打电话报警。"

"然后把这个姑娘留给我的温柔和慈悲？"乔治用匕首指了指女卫生间，微笑道，"我看恐怕不行，我注意到了你看她的眼神。另外，你跑不了三步我就能追上你。我在购物中心说过了，我的动作非常快。好了，废话少说，把我想要的东西给我，我立刻就走。"

"我有得选吗？"

"你觉得呢？"

她犹豫片刻，叹了口气，舔舔嘴唇，点头道："你赢了。饶我们一命就行。"

"我会的。"和在购物中心时一样，他回答得太快，太随便。她不相信他，他也知道，而且不在乎。

"让我从口袋里把手机拿出来，"霍莉说，"给你看一张照片。"

他没有说话，于是她缓慢地掏出手机。她打开相册，选出在电梯里拍的照片，举起手机给他看。

来，命令我，她心想。我不想主动这么做，所以狗娘养的，你命令我吧。

他中计了。"我看不清，你过来点。"

霍莉走向他，依然举着手机。两步，三步，离他只有十二码了，十码。他眯着眼睛看手机。还有八码，你看见我有多么不情愿了吗？

"过来点，霍莉。我刚变完身，有几分钟眼睛不太好使。"

你这个黑心肠的骗子，她心想，但还是举着手机又走了一步。他倒下的时候，几乎可以肯定会带着她一起倒下。但前提是他会倒下，假如真能如此，她完全愿意。

"看见了吧？在电梯里，用胶带贴在天花板上。你拿了就——"

尽管处于高度警惕的状态中，但霍莉还是没看清乔治的动作。前一瞬间他还站在女卫生间门口，眯着眼睛看她手机上的照片。下一个瞬间，他已经一只手搂住她的腰部，另一只手抓住她伸出的胳膊了。他说他的动作非常快可不是在开玩笑。他拖着霍莉走向电梯，她的手机掉在地上。进了电梯，他会立刻杀死她，取下贴在天花板上的纸包。接下来他会去卫生间杀芭芭拉。

至少他是这么打算的。但霍莉有她自己的计划。

"你要干什么？"霍莉叫道——不是因为她不知道，而是因为此刻她需要这么说。

他没有回答，只是按下电梯按钮。按钮灯没有亮，但霍莉听见了电梯嗡嗡启动的声音。电梯上来了，她必须等到最后一瞬间再挣脱他。反过来，等他意识到正在发生什么，他也会竭力挣脱她的。她不能允许那样的结果出现。

乔治的狐狸窄脸咧嘴微笑。"知道吗，我觉得咱们这事还是会有个好——"

他忽然停下了，因为电梯没有停。电梯经过五楼，他们看见门缝里的灯光一闪而过，随后电梯继续上升。他在吃惊中松开了双手，尽管只有一瞬间，但足以让霍莉挣脱他的束缚，向后退了半步。

接下来发生的事情顶多只用了十秒钟，但在极度兴奋的状态下，霍莉从头到尾都看得清清楚楚。

楼梯间的门砰然打开，杰罗姆扑了出来，脸上全是凝结的血液。他双眼圆睁，手里拿着放在楼梯间的拖把，木柄向前伸直。他看见乔治，冲了上去，边跑边喊："芭芭拉呢？我妹妹呢？"

乔治一把扫开霍莉。她撞在墙上，那一下震散了她的骨头，让她眼前冒出无数黑点。乔治抬手抓住拖把，轻而易举地从杰罗姆手里抢了过去。他向后撤身，显然想用拖把攻击杰罗姆，但就在这时，女卫生间的门被撞开了。

芭芭拉跑出来，举着单肩包里的胡椒喷雾。乔治扭头去看，刚好被喷了一脸。他疼得尖叫，捂住眼睛。

电梯来到八楼。机械运转的嗡嗡声陡然停止。

杰罗姆扑向乔治。霍莉尖叫"杰罗姆，不！"，并且用肩膀顶了一下他的侧腹部。他和妹妹撞了个满怀，两人一起倒在男女卫生间之间的墙上。

电梯的警报响了，喇叭在尖叫"危险，危险，危险"。

乔治扭过头，用他发红流泪的眼睛望向那个声音，这时电梯门开了。打开的不仅是五楼的电梯门，所有楼层的电梯门都一起打开了。导致电梯无法使用的就是这个系统漏洞。

霍莉伸出双臂，扑向乔治。她的愤怒叫声融入了咆哮的警铃声。她伸在前面的双手碰到他的胸部，把他推进了电梯井。有一瞬间他似乎悬在半空中，眼睛和嘴巴因为恐惧和惊愕而张大。他的脸开始发生变化，他的五官渐渐沉陷，但还没等乔治变回昂多夫斯基（如果他打算这么做的话），他就已经掉了下去。霍莉几乎没感觉到有一只强壮的棕色大手（杰罗姆的手）抓住她的衬衫后摆，否则她就会跟着乔治一起掉下去了。

局外人尖叫着下坠。

霍莉一向认为自己是个和平主义者，但这个叫声让她感觉到了狂暴的喜悦。

在她听见他的身体砰然落在电梯井底部之前，电梯门就关上了。不仅是五楼的门，所有楼层的门都一起关上了。警铃停了下来，电梯开始下降，前往它位于地下室的终点。轿厢经过五楼的时候，三个人望着灯光在门缝中一闪而过。

"是你干的。"杰罗姆说。

"太他妈对了。"霍莉说。

17

芭芭拉膝盖一弯，在半昏迷中倒了下去。她松开手，胡椒喷雾落在地上，滚到电梯门前停下。

杰罗姆在妹妹身旁跪下，霍莉轻轻地拉开他，握住芭芭拉的手。她撸起芭芭拉上衣的袖子，正想摸芭芭拉的脉搏，芭芭拉就挣扎着想坐起来了。

"他到底是谁……是什么东西？"

霍莉摇摇头。"什么都不是。"这很可能就是真相。

"他不在了？霍莉，他不在了吗？"

"他不在了。"

"从电梯井掉下去了？"

"对。"

"好，好极了。"她想爬起来。

"芭芭拉，你先休息一下吧，你刚刚险些昏过去。杰罗姆，我更担心的是你。"

"我没事，"杰罗姆说，"我脑壳很硬。掉下去的人就是那个电视播音员，对吧？科佐洛夫斯基还是什么的。"

"对。"他说对了身份，却说错了名字。"硬脑壳先生，你至少流掉了一品脱血。看着我。"

他看着霍莉。两个瞳孔大小相同，这是个好消息。

"还记得你那本书叫什么吗？"

他脸上凝结的鲜血仿佛形成了一张面具，他不耐烦地瞪了霍莉一眼。"《黑猫头鹰：一名美国黑帮分子的崛起与败亡》。"他放声大笑，"霍莉，要是他砸坏了我的脑袋，我就不可能记得开门密码了。他到底是谁？"

"宾夕法尼亚中学爆炸案的凶手。不过咱们不能告诉任何人，这样会引来太多的疑问。杰罗姆，低头。"

"一动就疼，"他说，"我好像扭了脖子。"

"你就听话吧。"芭芭拉说。

"小妹啊，我不是想说你坏话，但你的味道不怎么好闻。"

霍莉说："我有办法，芭芭拉。我的柜子里有一条裤子和几件T恤，你应该能穿上。去拿了换上吧，你可以去卫生间里收拾一下。"

芭芭拉显然迫不及待地想去，但她没有马上离开。"杰，你确定你没事吧？"

"没事，"他说，"去吧。"

芭芭拉走向走廊尽头的侦探社。霍莉摸了一遍杰罗姆的后脖颈，没找到任何肿胀的地方，于是她命令他再次低头。她在杰罗姆的头顶上看见了一个小破口，在低一些的地方看见了一道更深的划伤，不过那一击的主要力量似乎落在了枕骨上，吸收了冲力。她觉得杰罗姆运气不错。

他们三个都走了好运。

"我也需要清理一下。"杰罗姆望向男卫生间。

"不，别清理。我也许不该让芭芭拉去清理的，但我不希望她以……目前这个状态见警察。"

"我感觉到芭芭拉在计划什么事，"杰罗姆说，他用胳膊搂住身体，

"天哪，冻死了。"

"那是休克的后遗症，你需要喝点热的。我应该给你泡杯热茶，可惜现在没这个时间了。"一个可怕的念头突然跳进脑海：要是杰罗姆搭电梯上楼，她的整个计划（本来就岌岌可危的计划）肯定会彻底崩溃。"你为什么走楼梯？"

"这样他就听不见我上来了。就算我的脑袋疼得要爆炸，我也知道他会去哪儿。大楼里只有你一个人。"他顿了顿，"不，他不叫科佐洛夫斯基。昂多夫斯基。"

芭芭拉夹着干净衣服走出侦探社。她又在哭了。"霍莉……我看见他变身，他的脑袋变成果冻。它……它……"

"她到底在说什么？"杰罗姆问。

"现在先别管了，回头再说。"霍莉搂了她一下，"去清理一下，换掉衣服。还有，芭芭拉，无论它是什么东西，现在都已经死了。明白了吗？"

"明白了。"她悄声说，走进卫生间。

霍莉转向杰罗姆。"杰罗姆·罗宾逊，你追踪了我的手机？或者芭芭拉？还是你们俩都这么干了？"

满脸鲜血的年轻人站在她面前，露出笑容。"要是我保证再也不叫你霍莉莓莉了，你能不能放我一马，别逼我回答这个问题？"

18

十五分钟后，楼下大堂。

霍莉的裤子是条九分裤，对芭芭拉来说太紧了，她好不容易才系上纽扣。她的面颊和额头不再像刚才那样犹如土色。她会好起来的，霍莉心想，她会做噩梦，但她会撑过去的。

杰罗姆脸上的凝血已经开裂了。他说自己头疼得厉害，但并不觉得眩晕，也没有反胃。霍莉对他的头疼并不吃惊。她的包里有泰诺，但她不敢让他吃。他需要去急诊室缝针，还需要拍 X 光片，但这会儿她必须先跟他们对口供。等对完口供，她就可以去收拾她搞出来的烂摊子了。

"你们来这里是因为我不在家，"她说，"你们觉得我肯定在侦探社加班，因为之前我回家和母亲住了几天。明白了？"

两人点头，努力配合她。

"你们去小巷走维修人员用的侧门。"

"因为我们知道密码。"芭芭拉说。

"对。这时忽然冒出来一个抢匪。明白了？"

两人继续点头。

"他先袭击了你，杰罗姆，接着他企图攻击芭芭拉。她用包里的胡椒喷雾喷他，喷了他一脸。杰罗姆，你跳起来和他扭打。他跑掉了，于是你们进大堂来，打电话报警。"

杰罗姆问："我们为什么要来找你？"

霍莉卡住了。她想到了要修复电梯的漏洞（趁着芭芭拉在卫生间清理身体和换衣服的时候弄好了，易如反掌），还把比尔的枪放进包里（以防万一），但她根本没想到杰罗姆问的这个问题。

"圣诞购物，"芭芭拉说，"我们想把你从侦探社拖出去，和我们一起采购圣诞礼物。对吧，杰罗姆？"

"哦，对，有道理，"杰罗姆说，"我们想给你一个惊喜。霍莉，你在这儿吗？"

"不，"她说，"我出去了。对，我出去了，去城市另一头买圣诞礼物了，这会儿我就在那边。受到袭击后你们没有立刻打电话给我，因为……呃……"

"因为我们不想吓到你,"芭芭拉说,"杰罗姆,对吧?"

"对。"

"很好,"霍莉说,"你们都记住这套说法了?"

两人都说记住了。

"那么现在杰罗姆该报警了。"

芭芭拉说:"霍莉,你要去干什么?"

"收拾一下。"霍莉指着电梯说。

"哦,天哪,"杰罗姆说,"我都忘了那底下还有一具尸体了,我忘了个干净。"

"我没忘,"芭芭拉打了个寒战,"天哪,霍莉,你要怎么解释电梯井底下有一具尸体?"

霍莉想到了另一个局外人的下场。"我看这根本不是个问题。"

"要是他还活着呢?"

"他从五层楼的高度掉下去,芭芭拉。算上地下室就是六层。电梯还压下去……"霍莉抬起一个手掌,另一个手掌从上面压下去,做了个三明治的手势。

"哦,"芭芭拉说,她的声音很微弱,"对。"

"报警吧,杰罗姆。我觉得你没什么问题,但我毕竟不是医生。"

他掏出手机打电话,霍莉走向电梯,把电梯叫了上来。补丁重新打好之后,电梯运转一切正常。

电梯门开了,霍莉看见一顶毛茸茸的帽子,这就是俄国人所说的"ushanka"。她想到刚才开前门时从她背后走过的那个男人。

她回到两个朋友身旁,一只手拿着那顶帽子。"再讲一遍咱们的故事。"

"抢匪。"芭芭拉说,霍莉觉得已经可以了。他们很聪明,故事里其他的部分也很简单。假如一切都能按照她的计划进行下去,警察也根本不会关心她在哪儿。

19

霍莉离开他们，走楼梯去地下室。这里散发着陈旧的香烟味和她害怕的霉味，灯没开，她只好用手机照亮找开关。她转动手机，暗影悄然浮动，你很容易就能想象伪装成昂多夫斯基的怪物潜伏在黑暗中，准备跳出来掐住她的喉咙。她出了一身汗，但脸上发冷。她不得不有意识地咬紧牙关，免得牙齿打架。我自己也受到了惊吓，她心想。

她终于找到了两排开关，全都按下去之后，几排日光灯同时亮了起来，发出蜂窝般的嗡嗡声。地下室是个肮脏的迷宫，到处堆放着箱子和纸盒。她再次想到大楼的管理员，一个标准的贱人，白拿他们付的薪水。

她找到方向，走向电梯，电梯门紧闭着。这一层的电梯门很脏，油漆已经剥落。霍莉把包放在地上，取出比尔的手枪。电梯的开门钥匙挂在墙壁挂钩上，霍莉取下来，插进左侧电梯门上的锁眼。钥匙很久没用过了，感觉很涩，她不得不把枪别在腰带里，双手一起使劲，这才转动了钥匙。她重新拔出枪，推一侧的电梯门，两扇门同时滑开。

一股混合了燃油、润滑油和灰尘的气味迎面而来。电梯井的正中央是个状如活塞的长形东西，她后来得知它的学名叫柱塞。在它的四周，散落在烟头和快餐包装袋之间的是一些衣物，就是昂多夫斯基踏上最后这段旅程时身上穿的衣服。这段不长却致命的旅程。

而昂多夫斯基本人，《切特出警》的男主角，却不见踪影。

地下室的日光灯很亮，但电梯井底部依然暗沉沉的，霍莉不喜欢这样。她在阿尔·乔丹凌乱的工作台上找到手电筒，仔仔细细照了一圈，特别是柱塞背后。她找的不是昂多夫斯基（他已经不在了），而是某种特定的外来种类的虫子，那些危险的虫子有可能正在寻找新的宿主。她没有看见虫子，曾经寄生昂多夫斯基的东西或许能再活一段时间，但活不了太久。她在凌乱而肮脏的地下室角落里看见一个麻布包，于是捡起昂多夫斯基的衣物，连同毛皮帽子一起塞了进去。最后塞的是内裤，霍莉用两根手指像镊子似的捡起它，厌恶使得她的嘴角向下耷拉。她把内裤扔进麻布包，打了个寒战，轻轻地喊了一声（"哟!"）。她用掌根把电梯门合上，用钥匙重新锁好门，随后把钥匙放回挂钩上。

她坐下来等待。等杰罗姆、芭芭拉和接警的警员离开后，她把手提包挎在肩上，拎着装有昂多夫斯基衣物的麻布包上楼，走侧门出去。她可以直接把衣服扔进垃圾箱，但那儿太近了，她不太愿意。她拎着麻布包继续走，等她走到大街上，她就只是一个拎着包的普通人了。

她刚发动汽车，就接到了杰罗姆的电话。杰罗姆说，刚才他和芭芭拉在弗雷德里克大厦侧门遭到了抢劫，目前他们在约翰·M.凯纳纪念医院。

"我的天，太可怕了，"霍莉说，"你们应该早点打电话给我的。"

"不想让你担心，"杰罗姆说，"我们没什么大事，他什么都没抢走。"

"我这就过来。"

去约翰·M.凯纳纪念医院的路上，霍莉把装着昂多夫斯基衣物的麻布包扔进一个垃圾桶。外面开始下雪了。

她打开收音机，伯尔·艾夫斯扯开他该死的嗓门，高唱《神圣快乐圣诞节》，她立刻关掉了收音机。她最讨厌的歌就是这一首，原因显而易见。

你不可能万事如意，她心想，每个人都迟早会碰到烂事，但有时候你确实能得偿所愿。说到底，一个神志健全的人能够期待的也就无非如此了。

而那正是她。

一个神志健全的人。

2020 年 12 月 22 日

十点钟，霍莉不得不去麦金太尔和柯蒂斯的办公室宣誓做证。她很不喜欢做这种事情，但她只是这起拘禁案的外围证人，所以问题不大。案件牵涉到一条萨摩耶，不是一名儿童，因此她也就没那么紧张了。一名律师提出了几个不太容易回答的问题，但经历了与切特·昂多夫斯基（还有乔治）的面对面交锋之后，这场盘问显得平淡无奇。十五分钟后她就完事了。回到走廊里，她打开手机，发现她错过了丹·贝尔的一个电话。

她打过去，接电话的却不是丹，而是他的孙子。

"爷爷心脏病发了，"布拉德说，"已经是第四次了。他在医院里，这次恐怕出不来了。"

电话那头传来长长的、带着鼻音的吸气声。霍莉耐心等待。

"他想知道你的情况怎么样，想知道那个记者——那个怪物——发生了什么。假如我能告诉他一点好消息，我觉得他能走得更轻松一些。"

霍莉环顾四周，确定走廊里只有她一个人——确实如此，但她还是压低了声音："怪物死了。告诉丹，它死了。"

"你确定？"

她想到怪物最后惊愕而恐惧的表情，想到他（不，它）坠落时的

336

尖叫声，想到电梯井底下散落的衣物。

"对，"她说，"我确定。"

"我们帮上忙了吗？爷爷帮上忙了吗？"

"要是缺了你们两个中的任何一个，我都不可能成功。告诉他，他救了许多人的性命。告诉他我很感谢他。"

"我会让他知道的，"又是一声带鼻音的吸气声，"你认为还有和他一样的怪物吗？"

假如这时霍莉刚从得克萨斯州回来，她一定会说没有，但现在她不敢确定了。一是个独特的数字，但有了两个，你也许就会发现规律。她停顿片刻，说出她并不完全相信的答案……她真希望自己能相信这个答案。老人监视了这个怪物许多年，长达几十年，他有资格怀着胜利的心情离开人世。

"我认为没有了。"

"太好了，"布拉德说，"太好了。上帝保佑你，霍莉。祝你圣诞快乐。"

考虑到他的处境，她没法祝他圣诞快乐，于是她只是说了声谢谢。

还有更多的怪物吗？

她没有搭电梯，而是走楼梯下楼。

2020 年 12 月 25 日

1

圣诞节的早晨，霍莉穿着浴袍喝茶，和母亲在电话上聊了三十分钟。不过她以听为主，因为夏洛特又开始了她的消极攻击式抱怨（一个人过圣诞、膝盖疼、腰不好等等），其间穿插着各种各样的长吁短叹。最后霍莉觉得对得起良心，可以挂电话了，她对夏洛特说过几天就去看她，她们可以一起去探望亨利舅舅。她还对母亲说了爱她。

"霍莉，我也爱你。"她用一声长叹表明以下三点：这样的爱非常困难；祝女儿圣诞快乐；圣诞节这个节目终于结束了。

剩下的时间就快乐得多了。她和罗宾逊一家共度圣诞，乐于遵守他们家的传统。十点钟，他们吃了一顿早午餐，随后交换礼物。霍莉送给罗宾逊夫妻的是红酒和书籍的礼物券。至于他们的孩子，她很愿意多挥霍一点：芭芭拉得到了全天水疗（包括手脚指甲修剪），杰罗姆得到了无线耳机。

反过来，她不但收到了离她最近的 12 家 AMC 电影院的 300 美元礼券，还收到了一年的网飞会员。和许多狂热的电影迷一样，霍莉对网飞又爱又恨，在此之前一直不肯放弃抵抗。（她爱她的影碟，但坚定地认为电影应该在大银幕上看第一遍。）然而，她不得不承认网飞和其他流媒体平台有着强烈的诱惑力。那么多新片，而且同时上映！

通常来说，罗宾逊一家坚持性别中立和人人平等，但圣诞节下午总是会重演（就当是出于怀旧好了）二十世纪的性别角色。也就是说，女性做饭，男性看篮球比赛（偶尔来厨房吃一口这个尝一口那个）。到他们坐下吃同样传统的圣诞大餐时（火鸡及五花八门的配菜，还有两种甜点），外面开始下雪了。

"咱们能手拉手吗？"罗宾逊先生问。

当然。

"上帝啊，祝福我们即将因你的慷慨而享受的食物，感谢你赐给我们这个一起度过的节日，感谢你保佑我们的家人和朋友。阿门。"

"等一等，"塔尼娅·罗宾逊说，"还不够。上帝啊，谢谢你，没有让我两个美丽的孩子受到袭击者的严重伤害。要是他们没法和我们一起坐在这张餐桌前，我一定会心碎的。阿门。"

霍莉感觉到芭芭拉握紧了她的手，听见女孩的喉咙里发出微弱的怪声。要是芭芭拉没有克制住，那很可能会是一声哭叫。

"现在大家都来说一说自己最感谢什么吧。"罗宾逊先生说。

桌边的人依次开口。轮到霍莉的时候，她说她最感谢能和罗宾逊一家在一起。

2

芭芭拉和霍莉想帮忙洗碗，但塔尼娅把她们赶出厨房，叫她们去"做点有圣诞气氛的事情"。

霍莉建议一起出去走走。也许走到山脚下，或者绕街区走一圈。"雪地里肯定很漂亮。"她说。

芭芭拉一万个赞成。罗宾逊夫人叫她们七点回来，因为到时候全家要一起看《圣诞颂歌》。霍莉希望是阿拉斯泰尔·西姆演的版本，她觉得只有那部值得一看。

外面不仅是漂亮而已，外面非常美。人行道上只有她们两个，皮靴嘎吱嘎吱地踩着两英寸厚的刚落下的粉雪，盘旋纷飞的光环包围着路灯和圣诞彩灯。霍莉伸出舌头去接雪花，芭芭拉有样学样，两人放声大笑。然而等她们走到山脚下，芭芭拉忽然转向她，表情严肃。

"好吧，"她说，"只有咱们俩了。霍莉，咱们为什么要出来？你有什么话想说吗？"

"就是想问问你怎么样，"霍莉说，"我不担心杰罗姆。他挨了一下，但他没看见你见到的东西。"

芭芭拉颤抖着深吸了一口气。雪花在她的面颊上融化，因此霍莉不确定她有没有哭。哭出来也许是好事，流泪有治疗的作用。

"其实也没什么，"她最后说，"我是说他变形的样子。当时他的脑袋似乎变成了果冻，那个样子确实很可怕，打开了我认知世界的大门……你知道吗……"她用戴着手套的双手按住太阳穴，"这里面的大门？"

霍莉点点头。

"你明白的，大门外什么都有可能存在。"

"你既见了魔鬼，为何不见天使？"霍莉说。

"《圣经》里的？"

"这不重要。假如你见到的东西没有让你烦恼，那么你担心的是什么呢？"

"妈妈和爸爸有可能在办我们的葬礼！"芭芭拉脱口而出，"他们有可能单独坐在餐桌前！不是在吃火鸡和填料，他们根本不会有那个胃口，也许只是在吃午……午餐肉……"

霍莉放声大笑，她实在是控制不住。芭芭拉忍不住和她一起笑，雪在她的针织帽上越积越高。霍莉觉得她看上去非常年轻。她确实很年轻，但此刻她看上去像是只有十二岁，而不是明年就要去上布朗大学或普林斯顿大学的年轻女人。

"明白我的意思了吗？"芭芭拉抓住霍莉戴手套的双手，"就差一点，真的就差一点点。"

是啊，霍莉心想，而你会遇到危险，都是因为你关心我。

她在大雪中拥抱她的朋友。"亲爱的，"她说，"咱们在一起，一直在一起。"

3

芭芭拉踏上屋前的台阶。里面会有热可可和爆米花等待着她们，还会有斯克鲁奇感叹三个精灵在一夜之间彻底改变了他。但她们在外面还有最后一件小事要办，于是霍莉在越积越深的雪地里拉住了芭芭拉的胳膊。她在来罗宾逊家之前把一张名片装进了大衣口袋，因为芭芭拉有可能会需要它，名片上只有一个名字和一个电话号码。

芭芭拉接过名片，读出上面的名字。"卡尔·莫顿，他是谁？"

"我从得克萨斯州回来后去看的一位心理医生。我只见过他两次，也只需要那两次的时间去讲述我的经历。"

"你的什么经历？就像……"她没有说完，也不需要说完。

"回头我也许会告诉你们，你和杰罗姆两个人，但在圣诞节这天就算了。总之你记住，假如你需要找个人聊聊，他会听你说的。"她微笑道，"他听过我的经历，所以有可能会相信你的故事，他相信与否其实并不重要。说出来会对你有帮助，反正对我来说是这样。"

"卸掉心里的负担。"

"对。"

"他会告诉我父母吗？"

"绝对不会。"

"我会考虑的，"芭芭拉把名片放进衣袋，"谢谢你。"她拥抱霍莉。而霍莉，这个曾经无比恐惧身体接触的人，也抱住了芭芭拉。她们用力拥抱。

4

《圣诞颂歌》正是阿拉斯泰尔·西姆的版本。当天晚上，霍莉在风雪中慢慢地开车回家，觉得这是她这辈子最快乐的一个圣诞节。上床之前，她用平板电脑给拉尔夫·安德森发了条短信。

> 你回来的时候会收到我的一个包裹。我经历了好一场冒险，但一切都好。咱们需要谈一谈，不过不着急。祝你和你全家（热带）圣诞快乐。爱你们。

她在上床前祈祷，结束语和平时一样：她戒烟了，她在吃来士普，她想念比尔·霍奇斯。

"上帝保佑我们每一个人，"她说，"阿门。"

她躺下，关灯。

睡觉。

2021 年 2 月 15 日

亨利舅舅的认知能力退化得很快。布拉多克夫人（抱歉地）告诉过他们，患者开始接受照护后往往会这样。

此刻，霍莉和他坐在起伏群山公共休息室的沙发上，一起看着大屏幕电视。她终于不再尝试着和他交谈了，夏洛特已经放弃了尝试，此刻她正坐在房间对面的一张桌子旁，帮哈特菲尔德夫人完成拼图。杰罗姆今天陪她们一起来了，他也在帮忙。他逗得哈特菲尔德夫人大笑，听着他的亲昵闲聊，连夏洛特也忍不住露出微笑。他是个迷人的小伙子，终于赢得了夏洛特的欢心。这可是个艰巨的任务。

亨利舅舅坐在沙发上，双眼圆睁，嘴巴微张，他的双手曾经在霍莉骑车撞上威尔逊家的篱笆栏杆后帮她矫正车把，此刻却软绵绵地搁在分开的双腿之间。他穿着纸尿裤，长裤看上去鼓鼓囊囊的。他曾经是个红脸庞的汉子，现在却脸色苍白。他曾经矮胖壮实，现在他的衣服却挂在身体上，他的皮肤塌陷下来，像是失去了弹性的旧袜子。

霍莉握住他的一只手，现在它仅仅是有手指的一块肉。她用手指和他的手指交织，使劲捏了捏，希望能得到回应，但是没有。她很快就可以离开这里了，她对此感到高兴，尽管这种心情让她愧疚。这不是她的舅舅，表演腹语的特大号假人代替了她的舅舅，可是却没有替他发声。假人离开了这座城市，再也不会回来了。

电视里在放阿普米司特片[1]的广告，鼓励满脸皱纹的谢顶老人"展示更多的自我！"。广告结束，博比·福勒四重唱的《我与法律争斗》响起。亨利舅舅的下巴本来耷拉到了胸口，此刻却忽然抬起，他的眼睛里有了光彩——尽管瓦数并不高。

法庭出现，画外音吟诵道："你要是坏蛋就躲远点，因为约翰·劳在主持法庭！"

法警上前，霍莉忽然明白了她为什么给麦克雷迪中学炸弹客起名叫乔治。一个人的大脑永远在运转，永远在事物之间建立联系，以逻辑理解现实……至少它会尝试着这么做。

亨利舅舅终于说话了，因为很久不开口，他的声音低沉而生涩："全体起立。"

"全体起立！"法警乔治高声说。

观众不满足于起立，他们跳起来，鼓掌摇摆。约翰·劳跳着舞走出休息室，跟着音乐的节拍前后摆动手里的木槌。他的光头闪闪发亮，他的白牙反射灯光。"老乔啊，我另一个老妈生的兄弟，咱们今天审什么案子？"

"我爱死这家伙了。"亨利舅舅用他生涩的声音说。

"我也是。"霍莉抬起一条胳膊搂住他。

亨利舅舅扭头看她。

他面带微笑。

"你好，霍莉。"他说。

---

1 一种用于治疗斑块状银屑病的口服药物。

老 鼠

1

德鲁·拉森的故事点子平时总是会一点一点冒出来（尽管近来它们冒头的机会越来越稀少），就像从近乎干涸的水井里引出来的涓涓细流。这些点子总是能通过一系列联想追溯回他见到或听到的什么东西：现实世界中的一个触发点。

拿他最近写的一个短篇来说吧，在 295 号州际公路的法尔茅斯上闸道上，他看见了一个换轮胎的男人，那家伙费劲地蹲在地上，其他车辆朝他按喇叭，从他身旁绕过去。于是他想到了《爆胎》，辛辛苦苦写了三个多月之后，这个短篇最终（被规模更大的杂志退稿六次后）刊登在《大篷车》上。

《跳针杰克》是他唯一登上《纽约客》的短篇，写作时他还是波士顿大学的一名研究生。一天晚上他在公寓里听校园广播电台，故事的种子由此种下。学生 DJ 想放"齐柏林飞艇"乐队的《全部的爱》，唱片却开始跳针。跳针持续近四十五秒之后，那个小伙子上气不接下气地停止播放，脱口而出道："不好意思，朋友们，我去拉屎了。"

《跳针杰克》已经是二十年前的事了，《爆胎》出版于三年前。他在两者之间发表了四个短篇，全都不到三千单词，全都花了他几个月时间来写作和修改。他一直没能写出长篇——尝试过，但失败了，已经基本上丧失了这个野心。前两次的尝试造成了一些问题，最后一次则造成了严重的问题：他烧掉了底稿，险些连屋子一起烧掉。

但此刻，这个点子完完整整地出现了，就像一个迟到多时的火车头，拖着许多节辉煌夺目的车厢。

露西问他能不能开车跑一趟斯派克熟食店，买几个三明治当午餐。这是9月里美丽的一天，他说他走着去好了，她点头赞许，说走一走对你的腰围有好处。他后来想到，要是他开了萨博班或沃尔沃去熟食店，他的人生一定会有巨大的不同。他多半不会想到那个点子，多半不会去他父亲的木屋，他肯定不会看见那只老鼠。

去斯派克熟食店的半路上，他在主街和春街的路口等红绿灯，这时火车头出现了。这个火车头是一幅图像，清晰得和现实一样。德鲁站在那儿，望着它穿过天空，看得入迷了。一个学生用胳膊肘捅了捅他。"哥们，绿灯了，你可以走了。"

德鲁没有理他。学生奇怪地瞪了他一眼，自己穿过街道。德鲁继续站在人行道上，任凭绿灯变成红灯又变成绿灯。

他基本不看西部小说（除了《黄牛惨案》和多克托罗的杰作《小镇浩劫》），青春期过后也没看过几部西部电影，但他在主街和春街路口见到了一个西部酒馆。天花板上悬着马车车轮改造的吊灯，轮辐上挂着煤油灯，德鲁能闻到燃油的气味。地面铺着长条木板，店堂最里面有三四张赌桌，侧面摆着一架钢琴。弹钢琴的男人戴圆顶小礼帽，但此刻他没在弹琴，而是转身望着吧台前发生的事情。钢琴手旁边站着一个细高个男人，他瘦削的胸前挂着手风琴，他也在看吧台。吧台前有一个年轻男人，他身穿昂贵的西部衣装，手里的枪顶着一个年轻女人的太阳穴。女人的红裙开得很低，只有一小条蕾丝遮住乳头。德鲁看见这两个人的双重影像，一个就在他们所站之处，另一个是吧台镜子上的倒影。

这只是火车头，背后还拖着一列车厢。他看见了每一节车厢里的乘客：瘸腿警长（在安提塔姆中过弹，弹丸还在他的腿里）；傲慢的父亲，宁可围困整个小镇，也不愿让儿子被带去县城，儿子会在那里受审和受绞刑；父亲雇来的枪手，他们拿着长枪占领屋顶。一切都出现在德鲁眼前。

他回到家里，露西看了他一眼，说："你不是得病了就是想到了什么点子。"

"是个点子，"德鲁说，"一个好点子。大概是我这辈子最好的一个。"

"短篇？"

他猜妻子希望这是个短篇。她不希望消防队再次上门，不希望她和孩子们身穿睡衣站在草坪上。

"长篇。"

她放下黑麦火腿和奶酪三明治。"我的天。"

大火险些烧掉他们家之后，他不觉得自己经历了精神崩溃，其实那就是精神崩溃。情况不算特别糟糕，但他有半个学期没能去上课（谢天谢地，他有终身教职），能恢复正常全靠一周两次的心理治疗、某些神奇的小药片和露西坚定不移的信心。当然，还多亏了孩子们。孩子们需要一个父亲，这个父亲不能被困在必须写完小说和无法完成小说的无休止循环之中。

"这次不一样。露西，全都在我脑子里了，真的，一整个大礼包。这次会顺畅得就像听写一样。"

她只是看着他，微微皱起眉头。"随你怎么说吧。"

"对了，咱们今年没把老爸的木屋租出去，对吧？"

现在她看上去不是担心，而是警惕起来了。"咱们两年没租出去了，老比尔过世后就没租出去过。"比尔·科尔森生前是他们的看门人，在此之前是德鲁父母的看门人。"你不会在想——"

"我想住过去，只待两周，顶多三周，让我走上轨道就行。你可以请爱丽丝来看孩子，你知道她很愿意来，孩子们也喜欢他们的姨妈。我保证回来和你一起发万圣节糖果。"

"你在家里没法写？"

"当然能了。但我要先启动一下。"他用双手抱住脑袋，像是头痛难忍，"在木屋里写完前四十页，就这么多。说不定我能写出一百四十页呢，也许就有那么顺畅。我已经看见了！我全都看见了！"他重复道，"会顺畅得就像听写一样。"

"我需要考虑一下，"她说，"你也是。"

"好，我会考虑的。先吃三明治吧。"

"我突然没胃口了。"她说。

德鲁却很饿。他吃完他那个三明治，还吃掉了她的大半个。

2

那天下午他去探望他的老系主任。阿尔·斯坦珀突然决定在春季学期结束后退休，人称"伊丽莎白时代戏剧恶女巫"的阿琳·厄普顿终于得到了她渴望——不，应该说垂涎——已久的宝座。

纳迪娜·斯坦珀说阿尔正在后院喝冰茶晒太阳。德鲁告诉她，他打算去 TR-90 镇的营地待一个月左右。她看上去和露西一样忧心忡忡，等他走出屋子来到后院，立刻明白了为什么。他也明白了阿尔·斯坦珀为什么会突然逊位，这位仁爱的君主统治英语系已有十五年之久。

"别站在那儿傻看了，过来喝杯茶。你知道你想来一口的。"阿尔一向认为他知道其他人想要什么，阿琳·厄普顿讨厌他主要就是因为他通常都是对的。

德鲁坐下，接过杯子。"阿尔，你掉了多少体重？"

"三十磅。我知道看上去不止，但那是因为我本来就没多少赘肉。我得了胰腺癌。"他看见德鲁的表情，举起手指，他在教工会议上总是用这个手势平息争端。"你、纳迪娜或其他人还没必要现在就起草讣告。医生发现得相对较早，他们挺有信心。"

德鲁不认为他的老朋友看上去特别有信心，但他管住了舌头。

"别说我了。来，说说你来干什么。决定好去哪儿过休假年了吗？"

德鲁说他想再试着写一次长篇。他说，这次他很确定能写出来，相当确定。

"写《山顶小村》那次你也是这么说的，"阿尔说，"结果出了岔子，你那辆红色小马车的轮子险些飞出去。"

"你说话怎么像露西，"德鲁说，"我没想到你会这样。"

阿尔俯身凑近他："听我说，德鲁。你是一位优秀的教师，写过几个很不错的短篇——"

"六个了，"德鲁说，"快打电话给吉尼斯世界纪录。"

阿尔挥挥手。《跳针杰克》入选了《最佳美国——"

"对，"德鲁说，"多克托罗主编的那本。可惜他去世好多年了。"

"很多优秀作家只会写短篇，"阿尔坚持道，"爱伦·坡、契诃夫和卡佛。我知道你存心绕着流行文学走，但那头还有萨基和欧·亨利呢。别忘了当代的哈兰·艾里森。"

"他们发表的可不止五六个短篇。另外，阿尔，我这次的点子好极了。真的。"

"愿意稍微描述一下给我听听吗？大致说说全局是个什么概念？"他打量德鲁，"不，你不想说。我看得出你不愿意。"

德鲁打心底里想告诉阿尔，这个点子太美妙了！他妈的近乎完美！可是他摇了摇头。"最好还是留在我心里吧。我要上山去我父亲的旧木屋待一阵，能让我走上轨道就行。"

"啊哈。TR-90镇，对吧？也就是说，真正的荒郊野外。露西怎么看？"

"不算特别热衷，但她会叫她姐姐来帮忙看孩子。"

"德鲁，她担心的不是孩子，你肯定也知道。"

德鲁没有吭声。他想到那个酒馆，想到那位警长。他已经知道警长叫什么名字了：詹姆斯·埃夫里尔。

阿尔喝了口茶，把杯子放在一本翻旧了的《巫术师》旁，这本书的作者是福尔斯。德鲁猜书里的每一页都画满了线：绿色是角色，蓝色是主题，红色是阿尔认为值得注意的词句。阿尔的蓝眼睛依然明亮，但已经稍微有点水汪汪的了，他的眼圈也略略泛红。德鲁不愿意去想象自己在这双眼睛里看见了迫近的死神，但他确实看见了。

阿尔凑近他，双手叠放在大腿之间。"来，德鲁，告诉我，这个故事为什么对你这么重要。"

3

那天夜里做爱之后，露西问他是不是非去不可。

德鲁思考过这个问题，认真思考过，她有资格让德鲁好好考虑一下。唉，她也配得上更美好的生活。她一直在支持他，陷入困境的时候，他依靠的完全是她。因此他说得言简意赅："露西，这大概是我最后的机会了。"

长久的沉默笼罩了床的另一侧，他默默等待。假如她说不希望他去，他一定会屈从于她的意愿。最后她说："好吧。我希望你能成功，但我有点害怕，我不能撒谎说我不怕。这是个什么样的故事？还是说你不想告诉别人？"

"我想说，我都快憋死了，但最好还是让压力继续积累。今天阿尔问过我，我也是这么回答的。"

"只要不涉及学究乱睡其他人的配偶、喝到酒精中毒和中年危机就行。"

"换句话说，千万别又是《山顶小村》。"

她用胳膊肘捅了他一下。"是你自己说的，先生，不是我。"

"绝对不是。"

"亲爱的，你能等几天吗？比方说，等一周左右，确定这是个靠得住的点子？"她换上更轻的声音，"为了我？"

他并不愿意，他想明天就动身往北走，后天开始写作。但是……确定这个点子靠得住，这个想法似乎也不坏。

"好吧，可以。"

"太好了。还有，要是你上山去，你肯定会好好照顾自己的吧？你保证？"

"我不会有事的。"

他看见她微笑时一闪而逝的白牙。"男人总是这么说，对不对？"

"要是写不出来，我就回家。但要是我一动笔就……你明白的。"

她没有回应，也许是因为相信他，也许是因为不相信。不过无论怎样都无所谓了，他们不会继续争论这个话题，这才是最重要的。

他以为她已经睡着了，或者快要睡着了，可是她忽然开口，问了阿尔·斯坦珀问过的那个问题。他前两次尝试写长篇小说，以及陷入那个名叫《山顶小村》的泥潭之时，她都不曾问过这个问题。

"写小说对你来说为什么这么重要？是因为钱吗？但你的薪水加上我接的会计活儿已经够咱们用了。是为了名气？"

"都不是，现在我连这个小说能不能发表都没法保证。就算和全世界的所有烂小说一样，它最后的去处是写字台的抽屉，我也会欣然接受。"听着从自己嘴里说出来的这些话，他明白自己没有撒谎。

"那是为了什么呢？"

他给阿尔的答案是成就感，是探索无人涉足之地的兴奋。（他不知道自己是否相信这个答案。他知道阿尔会喜欢，因为阿尔是个深藏不露的浪漫主义者。）但这种胡话糊弄不了露西。

"我擅长写小说，"他最后说，"我也有天赋。因此这部小说应该会很好，甚至有可能取得商业成功，虽然我不确定这个说法放在小说上意味着什么。'好'对我来说很重要，但并不是最重要的，不是头等大事。"他转向妻子，抓住她的双手，用额头顶住她的额头。"我需要去写这个故事，就这么简单，我只是想把这个点子写出来。在这之后我也许能再来一次，只不过没这么有激情，或者我就到此为止了。两个结局对我来说都挺好。"

"换句话说，你想给自己一个交代。"

"不。"他对阿尔就是这么说的，但仅仅因为那是阿尔能够理解和接受的说法。"是另外一回事，某种几乎有实体的东西。你记得布兰登被圣女果卡住喉咙的那次吧？"

"我到死也不会忘记。"

布兰登当时四岁。他们一家人在盖茨瀑布市的乡村厨房吃饭，布兰登忽然发出窒息的咯咯怪声，还用双手抓住喉咙。德鲁把他拉过来，从背后抱住他，给他做海姆立克急救。那颗圣女果囫囵飞了出来，发出清晰的"噗"的一声，就像软木塞弹出瓶口。这件事没有给布兰登留下任何伤害，但德鲁永远不会忘记儿子的眼神，那种意识到自己无法呼吸时的哀求眼神。他猜露西也不会忘记。

"我的感觉就像那样，"德鲁说，"区别在于，这个点子卡在我的脑子里，而不是喉咙口。我还不至于窒息，但也呼吸不到足够的空气。我需要把它写出来。"

"好吧。"她拍拍他的面颊。

"你明白吗？"

"不，"她说，"但你自己明白，我想这就够了。睡吧。"她翻身侧躺。

德鲁又躺了一会儿，想象西部的那个小镇，他从未去过的那部分美国——这并不重要，他的想象力会带着他飞翔，他对此很有把握。必须做的调查研究可以留到以后，首先要确保这个点子不会在下周变成海市蜃楼。

最后他终于睡着了，梦见一位瘸腿的警长；一个不学好的纨绔儿子，被关进狭小如饼干筒的牢房；屋顶上的男人；一场不会也不可能持久的对峙。

他梦到怀俄明州的苦河。

4

德鲁的点子没有变成海市蜃楼，而是越来越强大清晰。一周后，10月里一个温暖的早晨，他准备了三箱以罐头食品为主的物资，把它们装进旧萨博班（他们家的备用车）的行李箱。接下来是一行李包的衣物和盥洗用具，行李包过后是笔记本电脑和一个伤痕累累的手提箱，里面装着他老爸的旧奥林匹亚便携式打字机，那是他的备用设备。他不怎么信任 TR-90 镇的供电，刮大风的时候，电线往往会脱钩，而狂风过后，供电最晚恢复的永远是各个自治镇。

他在孩子们去上学前跟他们吻别，等他们放学回来，露西的姐姐会在家里迎接他们。此刻露西站在车道上，身穿短袖衬衫和褪色牛仔裤，看上去苗条而性感。但她皱着眉头，就好像生理期前的偏头痛即将来袭。

"你必须当心点，"她说，"我指的不仅是你的小说。北边的乡村在劳动节和狩猎季之间没什么人，手机出了普雷斯克艾尔市四十英里就没信号了。要是你在森林里摔断腿……或者迷路……"

"亲爱的，我不会去森林里瞎转悠。要是我去散步——就算我会去散步——我也一定只走大路。"他仔细打量妻子，不怎么喜欢他见到的表情。她不只皱起了眉头，眼睛里也饱含怀疑。"要是你希望我留下，我会留下的。你只要说一句就行。"

"真的吗？"

"你试一试好了。"他祈祷她千万别说。

她低头看着运动鞋，默默想了一会儿，最后她抬起头，摇了摇头。"不，我明白这对你来说很重要。斯泰茜和布兰登也明白，我听见他和你告别的时候说了什么。"

他们十二岁的儿子布兰登说："老爸，带条大鱼回来。"

"先生，我要你每天打电话给我。不晚于下午五点，写得再起劲也要打。手机没信号，但固定电话是通的。我们每个月都会收到账单，我今天上午打过一次，确定是通的。不仅铃会响，我还听见了你老爸的旧答录机的语音留言，害得我有点起鸡皮疙瘩。那声音就像从坟墓里传来的一样。"

"我猜也是。"德鲁的父亲已经去世十年了。他们留下了那座木屋，自己去住过几次，后来就租给狩猎爱好者使用，直到看门人老比尔去世。再后来他们就懒得折腾了。有一帮猎人没付全款，另一帮几乎毁了那地方。他们觉得那座木屋根本不值得费神去打理。

"你该另外录一段语音留言了。"

"好。"

"另外，德鲁，我警告你：要是没有你的消息，我就来找你。"

"亲爱的，这可不是个好主意。粪坑路的最后十五英里能震断沃尔沃的减震弹簧，传动轴多半也要完蛋。"

"我不管。因为……我就直说了，好吗？假如某个短篇写不出来，你只会扔到一边，打扫一两周的屋子，然后就恢复过来了。可是《山顶小村》那次完全不一样，随后的一年吓坏了我和孩子们。"

"这次——"

"不一样，我知道，你说过五六遍了，我也相信你，尽管我只知道这次写的不是一群好色教师在厄普代克[1]式的乡村搞换妻。但是……"她抓住他的胳膊，认真地看着他，"要是情况开始不对，你像写《山顶小村》那次一样开始没词儿了，那就回家来。听懂了吗？回家来。"

"我保证。"

"来，吻我，让我知道你是认真的。"

他吻她，温柔地用舌头顶开她的嘴唇，一只手滑进了她的牛仔裤后袋。他们分开的时候，露西脸红了。"好，"她说，"就像这样。"

他坐进萨博班，刚到到车道底下，露西忽然喊着"等一等！"追了上来。他敢肯定她要说她改主意了，说她希望他留下，试试看在自家楼上的书房里写小说，他不得不克制住自己，这才没有踩下油门，沿着悬铃木街疾驰而去，连一眼也不看后视镜。他停下了，萨博班的后半截横在马路上，他摇下车窗。

"纸！"她说。她跑得气喘吁吁，头发遮住了眼睛。她努出下嘴唇，吹开头发。"你带纸了吗？我记得山上连一张纸都没有。"

他咧嘴一笑，摸了摸她的脸蛋。"带了整整两令[2]。应该够用了吧？"

"除非你打算写《指环王》。"她凝视着他的眼睛。她的眉头舒展开了，至少暂时如此。"去吧，德鲁。给我带个大家伙回来。"

---

1 美国当代著名小说家，其作品揭示了当代美国社会的道德混乱。

2 一令为 500 张纸。

5

他拐上 295 号州际公路的上匝道，也就是多年前他见到那个男人换轮胎的地方，德鲁觉得自己快得像一道闪电。他抛下了他的现实生活——孩子，到处跑腿，家里的琐事，去课后活动班接斯泰茜和布兰登。两周后他会回来继续过这种生活，最多也就三周，他估计他必须在现实生活的周而复始之中完成这部小说的主要部分。此刻在前方等待着他的是另一种生活，在那种生活里，他会用想象力把时间填满。前三次尝试写长篇的时候，他一直没能完全过上那种生活，没能完全迈过那道坎，这次他觉得自己能做到了。他的肉体会坐在缅因州森林中那座毫无装饰的简朴木屋里，但他的灵魂会待在怀俄明州的苦河镇，那里有一位瘸腿的警长和三个惊恐的警员。这四个人必须保护一个年轻人，他当着至少四十名证人的面冷血杀害了一个更年轻的女人。保护他不受愤怒镇民的伤害，仅仅是这几位执法人员的一半工作，另一半则是送他去县城接受审判（不知道怀俄明州在十九世纪八十年代有没有建立县治，晚些时候德鲁会查清楚的）。德鲁不知道普雷斯科特老头子从哪儿召集了一小撮武装暴徒，让他们来阻止警长押送他儿子去县城，但德鲁确定他迟早能想到。

一切都终将成真。

他在加德纳市开上 95 号州际公路。萨博班（里程表上已有十二万英里）开到六十英里，车身有点颤抖，他继续加速到七十英里，颤抖消失了，老姑娘跑得像丝绸一般流畅。他还要开四个小时，第四个小时的道路会越来越狭窄，最后登峰造极的一段路被 TR-90 镇的居民称为"粪坑路"。

他盼望着开车赶路，但更盼望的是打开笔记本电脑，接上惠普小打印机，创建一个名叫"苦河 #1"的文档。人生中的第一次，想到闪烁光标底下的白色深渊时，他的内心没有同时充满希望和恐惧。经过奥古斯塔市边界时，他感觉到的只有不耐烦。这次不会出问题的。不，不仅不会出问题，这次一切都会顺理成章。

他打开收音机，跟着"谁人"乐队一起高歌。

6

那天下午晚些时候，德鲁在 TR-90 镇唯一的商业设施门口停车。这是一座破旧的建筑物，屋顶已经下沉，名叫大 90 杂货店（就好像哪儿还有个小 90 似的）。萨博班的油箱快空了，他用生锈的回转泵给车加油，油泵上挂着一块牌子，写着"只收现金""只供应普通汽油""加霸王油会追诉到底"和"上帝保佑美国"。油价每加仑三美元九十美分。在北部乡村，连普通汽油都要收高价。德鲁踏上商店门廊，拿起投币电话的听筒，电话上满是虫子的尸体。他小时候这部电话就在这儿了，他敢发誓连电话上的提示贴纸也还是同一张。贴纸现在已经褪色得几乎看不清了：对方应答前请勿投币。德鲁听见线路畅通的嗡嗡声，他点点头，把听筒放回生锈的挂钩上，走进店里。

"哎呀，哎呀，还能用呢，"从侏罗纪公园来的难民坐在柜台里面，"了不起，对吧？"他两眼通红，德鲁猜他多半一直在抽阿鲁斯图克县金标烟草。老家伙从裤子后袋里掏出一块鼻涕板结的手帕，拿起来擤鼻涕。"该死的过敏，每年秋天我就这样。"

"迈克·德威特，对吧？"德鲁问。

"不，迈克是我父亲。他 2 月去世了。他妈的九十七岁，最后十年他都不知道自己是站着还是骑在马背上。我是罗伊。"他隔着柜台伸出手。德鲁不想和他握手，他就是用这只手擤鼻涕的，然而德鲁从小就被教导要有礼貌，因此勉强和他握了一下。

德威特把眼镜拉到鹰钩鼻的末端，从镜片上方打量德鲁。"我知道我长得像我爹，不过我运气没他好，而你长得像你爹。你是巴兹·拉森的儿子，对吧？不是里基，是另一个。"

"没错。里基搬家去马里兰了，我是德鲁。"

"哈，没错。你带着老婆和孩子来过山上，但有段时间没来了。当老师的，对吧？"

"对。"他递给德威特三张二十美元的纸币。德威特把钱放进收银抽屉，递给他六张软塌塌的一美元。

"听说巴兹去世了。"

"是啊。我母亲也去世了。"可以少回答一个问题了。

"我很抱歉。说起来，这个季节你来山上干什么？"

"今年我休假，想稍微写点东西。"

"咦，是吗？去巴兹的木屋里写？"

"只要车还能开上去。"他这么说只是不想让人觉得他是个无可救药的平地佬。路况再不好，他也会找到办法开着萨博班闯过去。他大老远跑到这儿来，可不是为了掉头回家。

德威特顿了顿，把鼻涕吸回去。他说："你知道吧，大家不是无缘无故管它叫粪坑路的，而且春天泛洪有可能冲塌了一两个涵洞。不过你的车是四轮驱动的，所以你应该能开过去。另外，你肯定知道老比尔已经去世了。"

"当然。他的一个儿子寄给我一份通知书，但我们没能去参加葬礼。是因为心脏吗？"

"脑袋。用子弹打爆了。"罗伊·德威特显然乐在其中，"他得了阿尔茨海默病，明白吗？警察在手套箱里找到一个笔记本，里面写着各种各样的东西。路线，电话号码，他老婆的名字，甚至他那条狗的名字。他受不住了，你明白吧？"

"天哪，"德鲁说，"太可怕了。"确实很可怕。比尔·科尔森生前是个好人，说话轻声细气，头发永远梳理整齐，衬衫下摆掖到裤腰里，整个人散发着老香料的气味。要是有东西需要修理，他总是会仔仔细细地说给德鲁的老爸（后来是德鲁）听，告诉他们到底要花多少钱。

"哎呀，哎呀，既然你连这个都不知道，那你肯定也不知道他是在你家木屋门前的院子里自杀的吧。"

德鲁瞪大了眼睛。"你开玩笑吗？"

"才不会开……"手帕再次出现，比先前又湿了一点和脏了一点，德威特拿起手帕擤鼻涕，"……这种玩笑呢。没错，先生。他停下皮卡，用温彻斯特步枪的枪口顶着下巴，扣动扳机。子弹打穿了他的头，还打破了后车窗。告诉我这个消息的时候，格里格斯警官就站在你现在站的地方。"

"我的天。"德鲁说。他脑海里的画面为之改变：安迪·普雷斯科特，那个纨绔子弟，他的枪不再顶着跳舞女郎的太阳穴，而是抵着她的下巴……他扣动扳机，子弹从她的后脑勺穿出来，打破了吧台后面的镜子。把老秃鹫描述的老比尔的死法用在小说里无疑有点自私，说是剽窃都行，但这无法让他收手。这个情节实在太好了。

"确实很糟糕。"德威特说。他想挤出悲伤的语气，还想摆出一副处变不惊的态度，但他的声音里有一丝明确的快活气息。德鲁心想，他也知道这个情节太好了。"但你很清楚，他一直到最后也还是老比尔。"德威特说。

"什么意思？"

"意思是他把脑浆喷在车里，而不是巴兹的木屋里。只要他还剩下那么一丁点神志，他就做不出那种事情。"德威特又开始咳嗽流鼻涕了。他连忙去掏手帕，可惜这次慢了一点，没能接住喷嚏。这个喷嚏打得哪儿都是。"他一直在照看那地方，明白了吗？"

7

大 90 向北五英里，沥青路没了。德鲁在铺柏油的硬化路面上又开了五英里，来到一个三岔路口。他左拐开上一条砾石路，石子乒乒乒乒地打在萨博班的底盘上。这就是粪坑路，要是他没弄错，这条路从他小时候到现在一直没改变过。有两次他不得不把时速放慢到两三英里，驾驶着萨博班晃晃悠悠开过春天被洪水冲垮的涵洞。还有另外两次，他不得不下车搬开横在路中间的倒伏树木。还好都是比较轻的桦树，其中一棵在他手里断成了好几截。

他开到库伦营地，这里空无一人，门窗用木板钉死，车道被铁链封锁。他开始数电线杆，小时候他和里基也会这么做。有几根电线杆像醉汉似的歪向左侧或右侧，但库伦营地和杂草丛生的车道之间还是不多不少有六十六根电线杆。车道同样用铁链封死，门口有一块牌子，那是他的孩子们还小的时候露西做的，上面写着：拉森府。过了这条车道，他知道还有十七根电线杆，结束于安格尔贝穆湖湖畔的法灵顿营地。

法灵顿家的另一侧是一大片没有通电的荒野，在美加边境两侧至少各有一百英里。他和里基偶尔会去看他们所说的"最后一根电线杆"，它对他们来说有着某种魔力，过了这根电线杆就没有任何东西能抵御黑夜了。德鲁有一次带斯泰茜和布兰登去看最后一根电线杆，不怎么喜欢他们脸上"那又怎样"的表情。他们觉得供电（更不用说无线网络）是永远存在的。

他下车打开铁链上的挂锁，不得不使劲插钥匙，又拧了好几下，钥匙这才不情愿地转动。他应该在店里买瓶三合一油[1]的，但你毕竟不可能面面俱到嘛。

车道长约四分之一英里，树枝刮了一路萨博班的两侧和顶部。德鲁头顶上是供电和电话的两条线，它们从大路上的北缅因供电公司线路上斜拉过来。他记得以前它们绷得紧紧的，现在却没精打采地耷拉着。

他开到木屋前，这里看上去十分荒芜，像是已被人遗忘。没有了比尔·科尔森的修补，绿色油漆开始剥落，白铁皮屋顶上积满了松针和落叶，房顶上的卫星天线（碟子里也积满了树叶和松针）在森林里像个笑话。他心想，不知道露西有没有像付电话费一样付卫星电视的月租费。就算付了，钱多半也是打了水漂，因为卫星天线都未必能用了。DirecTV 公司说不定会把支票寄回来，附言说，抱歉，我们退还付费，因为您的卫星天线已经完蛋。门廊经历了日晒雨淋，但似乎还挺结实（不过也不能想当然）。德鲁看见门廊底下有一块褪色的绿色油布，他猜底下放着一两捆木柴，也许是老比尔最后一次买回来的。

他下车站在萨博班旁，一只手按着温热的引擎盖。某处有只乌鸦在哇哇叫，远处有另一只乌鸦回应它。除了戈弗雷溪汩汩流向安格尔贝穆湖的水声，这是附近唯一的声音。

德鲁心想，是不是就在我停车的这个地方，比尔·科尔森停下他的四驱车，轰出了自己的脑浆？在中世纪的英格兰是不是有一种说法，认为自杀者的鬼魂会被迫留在他们结束自己生命之处？

他走向木屋，对自己说（责备自己）你年纪太大了，篝火旁的

---

1 美国品牌，用于清洁、润滑和保护各种机械。——译者注

鬼故事不适合你了，这时他听见有个什么东西跌跌撞撞地向他走来。从木屋所在的空地和小溪之间的浓密松林里钻出来的不是鬼魂或丧尸，而是一头年幼的驼鹿，它迈开长得可笑的四条长腿，蹒跚着走出来，走向木屋旁的小工具棚。一看见他，它立刻停下了脚步，和他站在那儿大眼瞪小眼。德鲁心想，驼鹿无论幼年还是成年，都是上帝的造物中丑陋且不讨人喜欢的一种。小驼鹿此刻在想什么就没人知道了。

"哥们，我不会伤害你的。"德鲁轻声说。小驼鹿竖起了耳朵。

又是一阵树枝折断的声音和跌跌撞撞的脚步声，不过这次更响，小驼鹿的母亲顶开树木走了出来。一根树枝落在它的脖子上，它摇头甩掉，盯着德鲁，低下头，用爪子刨地。它的耳朵向后转动，平贴在脑袋上。

它这是要来撞我了，德鲁心想。它认为我对它的孩子造成了威胁，所以要来撞我了。

他考虑要不要跑向萨博班，但车似乎（很可能也确实）太远了。另外，奔跑这个动作，哪怕是朝着远离小驼鹿的方向，也有可能触发母驼鹿的反应。因此他只好站在原处，尝试向不到三十码外那头重达千磅的野兽传递安抚的念头。驼鹿母亲，这儿没什么可担心的，我没有恶意。

它打量了他十五秒左右，稍微低着头，一只蹄子不停刨地。这十五秒感觉起来要长得多。接着它走向小驼鹿（眼睛始终盯着闯入者），挡在小驼鹿和德鲁之间。它长长地瞪了德鲁一眼，大概是在考虑下一步的行动。德鲁一动不动地站在那儿，吓得魂不附体，但同时又异常兴奋。他心想，要是它从这么近的距离撞向我，我不是当场毙命就是严重受伤，最后多半难逃一死。但要是它不撞向我，那么我就会在这儿写出一部杰作。杰作。

即便是在这个时刻，他的生命悬于一线，他也知道两者完全不等价。但另一方面，他也觉得这是个绝对真实的赌注。他就像一个孩子，相信只要某朵云能遮住太阳，他过生日就能得到一辆自行车。

就在这时，母驼鹿突然扭过头去，顶了一下小驼鹿的臀部。小驼鹿发出仿佛羊叫的咩咩声，和老爸的驼鹿哨发出的暗哑声音毫无相似之处。它转身走向森林，母驼鹿也跟了上去，但又停下来最后恶狠狠地瞪了德鲁一眼：敢跟着我，你就死定了。

德鲁吐出一口气，他都不知道自己忘了呼吸（悬疑小说的这个古老桥段看来是有真实性的）。他迈步走向门廊，拿着钥匙的手在微微颤抖。他对自己说，你其实没有遇到危险，不会有真正的危险了，只要你不去招惹驼鹿——哪怕是护子心切的母驼鹿，它就不会来招惹你。

另外，情况有可能更糟糕的。你遇到的有可能是一只熊。

8

他开门进去，以为会见到一片狼藉，但木屋里整整齐齐。这一切无疑是老比尔的功劳，他自杀那天甚至有可能最后一次清扫了木屋。阿吉·拉森的旧碎布地毯依然铺在房间中央，边缘已经磨出了线头，但除此之外都完好无损。砖砌的台子上有个烧木柴的游骑兵炉子，炉膛里没装木柴，云母小窗和地板一样干净。左手边是个简单的厨房，右手边是橡木餐桌，窗外是沿着斜坡伸展到小溪旁的森林。房间最里面是凹背沙发、两把椅子和壁炉，德鲁不太敢在壁炉里生火。天晓得烟囱里积累了多少木焦油，更别说野生动物了：耗子、松鼠和蝙蝠。

做饭的热点炉灶也曾经是个新物件，不过那会儿环绕地球的卫星大概只有月球。炉灶旁边是没接电的冰箱，它敞着门，不知为何像一具尸体，里面只有一盒艾禾美小苏打。起居室区域有一台放在滚轮底座上的便携式电视机。他记得他们一家四口曾坐在电视机前，边看《陆军野战医院》的重播边吃快餐。

屋子西侧的墙边是木板楼梯。上去之后有一小段走廊，走廊一侧的书架上摆的几乎全是平装本小说——露西称之为雨天宿营读物。走廊通往两间卧室，德鲁和露西睡一间，孩子们睡另一间。是不是在斯泰茜开始抱怨说她需要隐私后，他们就不再来这儿了？是因为这个吗？还是仅仅因为他们太忙了，没空在夏天来营地度假？德鲁记不清了。但他很高兴能回来，很高兴租客没有毁掉母亲的碎布地毯。不过他何必担心呢？那块地毯曾经真的很漂亮，但现在只配被穿着沾满森林烂泥的鞋子踩来踩去，从小溪里蹚水回来的光脚也可以毫不顾忌地踩在上面。

"我可以在这儿写作，"德鲁说，"没错。"他被自己的声音吓了一跳，大概是因为还没有从和母驼鹿的对峙中恢复过来。他放声大笑。

不需要确认有没有电，因为他看见老爸的旧电话答录机上的红灯在闪烁。他走过去，扳动开关，打开了天花板上的照明灯，下午的光线已经变得黯淡。他走到答录机旁，按下"播放"按钮。

"德鲁，是我，露西。"她的声音有点颤抖，就好像是隔着海底两万里传来的。德鲁记得这台旧答录机其实是一台磁带录音机，它还能工作就已经是个奇迹了。"三点十分了，我有点担心。你到了吗？到了就回个电话给我。"

德鲁觉得好笑，又有点生气。他来这儿是为了避免分心，接下来的三周里，他最不需要的就是露西时时刻刻在他背后盯着他。不过，他觉得她也有正当的理由要担心他。他有可能在路上出车祸，有可能在粪坑路上折断车轴。他还没有开始写这本书，因此她当然不可能担心他会因为写作而精神崩溃。

想到这个，他回忆起了英语系五六年前发起的一场演讲会，乔纳森·弗兰岑面对满场听众讲述小说的艺术和技巧。他说，小说写作体验的最高峰事实上出现在作者动笔前，一切都还只存在于作者的想象之中。"然而，就连你脑海里最清晰的情节也会遗失在转写中。"弗兰岑这么说。德鲁记得当时他心想，这家伙还真是以自我为中心，居然以为他的经验能代表所有人。

　　德鲁拿起电话（听筒是古老的哑铃形状，黑色，重得出奇），听见了清晰而响亮的拨号等待音，他打给露西的手机。"我到了，"他说，"没什么问题。"

　　"噢，太好了。路上怎么样？木屋呢？"

　　他们聊了一会儿，接着他和斯泰茜聊了几句，她刚好从学校回来，把电话要了过去。过了一会儿，露西回到线上，提醒他换掉答录机上的语音留言，因为现在那段留言让她起鸡皮疙瘩。

　　"我试试吧，不一定能换掉。这东西在七十年代大概算是最先进的，但那是半个世纪前了。"

　　"你尽量吧。看见什么野生动物了吗？"

　　他想到母驼鹿，它低着头考虑要不要撞上来踩死他。

　　"就几只乌鸦，没别的了。好了，露西，我打算在太阳下山前把行李搬进来。晚些时候再打给你。"

　　"七点半左右好了。你可以和布兰登聊几句，他到时候肯定回来了。他今天在兰迪家吃晚饭。"

　　"收到。"

　　"还有什么要报告的吗？"她的声音里也许有担忧，但也可能仅仅是他的想象。

　　"没了。西线一切平静。爱你，亲爱的。"

　　"我也爱你。"

　　他把可笑的老式听筒放回底座上，对着空荡荡的木屋说："哦，等一等，我的宝贝儿，还有一件事。老比尔在咱们家木屋门口轰掉了自己的脑袋。"

他震惊于自己的笑声。

9

等他把行李和物资全都搬进屋里，时间已经过了六点，而他饥肠辘辘。他拧开厨房的水龙头，水管隆隆轧轧地响了一阵，喷出一股股浑浊的水管积水，最后清澈的凉水终于稳定地流了出来。他接了一壶水，打开热点炉灶（大燃气炉低沉的嗡嗡声唤醒了以前在这里吃饭的记忆），等水烧开。他准备放意大利面和肉酱，还好露西在他的一箱物资里塞了一瓶肉酱，否则他肯定会忘记。

他考虑要不要热一个青豆罐头，想了想还是决定不热了。他既然在营地里，就要按宿营的风格吃饭。他没带酒，也没有在大 90 买酒。要是写作和他想象中一样顺利，下次去杂货店他也许可以买一件百威啤酒，也许还能去找点做沙拉的东西。不过要是他没记错，罗伊·德威特对蔬菜备货的概念就是足量的爆米花和热狗酱，偶尔会为喜欢异域风味的人进一瓶德国泡菜。

等水开和肉酱冒泡的时候，德鲁打开电视。他以为自己只会看见雪花点，然而他看见的是蓝屏和 "DIRECTV 连接中" 的提示。德鲁对此有所怀疑，但还是让电视继续干活儿了。说不定真能连上点什么呢。

他正在翻一个矮柜的时候，莱斯特·霍尔特的声音忽然在木屋里震响，吓得他尖叫一声，扔下了刚刚找到的滤锅。他转过身，看见了NBC 的晚间新闻，画面异常清晰。莱斯特在播报特朗普最新的愚蠢行径，随后他把镜头切给查克·托德，让托德来讲述龌龊的细节，德鲁抓起遥控器，关掉了电视。知道电视能看当然很好，但他没兴趣把特朗普、恐怖主义和收税之类的垃圾玩意儿塞进脑袋。

他煮了一整盒意大利面，吃掉一大半。在他的想象中，露西嘴里啧啧有声，摆动手指，再次对他的中年发福表示不满。德鲁提醒她说他没吃午饭。洗碗的时候，他想到了母驼鹿和老比尔的自杀。他能在《苦河》中为这两者留下位置吗？母驼鹿多半不行。自杀嘛，也许吧。

他觉得弗兰岑所谓"小说写作体验的最高峰出现在作者动笔前"的论调确实有点道理。这是一段美好的时光，因为你见到和听到的所有东西都站在你这一边，一切皆有可能。思想能建造一座城市，能重新塑造它的轮廓，也能把它夷为平地，而这一切全都发生在你洗个澡、刮个脸或撒个尿的间歇之中。然而，一旦开始动笔，那就不一样了，你写的每个场景甚至每个字都在进一步限制你的选择。到了最后，你就像一头牛走进了没有出口的狭窄甬道，一步步走向——

"不，不，根本不是那样的，"他说，再次被自己的声音吓了一跳，"根本不是的。"

10

密林中的黑夜来得很快。德鲁走来走去开灯（一共有四盏，一盏比一盏颜色难看），接着开始折腾自动答录机。他听了两遍过世父亲的语音留言，在他的记忆中，和善的老爸从没对孩子们说过一句难听的话，更没抬起过一次巴掌（说难听的话和抬起巴掌是母亲的特权）。他似乎不该抹掉这段话，但老爸的写字台里没有备用磁带，露西下达的命令也不容违抗。他录的语音留言言简意赅："我是德鲁，请留言。"

完成这个任务后，他穿上薄夹克，出门坐在台阶上看星空。他常常会感到惊讶，只要离开光污染的地区（尽管法尔茅斯只是个相对较小的城市），你就能看见天上有那么多的星星。上帝在天空中倾泻了满满一罐的光点，而在星河之外则是永恒。宇宙如此广阔，神秘得超乎想象。一阵微风吹过，松树发出特有的悲叹声，德鲁忽然觉得自己如此孤独和渺小。他打了个寒战，起身回到屋里，决定试着在壁炉里小小地生一堆火，只是为了确定生火不会弄得满木屋全是烟。

壁炉左右各有一个板条箱。一个箱子里是引火柴，多半是老比尔最后一次在门廊下补充木柴时添置的，另一个箱子里则装着玩具。

德鲁单膝跪地，翻看那些玩具。一个惠姆欧飞盘，他隐约有点印象：他、露西和孩子们在前院玩四向飞盘，每次有人把它扔进树丛，不得不钻进去捡，其他人就会放声大笑。一个弹力超人阿姆斯特朗，他很确定那是布兰登的；一个芭比娃娃（没穿上衣，不太得体）无疑是斯泰茜的。但其他玩具他不是不记得就是从没见过：一个独眼的泰迪熊，一副乌诺纸牌，一堆零散的篮球卡，一套名叫"砸金猪"的游戏。还有一只陀螺，顶上是一圈戴着棒球手套的猴子，他转动手柄，然后松开手，它晃晃悠悠地在地板上行进，吹出《带我去看棒球赛》的哨音。他不怎么喜欢最后这个小玩意儿。陀螺旋转的时候，猴子似乎在上下挥动手套，像是在求救，而随着转速变慢，旋律渐渐变得有点阴森。

快要翻到箱底的时候，他终于想起来看了一眼手表，发现已经八点一刻了，于是连忙起身打电话给露西。他为电话打晚了而道歉，说他被一箱玩具分神了。"我好像认出了布兰登的弹力超人——"

露西哀叹道："天哪，我以前可讨厌那东西了。闻起来有股怪味。"

"我记得。另外还有几件咱们的旧玩具，但有些东西我敢发誓我从没见过。砸金猪？"

"砸什么？"她已经笑了起来。

"小孩的游戏。还有一个陀螺，顶上是一圈猴子？会演奏《带我去看棒球赛》？"

"我没印象……哦，等一等。三四年前咱们把木屋租给了一家姓皮尔逊的，还记得吗？"

"有点印象。"他完全不记得了。假如真的是三年前，他多半正陷在《山顶小村》的泥潭里无法脱身呢。不，应该说他被五花大绑还塞了口球。真正的 SM。

"他们家有个五六岁的小男孩。有些玩具肯定是他的。"

"真奇怪，他居然不觉得可惜。"德鲁看着那只泰迪熊说。它颜色斑驳，一看就知道经常被人紧紧抱在怀里。

"想和布兰登聊两句吗？他在我旁边。"

"当然。"

"嘿，爸爸！"布兰登说，"你的书写完了？"

"好笑，非常好笑。明天动笔。"

"山上怎么样？过得舒服吗？"

德鲁环顾四周。在吸顶灯和台灯的光线下，楼下的大房间显得温暖宜人，连丑陋的颜色似乎也看得过去了。要是壁炉的烟囱没有堵死，小小地生一堆火就能解决些许的寒意。

"很好，"他说，"非常好。"

确实如此。他觉得很安全，同时也觉得自己像个即将临盆的孕妇。明天要动笔写小说了，他心中没有恐惧，只有期待。字词会倾泻而出，他对此很有把握。

壁炉一切正常，烟道没有堵，通风良好。等那堆小火烧得只剩下余烬了，他去主卧室（开玩笑的，这个房间的大小连转身都勉强）铺床，被单和盖毯有一丝霉味。十点，他关灯上床，躺在那儿仰望黑暗，听着风在屋檐下叹息。他想到老比尔在前院自杀，但念头一闪而过，心里既不害怕也不惶恐。他想到老看门人的最后时刻，枪口的钢铁圆环抵着下巴。他想象着那一瞬间老比尔见到的事物，他的心跳，他的思绪。仰望着肆意生长的烂漫银河时，德鲁的心情与老比尔的心情应该并无二致。现实既深且广，它蕴含无数秘密，而且永恒流传。

11

第二天他起得很早，吃过早饭之后他打电话给露西，她正要送孩子去上学。她在数落斯泰茜，因为女儿没做完作业，接着她对布兰登说他把书包放在客厅了。时间紧张，他们没聊几句就只好挂电话了。说完再见，德鲁穿上外套，下坡走向小溪。木屋另一侧的树木砍掉了一片，开阔的视野让德鲁能够看得很远，森林景观堪称无价之宝。他在山坡上站了近十分钟，欣赏周围世界那不加修饰的美丽，同时努力放空大脑，做好准备。

每个学期他都会带当代英美文学课，不过由于他发表过作品（而且是在《纽约客》上），他的主要任务是带创意写作课。每个新课程和研讨班开始的时候，他先谈的永远是创意过程。他对学生说，正如每个人上床睡觉前都有一套流程，我们在为每天的写作时间做准备时，也应该遵循一定的流程，就好比催眠者准备让催眠对象进入恍惚状态时所做的一系列过场动作。

"人们把写小说或诗歌的行为比作做梦，"他对学生们说，"但我觉得这个比方并不是特别准确，我认为写作更像是催眠。准备工作越是仪式化，你就会越容易进入状态。"

他言行如一。回到木屋里，他开始煮咖啡。在整个上午的过程中，他会喝两杯咖啡，非常浓非常黑的咖啡。等待水开的时候，他吃维生素药片，还刷了牙。有个租客把他父亲的旧写字台推到了楼梯底下，德鲁觉得留在那儿也不错。作为工作地点来说也许有点不寻常，但也莫名地很舒服，甚至有点像子宫。若是在家中的书房里，仪式的最后一个环节会是把纸张理成整整齐齐的几沓，在打印机的左侧留出一块空地放新鲜出炉的底稿，但这张写字台上没有东西可供整理。

他打开笔记本电脑，创建了一个空白文档。接下来要做的事同样是仪式的一部分：给文档命名（苦河 #1），定义文档格式，选择字体。他在写《山顶小村》时用的是 Book Antiqua，但写《苦河》的时候他不打算用这个字体，会带来厄运的。他想到木屋也许会停电，那时他将不得不使用奥林匹亚打字机，于是选择了 American Typewriter字体。

就这些了吗？不，还有一件事。他点选"自动保存"按钮。就算突然断电，工作文档应该也不会丢失，笔记本电脑的电池充满了，但事先稳妥总归好过事后悔恨。

咖啡煮好了。他倒了一杯，在写字台前坐下。

你真的想写这部小说吗？你真的打算写吗？

两个问题的答案都是肯定的，于是他把闪烁的光标移到屏幕中央，开始敲键盘。

第一章

他按下回车，一动不动地坐了几秒钟。在南边的几百英里之外，露西大概也拿着一杯咖啡坐在打开的笔记本电脑前，电脑里保存着她目前为之管账的客户的各种记录。她很快会进入她的恍惚状态（只不过她处理的是数字，而不是文字），但此刻她正在想他，他对此非常确定。她在想他，希望——甚至期待——他不会……阿尔·斯坦珀是怎么说的来着？……他红色小马车的轮子不会飞出去。

"不会的，"他说，"这次会顺畅得就像听写一样。"

他盯着闪烁的光标又看了几秒钟，然后打字：

女孩尖叫的时候，叫声尖利得足以震碎玻璃，赫克[1]停止演奏钢琴，扭头望去。

随后，德鲁迷失在了故事之中。

12

他调整过他的课表，从一开始他的上课时间就比较晚，因为写小说的时候，他喜欢上午八点就开工。他通常要求自己写到十一点，但很多时候他到十点半就开始挣扎了。他经常想到他读过的一个詹姆斯·乔伊斯的故事——很可能是凭空编造的。一个朋友来到乔伊斯家，发现著名的作家坐在写字台前，双手抱着脑袋，一副可怜又绝望的模样。朋友问他怎么了，乔伊斯说他一整个上午只挤出来了七个单词。"哎呀，可是，詹姆斯，对你来说已经很好了。"朋友说。乔伊斯答道：

---

1 赫基默的昵称。

"也许吧，但我不知道它们的排列顺序！"

故事是不是编造的暂且不论，总之德鲁能够对它产生共情。在那折磨人的最后半小时里，他往往就是这个感觉，卡壳的恐惧会在此时降临。当然了，在写《山顶小村》的最后一个月里，他每分每秒都是这种可怕的感觉。

但今天上午，那种该死的恐惧并没有登门拜访。他脑袋里打开了一扇门，直接通往那家名叫水牛头的酒馆，酒馆内烟雾腾腾，弥漫着一股煤油味。他迈过了门槛，能看见每一个细节，听见每一个字词。他身临其境，从钢琴手赫基默·贝拉斯科的眼睛里看见普雷斯科特家的小子把点四五的枪口（他的手握着漂亮的珍珠枪柄）顶在年轻舞女的下巴底下，并且大声斥骂她。安迪·普雷斯科特扣动扳机的时候，手风琴手捂住了眼睛，但赫基默睁大双眼，因此德鲁看清了一切：舞女的头发和血浆突然爆开，子弹打碎了一瓶老丹迪，威士忌酒瓶背后的镜子裂了。

这些画面格外清晰，就像是德鲁在写自己的亲身经历，等饥饿终于把他拽出恍惚状态后（他的早餐仅仅是一碗桂格麦片），他望向电脑上的信息栏，发现已经快到下午两点了。他腰痛，眼睛酸，但精神振奋，像是喝醉了。他把成果打印出来（十八页，难以他妈的置信），放在出纸盒里没动。今晚他会拿着笔检查，这也是他流程的一部分，但他知道需要修改之处只会寥寥无几。漏打了一两个词，偶尔无意间打重了一个词，也许有个用力过度或力道不足的比喻。除此之外，这部分底稿会干干净净，他已经知道了。

"就像听写一样。"他喃喃道，起身去给自己做三明治。

13

接下来的三天，他的流程精确得仿佛钟表，像是这辈子（至少是他从事创造的这部分人生）一直在木屋里写作。他从七点半左右一直写到下午快两点，随后吃饭、打个瞌睡或者去路上散步，边走边数电线杆。天黑后他会在木柴炉里生火，在燃气炉上热个罐头，接着打电话回家，和露西还有孩子们聊天。挂断电话后，他会编辑白天写的底稿，完成后再去楼上的书架上挑一本平装本小说来读。睡觉前，他会浇灭木柴炉里的火，出门去看星空。

小说滚滚向前，打印机旁的纸张越摞越高。煮咖啡、吃维生素片和刷牙的时候，他的内心没有任何恐惧，只有期待。他坐下之后，字词已经在等他了。他觉得每一天都像是圣诞季，每一天都有新的礼物要拆。第三天，他几乎没注意到他在频繁地打喷嚏，喉咙也有点不舒服。

"你这几天都在吃什么？"晚上他打电话回家的时候，露西问，"先生，请说实话。"

"基本上就是我带来的东西，但——"

"德鲁！"她拖着长音，"德鲁——"

"但明天等我写完，我就去买些新鲜东西。"

"很好。去圣克里斯托弗的超市，虽然也没什么东西，但总比公路上那家肮脏小店强。"

"好。"他说，但他并不打算大老远跑到圣克里斯托弗去，开车要走九十英里，他不可能在天黑前赶回来。挂掉电话后，他才意识到他对妻子撒了谎。自从写《山顶小村》的最后几周，事情开始出岔子那次之后，他就再也没对妻子撒过谎。当时他在笔记本电脑（就是他现在用的这一台）前坐了二十分钟，考虑是该用"一丛柳树"还是"一片树林"。两者似乎都可以，但又似乎都不对劲。他趴在电脑上，浑身冒汗，克制住冲动，没有猛敲脑门，把合适的描述性短语砸出来。那时露西皱着眉头，脸上写着"我很担心"。当她问他情况怎么样时，他的回答就是刚才的那一个字，同样简单的一句谎言："好。"

脱衣服上床的时候，他对自己说没关系的。就算我撒了谎，那也是个善意的小谎，只是为了在争执有机会开始前就将其熄灭。丈夫和妻子每天都会这么做，这样婚姻才有可能延续下去。

他躺下，关掉台灯，打了两个喷嚏，闭眼睡觉。

14

写作的第四天，德鲁醒来时鼻子堵了，喉咙有点疼，但好在没感觉到发烧。他可以在感冒的时候工作，他在教师生涯中已经有过许多次经验了。事实上，他对自己还挺自豪呢，因为他能咬牙坚持下来，而露西往往一流鼻涕就抱着纸巾、感冒药和杂志躺到床上去。德鲁当然不可能因为这个说她不好，尽管他每次都会想到母亲对类似行为的评价：大惊小怪。露西有资格在每年两三次的感冒期间纵容自己，因为她是一名自由职业的会计师，也就是说她的老板是她自己。他过休假年的时候，从理论上说就变成了自己的老板……可惜事与愿违。《巴黎评论》上曾经有作家（他不记得是哪一位了）说过，"写作的时候，书就是你的老板"，这话一点不错。你松懈下来，故事就会开始消散，一如做梦醒来的时候。

他在苦河镇度过了一个上午，手边放着一盒纸巾。当天的写作完成后（又是十八页，他真的是下笔如有神），他惊讶地发现纸巾已经用掉了一半，用过的纸巾从老爸的旧写字台旁的垃圾篓里满了出来。这个事实也有光明的一面，他和《山顶小村》苦苦缠斗的时候，写字台旁的垃圾篓里用不了多久就会装满废弃的打印纸。是一丛还是一片？是驼鹿还是灰熊？阳光是灿烂还是炫目？苦河镇不存在这种烂事，他越来越不愿离开那个地方。

但他必须离开一下了。他的物资只剩下几罐腌牛肉烩菜和牛肉意面酱，牛奶和橙汁都喝完了。他需要鸡蛋、汉堡肉，也许还需要鸡肉，当然也需要五六份冷冻快餐。另外，他用得上一袋咳嗽糖和一瓶奈奎尔——露西的老伙伴。去一趟大90应该能买齐。要是不行，他就只能咬咬牙，开车去圣克里斯托弗，把无关紧要的小谎变成事实了。

他颠簸着，慢吞吞地开出粪坑路，在大90门前停车。这时候他不但猛打喷嚏，而且开始咳嗽了。他的喉咙愈发不舒服，耳朵也觉得闷闷的，另外，他似乎感觉到了一丝发热。进门的时候，他提醒自己在购物篮里加一瓶奈普生或泰诺。

今天柜台里面坐着的不是罗伊·德威特，而是一个骨瘦如柴的年轻女人。她把头发染成紫色，戴着一个鼻环，下嘴唇上似乎有个镀铬的唇钉。她在嚼口香糖。德鲁写了一个上午（另外，天晓得呢，也许还因为那一丝发热），大脑依然在高速运转，于是他看见她回到家里——她的家是一辆停放在水泥块上的拖车，里面有两三个孩子，孩子们的小脸脏兮兮的。他们的头发是她自己在家剪的，最小的一个刚学会走路，纸尿裤里沉甸甸的。这个孩子穿着一件全是食物污渍的T恤，上面印着"妈咪的小魔鬼"。这一系列画面恶毒而下作，出于刻板印象，还异常精英视角，但未必就不可能是真的。

德鲁拿起一个购物篮。"有新鲜的肉和蔬菜吗？"

"冷柜里有汉堡肉和热狗，好像还有几块猪排。我们也有卷心菜丝。"

好吧，也算是某种蔬菜。"鸡肉呢？"

"没有。不过有鸡蛋。找个暖和的地方放着，说不定能孵出一两只小鸡呢。"她被自己的俏皮话逗得哈哈一笑，露出了棕色的牙齿。她嚼的不是口香糖，而是烟草。

德鲁最后装满了两个购物篮。店里没有奈奎尔，但有名叫"金医生咳嗽感冒合剂"的类似药物，他还买了安乃近和古迪头痛粉。这场购物狂欢的最高峰是几个鸡汤面条罐头（用他奶奶的话说，这是犹太人的盘尼西林）、一卷涂抹黄油和两条面包。面包是海绵一般的白面包，工业制品，但乞丐没资格挑三拣四。他在不太遥远的未来看见了鸡汤和吐司奶酪三明治，一个喉咙痛的人就该来这么一顿好饭。

看柜台的女人为他结账，边扫码边嚼烟草。她的唇钉起起落落，德鲁看得几乎入迷了。妈咪的小魔鬼长到多大也会镶上这么一个玩意儿？十五岁？仅仅十一岁？他对自己说，你怎么又精英起来了，你这个精英主义的混球，但他受激过度的大脑还是顺着一连串的联想继续思考了下去。欢迎来到沃尔玛购物。帮宝适，宝贝的灵感。我爱的男人有个斯科尔圈[1]。每一天都是你的时尚日记里的一页。把她关起来送她——

"一百八十七美元。"她打断了他河流般的思绪。

"我的天，真的？"

她微笑，露出的牙齿让他觉得最好还是别再看见为妙。"你想在这儿放开手脚买东西——拉森先生，对吧？"

"对，德鲁·拉森。"

"你想在这儿放开手脚买东西，拉森先生，就要做好付钱的准备。"

"罗伊怎么不在？"

---

1 斯科尔（Skoal）是美国最大的口嚼烟品牌，把圆形小烟盒装在牛仔裤后袋里会磨出一个圆环印子。——译者注

她翻个白眼。"老爸去医院了，在圣克里斯托弗。他得了流感，不肯去看医生，非要充男子汉，结果转成了肺炎。我妹妹替我看孩子，好让我来照顾生意，我跟你实话实说，她可不怎么乐意。"

"呃，真是个坏消息，我很难过。"事实上，他根本不在乎罗伊·德威特的死活。他在乎的，此刻他脑子里在想的，是德威特擤鼻涕的手帕。还有他，德鲁，握过德威特用来擤鼻涕的那只手。

"肯定不如我难过。周末要刮风暴，明天店里会相当忙。"她用两根分开的手指朝他的两个购物篮挥了挥，"希望你能付现金，信用卡机器坏了，老爸总是忘记送修。"

"没问题。什么风暴？"

"北方风暴，听'狼河'说的，那是魁北克的电台。"她把"魁北克"说成"夸贝克"，很有意思，"后天风雨会很大。你住在粪坑路上，对吧？"

"对。"

"嗯，要是你不打算在那儿待到下个月什么的，那最好收拾一下你的东西和行李，赶紧回南边去。"

德鲁很熟悉这种态度。来到北边的 TR-90 镇，你是不是缅因人就无关紧要了。只要你的祖籍不是阿鲁斯图克县，人们就会认为你是个娇弱的平地佬，分不清云杉和松鼠。要是你住在奥古斯塔市以南，你就仅仅是一个普普通通的——我的天——麻（省混）球 [1] 了。

"我觉得我能行，"他掏出钱包，"我住在海岸边。我们那儿也没少见过东北风暴。"

她看着他，眼睛里的神情说是怜悯都行。"拉森先生，我说的可不是东北风暴。我说的是北方风暴，直接从北极圈穿过加拿大吹下来。

---

1 原文为 Masshole，由"麻省"（Massachusetts）和"混球"（asshole）这两个词拼接而成。

据说气温会从桌上掉到地下，再见了六十五度，你好三十八度[1]，说不定还会更低。到时候还会下冻雨，雨以三十英里每小时的速度横着飞。要是你陷在粪坑路上，那可就是陷在那儿了。"

"我可以的，"德鲁说，"会——"他停下了。他险些说会顺畅得像听写一样。

"什么？"

"没事，我会没事的。"

"但愿如此。"

15

回木屋的路上，阳光直晃眼睛，除了先前那些症状，德鲁的头也开始疼了。他满脑子都是那块鼻涕手帕，还有罗伊·德威特如何企图挺过去，结果进了医院。

他望向后视镜，看了一秒钟他水汪汪的充血双眼。"我不可能得上流感。我写得这么畅快，不可能得上。"好吧，但是老天在上，你为什么要和那个狗娘养的握手呢？你明知道那只手上肯定爬满了细菌，细菌大得你不用显微镜都能看见。既然你和他握手了，为什么不去卫生间洗洗干净？上帝啊，连德鲁的孩子都知道要洗手，他亲自教他们的。

"我不可能得上流感。"他重复道。他拉下遮光板，不让阳光直射眼睛，也免得阳光晃眼睛。

---

1 分别约合十八摄氏度和三摄氏度。——译者注

晃眼睛？还是照眼睛？照眼睛更好吗，还是说太文绉绉了？

他一路上都在琢磨这两个词。回到木屋后，他把食品拎进屋，看见电话上的留言灯在闪。是露西，请他尽快回电。他又感觉到了被骚扰的那种烦恼，就是她在他背后盯着他的感觉，但他随即想到也许留言的内容与他无关。说到底，世界并不是绕着他转的。说不定是孩子生病或出意外了。

他打给露西，他们久违地吵架了。自《山顶小村》的写作期之后，这可能是他们第一次吵架。吵得没结婚头几年那么凶，当时孩子都还小，他们手头很紧，那时吵架次数不多，但已经很糟糕了。她也听说了风暴的事情（她当然会听说，她对天气频道上瘾），希望他能收拾行李回家。

德鲁说这个主意不怎么样。说实话，糟透了。他已经建立了良好的工作节奏，写出来的东西相当不赖。打断节奏一天（结果多半会是两天甚至三天）也许不会毁了整本书，但改变写作环境肯定会导致如此恶果。一起生活这么多年之后，他以为她理解了创意工作的微妙和脆弱之处（至少对他来说是这样），但她似乎并不明白。

"不明白的是你，你不知道这场风暴会有多厉害。难道你没看新闻吗？"

"没有，"接着他又撒了一个谎，没什么特别的理由（除非是因为此刻他对妻子产生了厌恶的情绪），"没信号，天线坏了。"

"好吧，情况会很糟糕，尤其是北面边境地区的自治城镇，刚好就是你待的地方。你不会都没注意到吧？他们估计狂风会导致大面积的断电——"

"还好我带了老爸的打字——"

"德鲁，你让我说完好不好？就这一次？"

他沉默下去，他的脑袋在抽痛，他的喉咙在肿痛。就在这个时刻，他忽然很不喜欢他的妻子了。他当然爱她，而且会永远爱她，但他不喜欢她了。他心想，下一句她会说谢谢你。

"谢谢你，"她说，"我知道你带了你父亲的便携打字机，但你只能用蜡烛照亮，两三天没法吃热东西，说不定还会更久。"

我可以用木柴炉煮东西。他感觉自己的话都到舌尖上了，但要是他再次打断她，争吵就会转向新的话题，她会说他总是不把她的话当回事，诸如此类，没完没了。

"我知道你可以用木柴炉煮东西，"她换上稍微通情达理一些的语气，"但要是狂风真有他们说的那么大——大风八级，阵风十二级——就会吹倒许多树木，你会被困在山上的。"

我本来就打算待在山上，他想说，但还是管住了舌头。

"我知道你本来就打算在山上待两到三周，"她说，"但万一树砸穿屋顶，电话和供电一起中断，你会失联的！你要是出点什么事情怎么办？"

"我不会出——"

"就算你没事，万一我们出点什么事情呢？"

"你能解决的，"他说，"要不是我知道你能行，我肯定不会跑到荒山野岭上来的，再说你还有你姐姐呢。还有，天气预报总是夸大其词，你知道的。他们会把六英寸的粉雪说成世纪风暴，全都是为了收视率，这次也是一样。你等着瞧吧。"

"谢谢你的爹味发言。"露西异常平静地说。

于是他们来到了三岔路口，离他希望能避开的痛处越来越近。他的喉咙、鼻腔和耳朵都在抽痛，更不用说脑袋了。除非他能用外交辞令躲过去，否则他们就会陷入一个历史悠久（"久远"会不会更准确？）的泥潭：他和她谁更占理。接下来他们——不，她会把话题转向父系社会的种种暴行。提到这个话题，露西能一直说到天荒地老。

"德鲁，你想知道我怎么认为吗？男人特别喜欢说'你知道的'，我认为他们这么说的时候，意思其实是'我知道，但你太蠢了，所以才不知道。因此，我必须爹味发言'。"

他叹了口气，叹息险些变成咳嗽，他连忙忍住。"真的吗？你想和我吵这个？"

"德鲁……我们已经在吵这个了。"

她的语气透出厌倦，就好像他是个愚钝的孩子，连最简单的教训也没法理解，这惹恼了德鲁。"好吧，露西，我再给你参味发言几句。自从我成年以后，大部分时间我都在尝试写长篇小说。我知道原因吗？不，我不知道。我只知道这是我人生中缺失的一环。我需要完成这篇小说，而我正在这么做。写小说对我来说非常重要，你难道要我放弃梦想？"

"比我和孩子还重要？"

"当然不如了，但你难道非要我二选一？"

"我看就是，而你已经选好了。"

他大笑，大笑变成了咳嗽。"这台词也太狗血了。"

她没继续说下去，而是换了个方向："德鲁，你没事吧？没得病吧？"

他在脑海里听见唇钉瘦女人说，罗伊非要充男子汉，结果转成了肺炎。

"没有，"他说，"过敏。"

"至少考虑一下回家来吧？可以吗？"

"好的。"还在撒谎。他已经考虑过了。

"今晚打电话回来，可以吗？和孩子们聊聊。"

"能也和你聊几句吗？保证不参味发言？"

她大笑。好吧，其实只是嗤嗤笑，但算是个好兆头。"行吧。"

"露西，我爱你。"

"我也爱你。"她说。挂电话的时候，他忽然有了个想法，英语文学教师大概会称之为顿悟时刻：她的心情很可能和他的没多大区别。是的，她爱他，这一点他很确定，但在这个10月初的下午，她不怎么喜欢他。

对此他也很确定。

16

瓶标说"金医生咳嗽感冒合剂"含 26% 酒精,德鲁对着瓶子闷了一大口,呛得他眼泪横流,使劲咳嗽了好一阵。他觉得制造商恐怕标低了度数,要是度数再高一点,它就能放上大 90 的烈酒货架,和咖啡白兰地、杏味杜松子酒、火龙威士忌去做伴了。不过他的鼻子基本上通了,晚上和布兰登聊天的时候,儿子没有觉察到任何异样。但他没能瞒过斯泰茜,女儿问他好不好。他说他过敏了,露西收回手机之后,他重复了一遍这个小谎。还好晚上妻子没和他吵架,但他明确无误地听出了她声音里再熟悉不过的一丝寒意。

外面也很冷。小阳春似乎过完了。德鲁浑身发抖,于是在木柴炉里好好地生了一堆火。他把老爸的摇椅拖到火炉旁,在摇椅上坐下,闷了一口金医生,然后读一本约翰·D. 麦克唐纳的旧书。从书的扉页看,麦克唐纳写了大概六七十本小说。他显然没有找不到合适字句的问题,晚年甚至还获得了一定的赞誉。算他运气好。

德鲁读了两章,上床睡觉,希望明早感冒能好起来,也希望咳嗽糖浆不会害得他宿醉。他睡得很不安稳,一直在做梦。第二天醒来,那些梦他基本上忘光了,只记得在一个梦里,他走在一条似乎没有尽头的走廊里,左右两侧都有无数扇门。他很确定其中有一扇门能让他出去,但他无法决定该尝试哪一扇,还没来得及拿定主意,他就在一个寒冷而晴朗的清晨被尿憋醒了。他浑身关节酸痛,慢慢走向走廊尽头的卫生间，诅咒罗伊·德威特和他的鼻涕手帕。

17

热度还在，但似乎低了点，古迪头痛粉和金医生合力缓解了其他症状。写作颇为顺利，虽然只写了十页，而不是十八页，但对他来说已经很不错了。他确实不得不动辄停下，寻找合适的词句，但他将此归咎于感染了他全身的病毒。另外，合适的词句总会在几秒钟后冒出来，咔嗒一声落入应有的位置。

故事越来越带劲了。吉姆[1]·埃夫里尔警长把杀人犯关进牢房，但持枪暴徒乘坐时间表外的火车来到镇上，安迪·普雷斯科特有钱的牧场主老爸出钱租下这列午夜特快，此刻他们围困了小镇。和《山顶小村》不一样，这部小说更关注情节，而不是角色和场面。刚开始德鲁对此还有点担忧，身为教师和读者（这两个身份不尽相同，但无疑是近亲），他倾向于关注主题、语言和象征性，而不是故事本身，但一个个片段似乎拼得丝丝入扣，几乎有了自己的意愿。最妙的一点是，埃夫里尔和小普雷斯科特之间好像逐渐形成了某种奇异的纽带，因此他的故事里多了另一层出乎意料（就像那列午夜特快一样）的共鸣。

下午他没去散步，而是打开了电视。他在 DirecTV 的导览页面上搜索了很久，终于找到了天气频道。若是换了其他的日子，在这个鸟不拉屎的地方收到多得令人困惑的电视台会让他觉得很好笑，但今天不一样。在电脑前长时间工作没有振奋他的精神，而是耗尽了他的精

---

1 詹姆斯的昵称。

力，说是掏空了他都行。老天在上，他为什么要和德威特握手呢？当然是出于最基本的礼貌了，完全可以理解，但老天在上，握完手之后他为什么不洗手呢？

你已经骂过自己了，他心想。

是啊，但这些念头还是涌了上来，啃噬他的心灵。他不禁想起上次尝试写长篇时的悲惨结局：露西入睡后，他躺在一旁，久久无法入眠，不断在脑内拆解和重组当天挤出来的几段文字。他会挑自己的错，直到体无完肤。

够了。以前是以前，现在是现在，看你该死的天气预报。

但这岂止是预报，天气频道绝对不会那么容易就放过你。这是一场该死的歌剧，厄运和忧郁就是它的主题。德鲁一向无法理解他妻子为什么那么热爱天气频道，按理说只有气象学狂热分子才会喜欢它。就像是为了强调这种狂热的程度一样，他们现在开始给不够飓风级别的风暴起名了。店员提醒他注意、妻子为此忧心忡忡的这场风暴，得到了"皮埃尔"的雅号。德鲁无法想象一场风暴还能有比这更愚蠢的名字了。它从加拿大的萨斯喀彻温省沿东北方向席卷而来（因此唇钉女人说错了，这就是一场东北风暴），将于明天下午或傍晚抵达 TR-90镇。风暴将带来时速四十英里的大风，阵风最高时速六十五英里。

"你也许会觉得听上去并不可怕。"电视屏幕上的天气狂人说。这是个年轻男人，留着时髦的胡楂，德鲁看得恨不得去洗眼睛。胡楂先生像诗人似的赞颂着名叫皮埃尔的世界末日，台词虽然算不上五步抑扬格，但也差不远了。"然而观众必须记住的是，冷锋过境时气温会陡然下降，我说的是气温会从桌上掉到地下去。雨点会变成冻雨，新英格兰北部的司机不能无视出现黑冰[1]的可能性。"

---

1 指路面上结的一层薄薄的冰壳。冰本身并不黑，但视觉上透明，往往可以透过冰层看到底下的黑色路面。

也许我确实该回家去，德鲁心想。

然而现在让他留下的已经不仅是小说了。想到要在这么疲惫的情况下开出漫长的粪坑路，他就已经累得不想动弹了。等他好不容易开到有点文明气息的地方，他难道能边喝堪比烈酒的感冒药边在 95 号州际公路上疾驰吗？

"最主要的问题是，"胡楂天气狂人说，"这个宝贝儿会撞上从东部而来的高压脊，这是一个非常罕见的现象。因此，波士顿以北的朋友们将体验到老一代北方人所说的三日狂吹。"

吹我的这个吧，德鲁心想，挠了挠腹股沟。

晚些时候，他想打瞌睡但没睡着，只是躺在那儿辗转反侧，这时露西打来了电话。"先生，请听我说，"他很不喜欢听妻子这么称呼他，感觉就像用指甲挠黑板，"预报越来越糟糕了。你必须回家来。"

"露西，一场风暴而已，我老爸管这个叫老天吹气。又不是核大战。"

"趁你现在还能走，你必须回家来。"

他受够了这些要求，也受够了她。"不。我必须留下。"

"你这是在犯傻。"她说。然后，他记忆中有史以来第一次，她挂了他的电话。

18

第二天早晨，他一爬起来就打开了天气频道，心想就像一条狗会回去舔它吐出来的东西，一个傻瓜也会重复他的愚行。

他希望能听见预报员说秋季风暴皮埃尔的路径已经改变，可惜没有。他的感冒虽说没有恶化，但似乎也没有转好。他打电话给露西，却被转进了语音信箱。也许她在办事，也许她只是不想和他说话。德鲁反正无所谓。她生他的气了，但气迟早会消，没有人会因为一场风暴而拆散十五年的婚姻，对吧？尤其是这场风暴还叫什么皮埃尔。

德鲁炒了两个鸡蛋，刚勉强吃下去一半，他的胃就警告他，再硬塞我就吐给你看。他把剩菜倒进垃圾桶，坐在电脑前，调出工作文档（苦河 #3）。他滚屏到昨天写到的地方，看着闪烁光标下的页面，开始敲键盘填补空白。刚开始的一个多小时他进展顺利，但接下来他遇到了麻烦。麻烦始于几把摇椅，埃夫里尔警长和三名警员应该坐进这些摇椅，守在苦河监狱的外面。

他们必须坐在门前，处于所有镇民和迪克·普雷斯科特率领的持枪暴徒的视线之下，因为埃夫里尔酝酿出了一套狡猾的计划，能在企图阻止他的那帮恶棍的眼皮底下把小普雷斯科特弄出小镇，而一切的基础就在于此：他们必须看见这几位执法人员，特别是其中一个名叫卡尔·亨特的人，他的身高和体型凑巧和小普雷斯科特都差不多。

亨特裹着一条五颜六色的墨西哥披肩，戴着镶银质徽章的十加仑大帽子。帽檐特别宽，遮住了他的面部，这一点非常重要。披肩和帽子不属于亨特警员，他说戴着这么一顶帽子，觉得自己傻乎乎的。埃夫里尔警长才不管他呢。他希望老普雷斯科特的人更关注衣物，而不是穿衣物的人。

一切顺利，故事说得娓娓动听。接着麻烦来了。

"很好，"埃夫里尔警长对警员们说，"咱们该去吹吹晚风了。让想看咱们的人好好看看。汉克，带上酒瓶。必须让屋顶上的小子们看清楚，一个白痴警长喝醉了酒，带着他更白痴的几个警员。"

"我非得戴这顶帽子吗？"卡尔·亨特都快抱怨着呻吟起来了，

"这会变成我一辈子的污点的！"

"你更需要担心的是能不能活过今晚，"埃夫里尔说，"好了，来吧。咱们把该死的摇椅搬出去，然后

德鲁写到这儿卡住了，苦河镇小小的警察局里摆着三把摇椅的景象让他愣住了。不，四把，因为还要给埃夫里尔准备一把呢。这比卡尔·亨特头上那顶能遮住整张脸的十加仑斯特森帽还要荒谬得多，不仅仅因为四把摇椅会填满整个该死的房间，还因为摇椅这东西本身就和执法人员相抵触，哪怕在苦河这么一个西部小镇也一样。人们会嘲笑他们的。德鲁删掉大半个句子，看着剩下的文字。

咱们把该死的

该死的什么？椅子吗？警长办公室真的会有四把椅子吗？似乎不可能。"这儿又不是该死的候诊室，"德鲁擦了一把额头，"绝对不——"他突然打了个喷嚏，没来得及捂住嘴，唾沫星子溅在电脑屏幕上，扭曲了字词。

"妈的！真他妈该死！"

他想用纸巾擦屏幕，但纸巾盒空了，他只好去拿了块洗碗巾来。擦干净屏幕之后，他发现这块湿乎乎的洗碗巾很像罗伊·德威特的手帕，他的鼻涕手帕。

咱们把该死的

发烧是不是更严重了？德鲁不愿意这么认为。他希望越来越高的热度（还有头部越来越强烈的抽痛）仅仅来自压力，因为他在努力解决这个傻乎乎的摇椅问题。解决了就可以继续写下去了，但似乎不

完全——

这次他总算在打喷嚏前转开了头，但这次他打了不止一个喷嚏，而是一连串六个。每次打喷嚏，他都觉得他的鼻窦鼓了起来，就像充气过足的轮胎。他的喉咙和耳朵也在抽痛。

咱们把该死的

他终于想到了。一条长椅！警长办公室肯定有一条长椅，人们来办各种杂事的时候要排队，等待的时候就坐在这条长椅上。他咧嘴一笑，对自己竖起两个大拇指。无论生不生病，拼图都会乖乖地落在正确的位置上，而这又有什么好奇怪的呢？创意往往会在它光滑的线路上运转，无视肉体的病痛。弗兰纳里·奥康纳有红斑狼疮，斯坦利·埃尔金有多发性硬化症，费奥多尔·陀思妥耶夫斯基有癫痫，奥克塔维娅·巴特勒有阅读障碍。比起他们，区区一场感冒——就当是流感好了——算什么？他能咬牙撑过去的。长椅证明了他的能力，长椅是个天才的想象。

"咱们把该死的长椅搬出去，然后坐下喝几杯。"

"但咱们不会真的喝酒，对吧，警长？"杰普·伦纳德问。警长向他仔仔细细地解释过整套计划，但杰普恐怕不是吊灯上最明亮的

吊灯上最明亮的灯泡？天哪，不行，这是个时代错误。应该吧？灯泡肯定不行，十九世纪八十年代还没有灯泡，但那时候有吊灯——肯定有吊灯了，酒馆里就有一个！要是这儿通互联网，他想看多少张旧式吊灯的图片就能看多少张，但这儿不通网。他只有两百个电视频道，而且绝大多数都是垃圾。

最好还是换个比喻。等一等，这到底是不是比喻？德鲁不敢确定。也许仅仅是个类比性的……类比性的什么什么。不，这就是比喻，他能确定。好吧，几乎确定。

无所谓，这不是重点，也不是课堂练习，而是写小说，是他在写小说。所以你就好好地写吧，眼睛盯着猎物。

不是一车甜瓜里最熟的那个？不是赛场上最快的那匹马？不，这些比喻太糟糕了，但——

这时他想到了。简直是魔法！他趴在电脑上，疯狂打字。

　　警长向他仔仔细细地解释过整套计划，但杰普恐怕不是课堂上最聪明的那个孩子。

德鲁满意了（好吧，相对而言满意了）。他起身去喝了一口金医生，又喝了一杯水，洗掉嘴里的味道，以及鼻涕混合咳嗽糖浆的黏糊糊口感。

往事重演了，和《山顶小村》那次一模一样。

他可以对自己说不是的，这次完全不一样，前路并非笔直地通向《山顶小村》，他会这么想只是因为发烧造成的思绪不清。从他此刻的感觉来看，他的热度相当高，而这全都是因为他碰了那块手帕。

不，你没有，你碰了他的手。你碰了他碰过手帕的那只手。

"对，你碰了他碰过手帕的那只手。"

他拧开冷水龙头，抹了一把脸，感觉稍微好了点。他又接水冲了一杯古迪头痛粉喝掉，接着走过去打开房门。他看见母驼鹿站在外面，他对此极为确定（谢谢你了，发烧），有一瞬间他真的认为他在工具棚旁看见了母驼鹿，然而那仅仅是在微风中浮动的暗影。

他深呼吸了几次。好空气进去，坏气体出来。当时我肯定是发疯了，否则怎么会和他握手呢？

德鲁回到房间里,在电脑前坐下。硬写下去似乎是个坏主意,但不写下去似乎更坏。于是他开始打字,尝试重新捕捉那带他走了这么远、扬起他风帆的好风。刚开始感觉还凑合,但到了午餐时间(他没胃口吃东西),他内心的风帆耷拉了下来。多半是因为生病,但感觉和《山顶小村》那次相似得过分。

我好像没词儿了。

他当时就是这么对露西说的,也是这么对阿尔·斯坦珀说的,但这并不是真相,只是他用来搪塞他们的理由。这样他们就会以为他遇到了作家的瓶颈,迟早会找到出路,问题总会得到解决。然而事实刚好相反,事实是他的词儿太多了。该用一丛还是一片?是灿烂还是炫目?或者耀眼?一个角色是眼窝下陷还是眼睛空洞?嗯,眼睛和空洞之间有个连字符,眼窝和下陷之间就不该有吗[1]?

下午一点,他关上电脑。他只写了两页,觉得自己又变成了那个紧张而神经质的男人,三年前险些把自己家烧成平地,这种感觉现在越来越难以忽视了。他可以命令自己别去管摇椅和长椅这种鸡毛蒜皮的小细节,让故事带着他走,然而每次望向屏幕,他就会觉得每一个单词都不对劲。每一个单词的背后似乎都藏着一个更好的词,躲在他的视线之外。

他会不会得了阿尔茨海默病?有这个可能性吗?

"别傻了。"他说,被自己的鼻音吓了一跳。他的声音还很嘶哑,用不了多久,他就会完全失声。好在除了自己,他也没有其他人可以聊天。

乖乖地回家去吧,老婆和两个孩子可以和你聊天。

然而要是他回家去,他就有可能失去这本书。他很清楚这一点,就像他知道自己叫什么。等他回到法尔茅斯,住上四五天,觉得自己好起来了,再打开苦河文档,他会觉得里面的文字像是另一个人写的。

---

1 原文分别为 hollow-eyed 和 sunken eyed。

故事也会非常陌生，他根本不知道该怎么写下去。现在离开就等于扔掉宝贵的礼物，一件他再也不可能得到的礼物。

他非要充男子汉，结果转成了肺炎，罗伊·德威特的女儿这么说，言下之意是罗伊完全就是在犯浑。他难道也想犯浑？

是女人还是老虎，是这部小说还是你的小命，这个选择真的就那么赤裸裸和八点档吗？当然不至于，但他觉得自己就像十磅狗屎装在了五磅容量的口袋里，对此他倒是毫不怀疑。

睡一觉。我需要睡一觉。等我醒来，就有能力做决定了。

于是他又喝了一口金医生魔法药酒（管它到底叫什么呢），爬上楼梯，走向他和露西以前一起来时睡觉的卧室。他睡着了，等他醒来，外面已是风雨交加，老天替他做出了决定。他有个电话要打，趁他还能打电话的时候。

19

"嘿，亲爱的，是我。对不起，我惹你生气了，真的很抱歉。"

她没接这个茬。"先生，你怎么听都不像是过敏。你好像生病了。"

"只是普通感冒，"他清了清喉咙，更确切地说，企图清喉咙，"比较严重而已。"

清喉咙引发了咳嗽。他捂住老式电话的听筒，但他猜露西还是听见了。狂风呼啸，雨点砸在窗户上，灯光闪烁。

"所以现在呢？你就躲在那儿了？"

"看来只能这样了，"他说，然后连忙又说，"不是因为要写书，现在不是了。要是我觉得路上安全，肯定已经往回走了，但风暴提前来了。电灯刚才闪了一下，我几乎可以肯定天黑前供电和电话都会中断。来，我停一下，听你说'我劝过你了'。"

"我劝过你了，"她说，"好了，这事暂且不提，你病得厉害吗？"

"不算很厉害。"他说，这个谎言比他说卫星天线坏了的那次还要大。他认为他病得相当严重，然而假如他那么说了，谁也没法确定她会有什么反应。她会打电话给普雷斯克艾尔警方请求警员吗？哪怕他病成现在这样，这么做似乎也有点反应过度，更不用说有多尴尬了。

"我不喜欢这样，德鲁。我不喜欢你待在山上，被切断联系。你确定你没法开车出来吗？"

"早些时候也许可以，但我吃了感冒药躺下打瞌睡，结果一觉睡过头了。现在我不敢冒险了，春天被山洪冲垮和堵塞的涵洞都还没清理好呢，这么一场暴雨会导致大段道路积水。萨博班也许能闯过去，但就算能行，我从木屋开出来也要走六英里，过了大 90 还要走九英里。"

电话对面一阵停顿，德鲁觉得他都能听见妻子在想什么：你这家伙，就非得充男子汉是吧？非要这么犯浑是吧？光是我劝过你了还远远不够。

狂风呼啸，电灯再次闪烁（还是明灭？）。电话里传来蝉鸣般的嗡嗡声，随后恢复正常。

"德鲁？你还在吗？"

"我在。"

"电话刚才发出了怪声。"

"我听见了。"

"你有吃的吗？"

"相当多。"但他没胃口。

她叹了口气。"那就窝着吧，晚上要是电话还通就打给我。"

"我会的。等天气转好，我就回家。"

"但要是风吹倒了树，你就别回来。除非有人决定进去，清理道路。"

"我自己就能清理，"德鲁说，"老爸的链锯在工具棚里，只要没被租客顺走的话。油箱里的汽油大概已经挥发完了，但我可以从萨博班里吸一点出来。"

"除非你病得更严重了。"

"不可能——"

"我会告诉孩子们你很好。"她不是在对他说，而是在自言自语，"没必要让他们跟着担心。"

"这是个好——"

"这他妈烂透了，德鲁，"她不喜欢被他打断话头，但打断他的时候就毫无愧疚感了，"我希望你能记住，你让自己陷入险境，我们也会被你拉下水。"

"对不起。"

"书写得还顺利吗？最好很顺利，否则我们就白担心了。"

"进展很不错。"他已经没那么确定了，但他还能怎么说？倒霉事卷土重来了，露西，而且这会儿我还生病了。她听了难道会放心吗？

"好吧，"她叹息道，"你是个傻瓜，但我爱你。"

"我也爱——"狂风呼啸，木屋里唯一的一盏灯忽然灭了，水乎乎的东西从窗缝里钻进房间。"露西，我的灯灭了。"他的声音很冷静，非常不错。

"去工具棚找一找，"她说，"应该有盏科尔曼提灯——"

又是一阵蝉鸣般的嗡嗡声，然后就只剩下了寂静，他把老式听筒放回底座上。现在只剩他一个人了。

20

　　他从门口的挂钩上拿了件发霉的旧外套穿上，在黯淡的天光中挣扎着走向工具棚，路上他举起手臂，挡开一截飞向他的断树枝。也许是生病让他产生错觉，但风似乎已经吹到了时速四十英里。他摸索着找钥匙，尽管竖起了外套的衣领，冰冷的雨水还是滴进了他的后脖颈。他试了三次才找到门上挂锁的钥匙，又来来回回拧了好几次，这才终于转动钥匙。等他打开挂锁，他已经浑身湿透，咳得撕心裂肺。

　　工具棚里黑洞洞的，尽管开着门，依然暗影重重，但些微的光线足以让他看见老爸的链锯放在最里面的台子上。这里另外还有两把锯子，其中一把是双手柄的长锯，这是个好消息，因为链锯看上去已经没法用了。长年积累的油污几乎遮住了链锯的黄色油漆，链条严重生锈，而且他也没那个勇气去拉启动绳。

　　露西说对了，确实有一盏科尔曼提灯。事实上有两盏，摆在大门左手边的架子上，旁边是一加仑燃油。其中一盏显然没法用，它的玻璃球已经破碎，提手也不见了。另一盏看上去没问题。丝绸灯罩连接在油嘴底座上——很好，他的双手抖个不停，他怀疑自己都没法把它装上去了。他暗骂自己，早些时候你应该想到的。当然了，早些时候我应该乖乖回家，趁我还能走的时候。

　　德鲁在越来越暗的下午光线中拿起那桶燃油，看见上面贴着一张便利贴，老爸用他的右斜体写道："用这个非无铅汽油！"他摇了摇油桶，半满。不算多，但省着点用应该能撑过三天。

　　他拎着油桶和完好的提灯回到木屋，打算把它们放在餐桌上，但想了想还是换了个地方。他的手在抖，倒汽油的时候肯定会洒出来一些。他把提灯放进水槽，脱掉湿透了的外套。还没来得及去想该怎么给提灯加油，他又是好一阵咳嗽。他瘫坐在厨房的一把椅子上，咳到最后觉得自己要昏过去了。狂风咆哮，有个东西砰的一声砸在屋顶上。大概是树枝，听声音比他用胳膊挡开的那一截要粗壮得多。

咳嗽过去后，他拧开提灯储油槽的盖子，然后去找漏斗。他没找到漏斗，于是撕了一块铝箔，做了个凑合能用的漏斗。油气害得他又想咳嗽，但他憋住一口气，直到灌满提灯的小油箱。完成这个任务后，他松开手，弯腰趴在料理台上，把滚烫的额头压上一条胳膊，咳嗽喘息，上气不接下气。

这一阵发作终于过去，但发烧比先前更厉害了。淋成落汤鸡对你没好处，他心想。等他点燃提灯——如果他真能点上的话——他就去再吃几粒阿司匹林。为了保险起见，再加上一服头痛粉和一大口金医生。

他摇动提灯侧面的小手柄，为提灯加压，接着他打开盖子，划了一根厨房火柴，从点火孔插进去。刚开始什么都没发生，但灯罩随即亮了起来，火光异常明亮和集中，晃得他眯起眼睛。他拎着提灯走到木屋唯一的柜子前，在里面寻找手电筒。他找到了衣物、狩猎季的黄马甲和一双旧冰鞋（他隐约记得他们家冬天偶尔来山上的时候，他和哥哥曾经在小溪上滑过冰），也找到了帽子和手套，还有一台古老的伊莱克斯吸尘器，不过它看上去和工具棚里的生锈链锯一样没法用了。他没找到手电筒。

风越来越大，在屋檐下吹出尖啸声，震得他头疼。雨点拍打着窗户，最后一抹天光开始退散，他心想：这将是一个漫长的夜晚。早些时候，去工具棚以及想办法点提灯占据了他的心思，现在任务已经完成，他就有时间感到害怕了。他被困在这里，因为他在写的小说正在像以前几次一样化作泡影。他卡壳了，生病了，而且病情很可能还会恶化。

"我说不定会死在这儿，"他用沙哑的声音说，"真的有可能。"

最好别去想这个。最好给木柴炉里填上木柴，把火烧起来，因为这个夜晚不但会很漫长，还会非常寒冷。冷锋过境时气温会陡然下降，胡楂天气狂人是不是这么说过？看柜台的唇钉女人也这么说过，他们使用了相同的比喻手法（假如算是比喻的话），把气温比作能从桌上滚到地下的东西。

于是他又想到了杰普警员，他不是教室里最聪明的那个孩子。真的？你真觉得这么写能混过去？这个比喻太糟糕了（假如能称得上比喻的话），不只是无力，简直是个死胎。往炉膛里填木柴的时候，他发烧的大脑似乎打开了一扇隐秘的门，他心想：没能去成野餐的三明治。

好些了。

没有啤酒的泡沫。

更好了，因为故事的背景是西部。

比一包火腿还没脑子。聪明得像块石头。敏锐得像大理——

"够了！"他几乎哀求道。这就是他的问题，那扇隐秘的门就是症结所在，因为……

"我没法控制它。"他用嘶哑的声音说。他心想：笨得像脑死亡的青蛙。

德鲁用掌根猛击脑袋侧面，头痛随之扩散。他又来了一巴掌，然后再一巴掌。等他打够了，他撕了几页杂志揉皱，塞到引火柴底下，接着他划了根火柴把它们点燃，看着火苗往上蹿。

他没有松开燃烧的火柴，眼睛望向打印机旁的《苦河》底稿，心想不知道把它们点燃会发生什么。焚毁《山顶小村》的时候，他离烧掉屋子还早着呢，火焰刚烤黑书房的墙壁，消防车就赶到了，但粪坑路上不会有消防车，火一旦烧起来，风暴也不可能浇灭它，因为木屋古老而干燥。古老得像灰尘，干燥得像你祖母的——

火苗顺着火柴杆烧到了手指。德鲁甩灭火柴，把它扔进熊熊燃烧的炉膛，关上炉门。

"这本书一点也不烂，而我也不会死在这儿，"他说，"是的，绝对不可能。"

他熄灭提灯，节省燃油，坐进他每晚消磨时间的沙发椅，读约翰·D.麦克唐纳和埃尔莫尔·伦纳德的平装本小说。没有了提灯，剩下的光线不足以读书。夜晚即将降临，木柴炉的火焰像一只红眼睛似的通过云母小窗向外窥视，它闪烁的目光就是房间里唯一的亮光。德鲁把椅子拉近火炉，用手臂抱紧身体以平息颤抖。他应该换掉湿衬衣和裤子，要是他不希望病情继续恶化，那就应该立刻去换。坠入梦乡的时候，他还在这么想。

21

外面传来噼啪一声响，终于惊醒了他。紧接着又是噼啪一声，这次更加响亮，接着是轰隆一声巨响，震得地板摇晃起来。一棵树倒了，而且肯定是一棵大树。

炉膛里的火烧得只剩下一层明灭闪烁的亮红色余烬了。除了呼啸的风声，他还能听见雨点像沙粒似的打在窗户上。木屋楼下的大房间热得憋闷，至少暂时如此，但外面的气温无疑已经如预测般陡降（从桌上掉到了地下），因为雨滴变成了冻雨。

德鲁想看时间，可他没戴手表。他猜他把手表留在了床头柜上，但他不敢确定。他可以看电脑信息栏上的日期和时间，但又有什么意义呢？这是北方森林里的夜间时分，除此之外他还有什么需要知道的呢？

他心想，有的。他需要知道那棵树会不会落在他忠实的老萨博班上，把它砸了个面目全非。当然了，"需要"用在这儿并不确切，需要是说你必须拥有某样东西，潜台词是假如你能得到它，就有可能将整体局势扭转得有利于你，然而现在他无论如何都不可能改变这个局势了。"局势"用在这儿准确吗，还是说过于笼统了？不，更合适的词语不是局势，而是情形，在这个上下文中，情形意味着你无力修补，只能——

"够了，"他说，"难道你想逼疯自己吗？"

他很确定他的一部分意识就想这么做。在他脑袋里的某个地方，控制面板正在冒烟，断路器烧坏了，某个疯狂科学家正在狂喜中挥舞拳头。他可以对自己说都怪发烧，但《山顶小村》出问题的时候，他可是一切正常的。另外两次也一样，至少他的身体一切正常。

他起身，现在疼痛似乎浸透了他全身上下的所有关节，他不由得龇牙咧嘴。他走向大门，尽量不脚步蹒跚，风把门从他手中一把抢过去，摔在墙上。他抓住门，用力拉住，他的衣服被风吹得贴在身上，头发从额头向后被吹成了一条线。夜色漆黑——黑得像魔鬼的马靴，黑得像煤矿里的黑猫，黑得像旱獭的屁眼——但他能辨认出萨博班的轮廓，还有在车另一侧的上方摇曳的树枝（应该是树枝）。尽管他不敢确定，但他认为那棵树擦过萨博班，落在工具棚上，无疑砸穿了屋顶。

他用肩膀顶上门，拧上门闩。他不认为会有盗贼在这么恶劣的夜晚闯进木屋，但他不希望门在他上床后被风吹开。他要上床去休息了，借着余烬微弱的闪烁亮光，他走到料理台前，点亮科尔曼提灯。在提灯的强光下，木屋显得超乎现实，像是被一个不会熄灭，只会变得越来越亮的灯泡照亮。他把提灯举在面前，穿过起居室走向楼梯。这时他听见门上传来了抓挠声。

是树枝，他对自己说。被风吹到门口，卡在了那儿，很可能是被门口的擦脚垫卡住的，没什么。上床去。

又是一下抓挠声，非常轻，要不是狂风刚好选择在这个瞬间歇息片刻，他根本不可能听见。不，听上去不像树枝，而是像人在挠门。像风暴中的落难者，过于虚弱或严重受伤，甚至没力气敲门，只能挠门了。但刚才外面没人……不，难道真的有人？他敢完全确定没人吗？外面那么黑，黑得像魔鬼的马靴。

德鲁走到门口，拉开门闩，打开门。他拎起提灯，外面没人。然而，就在他正要重新关上门的时候，他低头望去，看见了一只老鼠。应该是一只褐家鼠，不算巨大，但也相当大了。它躺在磨秃了的擦脚垫上，伸着一只爪子，依然在抓挠空气。它粉红色的爪子出奇地像人手，仿佛婴儿的小手一样，它棕黑色的毛皮上沾满了树叶和枯枝的碎片，还有一滴滴的鲜血。它鼓出来的黑眼睛仰望着他，侧腹部起起伏伏，粉红色的小爪子继续抓挠空气。刚才就是它在挠门，发出了微弱的声音。

露西讨厌老鼠，就算见到一只田鼠跑过护壁板也会叫得声嘶力竭，对她说"别看你怕它，那只可怜巴巴、畏畏缩缩的小动物肯定更怕你"也无济于事。德鲁对啮齿类动物也没什么好感，他知道它们携带病菌（汉坦病毒、鼠咬热，这还只是最常见的两种），但他不至于像露西那样近乎本能地厌恶它们。他对眼前这只老鼠的感觉主要是怜悯。也许是因为它粉红色的小爪子在持续不断地抓挠空气，也可能是因为那双黑眼睛反射提灯而产生的两个白色小光点。它躺在那儿喘息，仰望着他，毛皮和胡须上沾着鲜血：它内脏破裂，多半快死了。

德鲁弯下腰，一只手扶着大腿根，另一只手放下提灯，想看得更清楚一些。"你本来在工具棚里，对吧？"

这一点几乎可以肯定。大树倒下，砸穿工具棚的屋顶，毁灭了老鼠先生的温馨小窝。他是不是在逃命的时候被一段树枝或一块屋顶砸中了？或者一团凝结的墙漆？老爸没法用的旧链锯从台子上掉下来，砸在了他身上？这些都不重要。重要的是某样东西砸中了他，有可能砸断了他的腰背。他小小的老鼠油箱里还剩下那么一丁点汽油，支撑着他爬到这儿来。

又是一股狂风吹来，卷着冻雨打在德鲁滚烫的脸上。冰屑落在提灯的灯芯上，哧哧融化，顺着玻璃向下淌。老鼠继续喘息着。擦脚垫上的老鼠需要紧急救治，德鲁心想。但擦脚垫上的老鼠已经无药可治了，不需要是个火箭科学家也看得出来。

不过，当然了，他还是能帮忙的。

德鲁走向冰冷的壁炉，路上因为剧烈咳嗽而停下一次。他弯腰去看放着一小组壁炉用具的架子，考虑了一下拨火棍，但捅穿老鼠的念头让他皱起眉头。最后他拿起了炉灰铲，心想狠狠地拍一下，应该就能结束它的苦难。他可以用铲子把它从门廊侧面扫下去，要是他能活过今晚，他可不希望明早一出门就踩在啮齿类动物的尸体上。

说来有趣，他心想，刚看见它的时候，它在我心中是个"他"，现在我决定要杀死这个小动物，他就又变回了"它"。

老鼠依然躺在擦脚垫上，冻雨开始在它的毛皮上结冰。那只粉红色的小爪子（太像人手了，真的太像了）继续抓挠空气，但动作已经慢了下来。

"我给你一个痛快的吧。"德鲁说。他举起铁铲……抬到肩膀高度，准备拍下来……但他放下了胳膊。为什么？因为抓挠得越来越慢的小爪子？像珠子似的两颗黑眼睛？

一棵树砸烂了老鼠的家，砸伤了他（又变成"他"了），他想方设法拖着残躯爬向木屋，只有上帝知道他付出了多么大的努力，而他得到的奖赏就是这样？身上再挨一下，这次一劳永逸地结束痛苦？德鲁这几天觉得自己也快被压垮了，说来也许可笑（未必如此），但他确实感觉到了某种共情。

另一方面，风吹得他浑身发冷，冻雨噼里啪啦地打在他脸上，他又开始打寒战了。他必须立刻关上门，但他没法让这只老鼠在黑暗中慢慢等死——而且还是躺在一块该死的擦脚垫上。

德鲁放下提灯，用炉灰铲把它铲起来（代词的流动性还真是有意思）。他走到火炉旁，把老鼠倒在地板上，粉红色的小爪子继续抓挠。德鲁用双手扶住膝盖，使劲咳嗽，咳到干呕，光点在他的眼前飞舞。这一阵发作过去之后，他拎着提灯走回来，重新坐进阅读椅。

"来吧，死在这儿好了，"他说，"至少你摆脱了坏天气，能暖暖和和地等死了。"

他熄灭提灯，现在只剩下了火炉里将熄余烬的黯淡红光。红光的明灭闪烁让他想起粉色小爪子的抓挠……抓挠……抓挠。他看见小爪子还在抓挠。

我该在上床前生一堆火，他心想。否则的话，明早这儿会冷得像是格兰特陵园[1]一样。

但要是他现在站起来，他喉咙里的痰液就会跟着他一起动，此刻暂时平息的咳嗽肯定会卷土重来。另外，他累了。

再说了，老鼠就放在火炉旁。你带它进屋是为了让它自然死亡，对吧？你不是要活活烤死它，明早再生火吧。

风在木屋四周呜呜作响，偶尔化作女人尖叫般的厉声，随后又平息变回呜呜声，冻雨叮叮当当敲打窗玻璃。他听着这些声音，它们似乎开始融合，他闭上眼睛，旋即又睁开。老鼠死了吗？刚开始他以为它死了，但小爪子又轻轻慢慢地挠了一下。所以还没死。

德鲁闭上眼睛。

睡着了。

---

1 第十八任美国总统尤利西斯·辛普森·格兰特及其妻子朱莉娅·格兰特的长眠之地，于1897年落成。

22

又一截树杈咚的一声砸在屋顶上，惊醒了德鲁。他不知道自己睡了多久。可能十五分钟，可能两个小时，但有一点可以确定：火炉前的老鼠不见了。老鼠先生受的伤显然没有德鲁想象中那么严重，它恢复过来，这会儿正躲在屋里的某个地方和他做伴呢。他不怎么喜欢这个念头，但要怪也只能怪他自己，毕竟是他把老鼠请进门的。

你必须邀请，它们才能进门，德鲁心想。吸血鬼、座狼、穿黑色马靴的魔鬼，你必须邀请——

"德鲁。"

听见这个声音，他受到了巨大的惊吓，险些一脚踢翻提灯。他环顾四周，借着炉膛里行将熄灭的火光，他看见了那只老鼠。楼梯底下，老爸的写字台上，他坐在笔记本电脑和便携式打印机之间。事实上，他就坐在《苦河》的底稿上。

德鲁想说话，但只挤出了嘎的一声。他清清喉咙（喉咙很疼），重新开口："我觉得你刚刚说话了。"

"是的。"老鼠的嘴巴没有动，但声音确实是从他身上发出来的，而不是出自德鲁的大脑。

"我在做梦，"德鲁说，"或者是烧到意识不清了。也许两者都有。"

"不，这是真的，"老鼠说，"你醒着，也没有意识不清，你的热度退下去了。你自己摸一摸就知道。"

德鲁抬起一只手放在额头上。确实凉一些了，但这并不完全可信，对吧？他毕竟正在和一只老鼠交谈。他从口袋里摸出厨房火柴，划了一根，点燃提灯。他拎起提灯，希望看见老鼠已经不见了，但他还在原处，就坐在两条后腿上，尾巴绕着臀部，古怪的粉红色小手举在胸前。

"就算你是真的老鼠，也请从我的底稿上下来吧，"德鲁说，"我写得很辛苦，不想看见你把老鼠屎拉在标题页上。"

"你写得确实很辛苦。"老鼠赞同道（但毫无想换个地方坐的意思）。他挠了挠一只耳朵的耳根，现在看上去很有活力了。

砸在他身上的东西肯定把他砸傻了，德鲁心想。当然了，前提是他真的在那儿，从一开始就真实存在。

"你写得很辛苦，刚开始也很顺利。你完全上了轨道，跑得飞快，状态特别好。但后来就出了岔子，对吧？和前几次一样。别难过，世界各地有很多想写小说的人，他们都撞过同一堵墙。你知道有多少部写到一半的小说锁在写字台抽屉或文件柜里吗？几百万部。"

"生病让我状态变差了。"

"你回忆一下，诚实一点，生病前就已经不对了。"

德鲁不想回忆。

"你失去了你的选择性知觉，"老鼠说，"每次都是这样——至少是写长篇的时候。这种能力的丧失不是立刻发生的。随着书稿越来越长，有了自己的生命力，你必须做出越来越多的选择，这时你的选择性知觉就受到了侵蚀。"

老鼠放下前爪，跑到写字台边缘，重新坐起来，姿势就像小狗在乞食。

"不同的作家有不同的癖好，让自己走上轨道的方法也各不相同。他们以不同的速度写作，但想要产出长篇作品，你必须长时间聚精会神地叙述故事。"

我听过这话，德鲁心想。每个字都一样的原话。在哪儿听到的呢？

"在这些聚精会神的时间里，你仿佛坐上了想象力的航班，其中的每一个时刻，你都必须面对至少七个选择，可能是字词，可能是表达方式或者细节。有天赋的作者几乎不需要思考就能做出正确的选择，他们是头脑赛场上的职业篮球运动员，能从场地内的任何一个角落发动进攻。"

哪儿来着？是谁说的？

"持续性的筛选过程在不断进行，这就是所谓创意写作的基础——"

"弗兰岑！"德鲁叫道。他坐了起来，一阵剧痛刺穿了他的脑袋。"这是弗兰岑演讲里的一段！几乎就是原话！"

老鼠没有理会他的插嘴。"你有能力完成这个筛选过程，但只能做到短时间内的爆发。假如你尝试写长篇小说——就像短跑和马拉松的区别——你往往会无以为继。你能看见所有可选的表达方式和细节，但难以做出合乎逻辑的筛选。你失去的不是字词，而是选择合适字词的能力。它们看上去都可以，但又都不可以，非常可悲。你就像一辆车，拥有马力强劲的发动机，但传动系统坏了。"

德鲁使劲闭上眼睛，直到眼前冒出金星，再猛地睁开双眼。他的风暴难民还在写字台上。

"我能帮助你，"老鼠大声说，"当然了，前提是你愿意。"

"而你这么做是因为？"

老鼠侧了侧头，像是无法相信一个按理说很聪明的人（大学英语系教师，在《纽约客》上发表过短篇呢！）居然会这么愚钝。"你本来想用铲子拍死我的，为什么没动手呢？我毕竟只是一只卑贱的老鼠。相反，你把我带进了家门，救了我的命。"

"所以，作为奖赏，你可以满足我的三个愿望。"德鲁微笑道。他熟悉这个游戏：安徒生、多尔诺瓦夫人[1]、格林兄弟，这几位作家的书中均有提及。

"只有一个，"老鼠说，"非常特定的一个。你可以许愿完成你的小说。"他抬起尾巴，拍了拍《苦河》底稿以示强调，"但有一个条件。"

"什么条件？"

---

1 法国童话作家。

"必须死一个你在乎的人。"

情景更加熟悉了，看来这个梦是在重演他和露西的争执。他解释说他必须完成这本书（解释得不太好，但他已经做过了学院派的尝试），他说这件事对他来说非常重要。露西问，写书难道比她和孩子还重要？他说不，当然不可能了。接着他问，非得二选一吗？

"我看就是，"她当时说，"而你已经选好了。"

"所以这并不是什么魔法愿望的设定，"他说，"更像是一场商业谈判，或者浮士德式的交易。反正肯定不是我小时候读过的那些童话故事。"

老鼠挠了挠耳朵，天晓得他在挠耳朵的时候是怎么保持平衡的，令人敬佩。"童话故事里的愿望都要付出代价，但另外还有一个故事叫《猴爪》。记得吗？"

"就算是在做梦，"德鲁说，"我也不会用我老婆或任何一个孩子，交换一部毫无文学野心的西部地摊小说。"

这句话刚一出口，他就意识到了，这正是他坚定不移地紧紧抓住《苦河》的点子不放的原因：这部情节驱动的西部小说永远不可能摆在拉什迪、阿特伍德或夏邦的下一本书旁边，更不用说弗兰岑的下一本书了。

"我也不可能要求你那么做，"老鼠说，"事实上，我考虑的是阿尔·斯坦珀，你以前的系主任。"

德鲁顿时沉默下来。他望着老鼠，老鼠也用珠子般的黑眼睛盯着他。风在木屋四周呼啸，偶尔强劲得足以晃动墙壁，冻雨噼里啪啦作响。

德鲁说阿尔体重掉得厉害时，阿尔说他得了胰腺癌。但他同时也说没必要现在就起草讣告，医生发现得相对较早，他们挺有信心。

然而看着阿尔——菜色的皮肤，凹陷的眼睛，没有生命力的头发——德鲁一点也没有感觉到信心的存在。阿尔话里的关键字是"相对"。胰腺癌很狡猾，它会偷偷潜伏下来，确诊几乎等同于死刑判决书。假如他真的死了呢？人们肯定会哀悼他，纳迪娜·斯坦珀肯定会是那个最伤心的人——他们已经结婚差不多四十五年了。英语系的成员肯定会戴一个月左右的黑纱，讣告会很长，突出阿尔的诸多功绩和赞誉，也会提到他关于狄更斯和哈代的著作。他今年至少七十二岁，可能已经七十四岁了，没人会说他英年早逝或壮志未酬。

与此同时，老鼠还在盯着他，粉红色的小爪子蜷缩在毛茸茸的胸口。

管他娘的，德鲁心想，这只是个假设性的问题，而且还是在梦里问我的。

"我猜我会接受条件，许这个愿。"德鲁说。无论是不是做梦，是不是假设，这么说都让他觉得不舒服。"他反正快死了。"

"你完成你的小说，换斯坦珀的一条命。"老鼠说，像是想确认德鲁明白了。

德鲁对老鼠使了个狡黠的眼色。"这本书能出版吗？"

"假如你许下这个愿望，那么我有权答应你，"老鼠说，"但我无权去预测你的文学生涯的未来。要我猜的话……"老鼠歪了歪脑袋，"我猜你能出版。如我所说，你是有天赋的。"

"好的，"德鲁说，"我写完小说，阿尔死。他反正要死，我觉得没什么问题。"但事实并非如此，不是完全没问题。"能让他至少活到读过我的小说再死吗？"

"我说过了——"

德鲁举起一只手。"你无权预测我的文学生涯的未来，我知道。咱们谈完了吗？"

"我还有一件事要做。"

"要我用鲜血在契约上签字？那咱们就算了吧。"

"当然不是，先生，"老鼠说，"我饿了。"他跳到写字台前的椅子上，再跳到地上。他跑到厨房的台子底下，捡起一块牡蛎饼干，肯定是德鲁吃烤奶酪和西红柿汤那天掉在地上的。老鼠坐起来，用前爪抱着牡蛎饼干开始啃。饼干几秒钟就不见了。

"很高兴和你聊天。"老鼠说。它跑过房间，钻进没生火的壁炉，消失得和牡蛎饼干一样快。

"见鬼了。"德鲁说。

他闭上眼睛，又猛地睁开，感觉不像做梦。他再次闭上眼睛，然后又睁开。他第三次闭上眼睛，这次没有再睁开。

23

醒来时他在床上，不记得自己是怎么上床的了……还是说他整个晚上一直在床上？这个可能性更大，考虑到罗伊·德威特和他的鼻涕手帕把他害得有多惨。整个昨天感觉就像一场梦，他和老鼠的交谈只是其中最栩栩如生的一小段。

风还在呼啸，冻雨还在拍打玻璃，但他感觉好多了。毫无疑问，热度不是正在消退就是已经退完了。他的关节依然酸痛，喉咙也还在难受，但都不像昨晚那么严重了，昨晚他甚至认为自己会死在木屋里。在粪坑路上死于肺炎——这个讣告倒是很有看头。

他只穿了一条拳击短裤，其他衣物扔在地上，他也不记得自己脱过衣服了。他穿上衣服下楼，炒了四个鸡蛋，这次全都吃完了，每咽一口就喝一口橙汁。大90只有浓缩冲调的橙汁，很凉，也很好喝。

他望向房间对面老爸的写字台，考虑要不要坐下码字，从笔记本电脑换到打字机，以节省电量。但他把碗碟放进水槽之后拖着沉重的步伐上了楼，重新躺在床上，一口气睡到了下午三四点。

再次起床的时候，风暴还在袭击木屋，但德鲁不在乎。他觉得自己差不多恢复了正常。他想吃个三明治，他有大红肠和奶酪，吃完之后他想继续写作。埃夫里尔警长正要偷天换日蒙骗持枪匪徒，德鲁觉得他已经休息够了，迫不及待地想去写出来。

楼梯下到一半，他发现壁炉旁装玩具的箱子翻了，里面的玩具散落在拼布地毯上。德鲁心想，肯定是我昨晚梦游上床的时候不小心踢翻的。他走过去跪在地上，打算先把玩具放回箱子里再去写作。他一只手拿着飞盘，另一只手拿着弹力超人，这时他忽然愣住了。一只毛绒老鼠玩具侧躺在斯泰茜光着上半身的芭比娃娃旁边。

德鲁捡起老鼠，觉得脑袋里的血管怦怦直跳，看来他的感冒还没好利落。他捏了一下老鼠，老鼠没精打采地吱吱叫。只是玩具而已，然而考虑到种种因素，他感觉有点瘆人。同一个箱子里就有一只体健貌端的泰迪熊（是个独眼龙，但除此之外一切正常），为什么会有人想给自己的孩子一只毛绒老鼠呢？

喜好没法解释，他心想，然后大声说完母亲的口头禅："老女仆这么说着，亲了一口母牛。"

也许他在发高烧时看见了毛绒老鼠，由此触发了那个梦。不是也许，而是很有可能，甚至可以肯定。他不记得他一直翻到了玩具箱的最底下，但这什么也说明不了。妈的，他都不记得他是怎么脱衣服和上床睡觉的了。

他把玩具塞回箱子里，泡了一杯茶，开始写作。刚开始他还自我怀疑，犹豫不决，甚至有点害怕，然而除了刚开始犯了几个小错之外，他坚持了下来，一直写到天黑得不点提灯就什么都看不见的时候。九张纸，他感觉自己写得不赖。

相当不赖。

24

皮埃尔不是一场肆虐三天的风暴，它持续了四天。风雨时而减弱，但随即卷土重来。偶尔有树被吹倒，但都不如砸坏工具棚的那棵树近——至少这个部分不是他在做梦，他亲眼看到了那一幕。尽管那棵树（一棵巨大的老松树）基本上没碰到萨博班，但倒伏之处也还是太近，扯掉了乘客座外的后视镜。

德鲁没怎么注意到这些。他写作，吃东西，下午睡一觉，起来继续写。他时不时会打一阵喷嚏，时不时会想到露西和孩子们，焦急地等待他们的消息。但大多数时候他根本不会想到他们。这么做很自私，他知道，但他不在乎。他现在住进了苦河镇。

他偶尔不得不停下，等待合适的字眼冒出来（他小时候有个魔法黑八球，摇一摇就会有文字从小窗冒出来，两者的情形差不多），偶尔也不得不起身在屋里走来走去，思考该怎么流畅地从一个场景过渡到下一个。但他不会惊慌，也不会觉得受挫，他知道字眼必定会冒出来，它们也确实如此。他从球场上的每一个角落发起进攻，从最遥远的地方进攻也不会失手。他现在改用老爸的旧打字机了，他敲打按键，直到手指酸痛，然而他不在乎。这部小说曾经装在他的脑袋里，当时他站在一个路口，故事的点子从天而降，现在是小说带着他疾驰了。

何等痛快淋漓的一场兜风。

25

他们坐在阴冷潮湿的地窖里，没有阳光，只点着警长在楼上找到的煤油灯，吉姆·埃夫里尔在灯的一侧，安迪·普雷斯科特在另一侧。提灯橘红色的灯光下，年轻人看上去顶多十四岁，一点也不像那个轰掉了少女脑袋、半醉半疯的年轻蛮子。埃夫里尔心想，邪恶是个非常怪异的东西，不但怪异，而且狡诈。它找到一条路钻进头脑，就像老鼠找到办法钻进屋子，吃掉你因为太蠢或太懒而没有收起来的东西。它吃饱肚子就消失得无影无踪，嗜血的老鼠离开之后，给普雷斯科特留下的是什么呢？就是这个，一个惊恐的少年。他说他不记得他干了什么，埃夫里尔相信他。但他还是一样要上绞刑架。

"几点了？"普雷斯科特问。

埃夫里尔掏出怀表。"快六点了。离你上次问我只过去了五分钟。"

"马车八点到？"

"对。等出了镇子一英里左右，我的一名警员会

德鲁停下了，盯着打字机里的那张纸。一束阳光落在了上面。他起身走到窗口，天空中露出了一块蓝天，用老爸的话说就是只够做一条工装裤的，但它正在扩大。他还听见了一个声音，很微弱，但他不可能认错：链锯运转的呜呜声。

他穿上发霉的外套，开门出去，声音离他还有一段距离。他穿过遍地断枝的前院，来到工具棚的残骸前。老爸的长锯躺在半面倒塌的墙壁底下，德鲁花了点工夫把它掏出来。这是一把双手用的锯子，但只要倒伏的树木别太粗，他就应该能锯断它。别着急，他对自己说，

你的病才好，别搞得又复发了。

他一时间想回去继续写作，而不是去路上迎接正在风暴遗迹中劈出一条路的来者。若是换了一两天前，他肯定会那么做，但情况已经改变。一幅景象在他脑海里冒出来（它们最近经常会这么出现，而且总是不告而来），他不禁微笑：一个连战连输的赌徒，不敢再催促庄家快点发牌。他已经不是那个人了，谢天谢地。等他锯完树回来，小说依然会在他的脑子里。无论他在森林里还是回法尔茅斯继续写，小说都不会消失了。

他把长锯扔进萨博班的车厢，顺着粪坑路缓缓向外开，时而下车把掉落的树枝扔在一旁，接着继续开车。走了近一英里，他遇到了第一棵横在路中间的树，还好只是一棵桦树，他三下五除二就解决了问题。

链锯的声音已经非常响了，不再是呜呜呜，而是轰轰轰。声音每次停下，德鲁都会听见一部大马力的发动机在转动，说明他的救援者离他又近了一步，随后链锯声会再次响起。德鲁开始锯一棵粗得多的大树，但不怎么顺利，这时一辆专门为森林地形改造过的雪佛兰四驱车隆隆地拐过前面一个路口，出现在他眼前。

驾驶员停车，从车里走出来。这是个大块头的男人，肚子尤其大，他穿绿色工装裤，迷彩外套的下摆在膝盖旁翻飞。他拎着一把工业级的链锯，但在他戴手套的手里，链锯看上去简直像个玩具。德鲁立刻认出了他，相似之处非常明显，与锯末和链锯汽油的气味一起飘过来的老香料味也同样明显。"哎，好啊！你肯定是老比尔的儿子。"

大块头男人微笑道："哎呀，你肯定是巴兹·拉森的儿子。"

"没错。"直到此刻，德鲁都没有意识到他有多么希望能见到另一个人类，这就像在接过别人给你的一杯凉水前，你永远不知道自己有多渴一样。他伸出手，两人隔着倒伏的大树握手。

"你叫约翰尼，对吧？约翰尼·科尔森。"

"差一点，我叫杰基。拉森先生，你后退一下，我帮你锯开这棵树。用你那把小锯子得花上一天了。"

德鲁让到一旁，看着杰基发动斯蒂尔链锯，轻快地割断树身，给遍地枝叶的路面上又加了一堆锯末。两人合力把比较小的那一截树干抬进排水沟。

"前面路况怎么样？"德鲁有点喘。

"不算太糟糕，但有一块塌方挺严重，"他眯起一只眼睛，用另一只眼睛打量德鲁的萨博班，"你的车底盘相当高，应该能开过去。要是不行，我可以把你拖出去，不过也许会震坏减震系统。"

"你怎么会想到要来这儿？"

"你老婆的旧号码本里有我老爸的号码。她打给我老妈，我老妈打给我。你老婆很担心你。"

"是啊，我猜也是。她觉得我是个该死的傻瓜。"

老比尔的儿子——叫他小杰基好了——眯起眼睛看了一会儿路旁高大的松树，没有说话。扬基佬有个规矩，就是不对其他人的婚姻说三道四。

"好吧，你看这样行不行，"德鲁说，"你开车跟我回一趟我老爸的木屋？能腾出这点时间吗？"

"哎呀，我这一整天都没事。"

"我去收拾一下行李，用不了多久，收拾完之后，咱们就一前一后回杂货店。这附近手机没信号，但咱们可以用杂货店的投币电话。当然了，前提是电话线没被风暴吹断。"

"没断，电话是通的。我从那儿打过电话给我老妈。你大概还不知道德威特的事情吧？"

"只知道他病倒了。"

"现在不只这样了，"杰基说，"他死了。"他咳嗽了一声，吐了口痰，望向天空。"看样子我没法享受这个好天气了。拉森先生，快上车吧。跟我开半英里到帕特森家。你可以在那儿掉头。"

26

德鲁觉得大 90 橱窗里的告示和照片既可悲又好笑。考虑到现在的情形，好笑是一种相当操蛋的情绪，然而一个人内心的风景有时候（甚至经常）就相当操蛋。告示上写着"家有丧仪，暂时歇业"，照片是罗伊·德威特站在后院的塑料游泳池旁。他穿人字拖和低腰花裤衩，露出一个尺寸可观的肚皮。他一只手拿着一听啤酒，看样子拍照时他的一个舞步刚好跳到一半。

"罗伊喜欢百威配汉堡，没错，"杰基·科尔森看着照片说，"拉森先生，后面的路你没问题了吧？"

"当然，"德鲁说，"谢谢你。"他伸出手，杰基·科尔森握了一下，跳上四驱车，沿着公路开走了。

德鲁爬上门廊，掏出一把零钱放在投币电话下的台子上，拨出家里的号码。露西接了电话。

"是我，"德鲁说，"我在杂货店了，正在往家走。还生我的气吗？"

"你回来看一眼就知道了，"露西说，"你听上去好多了。"

"确实好多了。"

"今晚能到家吗？"

德鲁抬起手腕，意识到他带上了小说底稿（那是当然！），却把手表忘在了木屋的卧室里，它会在那儿一直待到明年。他看了一眼太阳的方位："不太确定。"

"要是开累了也别勉强，在艾兰福尔斯或德里歇一歇好了。多等你一个晚上也没问题。"

"好的，但万一你听见有人半夜进屋，千万别开枪。"

"我不会的。你的小说写出来了吗？"他在妻子的声音里听见了犹疑，"我是说，你毕竟生病了。"

"写出来了，而且我觉得还挺好。"

"没遇到……那什么……问题……"

"字词的问题？没有，完全没有，"至少自从那个怪梦之后就没有了，"我觉得这次能成。露西，我爱你。"

他说完之后，线路另一头的沉默似乎格外漫长。最后她叹了口气，说："我也爱你。"

他不喜欢那声叹息，但能够理解她的情绪。路上有过起伏（不是第一次，也不会是最后一次），但他们已经熬过去了。非常好。他挂断电话，继续开车。

白昼渐渐过去（正如杰基·科尔森预言的那样，天气非常好），他看见艾兰福尔斯汽车旅馆的广告牌了。他有点动心，但决定还是继续开车。萨博班跑得很欢畅，粪坑路上的某几下颠簸似乎反而把后轮轴撞回了原位，要是他稍微超过速度上限一点点，而且不被州警拦下来，他就有可能在十一点左右到家，在自己的床上睡觉。

明天上午还能继续写作，这件事同样重要。

27

走进家里卧室的时候，时间刚过十一点半。他在楼下脱掉了沾满烂泥的鞋子，尽量蹑手蹑脚地上楼，但还是在黑暗中听见了床单窸窸窣窣的声音。他知道妻子醒了。

"先生，你给我过来。"

这个词难得一次地没有激起他的反感。回到家里他很高兴，回到妻子身旁就更加高兴了。他爬上床，她立刻用双臂搂住他，给了他一个拥抱（很短，但很有力）。她翻个身继续睡觉了，德鲁自己也渐渐滑向梦乡，就在意识逐渐模糊的过渡时刻，一个奇异的念头钻进了他的脑海。

要是老鼠跟着我回家了怎么办？要是它这会儿就在床底下怎么办？

没有什么老鼠，他心想。他很快睡着了。

28

"哇。"布兰登说。他的语气里充满尊重，甚至有点敬畏的成分。他和妹妹在车道上等学校巴士，书包背在肩上。

"爸爸，你是怎么做到的？"斯泰茜问。

他们在看萨博班，车身上糊满了晾干的泥浆，一直到门把手都还有。风挡玻璃已经不透明了，只有雨刷扫出来的两块扇形区域还能看路。当然，乘客座外的后视镜也不见了。

"刮了一场风暴。"德鲁说。他穿着睡裤、卧室拖鞋和波士顿大学的 T 恤。"而且山上的路况也不算特别好。"

"粪坑路。"斯泰茜说，显然爱死了这个名字。

露西也出来了。她叉着腰打量倒霉的萨博班。"好嘛。"

"下午我送去洗车。"德鲁说。

"我就喜欢它这样，"布兰登说，"很酷。爸爸，你肯定开得特别疯狂。"

"哦，他整个人都是疯的，"露西说，"你们有个疯老爸。毫无疑问。"

学校巴士刚好出现，省掉了他回嘴的麻烦。

他们看着孩子们上车。露西说："进屋吧，我给你做个松饼什么的。你好像瘦了。"

她正要转身，德鲁却突然抓住她的手。"你有阿尔·斯坦珀的消息吗？你和纳迪娜谈过吗？"

"你出发去木屋那天我和她聊过，因为你说阿尔生病了。胰腺癌，真可怕。她说他情况还好。"

"后来你和她谈过吗？"

露西皱起眉头。"没有，怎么了？"

"没怎么。"他说，这是实话。做梦就是做梦，他在木屋只见过一只老鼠，就是玩具箱子里的毛绒玩具。"只是很担心他。"

"那就打个电话给他呗，别找中间人传话了。来，你到底想不想吃松饼？"

他只想去写作。但先吃松饼好了，免得后院起火。

29

吃完松饼，他上楼去小书房，接上笔记本电脑的电源，看着他在打字机上打出来的那一摞纸。是先把这部分内容输入电脑，还是直接往后写？他决定往后写。最好立刻搞清楚笼罩在苦河镇的魔法是不是还有效，千万别在他走出木屋时就离他而去了。

确实还有效。他坐在楼上的书房里，刚开始的十来分钟，他还隐约能听见楼下传来的雷鬼乐，那说明露西在她的书房里折腾数字。随后音乐消失，墙壁不翼而飞，明晃晃的月光照在德威特路上，这条布满车辙的坑洼道路连接着苦河镇和县城。公共马车快来了，埃夫里尔警长将举起警徽，拦住马车。很快他和安迪·普雷斯科特将登上马车，那小子和县法院有个约会，几天后还有一个和刽子手的约会。

德鲁一口气写到中午才休息，然后打电话给阿尔·斯坦珀。没必要担惊受怕，他对自己说，你不害怕。但他无法否认他的脉搏快了几个等级。

"哎，德鲁，"阿尔听上去和平时一样，他的声音也很有力，"荒野里的情况怎么样？"

"相当不错。我写了快九十页，然后碰到了风暴——"

"皮埃尔。"阿尔说。他语气里的厌恶显而易见，温暖了德鲁的心。"九十页，真的？你？"

"我知道，很难相信对吧？今天上午我又写了十页，不过这不重要。我想知道的是你的情况怎么样。"

"还他妈挺好，"阿尔说，"只是我有个该死的老鼠要应付。"

德鲁本来坐在餐桌边的一把椅子上，此刻他一跃而起，突然又觉得自己生病了。他浑身发烫。"什么？"

"哦，别这么紧张，"阿尔说，"医生给我用了一种新的疗法，据说会引起各种各样的副作用。但我身上只出现了一种，至少目前如此，就是该死的皮疹[1]，后背和侧腹部全都是。纳迪娜发誓说那是带状疱疹，但我去检查过，确实只是皮疹。不过痒得要死。"

"只是皮疹。"德鲁重复道。他抬起一只手，抹了抹嘴巴。家有丧仪，暂时歇业，他心想。"好吧，听上去还凑合。阿尔，照顾好自己。"

"我会的。等你写完那本书，我想看一看。"他停顿片刻，"记住，我说的是'等你写完'，不是'要是能写完'。"

"露西第一，然后就轮到你。"德鲁挂断电话。好消息。全都是好消息。阿尔的声音很有力，和以前一样。一切都好，除了那只该死的老鼠。

---

1 皮疹（rash）音似老鼠（rat）。——译者注

想到这里，德鲁不由得放声大笑。

30

11 月很冷，成天下雪，但德鲁·拉森几乎没注意到。这个月的最后一天，他看着（通过吉姆·埃夫里尔警长的眼睛）安迪·普雷斯科特爬上县城绞刑架的台阶。德鲁很好奇，想知道那小子会有什么反应，结果（随着字词倾泻而出）他很镇定。他已经长大了，悲剧（埃夫里尔很清楚）在于，这个孩子永远不会变老了。一个醉酒的夜晚，为了一名舞女而争风吃醋，代价是他本来能够拥有的一切。

12 月 1 日，吉姆·埃夫里尔把警徽交给来镇上监督绞刑的巡回法官，骑马回苦河镇。他打算收拾好他寥寥无几的东西（一个行李箱就能装下），然后和警员们告别，他们在危难关头表现得非常好。是的，甚至包括杰普·伦纳德，他聪明得像块石头，或者敏锐得像大理石，具体怎么说就随你挑了。

12 月 2 日，警长给马套上一辆两轮马车，把行李和马鞍扔进车厢。他向西而去，想去加利福尼亚州碰碰运气。淘金潮已经结束，但他想去看看太平洋。他没有意识到安迪·普雷斯科特悲伤欲绝的父亲就藏在镇外两英里处的一块石头背后，此刻正看着一把夏普斯大 50 步枪的枪管，它日后将被称为"改变了西部历史的武器"。

一辆两轮马车徐徐驶来，车座上坐着一个男人，皮靴搁在挡泥板上。这个人要为老普雷斯科特的悲痛和他失落的希望负责，这个人杀死了他的儿子。杀死他儿子的不是法官，不是陪审团，也不是刽子手。不，凶手就在这儿。要不是因为吉姆·埃夫里尔，他的儿子已

经逃到了墨西哥，等待他的将是漫长的一生——他肯定能活到下一个
世纪！

　　普雷斯科特扳开击铁，瞄准马车上的那个男人。他的手指扣住冰
冷的新月形精钢扳机，他在考虑该怎么做。他只有四十秒的时间，然
后马车就会翻过下一个山头，消失在视线外。是开枪，还是放他走？

　　德鲁想再加上一句"他做出了决定"，但最后还是没有加。那样会
让一些（或者很多）读者认为普雷斯科特决定了开枪，而德鲁希望留
下一个无法解答的悬念。因此他只是按了两下空格键，输入：

　　　全文终。

　　他盯着这两个字看了很久，随后他望向电脑和打印机之间的那一
摞底稿。加上最后这一天完成的工作，这本书只差一点就到三百页。

　　我做到了。也许能出版，也许出版不了，也许我还能再写一本，
也许我再也写不出来了，但那些都不重要。重要的是我做到了。

　　他用双手捂住脸。

31

　　两天后的晚上，露西翻过最后一张打印纸，她看着丈夫，德鲁很
久没见过她的这个表情了。上次见到的时候，他们结婚才一两年，孩
子都还没出生。

　　"德鲁，写得真好。"

　　他咧嘴微笑。"真的？不会只是因为这是你男人写的吧？"

她使劲摇头。"不，真的很棒。一本西部小说！我根本不可能猜到。你是怎么想到这个点子的？"

他耸耸肩。"就是突然冒出来的。"

"那个坏蛋牧场主朝吉姆·埃夫里尔开枪了吗？"

"我不知道。"德鲁说。

"好吧，出版社肯定会要求你写清楚的。"

"那么出版社——假如我真能找到的话——会发现我无法满足他们的要求。不过你确定这书还可以吗？你说真的？"

"岂止是可以。你要拿给阿尔看吗？"

"嗯。明天我复印一份去找他。"

"他知道你在写西部小说吗？"

"不知道，我甚至不知道他喜不喜欢西部小说。"

"他会喜欢这一本的。"她停顿片刻，握住德鲁的手，"风暴要来的时候，你说你不回来，当时我气得要死。但我错了，你是老鼠。"

他抽回手，再次觉得浑身发烫。"你说什么？"

"我错了，你是对的[1]。德鲁，怎么了？"

"没什么，"他说，"没什么。"

32

"所以？"三天后，德鲁问，"你的判决是什么？"

他们坐在老系主任的书房里，底稿摆在阿尔的写字台上。先前等

---

1 对的（right）音似老鼠（rat）。——译者注

待露西对《苦河》的反馈让德鲁很紧张，等待阿尔的反馈更是让他如坐针毡。斯坦珀是一位贪婪而广博的阅读者，整个学术生涯都在分析和解构词句。德鲁只认识一个人胆敢在同一个学期教学生研读《火山下》和《无尽的玩笑》，这个人就是阿尔。

"我认为非常不错。"这几天阿尔不但听上去和以前一样，连看上去也差不多了。他脸上的血色回来了，体重增加了几磅。化疗害得他脱发，但红袜队的帽子遮住了他的光头。"小说由情节驱动，但警长和年轻囚犯之间的关系让故事在读者心中产生了异常强烈的共鸣。当然还没好到《黄牛惨案》和《小镇浩劫》的地步，但——"

"我知道，"德鲁说……虽说在他心里，这本书确实有那么好，"我也没这个野心。"

"但我认为它达到了奥克利·霍尔《术士》的高度，它的水平仅次于那两本书。你有话想说，德鲁，而你说得相当出色。这部小说没法用它的主题给读者当头一击，我猜大多数读者只会为了强大的故事价值去读它，也就是'接下来会发生什么'的驱动力，但那些主题性元素的确存在，是的，没错。"

"你认为人们会愿意读它吗？"

"当然。"阿尔似乎觉得这个疑虑不值一提，"除非你的代理人是个彻底的白痴，否则他轻而易举就能卖掉它，甚至能卖一个很不错的价钱呢。"他打量着德鲁，"不过我猜钱对你来说是次要的，你甚至未必考虑过钱。你只是想写出来，对吧？从乡村俱乐部最高的跳台跳进游泳池，而不是临阵退缩，顺着竖梯爬下去。哪怕一次也好。"

"你说得对，"德鲁说，"你……阿尔，你看上去很不错。"

"我感觉也很不错，"他说，"医生只差一点就要说我是医学奇迹了，第一年我每三周要去体检一次，但今天下午就是我第四期化疗的最后一次了。至于老鼠[1]，所有体检都说我的癌症已经治好了。"

这次德鲁没有受惊，也没有请老系主任再说一遍。他知道老系主任事实上说了什么，正如他知道他的一部分大脑永远会偶尔听见那个词语。它就像一根木刺，但不是扎在他的肉里，而是扎进了他的大脑。总之，阿尔一切都好。木屋里和他做交易的老鼠只是一个梦，或者一个毛绒玩具，或者完全是他的想象。

随便你选一个吧。

33

To: drew1981@gmail.com
埃莉斯·蒂尔登版权代理事务所
2019 年 1 月 19 日

德鲁，我亲爱的，能收到你的消息真是太好了，我还以为你死了，是我漏看了你的讣告呢！（开玩笑的！）这么多年后的一部长篇小说，多么令人激动。赶紧给我寄来，亲爱的，我们看看该怎么操作。但我必须提醒你一句，市场最近对什么书都提不起多大兴趣，除非和特朗普还有他那帮马屁精有关系。

爱你的

埃莉

从我的电子镣铐发送

---

1 目前（right now）音似老鼠（rat now）。——译者注

To: drew1981@gmail.com

埃莉斯·蒂尔登版权代理事务所

2019 年 2 月 1 日

德鲁！我昨晚读完了！就一个字：赞！虽然没法指望让你靠这本书发大财，但我确定它能出版，而且我觉得我能给你争取一笔可观的预付金。甚至不只是可观，版权拍卖也并非完全不可能。另外，我觉得这本书能够（也应该）给你树立名声。我认为等《苦河》出版之后，评论会相当叫好。谢谢你，带我去老西部愉快地逛了一圈！

爱你的

埃莉

从我的电子镣铐发送

又及：你卖什么关子！牧场主那只老鼠[1]到底有没有开枪？？？

34

《苦河》确实举行了拍卖会，日期为 3 月 15 日，冬季的最后一场风暴在同一天袭击了新英格兰（天气频道说它叫冬季风暴塔尼娅）。纽约五大出版社之中的三家参加拍卖，帕特南最终胜出。预付金为三十五万美元，比不上丹·布朗或约翰·格里森姆能拿到的数额，但正如露西拥抱他的时候说的，足够供布兰登和斯泰茜念完大学了。她

---

1 老鼠（rat）有"卑鄙小人"之意。

开了一瓶唐培里侬香槟王，那是她（怀着希望）为这一天保留的。这是下午三点钟的事情，当时他们还觉得像在过节。

他们为这部小说干杯，为小说作者干杯，为小说作者的妻子干杯，为从小说作者和小说作者的妻子的身体里诞生的两个完美孩子干杯。四点钟电话响起的时候，两个人都喝得微醺了。来电的是凯莉·方丹，她从天晓得多久以前就开始担任英语系的行政助理了，她说话带着哭腔。阿尔·斯坦珀和纳迪娜·斯坦珀去世了。

那天他预约了缅因州医学中心的体检（德鲁记得他说过，第一年每三周体检一次）。"他可以推迟预约时间的，"凯莉说，"但你知道阿尔的为人，这方面纳迪娜和他一样。稍微下点雪可拦不住他们。"

事故发生在 295 号州际公路上，离缅因州医学中心还不到一英里。一辆半挂式卡车在结冰路面上失控，从侧面撞上纳迪娜·斯坦珀的小普锐斯，把轿车像只苍蝇似的拍了出去。车翻了，车顶着地。

"我的天，"露西说，"他们两个都走了。这也太可怕了吧？他才刚刚好起来！"

"是啊，"德鲁说，他感到浑身发麻，"才刚好起来，对吧？"当然了，只是他有个该死的老鼠要应付。

"你快坐下，"露西说，"你的脸色白得像窗玻璃。"

但德鲁需要的不是坐下，至少现在不是。他跑到厨房水槽前，吐掉了肚子里的香槟。他趴在水槽上，反胃还没过去，隐约感觉到露西在抚摸他的后背。他心想：埃莉说这本书明年 2 月能出版。从现在到那时候，编辑怎么说我就要怎么做，等书出版了，我还要配合他们参加宣传活动。我会按游戏规则玩，我会为了露西和孩子们去做那些事，但我绝对不会再写任何一本书了。

"绝对不会。"他说。

"怎么了，亲爱的？"她还在抚摸他的后背。

"胰腺癌。我以为带走他的会是癌症，得了癌症的人基本上都死于癌症。我绝对没有想到结果会是这样。"他对着水龙头漱口，把水吐掉，"绝对没有。"

35

丧事在事故发生四天后举办，德鲁忍不住要想到"丧仪"，这是大 90 橱窗告示上的表述。阿尔的弟弟问德鲁愿不愿意上台说几句。德鲁拒绝了，说他还过于震惊，无法好好发言。他很震惊，这一点毫无疑问，但他真正恐惧的是字词会背叛他，就像《山顶小村》和先前两部小说流产时那样。他害怕（发自肺腑地害怕）假如他站上讲坛，面对整整一教堂悲伤的亲属、朋友、同事和学生，从他嘴里蹦出来的话会是："老鼠！都怪那只该死的老鼠！是我把它放了进来！"

葬礼从头到尾，露西都在掉眼泪。斯泰茜和她一起哭，但不是因为她和斯坦珀一家很要好，而是因为她感觉到了母亲的哀痛。德鲁默默地坐在那儿，搂着身旁的布兰登。他看的不是那两具棺材，而是楼上的唱诗班。他很确定他会看见一只老鼠耀武扬威地跑过抛光的红木栏杆，但是没有。他当然不会看见了，根本没有什么老鼠，葬礼结束后，他意识到他认为老鼠会出现在这儿是在犯傻。他很清楚老鼠在哪儿，老鼠所在之处离这儿有许多英里。

36

8月（这是个异常炎热的8月），露西决定带孩子去罗得岛的小康普顿，和她父母还有她姐姐一家在海边待两周，让德鲁可以安安静静地润色经过编辑修改的《苦河》底稿。他说他会把工作分成两半，中间开车去老爸的木屋住一天，并且在那儿过夜，第二天回来继续润色底稿。他们雇了杰克·科尔森（也就是小杰基）去清理工具棚的残骸，杰基反过来雇了他老妈去木屋打扫卫生。德鲁说他想看看他们的活儿做得如何，顺便取回他的手表。

"你不会打算去那儿再开一本新书吧？"露西微笑道，"我可不介意，上一本写得相当不赖。"

德鲁摇摇头。"当然不是。亲爱的，我觉得咱们干脆卖掉那地方算了。我这次去其实是想和它告别。"

37

大90油泵上的告示还是原来那几句："只收现金""只供应普通汽油""加霸王油会追诉到底"和"上帝保佑美国"。柜台里骨瘦如柴的年轻女人差不多也还是那个模样，镀铬的唇钉取掉了，但鼻环还在。另外她染了金发，估计是因为金发女郎活得更有乐趣。

"又是你，"她说，"但似乎换了辆车。你上次开的是萨博班对吧？"

德鲁望向停在外面的雪佛兰新探界者——才买不久，里程计上还不到七千英里，此刻正停在锈迹斑斑、孤零零的油泵前。"上次来这儿跑了一趟，萨博班就不是原来那辆车了。"他说。事实上，我也不是原来那个人了。

"这次打算待很久吗？"

"不，这次不了。罗伊的事情我听说了，我很抱歉。"

"他应该去看医生的，算是给你上了一课吧。还想买什么东西吗？"

德鲁买了面包、肉肠和六听啤酒。

38

前院被风吹断的树枝全都被清理掉了，工具棚消失得无影无踪，就像从来没存在过似的。小杰基给那块地面铺了草皮，青草正在那儿蓬勃生长，还开着一些可爱的小花。变形的门廊台阶修好了，门廊上多了两把新椅子——多半只是从普雷斯克艾尔的沃尔玛买来的便宜货，但不算难看。

木屋里焕然一新，整整齐齐。木柴炉的云母小窗上的烟灰擦干净了，炉体闪闪发亮。窗户、餐桌和松木地板也一样，地板看上去不但清洗过，而且还打了一层蜡。冰箱再次拔掉了电源，门敞开着，除了一盒艾禾美小苏打（很可能换了一盒新的），又变得空空如也。显而易见，老比尔的寡妇把活儿做得很漂亮。

只有水槽旁的台子上有他去年10月来住过的痕迹：科尔曼提灯、装灯油的铁皮桶，一袋荷氏润喉糖，几小包古迪头痛粉，半瓶金医生咳嗽感冒合剂，还有他的手表。

壁炉里的炉灰刮干净了，里面填上了刚劈开不久的橡木柴火，德鲁估计小杰基不是请人来就是自己动手打扫了烟囱。他干活儿的效率非常高，可惜 8 月这么热，没必要生火。德鲁走到壁炉前，跪下，把脑袋探进去，转动头部，仰望黑洞洞、犹如喉管的烟囱。

"你在上面吗？"他喊道……与此同时完全没意识到自己在喊，"要是你在上面，就下来一下。我有话想和你说。"

没有任何回音，可想而知。他再次对自己说，这儿没有老鼠，从来就不存在什么老鼠——但他确实见过一只老鼠。那根木刺不肯被拔出来，老鼠存在于他的头脑里。但这也不完全是真的，对吧？

清理干净的壁炉旁依然放着两个板条箱，一个装着新鲜的引火柴，另一个装着玩具——有些玩具属于他的孩子们，有些属于过去几年的租客的孩子。他拿起板条箱，把里面的东西倒在地上。刚开始他以为毛绒老鼠不在里面，他陡然惊恐起来——这样的反应并不理性，但他的恐惧无可否认。随后他看见老鼠滚到了壁炉底下，只露出了包着布的臀部和细绳般的尾巴。多么丑陋的一个玩具！

"你以为你藏好了，对吧？"他对老鼠说，"先生，还不够好。"

他拿着老鼠走到水槽前，把它扔进水槽。"有话想说吗？不想解释一下，或者道个歉？没有？那有什么遗言吗？上次你可是够唠叨的。"

毛绒老鼠没什么话想说，于是德鲁拿起灯油浇在上面，点着了它。等到它烧得只剩下一堆气味难闻的冒烟黑渣，他拧开水龙头，泡湿了它的残骸。水槽底下有几个纸袋，德鲁用一把刮铲把烧剩下的东西装进其中一个纸袋里。他拎着纸袋走到戈弗雷溪旁，把纸袋扔进去，目送它渐渐漂远。一切完成后，他坐在河岸上仰望天空。今天没有风，天气很热，阳光灿烂。

太阳开始西沉，他回到屋里，做了两个大红肠三明治。吃起来有点干，他忘记买芥末酱或蛋黄酱了，但他有啤酒可以用来就着吃。他喝了三听啤酒，坐在旧扶手椅里，读平装本的艾德·麦克班恩的 87 分局小说。

德鲁考虑要不要喝第四听啤酒，最后决定还是算了。他知道那一听啤酒会带来宿醉，而他明天还打算早起。他对这地方已经没有牵挂了，正如他对写小说这件事一样。他只会写这一部长篇小说了，它就是他的独子，等待着被他写完。这本书的代价是两条生命：他的朋友和他朋友的妻子。

"我不相信有老鼠这回事。"他边上楼边说。来到楼梯顶上，他俯视底下的大房间。就是在那里，他开始写他的长篇小说，也是在那里，他以为（至少在一小段时间内）自己命不久矣。"但我相信，我确实相信。"

他脱衣服上床，啤酒很快就把他送进了梦乡。

39

德鲁在半夜醒来，8月的一轮满月给卧室镀上了一层银色。老鼠坐在他的胸口，用鼓出来的黑色眼睛瞪着他。

"你好，德鲁。"老鼠的嘴巴没有动，但还是发出了声音。上次他们交谈时，德鲁正在生病发烧，但他对这个声音记得很清楚。

"给我滚开。"德鲁嘶声说。他想赶走它（换个说法就是他想一巴掌呼死它），但他的胳膊似乎使不上力气。

"哎呀，哎呀，别这样嘛。你召唤我，我来了，故事里不都是这样的吗？来，说说看，有什么要我帮忙的？"

"我想知道你为什么要那么做。"

老鼠坐起来，两只粉红色的小爪子蜷在毛茸茸的胸口。"因为你要我那么做。那是你的愿望，你忘记了吗？"

"那是个交易。"

"唉，你们这些学院派，就喜欢抠字眼。"

"交易的是阿尔，"德鲁坚持道，"只有他一个人。因为他本来就会死于胰腺癌。"

"我不记得你指定过他要死于胰腺癌，"老鼠说，"我没说错吧？"

"没有，但我以为……"

老鼠用爪子做了个洗脸的动作，原地转了两圈——尽管隔着被子，但爪子的触感依然让德鲁觉得恶心——他盯着德鲁。"有魔法的愿望总是这样，"他说，"非常奸猾，带着许许多多的附加条款。最好的那些童话早就说得很清楚了，我以为咱们已经讨论过这一点。"

"好吧，但纳迪娜·斯坦珀根本不在交易里！不是我们的……我们的安排的一部分！"

"但你也没说过她不是交易的一部分。"老鼠答得颇为严谨。

我在做梦，德鲁心想，我又在做梦了，必定如此。无论在什么样的现实中，都不可能有啮齿类动物像律师似的和人类说话。

德鲁觉得他的力量开始恢复了，但他没有行动。还不到时候。等他动起手来，他不会一巴掌拍开或呼死老鼠，他打算抓住老鼠，活活捏死他。他会挣扎，他会尖叫，他肯定会咬人，但德鲁会使劲捏，直到老鼠的肚子爆开，内脏从嘴巴和屁眼里涌出来。

"好吧，就算你说得有道理，但我还是不明白。我想要的只是那本书，但你把它给毁了。"

"呜呼哀哉。"老鼠说着，又干搓了一把他的脸。德鲁险些发动进攻，但他忍住了。还不到时候。他必须知道答案。

"呜呼哀哉个屁。我可以用铲子拍死你的，但我没有。我可以把你扔在风暴里的，但我没有。我带你进屋，把你放在火炉边。而你是怎么报答我的？杀死两个无辜的人，夺走我写完这辈子唯一一部长篇小说的乐趣？"

老鼠想了想。"好吧，"他最后说，"请允许我稍微改改一个老寓言故事的点题句 [1]：你带我进屋的时候，很清楚我是一只老鼠啊。"

德鲁发动了进攻。他动作很快，但他攥紧的双手只抓住了一把空气。老鼠飞快地跑过房间，跑到墙根，转身望向德鲁。他似乎在月光中露出了狞笑。

"再说也不是你写完的。你自己根本不可能写完，是我写的。"

护壁板上有个洞，老鼠钻了进去。德鲁有一瞬间还能看见他的尾巴，随后他就消失了。

德鲁躺在床上看天花板。等到天亮，我会告诉自己这一切都只是梦，他心想，等到天亮，我就会这么认为。老鼠不会说话，更不会许愿。阿尔骗过了癌魔，却死于交通事故，可怕而讽刺，但并非闻所未闻。他妻子和他一起遇难，非常可惜，但这同样并非闻所未闻。

他开车回家，回到安静得异乎寻常的家里。他上楼走进书房，打开经过编辑修改的《苦河》底稿，准备开始工作。最近发生了很多事情，有些在真实世界中，有些在他的脑海里，已经发生的事情不可能改变，必须记住的一点是他熬了过来。他会尽他所能地爱他的妻子和孩子们，尽他所能地好好教书，尽他所能地过好他的生活，他会欣然加入一辈子只留下一部长篇小说的作家行列。说真的，仔细想一想，他没什么可抱怨的了。

说真的，仔细想一想，一切都很老鼠 [2]。

---

1 指《小男孩与响尾蛇》的点题句：你把我捡起来的时候，很清楚我是一条响尾蛇啊。
2 很好（all right）音似很老鼠（all rat）。

后 记

每次我母亲或四个姨妈中的某一个见到妇人推着婴儿车，她们就会唱起多半从她们母亲那儿学来的一首小曲："你从哪儿来呀，我的小宝贝？不知道从哪儿来，反正来了这儿。"有时候别人问我这个或那个故事的点子从哪儿来，我就会想到这一小段打油诗。我通常不知道答案，因此会有点尴尬甚至羞愧。（毫无疑问，此处能追溯到我的某些童年情结。）有时候我老老实实回答他们（"不知道！"），有时候我胡扯几句，只是为了用还算符合逻辑的因果解释来搪塞提问者。但接下来我会尽量诚实一些。（我当然会这么说了，对吧？）

　　小时候我好像看过一部电影（我和我的朋友克里斯·切斯利经常搭车去刘易斯顿，在里兹电影院看美国国际集团的恐怖片，这部电影很可能就是其中之一），讲述一个男人无比害怕被活埋，于是在坟墓里装了一部电话。不过这也有可能是《希区柯克剧场》里的一集。总而言之，这个概念引起了我童年时期想象力过于活跃的头脑的共鸣：死者栖息之处，一部电话突然响起。多年以后，我的一位密友意外去世，我拨打他的手机，只是为了再听一次他的声音，但我并没有得到安慰，反而觉得毛骨悚然。我再也没做过那种事，但那个电话，加上那部电影或电视剧的童年记忆，变成了《哈里根先生的手机》的种子。

　　故事会自行前往它们想去的任何一个地方，对我来说，这个故事真正的乐趣在于回到过去。那时候手机已经普及，但苹果手机还是个全新的事物，人们几乎没注意到两者之间的区别。在取材研究的过程中，我的 IT 助理杰克·洛克伍德在易贝上买了部第一代苹果手机，想办法让它能正常使用。我写作的时候，它就放在手边。（我必须一直接着它的电源，因为它的某个主人摔坏了开关按键。）我可以用它上网，看股市和天气，但没法打电话，因为信号是 2G 的——这项技术成了历史，就像贝塔制式的录像带。

我不知道《查克的一生》的点子从哪儿来，只知道有一天，我想到了一个广告牌，上面印着"谢谢你，查克！"、这位老兄的照片以及"三十九个伟大年头"。写这个故事可能是为了弄清那块广告牌的由来，但说到底我也不敢确定。我只能说，有时候我觉得我们每一个人的内心都蕴含着整个世界，从王公贵族到在华夫饼屋洗碗的小弟，再到在公路旅馆换床单的姑娘，都是一样。

住在波士顿的时候，我见过一个人在博伊尔斯顿街上打鼓。来来往往的行人几乎连看都不看他，他面前的帽子（不是魔法帽）里也没几个钱。我心想，要是有个人，比方说一个商务精英类型的男人忽然停下脚步，开始跳舞，就像克里斯托弗·沃肯在流线胖小子《选择的武器》MV 里那样，不知道会发生什么。从这里到查克·克兰茨的联系就顺理成章了，因为假如真有一个查克·克兰茨，他肯定是个商务精英类型的男人。我把他放进故事，让他跳舞。我喜欢跳舞，它能解放一个人的内心与灵魂，写这个故事给我带来了巨大的乐趣。

我已经写了两个关于查克的短篇，还想再写一个，把三个故事编织进统一的叙事。《查克的一生》的第一幕写得比前两幕晚一年。这个三幕剧（以倒叙排列，就像从后往前放的电影）是否成功，就要请读者来判断了。

请允许我先说《老鼠》。我完全不知道这个点子是从哪儿蹦出来的，只知道它像是一个黑色童话。另外，这个故事也给了我一个机会，让我稍微谈一谈想象力的种种神秘之处，还有把想象中的内容搬到纸面上的过程。我应该补充一句，德鲁提到的乔纳森·弗兰岑的演讲是虚构的。

《若血流成河》的基础在我脑海里已经存在了至少十年。刚开始时，我注意到有些新闻记者似乎总是出现在灾难性的悲剧现场，无论是空难、大规模枪击、恐袭还是名人去世。他们的报道总能成为地方和全国性媒体的头条。在这个行当，所有人都知道一句老话：若血流成河，则吸引眼球。我一直没把这个故事写出来，因为必须有个人去捕捉这一超自然生物的踪迹，这个生物伪装成电视记者，靠无辜之人的鲜血生存，而我想不出追捕它的会是什么样的人。后来，2018年11月，我意识到答案就摆在我的眼前：霍莉·吉布尼，还能是谁呢？

　　我喜欢霍莉，事情就这么简单。按理说她应该只是《梅赛德斯先生》里的一个次要角色，一个有怪癖的串场人物，但她不肯退场，还偷走了我的心（险些就要偷走整本小说）。我一直对她很好奇，想知道她在干什么，日子过得怎么样。我回去看她，发现她还在吃来士普，依然没有重新抽烟，这让我松了一口气。实话实说，对把她变成这么一个人的环境，我同样很好奇，我觉得我可以稍微探索一下……当然了，前提是这部分内容能和故事相得益彰。这是霍莉第一次单独出击，我希望我写得还不赖。请允许我特别感谢一下电梯专家艾伦·威尔逊，他向我详细讲解了电脑控制的现代电梯的工作原理，以及有可能出故障的各个环节。显而易见，我吸收了他提供的信息，并且做了必要的修改。假如你很熟悉这些东西，认为我搞错了，那么责任都在于我（还有小说情节的需要），而不是他。

　　已故的拉斯·多尔在《哈里根先生的手机》里和我并肩作战。这是我们的最后一次合作，天哪，我多么想念他。我要感谢我的代理人查克·维里尔（他特别喜欢《老鼠》）和我在斯克里布纳出版社的整个团队，包括但不限于南·格雷厄姆、苏珊·莫尔多、罗兹·利佩尔、凯蒂·里索、贾亚·米切利、凯瑟琳·莫纳甘和卡罗琳·里迪。感谢我的国外版权代理人克里斯·洛茨和洛杉矶"范例"代理处的兰德·霍尔斯滕，后者处理我在影视方面的业务。同样要特别感谢（大写的爱）的还有我的孩子们、孙子们和我的妻子塔比莎，宝贝，我爱你。

最后也是最重要的，谢谢你们，我忠实的读者，感谢你们再次与我同行。

斯蒂芬·金

2019 年 3 月 13 日